Brigitte Melzer
wurde 1971 geboren. Ihr fulminanter Debütroman »Whisper – Königin der Diebe« gehörte zu den drei besten Manuskripten, die für den »Wolfgang-Hohlbein-Preis 2003« eingereicht wurden. Seitdem hat die Autorin mit zahlreichen weiteren Romanen ihr Publikum begeistert. Ob magische Abenteuer in fantastischen Welten oder fesselnder Vampirroman – Brigitte Melzer ist sowohl in der High Fantasy als auch in der Dark Fantasy zu Hause. Die Autorin lebt und arbeitet in München.
Mehr unter www.brigitte-melzer.de

Von Brigitte Melzer im Verlag Carl Ueberreuter erschienen:
Whisper – Königin der Diebe
Im Schatten des Dämons
Vampyr

BRIGITTE MELZER

Vampyr

Die Jägerin

UEBERREUTER

ISBN 978-3-8000-5350-6

Umschlaggestaltung von Nele Schütz Design, München, unter Verwendung eines Fotos von Larry Rostant / Artist Partners

Druck: Druckerei Theiss GmbH, A-9431 St. Stefan i. L.
3 5 7 6 4 2

Ueberreuter im Internet: www.ueberreuter.at

Glen Beag – Schottische Highlands
November 1732

Mein liebster Sohn,

es ist unumgänglich, dass Du die Wahrheit über den Tod Deines Vaters erfährst. Was die Menschen im Glen darüber zu berichten wissen, entspricht nur zum Teil dem, was sich damals wirklich zugetragen hat.

In einem haben sie zweifelsohne recht: Mein Gemahl war nicht mehr derselbe, als er aus den Ruinen unseres Heims zu uns zurückkehrte. Sein Haar war weiß geworden. Nicht langsam, Strähne für Strähne, unter dem Hauch des Alters, sondern plötzlich, von einem Atemzug zum nächsten.

Er wäre nicht der Mann gewesen, den ich liebte, hätten die Ereignisse ihn kaltgelassen. Der Tod seiner Schwester Sarah. Die Vernichtung unseres Zuhauses. Du kennst die Legenden, die sich um jene Geschehnisse ranken. Das alles konnte unmöglich spurlos an ihm vorübergehen. Doch sein Haar war bei Weitem nicht das Einzige, was sich verändert hatte. Jene schrecklichen Stunden und Tage hinterließen tiefe Narben auf seiner Seele. Etwas in ihm schien zerbrochen. Die Menschen des Glens, die zeit seines Lebens zu ihm – ihrem Earl – aufgesehen hatten, glaubten, er sei dem Wahnsinn anheimgefallen.

Doch dem ist nicht so. Er war Zeuge schrecklicher Dinge geworden, aber er war nicht wahnsinnig. Ebenso wenig hat er seinem Leben selbst ein Ende gesetzt. Sie hat ihn sich geholt – ganz wie sie es im Tode geschworen hatte. Ich sah sie in jener Nacht unter unserem Fenster stehen. Eine bleiche Gestalt, die Deinen Vater mit süßer Stimme lockte. Er folgte ihrem Ruf. Ich wollte ihn aufhalten, doch er war wie von Sinnen.

»Es muss ein Ende haben!«, rief er und stieß mich zur Seite. Das Flehen in seinem Blick, als er sich noch einmal zu mir umwandte, ließ mich innehalten. Er wünschte sich tatsächlich, dass es endlich vorüber wäre. Wie konnte ich ihm diesen Wunsch verwehren nach all den Qualen, die er durchlitten hatte?

Die Dankbarkeit, die ich in seinen Zügen erblickte, als ich ihn ziehen ließ, war das letzte Geschenk, das ich je von ihm erhielt. Kurz und vergänglich und doch einprägsamer als alle Worte.

Als man seinen Leichnam am Fuße der Klippen fand, glaubten die Leute, sein Wahnsinn habe ihn freiwillig aus dem Leben scheiden lassen. In all den Jahren habe ich nie jemandem gesagt, dass ich sie in jener Nacht gesehen habe. Die Menschen wähnten sie tot, gestorben in denselben Flammen, die auch Dun Domhainn, unser Zuhause, verzehrt hatten. Doch wie konnten sie auch nur einen Augenblick glauben, das Feuer des Scheiterhaufens sei außer Kontrolle geraten und habe die Burg ebenso zerstört wie ihren verderbten Leib? Welches Feuer brennt heiß genug, um Stein zu verzehren? Nein, Dein Vater sprach die Wahrheit, daran zweifle ich nicht. Sie war noch im Augenblick ihres Todes zurückgekehrt, um Rache zu nehmen. Erfüllt von der Macht ihres finsteren Meisters verwandelte sie die Burg in ein Inferno aus Blut und Flammen. Sie schwor jeden zu holen, der an ihrem Niedergang beteiligt gewesen war – und bei Gott, das tat sie!

Liebster Sohn, ich weiß, dass ich es nie vermocht habe, Dir die Ernsthaftigkeit der Rituale nahezubringen, die wir Jahr für Jahr am Tag der Ushana, dem Todestag Deiner Tante Sarah, vollziehen. Womöglich hätte ich Dir all das schon viel früher sagen sollen, doch mir fehlte stets der Mut. Darüber zu sprechen bedeutet, all die Erinnerungen erneut heraufzubeschwören. Selbst heute – Jahrzehnte nach dem Tod Deines Vaters – fällt mir das noch immer schwer. Manche Wunden heilen nie.

Hat es Dir nie zu denken gegeben, dass die Menschen im Glen zwar darauf beharren, die Feuersbrunst, die all die Leben gefordert und die Burg zerstört hat, sei ein Unglück gewesen, zugleich aber jedes Jahr am Tag der Ushana Gott um seinen Schutz anflehen? Sie mögen verleugnen, was geschehen ist, dennoch fürchten sie insgeheim, dass Dein Vater die Wahrheit gesprochen hat. Und sie tun gut daran!

Ich habe bis heute nicht begriffen, was Deine Tante Sarah dazu trieb, sich mit den Mächten der Finsternis einzulassen. Die Ushana – so nannte Dein Vater sie nach seiner Rückkehr. Eine bluttrinkende Kreatur, die den Tod überwunden hat. Für mich war sie immer nur meine Schwägerin Sarah. Ein so zartes, zerbrechliches Geschöpf voller Schönheit. Unvorstellbar, zu welchem Gräuel sie fähig war! Ihre Geschichte mag wie ein Schauermärchen anmuten, geschaffen, um Kinder zu erschrecken. Doch es steckt weit mehr dahinter. Jedes einzelne Detail entspricht der Wahrheit. Vergiss das niemals!

Ich bin alt und meine Zeit nähert sich dem Ende. Wenn Du diese Zeilen erhältst, werde ich bereits bei meinem geliebten Gemahl sein. Du, mein Sohn, bist dann der neue Earl des Glen Beag. Behalte stets in Erinnerung, wie wichtig es ist, Dich und die Deinen zu schützen! Sarah mag tot sein – die Ushana ist noch immer dort draußen. Sie lauert in den Ruinen, das spüre ich. Sei auf der Hut! Gott schütze Dich!

Vater Ninian blickte so lange auf das vergilbte Pergament, bis die Buchstaben vor seinen Augen zu verschwimmen begannen. Er wusste nicht, wie oft er Mary MacKays letzten Brief schon gelesen hatte. Zweifelsohne oft genug, dass sich die Zeilen längst in sein Gedächtnis gebrannt hatten. Der Brief war Teil der Aufzeichnungen des Kirchenarchivs, die sich vor ihm auf dem Schreibtisch stapelten und jeden Zoll der schartigen Tischplatte bedeckten. Bücher, Pergamente und Schriftrollen, die alle nur ein Thema hatten: die Geschichte der Ushana.

Vater Ninian hatte während der letzten Jahre so viel Wissen angehäuft, dass nicht nur der Schreibtisch darunter zu verschwinden drohte. Überall in seinem Arbeitszimmer stapelten sich die Spuren seiner Nachforschungen. Landkarten, eigene Aufzeichnungen, Bücher und Dokumente füllten den einstmals so kargen Raum inzwischen bis in die letzten Winkel. Auf einem Ablagetisch neben dem Kamin türmten sich Artefakte, die er zu seinem Schutz angesammelt hatte: Weihwasser, getrockneter Stechginster und ein silberner Dolch. Das hölzerne Kreuz trug er stets um den Hals und hatte es schon seit Jahren nicht mehr abgelegt. Nicht seit er wusste, welches Unheil das Glen Beag heimsuchte.

Er faltete Mary MacKays Brief sorgfältig zusammen. Vorsichtig, um das brüchige Pergament nicht zu beschädigen, strichen seine knochigen Finger über die Faltkanten, während seine Gedanken durch die Vergangenheit wanderten. Mary MacKays Sohn war ein langes Leben vergönnt gewesen, das erst im hohen Alter ein friedliches Ende gefunden hatte. Sichtlich hatte er die Warnungen seiner Mutter ernst genommen. Zumindest ernst genug, um die Tradition des Tages der Ushana, der selbst heute – beinahe zweihundert Jahre später – noch immer begangen wurde, aufrechtzuerhalten.

Als Vater Ninian das Pergament schließlich zur Seite legte, zitterten seine Finger. Der Gedanke daran, was zu tun er im Begriff war, beunruhigte ihn. Zugleich wusste er, dass es endlich getan werden musste. Mary MacKay mochte diese Zeilen vor langer Zeit geschrieben haben, dennoch hatte die Warnung darin nichts von ihrer Brisanz verloren. Die Ushana war noch immer hier. Gefangen gesetzt von einem Menschen, der versucht hatte sie für seine Zwecke zu benutzen. Der Mensch war tot, doch die Ushana noch immer von seinem Bann am Rande der Wirklichkeit gefesselt. Ein Umstand, den sich Vater Ninian zunutze machen würde. Die Ushana hatte zu viel Leid über zu viele Menschen gebracht. Das musste endlich aufhören!

Alle Vorbereitungen waren getroffen. Noch in dieser Nacht würde er das Werk vollenden, das er vor fünf Jahren begonnen hatte. Vater Ninian erhob sich. Er warf sich den dicken Wollumhang über die Schultern, griff nach dem Bündel, das neben der Tür bereitstand, und verließ das Pfarrhaus. Eisige Luft schlug ihm entgegen und entriss ihm den Atem in dampfenden Wolken. Vereinzelte Schneeflocken tanzten durch die Nacht. Unwillkürlich zog er den Umhang enger, ehe er den ersten Schritt tat. Dicht an dicht stehende Steinhäuser duckten sich in die winterliche Gasse, die Fassaden in eine dünne, glitzernde Eisschicht gehüllt. Obwohl der Halbmond den Himmel mit seinem Schein erfüllte, vermochte sein Licht nur an wenigen Stellen bis zum Boden vorzudringen. Die Dunkelheit störte Vater Ninian nicht. Die schmalen Straßen Asgaidhs waren ihm ebenso vertraut wie die tückischen Pfade des Glen Beag. Mit strammen Schritten folgte er der Hauptstraße zum Ende des Ortes. Langsam rückten die Häuser auseinander und gaben den Blick auf die dunklen Silhouetten der Bergketten frei, die das Glen von allen Seiten einfassten. Ein enger Pfad wand sich die felsigen Hänge hinauf, teils unter tief liegenden Nebelschwaden verborgen. Schroffe Kanten erhoben sich wie stumme Beobachter im fahlen Mondlicht und wiesen ihm den Weg am Rande des Hanges, tiefer in den Berg. Mit sicheren Schritten folgte Vater Ninian dem Pfad, das Bündel fest an die Brust gepresst, als wäre es sein kostbarster Besitz. Heute Nacht war es das auch. Es hatte viel Zeit in Anspruch genommen, die wenigen Dinge ausfindig zu machen, die sich jetzt darin befanden. Ohne Catherine Baynes Besuch hätte er womöglich nie damit begonnen.

Catherine hatte vor fünf Jahren – kurz nach dem Tag der Ushana – plötzlich in der Gasse hinter dem Pfarrhaus gestanden. Ihr war anzusehen gewesen, wie viel Unbehagen, ja beinahe körperlichen Schmerz ihr die Nähe der Kirche bereitete, und sie hatte sich nicht näher herangewagt. Doch sie war auch nicht geflohen. Trotz seiner Furcht vor der Kreatur, die sie war, hatte Vater Ninian das Treffen mit ihr gewagt. Seine Hände hatten gezittert und wollten sich selbst dann nicht beruhigen, als er die Finger um das Kreuz schloss, das er um den Hals trug. Dennoch hatte ihm sein Vertrauen in Gott die Kraft gegeben, ihr gegenüberzutreten.

Was er jedoch in der Gasse fand, erstaunte ihn zutiefst. Catherine Bayne mochte vielleicht kein Mensch mehr sein, doch ebenso wenig war sie das blutgierige, monströse Wesen, das zu sehen er erwartet hatte.

»Ich brauche Eure Hilfe, Vater«, hatte sie ihn angefleht. »Schreckliche Dinge sind geschehen und ich habe große Schuld auf mich geladen. Bitte ...« Ihre Stimme brach und es dauerte einen Moment, ehe sie ihre Fassung zurückerlangte. »... helft mir!«

Mit belegter Stimme berichtete sie, was sich zugetragen

hatte. Martáinn MacKay, der junge Earl, hatte versucht, sich die Macht der Ushana zunutze zu machen, um selbst Unsterblichkeit zu erlangen und im Glen Beag eine überlegene neue Rasse blutsaugender Kreaturen zu schaffen. Roderick Bayne, Catherines Vater, hatte das erkannt. Um die Gefahr abzuwenden, hatte er die Ushana gezwungen, ihn ebenfalls umzuwandeln. Dennoch war er nicht an Martáinn herangekommen. Catherine hingegen hatte dem Earl stets nahegestanden, ohne dabei zu ahnen, welche Gefahr hinter Martáinns Freundlichkeit lauerte. *Was ist das für ein Mann, der nicht einmal davor zurückschreckt, das Leben seiner Tochter zu zerstören?* Roderick hatte gewusst, dass Catherine sich nicht freiwillig gegen Martáinn stellen würde. Deshalb hatte er seine Tochter zu einem Vampyr gemacht. Ein willenloses Werkzeug, das dem Bann seines Schöpfers unterworfen war. So hätte es sein sollen. Doch Roderick hatte es nicht vermocht, den Willen seiner Tochter zu brechen. Selbst als die Verwandlung längst nicht mehr aufzuhalten war, hatte sie noch immer gegen seinen Einfluss angekämpft. Als sie endlich erkannte, was Martáinn tatsächlich im Schilde führte, war es beinahe zu spät. Der Earl hatte Roderick bereits getötet und Daeron ap Fealan, dem jungen Krieger, der Catherine bedingungslos zur Seite stand, tödliche Verletzungen zugefügt. In einem verzweifelten letzten Angriff war es Catherine schließlich gelungen, Martáinn zu töten.

»Daeron lag im Sterben«, berichtete sie unter Tränen. »Das konnte ich doch nicht zulassen. Ihn zu verlieren ... Ich dachte, ich könnte ihn retten. Stattdessen habe ich ihn verdammt!« Sie senkte den Kopf. »Ich habe nicht nachgedacht«, fuhr sie leise fort. »Alles, was ich wollte, war, ihn nicht zu verlieren. In meiner Selbstsucht machte ich ihn zu einer Kreatur, wie ich eine bin.«

Sie blickte auf und griff nach Vater Ninians Hand. Um ein Haar hätte er aufgeschrien, als sich ihre kühlen Finger um seine schlossen. Nur mühsam gelang es ihm, nicht zurückzuweichen.

»Bitte, Vater, helft mir. Erlöst Daeron von dem Fluch, den ich über ihn gebracht habe! Sein Dasein soll nicht von Tod und Blutlust bestimmt sein!«

»Ihr wollt die Verwandlung rückgängig machen?«

Sie nickte.

Zu seinem Erstaunen war nun er es, der ihre Finger drückte. Catherines Verzweiflung und ihre Tränen berührten sein Herz. Konnte ein Wesen der Finsternis tatsächlich weinen? War da am Ende noch immer ein Funken Menschlichkeit in ihr?

»Ich fürchte, ich kann nichts für Euch tun.« Es fiel ihm schwer, in ihre Augen zu blicken und zu sehen, wie seine Worte die Hoffnung darin zerschmetterten. »Einzig, wenn der Keim der Krankheit zerstört wird, kann Daeron ap Fealan gerettet werden.«

»Der Keim?« Sie entzog ihm ihre Hand. »Aber das bin ich! Bedeutet das, wenn ich sterbe, ist er frei? So sei es! Tötet mich!«

Vater Ninian schüttelte den Kopf. »So einfach ist es nicht. Der Keim ist der Ursprung allen Vampyrismus. Die Saat. Nur wenn Ihr den ersten Vampyr – den Unendlichen – vernichtet, wird Daeron frei sein. Ebenso wie Ihr.« Er zögerte einen Moment, dann fügte er hinzu: »Ich weiß jedoch nicht, ob Ihr ... Frei zu sein bedeutet nicht unbedingt, dass Ihr ...«

»Dass wir es überleben werden?«

Vater Ninian nickte.

»Das ist nicht wichtig«, entgegnete sie entschlossen, »solange es nur endet. Wo finde ich diesen Unendlichen?«

»Junge Frau, Ihr könnt nicht einfach losziehen und ihn zum Kampf fordern. Abgesehen davon, dass es ausgesprochen schwierig sein dürfte, ihn aufzuspüren, ist es nicht möglich, ihn zu vernichten. Nicht mit denselben Waffen, die Daeron oder Euch schaden können.«

»Silber macht ihm nichts aus?«

»Nein.« Vater Ninian seufzte. Er wusste so wenig über den Unendlichen. Alles, was er ihr geben konnte, waren einige vage Anhaltspunkte, auf die er selbst bei seinen Nachforschungen gestoßen war. »Es gibt Hinweise darauf, dass ein Artefakt existiert, das es vermag, seiner Existenz ein Ende zu setzen. Alles andere ist wirkungslos.«

»Was für ein Artefakt ist das?«

»Ich bin mir sicher, dass es eine mächtige heilige Reliquie sein muss. Was genau es jedoch ist, weiß ich nicht.«

Catherines bleiche Miene versteinerte. »Aber es muss doch –«

»Es tut mir leid.«

Eine Weile blieb ihr Blick auf ihm ruhen, als hoffe sie, er würde doch noch etwas sagen, was ihr helfen konnte. Schließlich hatte sie genickt. »Ich danke Euch.« Dann war sie gegangen. Seitdem hatte er weder sie noch Daeron ap Fealan wiedergesehen.

Zu seinem Erstaunen hatten die Menschen des Glens das Verschwinden ihres Earls hingenommen, ohne viele Fragen zu stellen. Niemand ahnte, was am Tag der Ushana geschehen war. Ebenso wenig wusste jemand, dass Martáinn nicht mehr am Leben war. Es gab keinen Leichnam, denn sein Körper war nach seinem Tod zu Staub zerfallen. Craig Sutherland, der nach Martáinns Verschwinden vorübergehend die Herrschaft übernommen hatte, regierte auch heute – fünf Jahre danach – noch immer über das Glen. Zu Vater Ninians Überraschung machte er seine Sache gut.

Vater Ninian selbst hatte kurz nach Catherine Baynes Besuch einen Brief an den Vatikan geschrieben, in dem er um Hilfe im Kampf gegen die finsteren Mächte gebeten hatte, die das Glen Beag in ihrem Griff hielten. Über ein Jahr hatte er auf Antwort gewartet. Doch sie war ausgeblieben. Nicht weiter verwunderlich, wenn er bedachte, dass ihn die Kirche einst ins Glen geschickt hatte, um sein Interesse an Vampyren zu zügeln. Schon als junger Priester, während seiner Zeit in Rom, hatte Vater Ninian sich sehr für unerklärliche Ereignisse interessiert. Dabei war er in den Archiven das erste Mal auf Spuren jenes Unendlichen gestoßen, bei dem es sich seiner Überzeugung nach um den ersten aller Vampyre handeln musste. Er hatte begonnen, alles über diese Kreaturen zu lesen und Fragen zu stellen. Doch stets war er auf taube Ohren gestoßen. Man hatte ihm geraten, seine Zeit nicht länger mit Dingen zu verschwenden, die nicht existierten, und sich dafür intensiver um die Gläubigen seiner Gemeinde zu kümmern. Als er seine Nachforschungen daraufhin noch immer nicht einstellte, erhielt er seine Abberufung nach Schottland. So hatte er sich schließlich im Glen Beag, mitten in der Einsamkeit der Highlands, wiedergefunden. Und ausgerechnet hier war er auf Spuren jener Kreaturen gestoßen, deren Existenz der Vatikan auch heute noch leugnete!

Nachdem sein Brief an den Vatikan weiterhin unbeantwortet blieb, entschied Vater Ninian selbst zu handeln. Schon vor einiger Zeit war ihm ein Vikar zur Seite gestellt worden. So ließ er das Glen nicht ohne Geistlichen zurück, als er sich auf die Suche nach einem Mittel machte, das es vermochte, die Ruinen Dun Domhainns zu reinigen und der unheiligen Präsenz der Ushana ein Ende zu bereiten.

Die Reise war lang und beschwerlich. Seine Ersparnisse reichten gerade für das Allernötigste. Zunächst hatte er sein Glück in Edinburgh versucht, doch die dortigen Bibliotheken enthielten nur wenige Anhaltspunkte. So war ihm nichts anderes übrig geblieben, als nach London weiterzuziehen. Beinahe zwei Jahre hatte er dort verbracht, hatte unzählige Archive, Bibliotheken und Privatsammlungen aufgesucht und sich mühevoll durch zahllose Werke und Schriften gearbeitet, bis er endlich fand, wonach er suchte: ein Ritual der Reinigung und Erneuerung. Es bedurfte nur weniger Zutaten, die obendrein leicht zu beschaffen waren. Schwieriger war es hingegen, die lateinischen Gebetsformeln zu finden, die das Ritual zwingend begleiten mussten. Die Suche danach hatte ihn noch einmal mehr als ein Jahr gekostet und durch halb England geführt, bis er vor wenigen Wochen endlich ins Glen Beag zurückgekehrt war. Seither hatte er jede freie Minute darauf verwandt, die Worte und Gesten einzustudieren und die Utensilien vorzubereiten, die für sein Vorhaben unabdingbar waren. Obwohl er den Ablauf des Rituals immer wieder geprobt hatte und bis ins letzte Detail beherrschte, war er nicht sicher, ob er wirklich bereit war. Womöglich würde er das nie sein.

Vater Ninian hielt inne, als sich vor ihm die dunklen

Umrisse der Ruinen Dun Domhainns aus dem Fels erhoben. Obwohl er nun schon seit dreißig Jahren im Glen Beag lebte, war er nie zuvor hier gewesen. Kaum jemand wagte sich in die Ruinen. Zu groß war die Furcht vor dem, was darin lauern mochte.

Vater Ninians Augen streiften über den steinernen Torbogen und weiter zu einem mächtigen, von glitzerndem Reif überzogenen Mauerring, der die Gebäude dahinter umgab. Unzählige Risse klafften, schwärenden Wunden gleich, im Mauerwerk und gaben den Blick auf die dahinterliegende Dunkelheit frei. Zu seinem eigenen Erstaunen fand er den Anblick der alten Burg wenig bedrohlich. Die Ushana mochte darin ihr Unwesen treiben, doch sie vermochte nicht, ihm etwas anzuhaben, dessen war er sich nach all den Jahren des Studiums sicher. Der Bann, den einst ein Mensch über sie gelegt hatte, um sie sich gefügig zu machen, hielt sie an den Grenzen der Wirklichkeit gefangen – unsichtbar und körperlos.

»Bald bist du erlöst!« Vater Ninian trat durch den Torbogen in den Hof der Festung – und hielt abrupt inne. Jetzt verstand er, warum die Menschen diesen Ort fürchteten.

Alles hier war schwarz: die Innenseite des Mauerrings; die zerstörten und größtenteils eingestürzten Gebäude, die sich nach allen Seiten erstreckten; der Boden, ja selbst die gewaltige Eiche, die sich im Zentrum des Hofes erhob. Nebelschwaden reckten ihre bleichen Finger zwischen den verfallenen Gebäuden hindurch, bereit, nach jedem Eindringling zu greifen, um ihn mit eisiger Hand vom Angesicht der Erde zu tilgen. Doch selbst der Nebel schien gedämpft, als hätte jemand einen Schleier darüber gebreitet.

Der Anblick der verkohlten Ruinen mochte erschreckend sein, doch was Vater Ninian in diesem Augenblick *empfand*, ließ ihm den Atem stocken. Er stand noch immer unter dem Torbogen, die Welt außerhalb der Burg keine zwei Schritte von ihm entfernt und dennoch kam sie ihm plötzlich unerreichbar vor. Zum ersten Mal, seit er das Pfarrhaus verlassen hatte, spürte er die Kälte. Sie kam geradewegs aus seinem Innersten und jagte ihm einen Schauer nach dem anderen über den Rücken. Die Ushana war hier. Er konnte ihre Anwesenheit spüren; finster, bedrohlich und alles verzehrend. Sein Mut bröckelte wie altes Mauerwerk unter der dunklen Aura, die die Ruinen erfüllte. Unwillkürlich hob er eine Hand an seinen Hals und schloss seine Finger um das Kreuz.

»Sie kann mir nichts anhaben!«, erinnerte er sich und betete zu Gott, dass dem so sein möge. »Der Bann hält sie gefangen!« Ein ums andere Mal wiederholte er die Worte, um sich selbst zu beruhigen. Nur langsam normalisierte sich sein Atem wieder, ehe er erneut in tröstlich hellen Wölkchen in die eisige Nachtluft emporstieg. Es war an der Zeit, es zu Ende zu bringen. Seine Augen wanderten über die Ruinen der Nebengebäude, folgten den Steinbrocken, die einst Teile von Hauswänden gewesen sein mochten, weiter über den Boden bis zur Mitte des Hofes. Dort, im Herzen der Burganlage, richtete sich sein Blick auf die mächtige Eiche. An jener Stelle, an der heute der Baum aus dem aufgebrochenen Erdreich ragte, war einst der Scheiterhaufen aufgetürmt worden, auf dem die Ushana ihr Ende gefunden hatte. Hier hatte der Unendliche sie mit seinem Kuss des Blutes aus dem Tod zurückgeholt. Gab es einen besseren Ort, um es zu beenden, als den, wo einst alles begann?

Das gefrorene Erdreich knirschte unter seinen Sohlen, während er bedächtig den Hof überquerte. Noch immer spürte er die Gegenwart der Ushana bis in die letzte Faser seines Körpers; so intensiv, als würde sie ihm folgen. *Dieser Ort hätte schon vor langer Zeit gereinigt werden müssen!* Obwohl der Weg vor ihm tückisch war – immer wieder musste er über die Überreste einer eingestürzten Mauer oder verstreute Geröllhaufen hinwegsteigen –, gelang es Vater Ninian nicht, den Blick von der Eiche zu wenden. Unzählige Geschichten hatte er im Laufe der Jahre darüber gehört. Angeblich war sie von Anfang an verdorrt aus der Erde gewachsen. Ebenso tot wie der Ort, an dem sie sich erhob. Er zweifelte nicht daran, dass alles, was man sich darüber erzählte, der Wahrheit entsprach. Die Vorstellung, dieser Baum könne je ein grünes Blatt oder auch nur eine Knospe getragen haben, war vollkommen abwegig. Aus dem Tod entsprang kein Leben! Der Stamm der Eiche war schwarz, ebenso wie ihre Äste. *Als sei sie aus dem Feuer geboren.* Mit jedem Schritt, den Vater Ninian näher kam, schienen sich die verdorrten Äste ein wenig mehr nach ihm zu recken. Knorrige Arme, die danach trachteten, ihn zu packen.

»Du wirst mich nicht bekommen«, murmelte er und trat in den Schatten der Eiche. Das Unbehagen, das sein Herz umklammert hielt, seit er durch den Torbogen geschritten war, wollte sich nicht mehr abschütteln lassen. Dennoch würde er nicht kehrtmachen. Er kniete vor dem schwarzen Stamm nieder, legte sein Bündel auf den Boden und öffnete es. Zielsicher fanden seine Finger einen Lederbeutel und holten ihn hervor. Beinahe bedächtig entfernte er die Schnüre und streute das darin befindliche Pulver in einem Kreis um sich herum auf den Boden. Seine Augen folgten der hellgrauen Linie, die sich langsam um ihn schloss. Der Wind hätte das feine Pulver aufnehmen und davontragen müssen, stattdessen streifte die leichte Brise darüber, als wäre sie nicht in der Lage, das Pulver auch nur zu berühren.

Ein leises Lächeln streifte über Vater Ninians Gesicht. »Gott ist mit mir.« Er stimmte ein Gebet an, das erste in einer langen Reihe von Gebeten, die im Laufe des Rituals noch folgen würden. In lateinischen Worten erflehte er den Schutz Gottes und bat darum, dass die Ushana es nicht vermöge, den Kreis zu durchbrechen. Die Ingredienzien des Pulvers, Silberstaub und gemahlener Stechginster, würden sie auf Distanz halten, wenn im Laufe des Rituals die Fesseln abfielen, die sie gefangen hielten. Sobald der Kreis geschlossen war, holte er – ohne seine Gebete zu unterbrechen – eine Handvoll dürrer Zweiglein aus seinem Bündel und schichtete sie vor sich zu einem kleinen Häufchen auf. Ein Symbol des Scheiterhaufens, dem eine mit Stroh gefüllte Flickenpuppe folgte. Im Inneren der Puppe befand sich ein Herz aus Wachs, dessen Kern mit Weihwasser gefüllt war. Es war nicht wirklich ein Herz, vielmehr ein hohler Klumpen, der das Herz der Ushana symbolisieren sollte. In den vergangenen Wochen hatte es einiger Versuche bedurft, bis es Vater Ninian endlich gelungen war, das Wachs so zu formen, dass es das Weihwasser in seinem Inneren hielt.

Während er unaufhörlich lateinische Formeln murmelte, blickte er auf die wenigen Dinge, die nun ausgebreitet vor ihm lagen. Es hatte ihn Jahre gekostet, dieses Ritual zu finden. Umso erstaunlicher war es, wie einfach es durchzuführen war. Mit der Flickenpuppe und dem Häuflein Zweige würde er die Ereignisse von einst nachstellen, während er Gott in seinen Gebeten anflehte, rückgängig zu machen, was der Unendliche damals getan hatte. Das Feuer würde die Puppe verzehren, wie es einst den Leib der Ushana verzehrt hatte, und das Wachsherz schmelzen. Das auf diesem Wege freigegebene Weihwasser sollte reinigen, was der Unendliche mit seiner Gegenwart befleckt hatte. Das Wort Gottes würde alles Böse tilgen, das in den Ruinen Dun Domhainns lauerte. Das Ritual würde seine Wirkung tun – Vater Ninian zweifelte nicht daran. Wovor er sich jedoch fürchtete, war der Augenblick, in dem die Ushana sichtbar werden würde. Es war schon schwer genug, mit dem beklemmenden Gefühl fertig zu werden, das ihre bloße Gegenwart in ihm entfachte. Wie er mit ihrem *Anblick* fertig werden sollte, wusste er nicht.

Schon jetzt konnte er ihre Wut und ihren Hass spüren, die wie eisiger Nebel auf ihn herabsanken und ihn einhüllten. Dennoch fuhr er in seinem Tun fort. Er legte die Flickenpuppe auf den Strohhaufen und setzte ihn in Brand. Ein zorniges Brüllen erfüllte die Luft, zuerst aus einiger Entfernung, dann immer näher kommend, so laut, dass er unwillkürlich selbst die Stimme erhob. Die Flammen leckten über die Zweige, nahmen sie in Besitz und griffen langsam nach der Puppe. Ein Bein brannte bereits. Unaufhörlich breitete sich das Feuer weiter über die Puppe aus. Die Schreie der Ushana gingen in ein schrilles Kreischen über, als bereitete ihr das fortschreitende Ritual Schmerzen. Das Brüllen war jetzt so nah, dass er den Blick von seinen Artefakten wandte. Am Rande des Kreises hoben sich die bleichen Umrisse eines Gesichtes vom schwarzen Stamm der Eiche ab. Vater Ninians Herzschlag setzte für einen Moment aus und auch seine Worte gerieten ins Stocken. Hastig senkte er den Kopf, nahm seine Augen von dem grausigen Anblick. Doch selbst jetzt, da er wieder auf die Flammen blickte, wollte es ihm nicht gelingen, zu verdrängen, was er gesehen hatte. Ausgemergelte Züge, so durchscheinend, dass sie kaum zu fassen waren. Er hatte die Andeutung strähnigen grauen Haars gesehen, das in dünnen Fäden auf kaum erkennbare Schultern herabfiel. Von der Schönheit, die man ihr zu Lebzeiten nachgesagt hatte, war nichts zu erkennen.

Es fiel Vater Ninian schwer, nicht ständig aufzusehen. Seine Furcht, die Ushana könne ihn angreifen, war groß. *Der Kreis schützt mich!* Dennoch fragte er sich, ob es wirklich gelingen könne, die finstere Kreatur ein für alle Mal zu bannen.

Im Inneren der brennenden Puppe schmolz das Wachsherz und gab das Weihwasser frei, das sich mit einem Zischen in die Flammen ergoss. Das Kreischen der Ushana wurde lauter. Diesmal bestand kein Zweifel daran, dass sie Schmerzen hatte. In lateinischen Gebetsformeln flehte Vater Ninian um Schutz und Erlösung. Während das Ritual weiter voranschritt, konnte er den Blick nicht länger von der Ushana fernhalten. Ihre Züge gewannen mehr und mehr an Kontur, bis der Baumstamm hinter ihr nicht länger zu sehen war. Ihr Gesicht glich einer verzerrten Fratze; die Augen brennend vor Hass, die Haut runzlig wie altes Pergament. Langsam schälte sich auch ihr Leib aus der Dunkelheit. Eine schlanke Gestalt mit langen, zarten Gliedern. Der Bann war gebrochen. Die Ushana nicht länger gefangen. Mit ihren Klauen schlug sie nach Vater Ninian. Sie versuchte ihn zu fassen zu bekommen. Doch die Linien des Kreises hielten sie zurück. Nun hing alles davon ab, dass er keinen Fehler machte. Ein winziger Ausrutscher, ein falsch betontes Wort oder eine falsche Bewegung konnten ihn jetzt bereits das Leben kosten.

Wort um Wort fuhr er fort, vorsichtig und dennoch bestimmt. Zunächst war seine Aufmerksamkeit so sehr von der Ushana beansprucht, dass er der Eiche hinter ihr keine Beachtung schenkte. Dann jedoch bemerkte er eine Veränderung. Die hängenden Äste schienen sich zu bewegen, als reckten sie sich dem Himmel entgegen. Der Stamm schien mit einem Mal weniger dunkel. Es dauerte eine Weile, ehe Vater Ninian begriff, dass er nicht länger schwarz war, sondern braun, wie er sein sollte. Da entdeckte er eine erste zarte Knospe an einem der unteren Äste. Als striche der Hauch einer ganzen Jahreszeit binnen weniger Atemzüge über den Baum hinweg, füllten sich die Äste mit Knospen, aus denen Blätter und Blüten wuchsen. Früchte hüllten den Baum ein. Und über dem Wunder des Lebens, dessen Zeuge er werden durfte, lag der durchdringende Schrei der Ushana. Dann verstummte sie. Wilder Triumph erfüllte Vater Ninians Herz. Das Ritual zeigte Wirkung! Das Böse begann sich aus den Ruinen zurückzuziehen und bald wäre auch die Ushana nur noch eine schreckliche Erinnerung.

Während er mit seinen Gebeten fortfuhr, verzehrten die Flammen, was noch vom Scheiterhaufen und der Puppe übrig war. Wurde die Ushana wieder durchscheinend? Neigte sich das Ritual seinem Ende zu? Würde sie schließlich einfach zerfließen wie Nebel unter dem Wind?

Ihr zorniges Brüllen war verstummt. Sie versuchte nicht länger sich dem Kreis zu nähern und ihn zu durchbrechen. Stattdessen hielt sie am Rande inne, die klauenartigen Hände gesenkt. Der Hass in ihren Augen war erloschen.

Selbst die Runzeln in ihrem verfallenen Gesicht schienen sich geglättet zu haben. Je intensiver Vater Ninians Gebete dem Höhepunkt zusteuerten, desto ruhiger wurde sie. Ihr Körper wiegte sich sacht im Rhythmus seiner Worte. Lächelte sie? Hatte sie begriffen, dass er nicht vorhatte, sie seinem Willen zu unterwerfen? *Will sie etwa vernichtet werden?* Plötzlich erstarrte die Ushana mitten in der Bewegung, den Blick auf einen Punkt hinter Vater Ninian gerichtet. Schlagartig wich die Ruhe aus ihren Zügen. Erstaunen erfasste ihre farblosen Augen. Vater Ninian fuhr herum, gerade rechtzeitig, um den Arm zu sehen, der auf ihn zuschoss. Seine Gebete verstummten. Kräftige Finger schlossen sich um seine Kehle und rissen ihn aus dem Kreis. Er wurde in die Höhe gehoben, bis er keinen Boden mehr unter seinen Füßen spürte. Hilflos strampelnd fand er sich in dem fremden Griff wieder, längst außerhalb des schützenden Kreises. Aus dem Augenwinkel sah er, wie die Ushana langsam näher kam, doch Vater Ninian vermochte den Blick nicht von dem Mann abzuwenden, der ihn hielt. Sein Haar so schwarz wie einst der Stamm der Eiche, die Züge kantig und auf seinen Lippen lag ein grausames Lächeln. Doch es waren seine Augen, die Vater Ninian gefangen nahmen. Stahlblau und kalt wie Eis. Sein Herz setzte für einige Schläge aus, als er begriff, wen er vor sich hatte. Der Unendliche war gekommen, um seine Kreatur vor der Vernichtung zu retten! Noch immer in diesem eisernen Griff gefangen, tastete Vater Ninian nach dem Kreuz um seinen Hals und hielt es dem Ersten Vampyr entgegen.

»Weiche, Ausgeburt der Hölle!«

Seine Worte entlockten dem Unendlichen ein Lachen. Mit einem Ruck riss er Vater Ninian herum, bis er wieder

Boden unter den Füßen spürte. Sein Leib wurde nach hinten gebogen. »Trink«, forderte der Unendliche die Ushana auf. »Damit du wieder zu Kräften kommst. Du siehst abscheulich aus.«

Vater Ninian erstarrte, das Herz erfüllt von Furcht. Würde sie ihm die Seele rauben, wenn sie ihn tötete? Würde Gott ihn verstoßen oder mit offenen Armen empfangen?

Da durchbrach die Stimme der Ushana die Stille: »Nein!«

Der Unendliche sah auf. »Nein?«, wiederholte er gefährlich leise.

»Schenk mir meinen Frieden!« Die Ushana flehte beinahe. »Bitte.«

»Du bist *mein* Geschöpf!«, erwiderte der Unendliche kalt. »Ich allein bestimme über dein Dasein! Deine Zeit ist noch nicht gekommen!« Vater Ninian glaubte die Macht zu spüren, die im Blick des Vampyrs lag, als seine Augen nach der Ushana griffen. »Trink!« Die Kraft, die in diesem einen Wort lag, ließ Vater Ninian zusammenzucken.

Auch die Ushana schien sich nicht länger widersetzen zu können. Sie kam näher. Noch immer vom Unendlichen gehalten, blickte Vater Ninian in die Züge der Ushana, die sich nun über ihn beugte. Jegliche Vernunft in ihren Augen war erloschen. Da waren nur noch Wahnsinn und Hass. Das Letzte, was Vater Ninian in seinem Leben sah, waren die spitzen Zähne der Ushana, ehe sie sich in seinen Hals gruben und ihm das Leben aus den Adern saugten.

März 1733

1

Alexandra Boroi verfluchte die stickige Enge der Postkutsche. Beinahe zwei Wochen lag London nun schon hinter ihr und manchmal konnte sie sich des Eindrucks nicht erwehren, Edinburgh würde kein Stück näher rücken. Normalerweise machte es ihr nichts aus, zu reisen. Sie war daran gewöhnt, seit sie mit dreizehn Jahren das kleine Dorf am Fuße der Karpaten, das einst ihre Heimat gewesen war, verlassen hatte. Zehn Jahre waren seitdem vergangen. Womöglich rührte ihre Unruhe daher, dass sie ihrem Ziel in all der Zeit niemals so nah gekommen war.

Während ihre Mitreisenden unermüdlich über den weiteren Verlauf der Reise diskutierten, schweifte ihr Blick aus dem Fenster. Die Landschaft war seit Tagen dieselbe. Endlose grüne Hügel zogen in regelmäßigen Wellen unter einem bleigrauen Himmel vorüber. Nur selten durchbrach der Anblick eines Gehöfts die Eintönigkeit. Mit jedem Zoll, den sich die Kutsche voranbewegte, kroch die Dämmerung näher und sog mehr und mehr das Licht aus der Welt. Das stete Ruckeln ließ ihr die Lider schwer werden. Eine Weile kämpfte sie noch dagegen an, dann schloss sie die Augen. Die Worte ihrer drei Begleiter erreichten ihr Ohr nur noch in Form eines gedämpften Brummens. Am Rande des Schlafes spürte sie die Kälte, die durch die Türritzen ins Innere der Kutsche kroch. Fröstelnd schlang sie die Arme um den Oberkörper. Ihr Mantel lag in einem Gepäcknetz über ihr, doch sie brachte nicht die Energie auf, danach zu greifen. Da bemerkte sie plötzlich eine Bewegung neben sich. Einen Moment später hüllte sie warmer Stoff ein. Sie war Gavril dankbar für seinen Mantel, dennoch öffnete sie die Augen nicht. Ihr stand der Sinn weder nach einem Gespräch noch danach, sich unter Gavrils fürsorglichen Blicken wiederzufinden. Wann würde er endlich begreifen, dass sie seine Gefühle nicht erwiderte? Schlaftrunken fragte sie sich, wie lange es noch dauern mochte, bis sie einen Gasthof erreichten. Schon bald wäre es vollends dunkel und mit der Nacht käme der Nebel. Die unebenen Wege waren schon bei Tag tückisch. In der Dunkelheit gab es nahezu kein Weiterkommen.

Sie hätten längst einen Gasthof erreichen sollen, doch ein entwurzelter Baum hatte ihre Reise verzögert. Der Kutscher hatte der Hilfe seiner männlichen Passagiere bedurft, um die Straße wieder passierbar zu machen. Schließlich hatten sie ihre Fahrt mit erheblicher Verzögerung fortgesetzt. Zu Alexandras Erleichterung war der Baum bisher das einzige Hindernis auf einer ansonsten ereignislosen Reise gewesen. Vielleicht war es gerade diese Ereignislosigkeit, die ihre Unruhe steigerte. Es gab nichts, was sie von ihren sich unaufhörlich im Kreis drehenden Gedanken ablenken konnte.

Wochenlang waren sie in London gewesen, ohne die geringsten Anhaltspunkte zu finden. Erst die Gerüchte aus Edinburgh hatten Alexandra und ihre Begleiter aufhorchen lassen. Die Morde passten exakt ins Bild. Da es in London ohnehin nichts mehr gab, was sie weitergebracht hätte, waren sie mit der ersten Postkutsche gen Edinburgh aufgebrochen. Mit jedem Tag, dem sie ihrem Ziel näher kamen, wuchs Alexandras Rastlosigkeit. Der drängende

Wunsch, endlich am Ende ihrer langen Suche anzukommen, mischte sich mit der Befürchtung, lediglich einmal mehr auf eine erkaltete Spur zu treffen, die sie nur an einen weiteren Ort führen würde.

Während sie noch ihren Gedanken nachhing, veränderte sich plötzlich etwas. Es war, als sengte sich ein Paar Augen in ihren Leib. Ihre Nackenhaare richteten sich auf. Schlagartig wurde ihr bewusst, dass es nicht die übliche nächtliche Kälte war, die sie frösteln ließ. Sie kannte dieses Gefühl. Etwas war in der Nähe der Kutsche! Im selben Moment begannen die Pferde unruhig zu werden. Ihr Wiehern und Schnauben waren bis ins Innere der Kabine zu hören, ebenso wie die erstaunten Rufe des Kutschers und das Knallen der Peitsche, als er versuchte die Tiere zur Ruhe zu zwingen. Schlagartig hellwach öffnete Alexandra die Augen und setzte sich auf. Den Mantel, den Gavril ihr übergelegt hatte, streifte sie ab. Die Unterhaltung der Männer war ins Stocken geraten und verstummte jetzt vollends. Auch sie hatten es bemerkt. Beiläufig glitt Alexandras Blick aus dem Fenster, als betrachte sie die nun nahezu in völliger Finsternis versunkene Landschaft. In Wahrheit suchte sie die Umgebung ab, ohne jedoch mehr zu finden als die entfernten Lichter eines Hauses, die langsam näher rückten. Ihre Augen richteten sich auf Vladimir, der ihr gegenübersaß. Die Miene des massigen Mannes war hart wie immer. Eine Hand ruhte in der Nähe seiner Pistole, die grünen Augen schweiften wachsam umher, ehe sie wieder zu Alexandra zurückkehrten.

»Ist das der Gasthof?«, wollte sie wissen. *Wo?*, formten ihre Lippen lautlos.

»Ich denke schon.« Mit einem knappen Nicken deutete Vladimir auf den Boden der Kutsche.

Unter der Kutsche? So nah! Alexandra unterdrückte einen Fluch. Mit fragend hochgezogener Braue wanderte ihr Blick zwischen Vladimir, seinem Bruder Gavril sowie Mihail hin und her. Vladimir und Mihail hatten einst dem walachischen Heer angehört, wo sie ihr Können in unzähligen Aufständen und Kriegen unter Beweis gestellt hatten. Heute setzten sie ihr Kampfgeschick für andere Ziele ein. Selbst Gavril, der früher nie etwas mit Vladimirs und Mihails blutigem Handwerk zu tun haben wollte, hatte viel von ihnen gelernt.

Vladimir warf einen raschen Blick nach draußen. »Wir sind bald da.« Seine Aufmerksamkeit richtete sich erneut auf Alexandra. »Dein Gesicht ist ganz schmutzig. Du solltest dich waschen, ehe du unter Leute gehst.«

Wie üblich waren seine Worte so wenig freundlich wie seine Miene. Dennoch verstand Alexandra, was er ihr sagen wollte. Sie nickte. »Dann werde ich das tun.« Sie hoffte, dass sie den Gasthof erreichten, ehe es für den armen Mann, der dort draußen vollkommen ahnungslos auf seinem Kutschbock saß, zu spät war.

Plötzlich sahen sie die Lichter. Der Kutscher lenkte sein Gefährt auf einen Hof. Alexandra hörte, wie er absprang. Dann wurde der Wagenverschlag geöffnet.

»Wir sind da.« Das Gesicht des Mannes war staubig, zumindest jener Teil, den sie zwischen seinem Hut und dem Schal, der bis unter die Nase gewickelt war, erkennen konnte. »Unsere Unterkunft für die Nacht.« Er reichte Alexandra den Arm und half ihr auszusteigen. Einmal mehr musterte er sie fast ungläubig. Selbst nach beinahe zwei Wochen schien er sich noch immer nicht daran gewöhnt zu haben, dass sein weiblicher Reisegast es vorzog, hohe Reitstiefel und Hosen statt umständlicher Kleider und Seidenschuhe zu tragen. Sobald sie sicheren Boden unter den Füßen hatte, sagte er: »Ich melde dem Wirt, dass er Gäste hat.«

»Nicht nötig«, widersprach Mihail und sprang aus der Kutsche, um sich rasch ein Bild der Lage zu machen. »Wir kümmern uns selbst darum.«

Einen Moment noch ruhte der Blick des Kutschers auf den drei Männern, die jetzt alle ausgestiegen waren. Dann nickte er, machte kehrt und ging auf den Stall zu.

»Gehen wir.« Gavrils Atem stieg dampfend in die kalte Nachtluft. »Ich kann es kaum erwarten, vor einem warmen Kamin zu sitzen.« Sein Blick richtete sich auf Alexandra, dann hielt er ihr die Hand entgegen. »Komm.«

Sie schüttelte den Kopf. »Geht ihr schon rein und fragt nach Zimmern. Ich wasche mir rasch das Gesicht.«

Während sie sprachen, warf keiner einen Blick zur Kutsche zurück. Jeder wusste, was sich dort – keine fünf Fuß entfernt – befand. Die Pferde tänzelten noch immer unruhig hin und her und scharrten mit den Hufen. Einzig die Bremse verhinderte, dass sie mitsamt der Kutsche durchgingen.

»Bist du sicher, dass du das hier draußen machen willst? Drinnen wird es wohl auch –«

»Sie wird schon wissen, was sie tut!«, fiel Vladimir Gavril barsch ins Wort. »Jetzt kommt endlich, es ist kalt!«

Alexandra und die anderen schlossen sich ihm an, als er auf das Haupthaus zuging. Heimeliger Feuerschein drang durch die Fenster nach draußen und zeichnete orangefarbene Lichtquadrate auf den Hof.

Einige Schritte vor dem Gebäude deutete Vladimir

nach links. »Da drüben habe ich einen Brunnen neben dem Haus gesehen. Beeil dich!«

Ohne ein weiteres Wort trennte Alexandra sich von der Gruppe und ging in die Richtung, die Vladimir ihr gezeigt hatte. Sie hörte, wie die Männer sich dem Haus näherten, die Tür öffneten und eintraten. Neben dem Haus blieb sie stehen und blickte in die dunkle Gasse, die sich vor ihr zwischen dem Haupthaus und einem Schuppen eröffnete. Dass dort ein Brunnen sein sollte, konnte sie lediglich erahnen. Ein paar schemenhafte Umrisse, die sich einige Meter entfernt aus der Nacht erhoben. Vladimir hätte sich weiß Gott etwas anderes ausdenken können, als sie ausgerechnet in diese Finsternis zu schicken. *Warum, zum Teufel, benimmt er sich so feindselig?* Wie Mihail auch hatte er noch nie viel mit ihr gesprochen. Tatsächlich war ihr weder an seiner Freundschaft gelegen noch daran, mit ihm zu plaudern. Für sie war nur wichtig, dass sie sich im Ernstfall vollkommen auf ihn verlassen konnte. Seit einiger Zeit jedoch wurde sie das Gefühl nicht los, dass es besser war, nicht zu sehr auf seine Hilfe zu vertrauen. *Unsinn!* Warum sollte er das Leben einer Verbündeten aufs Spiel setzen? Dennoch ließ seine unterschwellige Feindseligkeit sie misstrauisch reagieren. Etwas stimmte mit Vladimir nicht. Und solange sie nicht wusste, was dahintersteckte, würde sie auf der Hut sein.

Es war erstaunlich, wie verschieden die Brüder waren. Nicht nur äußerlich. Gavril war schlank und so groß wie sie selbst. Sein kurzes Haar war akkurat geschnitten und der Kinnbart gepflegt. Seine Züge waren ebenso weich wie sein Wesen freundlich. Vladimir war das genaue Gegenteil. Die Statur breit und gedrungen, die Züge finster und größtenteils unter einem wild wuchernden Vollbart verborgen. Das schulterlange Haar hatte er meist zu einem losen Zopf gebunden. Einzig die grünen Augen und das braune Haar hatten die Brüder gemein.

Alexandra verharrte noch einem Moment, dann zog sie ihren Gehrock zurecht und machte einen ersten Schritt in die Schatten. Selbst hier, in der Dunkelheit, sah sie ihren Atem in hellen Wölkchen aufsteigen. Ihr war noch immer kalt, trotzdem hatte sie ihren Mantel in der Kutsche zurückgelassen. Sie würde ihn später holen. Jetzt wäre er ihr nur im Weg.

Mit jedem Schritt, den sie tiefer in die Schatten tauchte, schien sich das Gehöft weiter von ihr zu entfernen. Sie war jetzt ganz ruhig. Die Gedanken an die Kälte und an Vladimirs feindseliges Verhalten waren allesamt vergessen. Noch immer trug der Wind Geräusche vom Hof herüber. Der Kutscher, der mit einem Stallburschen sprach, das unruhige Schnauben und Wiehern der Pferde. Sie glaubte sogar Stimmen zu hören, die aus dem Gasthof an ihr Ohr drangen. Vor ihr schälte sich der Brunnen aus der Dunkelheit. Ein grobes Ungetüm aus ungeschlacht wirkenden grauen Steinbrocken. Am Brunnenrand drängte ein Strauch Stechginster aus dem Erdreich. Daneben lag ein umgekippter Eimer. Ohne sich auch nur einmal umzuwenden, bückte sie sich danach und hob ihn auf. Um den Henkel war ein zerfasertes Tau geknotet. Sie nahm es und ließ den Eimer daran langsam in den Brunnen hinab. In ihrem Rücken kroch die Kälte näher, die sie schon in der Kutsche verspürt hatte. Alexandra lauschte. Sie gab rasch mehr Leine und spürte, wie der Eimer auf die Wasseroberfläche schlug, doch sie hörte kaum mehr als ein gedämpftes Plätschern. Er hatte die Kutsche also verlassen. Die unnatürliche Stille war ein untrügliches Zeichen für seine Gegenwart. Jemandem, der nicht wusste, worauf er zu achten hatte, würde sie nicht einmal auffallen. Alexandra aber kannte die Anzeichen. Geräusche klangen dumpfer, seltsam verzerrt und gedämpft. So wie der Eimer, der die Wasseroberfläche vernehmlich hätte treffen müssen. Diese Kreaturen waren gerissen. Sie verstanden sich darauf, ihre eigenen Geräusche auszublenden. Damit veränderten sie jedoch auch andere Laute in ihrer direkten Umgebung. Nicht wesentlich, doch ausreichend, um Alexandra darauf aufmerksam zu machen. Eine unnatürliche Kälte hüllte sie nun ein, als habe ihr die Nacht selbst einen eisigen Mantel um die Schultern gelegt. Noch immer wandte Alexandra sich nicht um. Er kam näher. Schritt für Schritt. Seine Gegenwart verursachte ein eisiges Prickeln auf ihrer Haut. Sie beugte sich weiter über den Brunnen und gab vor, mit dem Eimer und dem Seil zu hantieren. Ihre langen schwarzen Locken fielen wie ein Schleier nach vorne und schränkten ihre Sicht ein. Der Drang, sich umzudrehen, wurde stärker. *Vladimir, wo bleibt ihr?* Sie durfte sich nichts anmerken lassen! Eine schmerzhafte Gänsehaut kroch über ihren Rücken, als er näher herankam. Wie weit war er noch entfernt? Sechs Schritte? Bestenfalls zehn. Eindeutig zu nah! Ihre Hand glitt unter den Gehrock; nach hinten, an den Hosenbund. Ihre Finger ertasteten den festen Griff der Pistole, die dort in ihrem Gürtel steckte. Sie hatte nicht vor, die Waffe zu ziehen – noch nicht. Allein die bloße Berührung verlieh ihr ein Gefühl von Sicherheit. Geräusche, die sie zuvor noch deutlich vernommen hatte, drangen jetzt nicht mehr durch die Aura der Stille, die ihn umgab. Das Wiehern der Pferde war ebenso verklungen wie die Stimmen des Kutschers und des Stallburschen. Selbst aus dem Haus unmittelbar neben ihr war nichts mehr zu hören. Die Kälte wurde mit jedem Atemzug undurchdringlicher. *Mein Gott, wie nah ist er?* Fünf Schritte? Drei? Ihre Finger schlossen sich um die Pistole. Sie konnte nicht länger warten. Da hörte sie plötzlich etwas. Ein Knirschen, so leise, dass es kaum vernehmbar war. Schritte! Endlich! Dann ein Fauchen, direkt neben ihrem Ohr. Alexandra fuhr herum und starrte in die farblosen Augen der Kreatur. Sie hatte gewusst, dass das Wesen nicht mehr weit entfernt war. Dass es bereits *so* nah war, hatte sie nicht geahnt! Einen Herzschlag später hätte es ihr seine Fänge in den Hals geschlagen! Und ihr wäre keine Zeit mehr geblieben, die Waffe zu ziehen. Ihrem Instinkt folgend hatte sie noch in der Drehung nach dem Ginsterstrauch gegriffen, einen Zweig abgerupft und schlug nun damit nach ihrem Gegenüber. Fauchend wich die Kreatur einige Zoll zurück. Dann wurde sie von Alexandra fortgerissen.

Mihail hielt die sich windende und knurrende Kreatur gepackt und versuchte sie ruhig zu halten, damit Vladimir es zu Ende bringen konnte. Der gedrungene Krieger hielt einen Silberdolch in der Hand und visierte sein Ziel an. Einen Wimpernschlag später stieß er zu. Die Klinge bohrte sich in das Herz des Wesens. Ein unmenschliches Kreischen zerriss die Nacht, dann zerfiel die Kreatur unter Mihails Griff zu Staub. Helle Flocken, die langsam zu Boden rieselten und sich dort zu einem kleinen Häufchen türmten. Alexandra glaubte noch immer zu sehen, wie das Monster sie aus gierigen, farblosen Augen anstarrte.

Mihail klopfte sich den Staub von den Händen und wandte sich ihr zu. »Alles in Ordnung?«

Alexandra nickte. Sie wusste, es lag nicht an dem drahtigen Mann, dass sie so spät gekommen waren. Sie musste nur in Vladimirs Gesicht blicken, um zu erkennen, dass er dahintersteckte.

Mihail strich sich das glatte schwarze Haar aus der Stirn. »Es ist kalt. Gehen wir rein.« Er wandte sich um und war schon nach wenigen Schritten mit den Schatten verschmolzen.

Vladimir wollte ihm folgen, doch Alexandra hielt ihn am Arm zurück. »Nächstes Mal lass ihn nicht so nah herankommen! Sonst habe ich das letzte Mal den Köder für dich gespielt!«

»Stell dich nicht so an!« Vladimir streifte ihre Hand mit einem Ruck ab. Er war einen halben Kopf kleiner als sie, dafür aber doppelt so breit. »Ich führe diese Gruppe an. Du wirst schon mir die Entscheidung überlassen müssen, wie wir vorgehen!«

Alexandra kniff die Augen zusammen. »Was ist eigentlich los mit dir? Wir haben das gleiche Ziel! Warum bekämpfst du *mich*?«

Selbst hier im Halbdunkel glaubte sie ein feindseliges Glitzern in seinen Augen zu erkennen. »Dein Bruder war unser bester Freund«, sagte er schließlich. »Wir tun das für ihn. Nicht für dich. Also nimm dich nicht wichtiger, als du bist!«

Obwohl es ihr, wie jedes Mal, wenn die Sprache auf ihren Bruder kam, die Kehle zusammenschnürte, würgte sie hervor: »Das hat nichts mit Viktor zu tun! Du willst mich für etwas bestrafen und ich habe nicht die geringste Ahnung warum! Was habe ich dir getan?«

»Du bist kalt wie Eis! Menschen sind für dich nichts weiter als ein Mittel zum Zweck. Also wirf mir nicht vor, wenn ich dich wie ein Werkzeug behandle!« Er verengte die Augen zu schmalen Schlitzen. »Gavril läuft dir seit Jahren wie ein treuer Hund hinterher und du weist ihn wieder und wieder aufs Neue zurück! Du hast kein Herz, Alexandra Boroi.« Während seine letzten Worte noch in ihren Ohren klangen, machte er kehrt und stapfte mit weit ausgreifenden Schritten davon. Alexandra blieb allein in der Dunkelheit zurück.

Vladimir hatte recht. Sie hatte kein Herz. Sie kannte keine Furcht und auch keine Freude. Nur Hass und Wut. Jedes andere Gefühl in ihr war tot – gestorben mit ihrer Familie. Das Einzige, was sie am Leben hielt, war der Wunsch nach Rache. Sie würde diese Kreaturen jagen und eine nach der anderen zur Strecke bringen, bis sie *ihn* endlich fand. Während der letzten Jahre hatte es nichts gegeben, was sie von ihrer Aufgabe abgelenkt hatte. Keine Freunde. Keine Liebhaber. Nichts. Selbst ihre Begleiter, die untereinander enge freundschaftliche Bindungen hatten, betrachtete sie lediglich als Verbündete im Kampf gegen die Mächte der Finsternis. Ein Mittel zum Zweck – Vladimir hatte es richtig erkannt. Alexandra hielt sich von anderen fern und erlaubte sich keine Schwächen. Nichts sollte sie davon abhalten, ihr Werk zu Ende zu bringen! Ihr Blick ruhte auf jener Stelle, an der die staubigen Reste der vernichteten Kreatur langsam vom Wind aufgenommen und davongetragen wurden. Wie sehr sie diese Monster hasste! Ein Vampyr hatte ihr Leben zerstört. Sie würde nicht ruhen, ehe nicht auch der letzte zu Staub zerfallen war!

2

Es war herrlich, den Mann zu jagen. Ansehnlich war er, jung und nicht mehr ganz unschuldig. Noch ahnte er nichts von der Gefahr, in der er sich befand. Doch das würde sich bald ändern. Sie liebte es, die Furcht ihrer Beute zu spüren! Es erhöhte den Reiz, wenn sie um ihr Leben liefen und dann, sobald sie erkannten, dass es kein Entrinnen mehr gab, um Gnade flehten. Aber sie kannte kein Erbarmen. Nie! Auch heute Nacht würde sie ihre Beute erlegen, ohne zu zögern.

Sie hatte ihn auf der High Street gesehen, wo er mit einigen anderen Männern zusammengestanden war. Die Gruppe hatte die Köpfe zusammengesteckt und über eine junge Frau gesprochen, die an ihnen vorüberkam. Ein hübsches Ding, dessen Anblick ihnen anzügliche Bemerkungen entlockte und sie zu derben Scherzen verleitete. Nur er hatte kein Wort gesagt und dem Mädchen lediglich schweigend hinterhergesehen. Die Lust in seinem Blick jedoch war unverkennbar. Er würde ein leichtes Opfer sein! Kurz darauf – es war inzwischen dunkel – hatte er sich von seinen Kameraden getrennt und war von der High Street in den Mary King's Close getreten. Der Close war ein wundervolles Jagdrevier. Enge, verwinkelte Gassen im Schatten hoher Häuserschluchten. Hier herrschte ständige Dämmerung. Selbst bei Tag vermochte kaum ein Sonnenstrahl den Boden zu berühren. Nachts jedoch war die Dunkelheit beinahe undurchdringlich. Im Schein der wenigen Laternen, die in großen Abständen an den dunklen Hausfassaden angebracht waren, schienen die Schatten nur noch weiter anzuwachsen. Fahles Mondlicht tauchte die oberen Stockwerke in silbernen Schein. Darunter lag die Finsternis. Ein Labyrinth aus Sackgassen, Hinterhöfen und schmalen Wegen. Tagsüber brodelnd vor Leben, jetzt je-

doch, nach Einbruch der Dunkelheit, verlassen und still. Seit sie hier jagte, wagte sich kaum jemand mehr des Nächtens aus dem Haus. Dass er noch unterwegs war, erschien ihr wie ein Geschenk.

»Ein wenig Glück gehört zu jeder guten Jagd«, flüsterte sie.

Wie ahnungslos er dem Verlauf der Gasse folgte. Als könne ihm nichts etwas anhaben. Seine hellen Locken hoben sich deutlich von der Dunkelheit ab. Er ging schnell, den Blick geradeaus gerichtet, doch nichts deutete darauf hin, dass er sich fürchtete. Zweifelsohne hatte auch er von den Morden gehört, die sich in den Schatten zwischen den eng stehenden Häusern ereignet hatten. Doch junge Männer wie er fühlten sich unsterblich. Sie glaubten, nichts und niemand könne ihnen etwas anhaben. Vermutlich war er davon überzeugt, mit seiner Stärke und Gewandtheit jeden Angreifer besiegen zu können. Aber konnte er es auch mit den Waffen einer Frau aufnehmen?

Es war an der Zeit, den Reiz der Jagd zu steigern. Hatte sie sich davor nahezu lautlos bewegt, setzte sie ihre Absätze nun bei jedem Schritt vernehmlich auf das Kopfsteinpflaster. Das Geräusch ihrer Schritte wurde emporgetragen und hallte von den Wänden wider. Er hielt inne und sah sich um. Natürlich konnte er sie in den Schatten nicht erkennen, denn seine Augen waren die eines normalen Menschen. Die Dunkelheit war sein Feind und verbarg, was ihm bald zum Verhängnis werden würde. Er kniff die Augen zusammen und spähte angestrengt in die Finsternis.

»Ist da jemand?«, rief er.

Noch lag keine Furcht in seiner Stimme. Vielmehr waren es Neugierde und Wagemut, die sie darin fand. Statt zu antworten, fuhr sie mit ihren Klauen über die Wand. Das Kreischen, das daraufhin erklang, ließ ihn zurückfahren. Hektisch fuhr sein Blick durch die Gasse, streifte über die hohen schwarzen Häuserwände und zuckte von einer Seite zur anderen. Sein Mut war verflogen.

Es war an der Zeit, die Schlinge zuzuziehen. Als er kehrtmachte und seinen Weg – diesmal schneller – fortsetzte, stolperte sie hinter ihm aus dem Schatten in den schwachen Lichtkreis einer Laterne und zwang ein hilfloses Schluchzen aus ihrer Kehle.

»Bitte«, flehte sie und fiel auf die Knie, »verschonen Sie mich!«

Als er ihre Stimme vernahm, blieb er erneut stehen und wandte sich um. »Hab keine Angst«, sagte er sanft zu ihr und kam langsam näher. Seine Furcht war gewichen. Die Vorsicht, mit der er sich auf sie zubewegte, rührte nun einzig und allein daher, dass er sie nicht erschrecken wollte. »Ich will dir nichts tun. Ich dachte, jemand verfolgt mich.«

Nur wenige Schritte von ihr entfernt blieb er stehen. Wie jung er war – und noch immer ahnungslos! Ein herrliches Spielzeug, dessen Anblick ihr Blut zum Kochen brachte!

»Du solltest um diese Zeit nicht mehr allein hier draußen sein«, sagte er und streckte ihr die Hand entgegen. »Komm, ich bringe dich nach Hause.« Als sie nach seinen Fingern griff, half er ihr auf die Beine. »Bei Gott, Mädchen, deine Hände sind ja eiskalt!« Er zog seinen Rock aus und legte ihn ihr um die Schultern. Die Wärme und der Geruch seines Körpers hingen im Stoff und legten sich wie eine Decke über sie. Voller Leben … »Wo musst du hin?«

»Dort entlang.« Sie deutete in die Gasse. »Mein Vater sagte, dass ich vor Einbruch der Dunkelheit zu Hause sein muss, doch Mrs Flannigan wollte mich nicht gehen lassen«, schniefte sie. »Sie hatte immer neue Aufgaben für mich, und als ich endlich mit allem fertig war, dämmerte es bereits. Ich habe kein Geld für eine Droschke, deshalb musste ich zu Fuß gehen …«

»Keine Sorge, ich bringe dich sicher nach Hause«, sagte er und legte ihr einen Arm um die Schultern. Eine Geste des Schutzes, doch sie spürte, dass darin weit mehr lag. Womöglich war es ihm nicht bewusst, doch sie konnte sein Begehren riechen.

»Wie ist dein Name?« Während sie dem Verlauf der steil abfallenden Gasse folgten, rückte sie näher an ihn heran.

»William.«

»Du bist stark, William«, stellte sie fest und ließ ihre Hand langsam über seinen Rücken nach unten gleiten. Ihrer unausgesprochenen Aufforderung konnte er nicht widerstehen. Er schlang einen Arm um ihre Taille, zog sie an sich und küsste sie. Als sie seinen Kuss erwiderte, schob er sie in einen schmalen Durchlass zwischen zwei Häusern und drängte sie an die Wand. Seine Hände glitten über ihren Körper, während sein Kuss leidenschaftlicher wurde und seine Zunge Einlass in ihren Mund suchte. Da biss sie ihn in die Lippe, bis sie sein Blut schmeckte; süß und verlockend.

»Du bist reichlich ungestüm!« William stieß ein unterdrücktes Lachen aus und zog sie enger an sich. Da packte sie ihn beim Rockaufschlag, drehte ihn herum und presste ihn an in die Wand. Seine Erregung wuchs. Als sie ihm zwischen die Beine griff, stöhnte er lustvoll und ließ seine Hände über ihre Brüste gleiten. Ihre Lippen wanderten von seinem Mund über seine Wange, zu seinem Ohr und dann hinab zu seinem Hals. Genüsslich leckte sie über seine Halsbeuge. Unter der Haut spürte sie die Wärme seines Blutes und den pochenden Herzschlag an ihrer Zungenspitze. So lebendig ... Obwohl sie das Liebesspiel mit ihm gerne noch ein wenig genossen hätte, konnte sie sich nicht länger zügeln. Das Verlangen nach seinem Blut war größer als das nach seinem Körper Während er ihren Rock nach oben schob und seine Hand über die Innenseite ihres Schenkels glitt, schlug sie ihre Zähne in seinen Hals. Ein überraschter Aufschrei kroch aus seinem Mund. Sollte er schreien, so viel er wollte. Niemand würde ihn hören. Sie vermochte es, seine Geräusche ebenso wie ihre eigenen unter einem Schleier der Stille zu verbergen. Furcht beschleunigte seinen Herzschlag, pumpte das warme Blut umso schneller aus seinem Körper *und ließ es in ihren Mund sprudeln. William versuchte sich zu befreien, doch er hatte ihrer Kraft nichts entgegenzusetzen. Er war nur ein Mensch, schwach und hilflos. Ganz allmählich schwand das Leben und damit die Wärme aus seinem Leib. Als er in ihren Armen erschlaffte, ließ sie von ihm ab. Wie ein nasser Sack fiel er zu Boden. Während sie sich die letzten warmen Blutstropfen von den Lippen leckte, blickte sie gleichgültig auf Williams Leichnam herab, der sie aus toten Augen anklagend anstarrte.*

Catherine Bayne fuhr mit einem Schrei aus dem Schlaf. Der widerwärtige Geschmack von Blut erfüllte ihren Mund, doch gleichzeitig war da auch etwas, das ihre Sinne angenehm erfüllte und ihre Haut prickeln ließ. Sie glaubte das Echo einer Berührung an ihrem Schenkel und ihren Brüsten zu spüren. Die Wärme eines männlichen Körpers, seinen Geruch und seinen Herzschlag ... Sie sprang aus dem Bett und stürzte zum Fenster. Mit einem entschiedenen Ruck riss sie die Vorhänge zurück und stieß das Fenster auf. Ein Luftzug fuhr in den Raum und kühlte die Erinnerung an die ungestümen Berührungen ab. *Welche Erinnerung?* Catherine fuhr sich mit der Hand über die Augen. Es war ein Traum! Nichts weiter als eine Illusion!

Schon seit geraumer Zeit verfolgten sie die Nachtmahre, die jedes Mal mehr an Intensität zu gewinnen schienen. Anfangs waren es nur Bilder gewesen. Szenen der Jagd, die stets damit endeten, dass sie ihre Beute erlegte. Bald jedoch gesellten sich zu den Bildern Geräusche, begleitet von dem Gefühl, nicht länger zu träumen, sondern tatsächlich an jenem Ort zu sein. Sie glaubte berühren zu können, was immer sie sah. Spürte das Kopfsteinpflaster unter ihren Stiefeln und das raue Mauerwerk, wenn sie mit den Klauen darüberfuhr. Der Geruch von Lust, Furcht und Tod lag in der Luft. Eine Mischung, der die Traum-Catherine nur schwer widerstehen konnte. Geschmack und Gerüche verbanden sich mit dem überwältigenden Triumph, den sie verspürte, sobald sie ihre Zähne in den Hals ihres Opfers schlug. Der Albtraum endete jedes Mal auf die gleiche Weise: Der Anblick eines Leichnams ließ sie aufschrecken.

»Was habe ich getan?«, murmelte sie in die Dunkelheit ihres Schlafzimmers. Nichts! Sie hatte nichts getan! Aber wie konnte ein Traum derart real sein? Was, wenn sie doch dort draußen gewesen war? Konnte das, was sie für einen Albtraum halten wollte, die Erinnerung an etwas sein, was ihr Bewusstsein vehement zu verdrängen suchte? Nein! Sie war keine Bestie.

Catherine wandte sich vom Fenster ab und kehrte zu ihrem Bett zurück. Die Dämmerung war noch weit entfernt, dennoch wusste sie, dass sie in dieser Nacht keinen Schlaf mehr finden würde.

3

Daeron ap Fealan blickte nachdenklich auf den Humpen, der vor ihm auf dem Tisch stand. Das Ale darin war längst schal. Egal, er würde es ohnehin nicht anrühren. Schon lange verspürte er kein Bedürfnis mehr nach Nahrung oder Getränken. Es war auch nicht Hunger oder Durst, der ihn nach Einbruch der Dämmerung in das Pub an der Chambers Street getrieben hatte, sondern der Wunsch, der Leere seines Hauses für eine Weile zu entkommen.

Er hatte sich einen Tisch in der Ecke gesucht, von dem aus er den überfüllten Raum gut im Blick hatte. Einige Zeit hatte er die Männer beobachtet, die rauchend und trinkend beisammensaßen und sich lautstark unterhielten. Die einzige Frau im Raum war eine Schankmaid, die geschäftig hin und her hastete und den Männern die Krüge füllte. Eine Weile war Daerons Blick zwischen den schiefen Tischen umhergestreift, über den abgewetzten Holzboden und die rauen Steinwände gewandert und immer wieder zu den Tischen zurückgekehrt. Die Luft vibrierte von unzähligen Stimmen, die den niedrigen Raum erfüllten, doch Daeron hatte das Interesse daran verloren, die Menschen länger zu beobachten. Unterhaltungen, Gelächter und Gejohle verklangen zu einem dumpfen Summen, als seine Sinne die Umgebung immer weiter ausblendeten.

Er war nun seit beinahe einer Woche hier. Gleich nach seiner Ankunft hatte er sich ein Haus gemietet, wo er sich jedoch nur selten aufhielt. Die meiste Zeit war er ruhelos durch die engen Straßen und Gassen Edinburghs gestreift, an den dicht an dicht stehenden zehn oder zwölf Stockwerke hohen Häusern entlanggewandert und hatte versucht eine Entscheidung zu treffen. Sollte er sie aufsuchen?

Für einen Moment lauschte er dem Regen, dessen Prasseln von draußen an sein Ohr drang. Der Regen erinnerte ihn an die erste Zeit nach seiner Umwandlung. Lange Zeit hatte es für ihn kaum mehr gegeben als die Agonie. Jener grauenvolle Schmerz, von dem er geglaubt hatte, er würde seinen Körper zerreißen, und der ihn wünschen ließ, sie hätte ihn sterben lassen. Die Welt war hinter einem fahlgrauen Schleier verborgen gewesen, und wenn er versuchte ihn zu durchdringen, übermannte ihn ein Ansturm auf seine Sinne, der ihn beinahe wahnsinnig werden ließ. Geräusche waren zu laut gewesen, Gerüche zu stark und Licht und Farben so grell, dass es schmerzte. Willens zu sterben, hatte er sich wieder hinter den Schleier zurückgezogen und gewartet, bis es endlich vorüber wäre. Doch die Erlösung war ihm verwehrt geblieben.

Immer wieder war Catherine zu ihm gekommen und hatte versucht ihn mit Tierblut zu nähren. Er hatte es verweigert. Nach einigen Tagen jedoch war der Hunger über ihn gekommen. Catherine schlief zusammengerollt an seiner Seite, da kroch er aus der Ruine und wollte sich an einigen Beeren zu schaffen machen, die davor an einem Strauch wuchsen. Es gelang ihm nicht einmal, die Hand ganz an den Mund heranzuführen. Denn der bloße Gedanke, das Obst zu essen, ließ Übelkeit in ihm aufsteigen. Der Hunger jedoch ließ sich nicht länger unterdrücken. Und je länger er ihn in sich trug, desto mehr wurde ihm bewusst, wonach er sich verzehrte. Blut. Er wollte das Blut, das er so lange verweigert hatte!

Von da an hatte er sich nicht mehr dagegen gewehrt, wenn Catherine ihm Tiere brachte. Hasen, Füchse und manchmal auch Ratten. Er schlug seine Fangzähne in die Kadaver und saugte sie bis auf den letzten Tropfen aus. Anfangs hatte er den metallischen Geschmack als widerlich und abstoßend empfunden. Doch schon bald gewöhnte er sich daran und lernte die Macht des Lebenssaftes zu schätzen. Mit jedem weiteren Tier kehrten seine Kräfte ein Stück mehr zurück.

Catherine war die ganze Zeit über nicht von seiner Seite gewichen. Sie hatte versucht seinen Schmerz zu lindern und ihm die Verzweiflung zu nehmen, die er anfangs angesichts seiner Veränderung empfand. Zugleich war sie ihm aus dem Weg gegangen. Sie weigerte sich, in seiner Gegenwart Nahrung aufzunehmen, und zog sich, nachdem er wieder bei Kräften war, mehr und mehr zurück. Daeron wollte ihr sagen, wie glücklich er war, dass sie nun endlich zusammen sein konnten. Doch Catherine wich all seinen Versuchen, mit ihr zu sprechen, aus.

Eines Nachts war Daeron zum ersten Mal selbst auf die Jagd gegangen. Diesmal begnügte er sich nicht mit Kleintieren. Er erlegte einen Hirsch und labte sich an dessen Blut. Das Gefühl des Triumphes, das ihn dabei überkam, war unbeschreiblich! Niemals zuvor hatte ihn eine derartige Kraft erfüllt!

Durchströmt von einem unglaublichen Hochgefühl war er zurückgekehrt. Catherine war nicht da. Daeron wähnte sie ebenfalls auf der Jagd und wartete auf sie. Doch sie kehrte nicht zurück. Weder in dieser Nacht noch in einer anderen.

Mehr als vier Jahre waren seitdem vergangen. Einen Großteil dieser Zeit hatte er damit verbracht, nach ihr zu suchen. Anfangs hatte er die Highlands rund um das Glen Beag durchstreift, ehe er seine Suche auch auf weiter entfernt liegende Dörfer und Gehöfte ausgeweitet hatte. Nirgendwo gab es den geringsten Hinweis auf ihren Verbleib. Selbst in Inverness und Aberdeen, sogar in Edinburgh war er gewesen. Ohne Erfolg. Schließlich hatte er seine Suche weiter in den Süden nach England ausgedehnt. Im Laufe der Zeit war er vereinzelt auf Spuren anderer Vampyre gestoßen. Grausame, mordende Kreaturen, die allein stehende Gehöfte oder kleinere Ortschaften heimsuchten. Wann immer er einem dieser Wesen begegnet war, hatte er es vernichtet. In London schließlich hatte er eine Entdeckung gemacht, die ihn zutiefst beunruhigte. Dort waren Hinweise an sein Ohr gedrungen, die darauf hindeuteten, dass es Menschen gab, die sich darauf verlegt hatten, Vampyre zu jagen. Keine unehrenhafte Aufgabe angesichts der Kreaturen, denen er bisher begegnet war. Doch die Nachricht ließ ihn um Catherines Sicherheit fürchten. Nicht auszudenken, was geschehen würde, wenn sie ihnen in die Hände fiele!

Catherine blieb verschwunden. Dennoch weigerte er sich aufzugeben. Als ihn seine Suche auch nach Wales führte, beschloss er seiner Familie einen kurzen Besuch abzustatten. Als er Gwydeon House, das Landgut der ap Fealans erreichte, lag sein Vater im Sterben. Seine Mutter war bereits im Winter davor dem Fieber erlegen. Daeron war nur eine Nacht mit seinem Vater geblieben, ehe dieser starb. Dennoch war er dankbar, dass es ihm vergönnt gewesen war, Abschied zu nehmen. Die Menschen von Gwydeon House waren froh über seine Rückkehr, hatten sie doch nun niemanden mehr, der das Gut führen konnte. Unter anderen Umständen hätte er das Erbe seines Vaters angetreten – mit Catherine als Frau an der Seite. Obwohl es Daeron drängte, die Suche fortzusetzen, konnte er die Menschen nicht im Stich lassen. Sie sollten zumindest imstande sein, das Anwesen auch ohne die Leitung eines ap Fealan weiterzuführen. Er engagierte ein paar Männer, die nach Catherine suchen sollten, während er selbst in Gwydeon House blieb, um einen Verwalter in seine Aufgaben einzuweisen. Die ganze Zeit über war er von Menschen umgeben gewesen, die er seit seiner frühesten Kindheit kannte, und dennoch hatte er sich so einsam gefühlt wie niemals zuvor.

Er hatte schon einmal geglaubt Catherine verloren zu

haben, als sie das Glen Beag für einige Jahre verlassen hatte. Dann jedoch war sie überraschend zurückgekehrt und es war ihm endlich gelungen, ihr die Gefühle zu offenbaren, die er so lange in sich getragen hatte. Aber ihnen waren nur wenige gemeinsame Tage vergönnt gewesen, ehe die Machenschaften ihres Vaters sie ein weiteres Mal auseinandergerissen hatten. *Wir wären damit fertig geworden. Warum bist du gegangen, Catherine? Warum hast du mich verlassen?* Er wollte endlich Antworten auf die Fragen, die ihn seit ihrem Weggang quälten. Aber noch mehr als das wollte er die Frau zurück, die er über alles liebte!

Beinahe ein Jahr nachdem er die Männer ausgesandt hatte, um nach Catherine zu suchen, schrieb einer – Ian Frayne – eine Nachricht, dass er sie gefunden habe. Sie war in London und traf gerade Vorbereitungen, nach Edinburgh zu reisen. Frayne würde ihr folgen und Daeron auf dem Laufenden halten. Dem Schreiben lag eine Kontaktadresse in Edinburgh bei. Nach diesen Neuigkeiten hätte nichts es vermocht, Daeron länger in Wales zu halten. Der Verwalter war mittlerweile so gut mit seinen Aufgaben vertraut, dass er allein zurechtkommen würde. Daeron hinterließ nicht mehr als einen Abschiedsbrief, in dem er erklärte, dass ihn wichtige Geschäfte für eine Weile fortführten.

Seine Reise nach Edinburgh war schnell und ereignislos verlaufen. Nach seiner Ankunft hatte er sich unter der angegebenen Adresse gemeldet. Tatsächlich hatte er Frayne dort angetroffen und von ihm Catherines Aufenthaltsort erfahren.

»Möchten Sie, dass ich Ihnen ein frisches Ale bringe, mein Herr?«

Die Worte der Schankmaid ließen Daeron aufsehen.

Während man sich auf dem Land in weiten Teilen noch immer mir »Ihr« ansprach, war man in der Stadt längst zum »Sie« übergegangen. Daeron hatte einige Tage gebraucht, sich daran zu gewöhnen, doch noch immer stutzte er manchmal angesichts der ungewohnten Anrede. »Nein, vielen Dank. Das hier genügt mir völlig.«

Das Mädchen nickte und wandte sich dem nächsten Tisch zu. Daerons Blick wanderte einmal mehr durch den Raum, streifte beiläufig über die Anwesenden und blieb schließlich an einem Mann hängen, der zwei Tische weiter saß. Eine Pfeife hing locker in seinem Mundwinkel und sandte dicke Rauchwolken in die Luft, während er eine Zeitung zusammenfaltete und auf den Tisch legte. Daerons Augen fingen sich auf der Titelseite des *Edinburgh Evening Courant*, streiften über eine Schlagzeile, die die Erhöhung der Fenstersteuer verkündete, weiter zu einer Überschrift, laut der unzählige Bauern Verluste wegen einer grassierenden Rinderseuche beklagten, ehe sie auf den dicken schwarzen Lettern hängen blieben, die im Zentrum der Seite prangten: *Achter blutiger Mord! Der Wahnsinnige Schlächter hat wieder zugeschlagen!*

Daeron erhob sich und ging hinüber. »Entschuldigung, darf ich?«, fragte er den Mann und deutete auf die Zeitung. Als dieser nickend eine weitere Qualmwolke ausstieß, griff Daeron nach der Gazette und kehrte damit an seinen Tisch zurück. Der passende Artikel fand sich unmittelbar unter der Schlagzeile.

Edinburgh wird seit einigen Wochen von einer blutigen Mordserie heimgesucht. Mit der Leiche von William Swann wurde gestern das insgesamt achte Opfer im Mary King's Close aufgefunden.

Vom Wahnsinnigen Schlächter, wie die Menschen den Mörder inzwischen nennen, fehlt jede Spur. Daher werden die Bürger der Stadt Edinburgh aufgefordert, die Straßen bei Nacht weiterhin zu meiden und ihre Fenster und Türen sorgfältig zu verschließen. Die ermittelnden Beamten schweigen bisher über den Fall, dennoch wurde dem Evening Courant *aus zuverlässiger Quelle bekannt, dass die Opfer nicht einmal einen einzigen Tropfen Blut im Leib gehabt haben sollen.*

Mit gerunzelter Stirn überflog Daeron den Artikel ein weiteres Mal. Es bestand kein Zweifel, in Edinburgh trieben Vampyre ihr Unwesen. Konnte Catherine ...? Nein! Nicht Catherine! Sie war keine Mörderin. Kurz nach ihrer Umwandlung hatte er sie sogar zwingen müssen sein Blut zu trinken, um sie am Leben zu halten. Aber inzwischen war die Umwandlung längst vollzogen. Und seit ihrem Verschwinden waren mehr als vier Jahre vergangen. Was, wenn sie sich verändert hatte? Womöglich war sie nicht mehr die Frau, die er gekannt und geliebt hatte. Unwillkürlich schüttelte er den Kopf. *Ich bin selbst ein Vampyr.* Doch abgesehen davon, dass sein Herz nicht mehr schlug und er sich von Blut ernährte, hatte er sich nicht verändert. Sein Blutdurst hatte ihn nie zum Mörder werden lassen. Er hatte einen anderen Weg gefunden, seinen Hunger zu stillen, ohne dabei jemandem zu schaden. Er konnte sich nur schwer vorstellen, dass es bei Catherine anders sein sollte. Nicht, nachdem sie immer so hart dagegen angekämpft hatte. Es musste eine andere Erklärung für die Morde geben.

Daeron stand auf und brachte die Zeitung zurück. Als er sich umwandte, um wieder zu seinem Platz zu gehen, stieß er mit jemandem zusammen. Er sah nicht einmal hin, dennoch reagierte er blitzschnell und griff zu, ehe sein Gegenüber ins Stolpern geraten konnte. Seine Finger schlossen sich um bestickten Stoff. Der verführerische Duft einer jungen Frau stieg ihm in die Nase. Natürlich und keineswegs von einer aufdringlichen Parfümnote verfälscht. Zweifelsohne nicht die Schankmaid. Nun sah er sein Gegenüber doch an. Sie war beinahe so groß wie er. Das Schwarz ihrer langen Locken fand sich auch in ihren Augen wieder. Beides stand in starkem Kontrast zu ihrer hellen Haut. Die Züge waren fein, beinahe schon aristokratisch, und obwohl sie groß war, ließ sie das fast zerbrechlich wirken. Noch erstaunlicher jedoch war ihre Gewandung. Sie war vermutlich die einzige Frau in Edinburgh, die Hosen trug! Dazu ein Paar spiegelblank polierter schwarzer Reitstiefel, ein weißes Hemd mit Stehkragen und einen blutroten Gehrock aus Brokat, der mit üppigen schwarzen Rankenmustern bestickt war. Über ihrem Hemdkragen entdeckte er ein silbernes Kreuz an einer Kette. Der Anblick des heiligen Symbols gefiel Daeron nicht, dennoch war es nicht nah genug, um ihm wirkliches Unbehagen zu bereiten. »Entschuldigen Sie.« Nachdem er sicher war, dass sie noch immer Herrin ihres Gleichgewichts war, gab er sie frei. »Habe ich Ihnen wehgetan?«

Sie schüttelte den Kopf. »Mir ist nichts passiert.« Ihre Wortwahl war perfekt, dennoch sprach sie einen harten Akzent, der keinen Zweifel daran ließ, dass sie nicht von hier war. Daeron nahm an, dass sie aus Osteuropa kam. Womöglich aus Transsilvanien oder der Walachei. Sie sagte noch etwas, doch Daeron hörte ihr nicht mehr zu, denn in diesem Moment wurde seine Aufmerksamkeit von drei

Männern abgelenkt, die hinter ihr an einem der größeren Tische saßen. Ihre Röcke waren ebenso von Reisestaub überzogen wie die Dreispitze, die vor ihnen auf dem Tisch lagen. Zwei von ihnen beugten sich über eine Ausgabe des *Evening Courant* und studierten dieselbe Schlagzeile, die Daeron kurz zuvor gelesen hatte. Doch sein Augenmerk galt etwas anderem. Bei einem der Männer, einem breiten, bärtigen Kerl, zeichneten sich unter dem Rock die Umrisse einer Waffe ab. Vermutlich eine Pistole. Ungewöhnlich genug, dass ein Mann bewaffnet in ein Pub ging. Noch auffälliger jedoch waren die beiden Silberdolche am Gürtel seines Kameraden. Außerdem trugen alle drei Männer, wie die Frau vor ihm auch, Kreuze um den Hals. Zu ihren Füßen standen ihre Bündel auf dem Boden und an einem war ein Zweig Stechginster festgebunden. Diese Männer waren eindeutig auf der Jagd!

4

Catherine Bayne klappte den Folianten zu, in dem sie während der vergangenen Stunde gelesen hatte, und fuhr sich mit der Hand über die Augen. Sie fühlte sich ausgelaugt und erschöpft. Ihr Blick fuhr über die langen Bücherregale hin zu einem der schmalen Fenster. Dahinter kratzte die Nacht an die regennasse Scheibe. So spät schon? Sie hatte nicht einmal bemerkt, dass es inzwischen dunkel geworden war, denn im Lesesaal war es so düster, dass der Bibliothekar ihr bereits zur Mittagsstunde eine Kerze gebracht hatte. *Dabei muss ich mir gar keine Sorgen um meine Au-*

gen machen. Krankheiten und menschlicher Verfall konnten ihr nichts anhaben. Wenn sie sich verletzte, verspürte sie Schmerzen, doch ihre Wunden heilten schnell und hinterließen keine Narben. Sie bekam keine Falten und wurde auch nicht krank. Obwohl inzwischen fünf Jahre vergangen waren, besaß sie weiterhin den Körper einer jungen Frau, die das zwanzigste Lebensjahr noch nicht erreicht hatte. Einzig ihre Seele hatte unter Verletzungen zu leiden, die nicht heilen wollten.

Die Kerzenflamme fauchte leise, als Catherine den Stuhl zurückschob und sich erhob. Seit dem Morgen hatte sie ihren Tisch nur verlassen, um sich weitere Bücher zu holen oder nicht mehr benötigte Werke in die Regale zurückzustellen. Den größten Teil des Tages war sie allein geblieben. Es waren Semesterferien, sodass sich nur hin und wieder ein übereifriger Student hierher verirrt hatte. Von Zeit zu Zeit hatte der Bibliothekar seine Arbeit unterbrochen, um sie zu fragen, ob sie zurechtkam.

Catherines Augen wanderten über die langen Regalreihen, die den Lesebereich umgaben. Zu ihrer Linken führten ausgetretene Holzstufen auf eine Galerie, hinter deren Geländer sich weitere Regale erstreckten. Wie viel Zeit würde sie benötigen, um endlich eine Spur zu finden?

Seit sie in Edinburgh angekommen war, kam sie jeden Tag hierher. Der Bibliothekar wunderte sich sicher schon, warum sie keine Pausen machte und nie etwas aß. Wann hatte sie überhaupt das letzte Mal etwas zu sich genommen? Vor einigen Tagen? Oder war es bereits eine Woche her? Angesichts der Nachtmahre, die sie in dieser Stadt in regelmäßigen Abständen heimsuchten, fiel es ihr schwer zu sagen, wann sie *tatsächlich* das letzte Mal Blut gekostet hatte.

Im Gegensatz zu den Träumen, in denen sie sich nach der roten Köstlichkeit verzehrte, hatte sie sich im wahren Leben nach all den Jahren noch immer nicht an den ekelhaft metallischen Geschmack gewöhnt. Es widerte sie derart an, dass sie die Nahrungsaufnahme jedes Mal so lange wie möglich hinausschob. Sehr viel länger jedoch würde sie es nicht mehr verzögern können. Andernfalls könnte sie die Kontrolle verlieren und wäre nicht mehr Herrin ihrer Sinne, wenn sie schließlich auf die Jagd ginge. Bisher war sie nur ein einziges Mal in diesen Zustand der Raserei verfallen. Etwas Derartiges wollte sie nie wieder erleben.

Sie hasste ihren Vater für das, was er ihr angetan hatte. Statt jedoch daraus zu lernen, hatte sie denselben Fehler begangen wie er. *Wie konnte ich so selbstsüchtig sein!* Anders als ihr Vater hatte sie aus Liebe gehandelt. Das hatte sie zumindest anfangs geglaubt. Die entsetzliche Gewissheit, Daeron an den Tod zu verlieren, hatte sie dazu getrieben. Doch selbst das edelste Motiv änderte nichts daran, was sie ihm angetan hatte.

Zeugin seiner Umwandlung zu sein, war, als durchlebe sie ihre eigene Veränderung ein weiteres Mal. Selbst wenn sie nicht mit eigenen Augen gesehen hätte, welche Qualen er durchlitt, hätte sie gewusst, durch welche Hölle er ging. Sie hatte es kurz zuvor am eigenen Leib erfahren. Was er erlebte, war jedoch schlimmer. Er hatte nicht nur mit der Veränderung zu kämpfen, sondern auch mit einer Verwundung, die unter normalen Umständen tödlich gewesen wäre. Vier tiefe Risse von Roderick Baynes Klauen, die Daerons Fleisch und seine Eingeweide zerfetzt hatten. Catherine konnte zusehen, wie sie sich schlossen. Dabei dehnte sich die Haut und legte sich wie ein zum Zerreißen gespanntes Tuch über die klaffende Wunde. Hell und durchschimmernd, sodass sie sah, wie sich das Fleisch darunter zusammenschob. Das alles ging viel zu schnell vonstatten. Fleisch und Haut dehnten sich über die Maßen, Knochen verschoben sich und Organe heilten. Obwohl Daeron nicht bei Bewusstsein war, wand er sich vor Schmerz. Auch als nichts mehr daran erinnerte, dass es die Wunde je gegeben hatte, war es nicht vorüber. Obwohl es für ihn künftig keine Krankheit mehr geben würde, glühte sein Leib vor Hitze. Die Qualen, als sich seine Sinne öffneten, ließen ihn immer wieder aufbrüllen. Er fantasierte und war kaum bei Besinnung. Bei jedem Geräusch zuckte er zusammen. Gerüche irritierten ihn. Selbst das gedämpfte Licht einer Kerze schmerzte ihn so sehr, dass es Tage dauerte, ehe er überhaupt in der Lage war, die Augen zu öffnen. Er sprach wirr, und für einige Zeit fürchtete Catherine, er würde dem Wahnsinn anheimfallen. Sie versuchte die Umwandlung zu beschleunigen, indem sie ihn mit Tierblut nährte. Anfangs verweigerte er es. Schließlich jedoch siegten seine Instinkte. Mit dem Blut schwanden seine Schmerzen und sein Bewusstsein kehrte zurück. In dieser Zeit hatte Catherine begonnen, ihm aus dem Weg zu gehen. Wann immer er wach war, war sie auf die Jagd gegangen oder hatte sich in einen anderen Teil der Ruinen Dun Domhainns zurückgezogen. Während der ersten Tage war er zu sehr in Agonie verfallen gewesen, als dass er sie hätte zur Rede stellen können. Sie war nicht einmal sicher, ob er sie überhaupt erkannte. Doch nun, da er allmählich wieder zu Kräften kam, war der Zeitpunkt gewiss nicht mehr fern, an dem er sie mit der bitteren Wahrheit konfrontieren würde. Sie hatte sein Leben genommen und ihn zu einem Dasein in

Blut und Schatten verdammt. Dafür würde er sie hassen, ebenso wie sie ihren Vater deswegen hasste. Das würde sie nicht ertragen. Und es gab nur einen Weg, das zu verhindern. Sie musste ungeschehen machen, was sie ihm angetan hatte. Nachdem sie das begriffen hatte, war sie zu Vater Ninian gegangen. Sie war bereit ihr Leben zu geben, wenn das den Fluch von Daeron genommen hätte. Zu hören, dass es keine Heilung gab, erschütterte ihre Hoffnung. Ihre Verzweiflung war so groß gewesen, dass sie sogar daran gedacht hatte, Daerons Leben auszulöschen, indem sie ihm eine silberne Klinge ins Herz stieß, und sich anschließend selbst auf dieselbe Weise zu richten. Für eine Weile hatte sie sich an den Gedanken geklammert, auf diesem Wege endlich erlöst zu werden. Dann jedoch hatte sie sich gefragt, ob die Kreatur in ihr es tatsächlich zulassen würde, dass sie sich etwas antat. Und selbst wenn es ihr gelingen sollte, würde der Unendliche weiterexistieren und weiterhin Leid über arme Seelen bringen. Sei es nun durch seine eigenen Taten oder durch die seiner Kreaturen. *Er* war der Keim. Er musste vernichtet werden. Dann wäre auch Daeron frei – und sie ebenfalls. Womöglich bedeutete es ihrer beider Ende, doch das war weit besser, als jenes schreckliche Dasein zu fristen, das sie so sehr verfluchte.

»Nicht einfach«, wiederholte sie Vater Ninians Worte leise. *Aber auch nicht unmöglich.* Das Wissen, dass es ein Relikt gab, mit dessen Hilfe es möglich wäre, den Unendlichen zu vernichten, entzündete den Funken Hoffnung in ihrem toten Herzen erneut. Wenn dieses Artefakt tatsächlich existierte, würde sie es finden!

Catherine war nicht zu Daeron zurückgekehrt. Die Gewissheit, dass er sie für das, was sie ihm angetan hatte, hassen würde, hielt sie davon ab. Sie hatte seinen Blick gesehen, als sie ihn umgewandelt hatte. Das Grauen in seinen Augen, als er begriff, dass sie ihn nicht sterben lassen würde ... Er hatte versucht sich ihr zu entziehen, doch sein sterbender Leib hatte nicht mehr die nötige Kraft dazu gehabt. *Ich habe ihm nicht einmal eine Wahl gelassen.* Daeron war in jener Nacht nicht gestorben. Dennoch hatte sie ihn verloren.

»Ich mache es wieder gut«, flüsterte sie und griff nach den Büchern, die vor ihr auf dem Tisch lagen, um sie in ein Fach zu legen, aus dem sie sie morgen wieder holen würde. Seit sie Daeron in Dun Domhainn zurückgelassen hatte, suchte sie nach Hinweisen auf jene Reliquie, von der Vater Ninian gesprochen hatte. Mächtig sollte sie sein. Das war alles, was sie wusste. Anfangs war es schwierig gewesen, überhaupt einen Ansatz zu finden. Sie war umhergezogen und hatte jeden Priester und Messdiener befragt, dem sie begegnet war. Da sie sich den Kirchen nicht weiter als auf einige Schritte nähern konnte, hatte sie in den Pubs und Dorfschenken auf die Gottesmänner gewartet. Sie gab vor, einen Disput mit ihrem Bruder darüber zu haben, welches die heiligste aller kirchlichen Reliquien wäre. Nun wollte sie die Meinung der Priester dazu wissen. An unzähligen Abenden hatte sie zahllose Geschichten verschiedenster Heiliger und der von ihnen bevorzugten, inzwischen als heilig angesehenen Gegenstände zu hören bekommen. Nichts davon erschien ihr mächtig genug, um dem Unendlichen zu schaden.

In den größeren Städten suchte sie die öffentlichen Bibliotheken auf. Der Zugang zu kirchlichen Archiven blieb ihr verwehrt. Zu sehr fühlte sie sich von diesen Orten abgestoßen. Sie stieß auf einige Gegenstände, von denen sie annahm, dass sie tatsächlich eine gewisse Macht ausübten – zumindest auf die Gläubigen. Doch weder das Turiner Grabtuch noch diverse Kelche oder Statuen aus dem Vatikan schienen ihr dazu angetan, einen Vampyr zu vernichten. Drei Jahre vergingen, sie wollte schon aufgeben, als sie endlich auf etwas stieß. Ein Pfarrer in der Nähe von Edinburgh berichtete ihr von einem schwarzen Kruzifix, in dem ein Splitter aus dem Kreuze Jesu eingearbeitet sein sollte. Was konnte mächtiger sein als ein Bruchstück des Wahren Kreuzes? Die Ehrfurcht, mit der der alte Mann über das Kreuz sprach, bestärkte Catherine in ihrer Überzeugung, dass es sich dabei um jene vielvermögende Reliquie handeln musste, von der Vater Ninian gesprochen hatte. Seither hatte sie ihre volle Aufmerksamkeit auf das Schwarze Kreuz gerichtet und war schließlich nach London gereist. Monatelang hatte sie die Bibliotheken und Archive der Metropole durchkämmt, hatte jeden noch so winzigen Hinweis in einem inzwischen reichlich abgenutzten Notizbuch vermerkt. Letztlich waren die Spuren versandet. Dennoch gab es Anhaltspunkte, die darauf hindeuteten, dass das Kreuz in Edinburgh sein könnte. Bisher hatte sie nur wenige Anzeichen gefunden, dass dem tatsächlich so war. Sie hatte allerdings erst einen Bruchteil der Bücher und Schriften eingesehen. Grund genug, weiterhin auf einen Fund zu hoffen. Für heute jedoch hatte sie genug getan. Es war an der Zeit, in das kleine Zimmer zurückzukehren, das sie gemietet hatte. Gleich morgen früh würde sie ihre Suche fortsetzen.

Das Rauschen des Regens mischte sich mit den regelmäßigen Atemzügen des Bibliothekars. Catherine schob das letzte Buch in ihr Fach und wandte den Kopf. Eine kleine Kerze hüllte den grauhaarigen Mann, der über seinem Pult eingeschlafen war, in spärlichen Schein. Den Kopf zur Seite geneigt offenbarte er einen Teil seines Halses. Catherines Blick heftete sich auf die Ader, die voller Leben unter der Haut pulsierte. Der Hunger, der nun schon seit Tagen ihr steter Begleiter war, übermannte sie. Die Kreatur in ihr drängte vorwärts. Ihre Röcke raschelten leise. Dann stand sie plötzlich vor dem alten Mann. Ihr Blick schweifte einmal mehr durch den Raum, glitt über Regale und Lesetische. Außer ihr und ihm war niemand hier. Lange würde sie ihren Hunger nicht mehr zügeln können. Sollte sie …?

Sie beugte sich über ihn und sog durch die Nase die Luft ein. Seiner faltigen Haut entströmte dieser eigene leicht modrige Geruch, der alte Menschen häufig umgab. Dennoch wäre sein Blut eine willkommene Abwechslung zu den Betrunkenen, an denen sie sich sonst labte. Sie waren leichte Beute, doch selbst ihr Blut schmeckte nach dem billigen Fusel, mit dem sie sich bis zur Bewusstlosigkeit betranken. Der Bibliothekar wäre wohltuend anders im Geschmack. Sie würde ihn nicht töten – sie tötete nie! Außer in ihren Träumen. Catherine beugte sich noch weiter vor. Ihre rotbraunen Locken rutschten über ihre Schulter nach vorne und streiften den Mann am Arm. Catherine fuhr erschrocken zurück, doch er erwachte nicht. Noch immer hing ihr Blick an seiner Halsschlagader. *Nur ein paar Schlucke.* Unwillkürlich schüttelte sie den Kopf und trat einen weiteren Schritt vom Pult zurück. Nicht hier! Nicht, solange sie an diesen Ort zurückkehren wollte! Das war zu gefährlich. Vor allem, seit die Gazetten voll von Berichten über blutleere Leichen waren. Dennoch war es unumstößlich, dass sie Nahrung brauchte.

Schon einmal hatte sie es zu lange hinausgezögert. Daraufhin hatte die Kreatur in ihr die Kontrolle übernommen und ihren Hunger gestillt. Catherine war eine Gefangene in ihrem eigenen Körper gewesen. Sie hatte alles mit ansehen müssen, ohne etwas dagegen tun zu können. In jener entsetzlichen Nacht, damals in London, war die Kreatur so sehr im Blutrausch gewesen, dass sie drei Menschen getötet hatte. Sie hatte ihnen die Kehlen herausgerissen und ihren Mund mit sprudelndem Blut gefüllt. Satt und zufrieden hatte sich die Kreatur schließlich zurückgezogen und es Catherine überlassen, mit den entsetzlichen Bildern fertig zu werden. Die enge Gasse. Die Stille. Einzig das Geräusch von Schritten war zu vernehmen, als sich ihre Opfer mit hastigen Schritten durch die Nacht bewegten. Eine Familie. Die Eltern mit einem kleinen, vielleicht fünfjährigen Sohn. Der Vater warf immer wieder besorgte Blicke in die Umgebung. Es war keine sichere Gegend und sichtlich fürchtete er überfallen zu werden. Dass es weitaus schlimmer kommen würde, ahnte er nicht. Catherine versuchte umzukehren und die Gasse zu verlassen, doch die Kreatur drängte voran. Das Monster in ihr jubelte und erfreute sich an der Jagd. Es *spielte* mit seinen Opfern. Obwohl es ein Leichtes gewesen wäre, sich lautlos zu bewegen, verursachte sie immer wieder absichtlich ein Geräusch. Die Familie wurde nervös. Die Frau schob sich immer enger an ihren Mann, den Arm schützend um den kleinen Jungen gelegt. Catherine wollte ihnen zurufen, sie mögen fliehen, doch die Kreatur erlaubte es nicht. Schließlich – als die Familie beinahe rannte – zeigte sich das Wesen hinter ihnen.

»Warten Sie!« Es war Catherines Stimme. Die Verzweiflung, die dem Tonfall innewohnte, entsprach tatsächlich ihren eigenen Empfindungen. Aber die Worte entstammten nicht ihrem Willen, sondern dem der Kreatur. »Bitte laufen Sie nicht weg!«

Der Mann wandte sich um. Schweißperlen glitzerten auf seiner Stirn, doch seine Miene entspannte sich merklich. Zweifelsohne schätzte er Catherine nicht als Gefahr ein. Er war gut einen Kopf größer als sie und beinahe doppelt so breit. Er warf seiner Frau einen aufmunternden Blick zu, dann trat er einen Schritt nach vorne. »Brauchen Sie Hilfe, Miss?«

Die Kreatur nickte und kam näher. Catherine fühlte, wie sich ihre Hände, die sie in den Manteltaschen verborgen hielt, veränderten. *Fliehen Sie!*, wollte sie brüllen, als sie die messerscharfen Klauen spürte, zu denen ihre Finger geworden waren. *Drehen Sie sich nicht um und laufen Sie, so schnell Sie können!* Stattdessen rief die Kreatur furchtsam: »Ich habe mich verirrt.«

»Dies ist eine üble Gegend.« Mitleid und Fürsorge prägten nun die Züge des Mannes. »Begleiten Sie uns ein Stück. Schon bald kommen wir in eine Gegend, in der –«

In diesem Moment sprang die Kreatur vor und riss ihm mit einem einzigen Hieb die Kehle heraus. Die Frau und der Junge drängten sich kreischend aneinander. Gelähmt vor Furcht würden sie nicht entkommen. Die Kreatur beugte sich über den Mann, der auf dem Pflaster zusammengebrochen war. Sprudelndes Blut füllte Catherines Mund. Niemals zuvor hatte es derart abstoßend und widerwärtig geschmeckt. Sie spürte den wilden Triumph der Kreatur in sich und die Stärke, die ihren Körper mit jedem Tropfen mehr durchflutete. Catherine wollte schreien. Sie wollte sich losreißen von dem toten Leib, der vor ihr auf dem Boden lag, doch die Kreatur hatte noch nicht genug. Nachdem sie sich am Lebenssaft des Mannes gelabt hatte, erhob sie sich langsam und wandte sich der Frau und dem Kind zu.

Die Erinnerung ließ sich nicht verdrängen. Catherine sah die entsetzten Gesichter noch immer vor sich. Das Grauen in ihren Zügen, als sich die Klauen in ihr Fleisch gruben und ihnen das Leben herausrissen. Stundenlang hatte sie ihre Hände mit einer Bürste geschrubbt. Selbst als das Blut längst fortgewaschen war, hatte sie nicht aufhören können. Wieder und wieder hatte sie Hautschicht um Hautschicht abgerieben. Sie konnte beobachten, wie sich sofort neue rosige Haut bildete, und hatte diese augenblicklich wieder abgescheuert. Sie zitterte und weinte und hätte in diesem Moment alles dafür getan, einfach sterben zu können. Sie wollte nie wieder töten! Und seit jener Nacht hatte sie es auch nicht mehr getan. Es war das erste und einzige Mal gewesen, dass die Kreatur die Oberhand gewonnen hatte. Catherine würde dafür sorgen, dass es nie wieder geschah! Wenn die Albträume ihr jedoch weiterhin den Schlaf raubten, würde sie das nicht nur um ihre Fähigkeit zur Regeneration, sondern auch um die Kontrolle über das Monster in ihr bringen.

Ihre Augen ruhten noch immer auf dem Bibliothekar. Heute würde es noch gehen. Morgen jedoch sollte sie ihren Hunger stillen. Catherine beugte sich vor und blies die Kerze aus. Dabei fiel ihr Blick auf den *Evening Courant*, der neben dem Alten auf dem Tisch lag. Sie sah die Schlagzeile und überflog den Artikel, der von einer weiteren Schreckenstat des *Wahnsinnigen Schlächters* kündete, ohne den Worten wirklich Aufmerksamkeit zu schenken. Doch dann blieb ihr Auge am Namen des Opfers hängen: *William Swann.* William! Der Traum! Brennende Hitze schoss durch ihren Körper. Ehe sie vor Entsetzen erstarren konnte, machte sie abrupt kehrt und stürmte in die Eingangshalle. Sie griff nach ihrem Mantel, der neben der Tür an einem Haken hing, und stürzte durch das große Portal nach draußen.

Vor der Tür blieb sie stehen und schlüpfte rasch in den Mantel. Die Kälte machte ihr nichts aus, Catherine hieß sie sogar willkommen, vertrieb sie doch die Hitze des Schreckens. Dennoch versuchte sie so viele menschliche Gewohnheiten wie möglich beizubehalten. Sie konnte es sich nicht erlauben, aufzufallen. Eine Frau, die ohne Mantel durch den eisigen Märzregen lief und danach nicht einmal einen Schnupfen bekam, würde zweifelsohne Aufmerksamkeit erregen. Während sie den Wollstoff um ihre Schultern zog, ließ sie ihren Blick über die Straße wandern. Nebel drückte von den Hängen des nahe gelegenen Arthur's Seat auf die Stadt herab, strich träge durch die Gassen und hüllte den Schein der Straßenlaternen in milchigen Schimmer. Das nasse Kopfsteinpflaster glänzte schwarz im Mondlicht. Die Bibliothek lag, wie die übrigen Universitätsgebäude auch, mitten in der Stadt. Dicht an dicht stehende Häuser neigten sich mit ihren mächtigen Fassaden aus dunklem Stein tief in die schmalen Gassen. Nur wenige Straßen waren breit genug für eine Droschke oder ein Fuhrwerk. Catherine bevorzugte morgens auf dem Weg zur Bibliothek jene Gassen, deren Pflaster kaum jemals vom Licht berührt wurden. Dort, tief in den Schatten der engen Wynds und Closes, konnte sie sich selbst bei Tag nahezu ungehindert bewegen.

Im Gegensatz dazu konnte sie jetzt, im Schutze der Nacht, die großen Straßen nehmen. Sie trat auf die Nicolson Street und wandte sich nach links. Der Regen schlug ihr ins Gesicht, als sie der leicht ansteigenden Straße mit raschen Schritten folgte. An der Kreuzung zur Drummond Street, unweit der Bibliothek, stand eine Droschke. Catherine hatte Mitleid mit dem armen Kutscher, der sichtlich auf Kundschaft wartete. Mit eingezogenem Kopf saß der Mann auf dem Bock, die Kappe tief im Gesicht. Ein ausgesprochen dürftiger Schutz vor dem strömenden Regen. Für einen Kutscher war die Nacht nicht ungefährlich. Vor allem seit die Morde die Stadt in Angst und Schrecken versetzten. *William.* Das musste ein Zufall sein! Wie jeder andere auch verfolgte Catherine die Berichte über die grausige Mordserie. Den *Wahnsinnigen Schlächter* nannten sie ihn. Sie hegte keinen Zweifel, dass es sich um einen Vampyr handelte. *Aber doch nicht um mich!* Seit sie Daeron verlassen hatte, war sie immer wieder auf Spuren gestoßen, die auf die Existenz weiterer Vampyre hindeuteten. Catherine hatte keine davon verfolgt. Sie hatte am eigenen Leib erlebt, welches Unheil diese Wesen über die Menschen brachten. Dass sie töteten, war dabei noch das geringste Übel. Catherine wollte ihnen nicht begegnen. Sie wollte sie vernichten! Doch für einen offenen Kampf war sie nicht stark genug. Deshalb konzentrierte sie all ihre Energie darauf, das Schwarze Kreuz zu finden. Wenn der Unendliche fiel, brauchte sie sich um seine Kreaturen keine Sorgen mehr zu machen.

Die Drummond Street lag bereits ein ganzes Stück hinter ihr, als sie die ratternden Räder einer Droschke vernahm. Unaufhörlich rumpelte das Gefährt näher. Statt jedoch an ihr vorüberzufahren, wurde die Droschke langsamer und fuhr schließlich auf gleicher Höhe neben ihr her. Catherine wollte dem Kutscher gerade sagen, dass sie keine Fahrt benötigte, als sie sah, dass seine Augen nicht auf sie, sondern auf die Straße gerichtet waren. Da wurde neben ihr das Kabinenfenster heruntergeschoben. Ein Mann blickte ihr aus dem schattigen Inneren entgegen. Sein Haar war von so hellem Blond, dass es beinahe weiß wirkte, und seine Hakennase hob sich deutlich vor der Dunkelheit ab. Der Geruch von Tabak und Whisky umwehte ihn wie billiges Parfüm. Selbst hier, auf dem Bürgersteig, spürte sie seine Wärme. Das gleichmäßige Schlagen seines Herzens drang an ihr Ohr wie das regelmäßige Ticken eines Uhrwerks.

Unwillkürlich beschleunigte Catherine ihren Schritt. Regenwasser spritzte unter den Füßen auf und durchnässte ihre Schuhe. Auf ein Zeichen des Blonden hin schloss der Kutscher wieder zu ihr auf. Sie wusste nicht, was der Fremde von ihr wollte, dennoch konnte sie das Unheil, das ihn umgab, förmlich riechen. Er stank nach etwas Bösem! Wäre sie noch ein Mensch gewesen, hätte ihr sein Auftreten eine Gänsehaut verursacht.

»Sie sollten nicht mehr in die Bibliothek zurückkehren, Miss Bayne«, durchdrang die sonore Stimme des Blonden das Rauschen des Regens. »Nicht in diese und auch in keine andere.«

Woher weiß er meinen Namen?

Catherine ging schweigend weiter, den Blick starr auf den Weg gerichtet. Da fuhr er fort: »Stecken Sie ihr totes Näschen nicht länger in Dinge, die Sie nichts angehen. Damit tun Sie sich keinen Gefallen.«

Catherine blieb abrupt stehen und wandte sich der Droschke zu. »Wer sind Sie?«

»Denken Sie an meine Warnung. Es wird keine weitere geben.« Der Blonde klopfte mit der flachen Hand gegen die Kabinenwand und lehnte sich dann so weit im Sitz zurück, dass sie ihn nicht mehr sehen konnte. Der Kutscher schwang die Peitsche und trieb das Pferd an. Ratternd entfernte sich die Droschke immer weiter, bis bald nur noch die wankende Kutschenlaterne in der Dunkelheit auszumachen war.

*

Auf dem Weg zu ihrer Unterkunft entschied sich Catherine nun doch jene Gassen zu nehmen, die für eine Droschke unpassierbar waren. Sie hatte das Gefährt in der Nacht verschwinden sehen, dennoch wollte sie der Gedanke nicht loslassen, jemand könne ihr folgen.

Der Blonde war zweifelsohne ein Mensch gewesen. Doch warum sollte einem Sterblichen daran gelegen sein, zu verhindern, dass sie das Schwarze Kreuz fand? Woher konnte er überhaupt davon wissen? Letzteres war wohl nicht wirklich ein Kunststück. Wo immer sie hinkam, stellte sie Fragen. Sie hatte sich nie die Mühe gemacht, zu verhehlen, wonach sie suchte. Bisher hatte es auch keinen Grund dazu gegeben, doch jetzt hatte sie sichtlich einen.

In der Gasse, in der sich ihre Unterkunft befand, blieb sie im Schatten eines Hauses stehen. Wenn sie wussten, wonach sie suchte, wussten sie vermutlich auch, wo sie wohnte. Was, wenn ihr dort jemand auflauerte? Sie brauchte so schnell wie möglich eine neue Bleibe. Doch das war im Augenblick nicht das größte Problem. Wie sollte sie ihre Nachforschungen jetzt unbemerkt fortsetzen? Zumindest konnte sie jetzt sicher sein, dass sie auf der richtigen Fährte war. Warum sonst sollte jemand verhindern wollen, dass sie weitermachte?

5

Fröstelnd zog Alexandra die Kapuze tiefer ins Gesicht. Selbst der dicht gewebte Stoff ihres Mantels bot keinen Schutz mehr vor dem strömenden Regen. Der Wind zerrte an ihren Gewändern und drängte Nässe und Kälte immer weiter in ihre Knochen.

Nachdem den Männern im Pub der Bericht über den *Wahnsinnigen Schlächter* in die Hände gefallen war, hatte Vladimir zum Aufbruch gedrängt. Seit sie vor einer Weile in die Royal Mile gebogen waren, hatten die drei Jäger ihre Schritte verlangsamt. Wachsam schweiften ihre Blicke über die hohen Häuser, deren dunkle Fassaden eine Front entlang des Straßenrandes bildeten. Immer wieder führte eine schmale Passage unter einem der Häuser hindurch in eine dahinterliegende Gasse.

Die Enge der Stadt war beklemmend. Im Gegensatz zu London, wo sich die Bevölkerung auf einer großen Fläche verteilte, drängte sich in Edinburgh alles um die Royal Mile herum. Die steil abfallende Straße, die auf dem Grat eines Hügels verlief, begann am Castle Hill, wo sich das Edinburgh Castle hoch über der Stadt erhob, und führte dann über die High Street und vorbei an unzähligen Gebäuden, Läden und Lokalen hinab zum Netherbow, jenem Stadttor, das Edinburgh von der unmittelbar angrenzenden Stadt Canongate trennte. Enge Häuserschluchten wuchsen zu beiden Seiten der High Street aus den steilen Abhängen. Die einstige Furcht vor Angreifern hatte dafür gesorgt, dass massive Verteidigungsanlagen errichtet worden waren, um die Bewohner zu schützen. Der Flodden Wall umgab die Stadt, beginnend am Castle Hill, nach allen Seiten. Eine gewaltige, fünf Fuß dicke Mauer mit Wehrgängen, Türmen und Schießscharten. Auf der nördlichen Seite des Walls lag der Nor' Loch, ein künstlich angelegter See, dessen Wasser zum größten Teil aus stinkender Kloake bestand. Im Laufe der Jahre war der Flodden Wall, der einst Sicherheit versprochen hatte, zu einem Fluch für die Stadt geworden. Die Zahl der Bewohner Edinburghs war gewachsen, doch die Eingrenzung war dieselbe geblieben. Dennoch wagte kaum jemand, sich außerhalb der Stadtmauer anzusiedeln. Die Folge war, dass die kleinen mit Stroh gedeckten Häuser abgerissen und durch andere, immer weiter in die Höhe wachsende Gebäude ersetzt wurden. Einst breite Straßen wurden zu schmalen Gassen, um den dort entstehenden Häusern mehr Platz zu bieten. Vierzigtausend Menschen lebten hier auf engstem Raum, zusammengepfercht in winzigen, fensterlosen Kammern und dunklen Kellern. In den Gassen stank es nach Kloake und Abfall. Einzig auf der Royal Mile und in den wenigen größeren Straßen, die von ihr abzweigten, war es etwas besser. Setzte man seinen Fuß jedoch in die schmalen Closes und Wynds, die zumeist durch einen Durchbruch in einem der Häuser zu erreichen waren, schien es, als betrete man eine vollkommen andere Welt. Eine Welt, in der selbst bei Tag kaum ein Lichtschimmer vermochte, zwischen den hohen, eng stehenden Häusern hindurch den Boden zu finden.

»Dort!« Mihail deutete auf die Umrisse von St. Giles, die nicht weit entfernt aus der Nacht wuchsen. Selbst im strömenden Regen war der kronenförmige Turm der Kathedrale deutlich zu erkennen. »Wir sind gleich da!«

Mihails Worte waren kaum verklungen, da blieben Gavril und Vladimir stehen. »Hier ist es.« Gavril zeigte auf einen weiteren Durchgang, über dem in verwitterten Lettern ein Schriftzug prangte. Alexandra musste die Augen zusammenkneifen, um ihn im schwachen Schein einer Straßenlaterne entziffern zu können. *Mary King's Close*. Das war also der Ort, nach dem Vladimir suchte. Der Ort, an dem sich der letzte Mord ereignet hatte.

»Ich verstehe immer noch nicht, was das soll, Vladimir«, knurrte Alexandra unwirsch. »Es ist viel zu dunkel, um etwas zu erkennen. Wie willst du da Spuren finden?«

Vladimir antwortete nicht. Er zog seine Pistole und trat in den Durchgang. Nach wenigen Schritten verschlang ihn die Finsternis. Mihail folgte ihm. Einzig Gavril hielt kurz inne. »Manchmal entdeckt man im Schutze der Dunkelheit mehr als am helllichten Tag«, sagte er, ehe auch er in den Schatten verschwand. Da begriff Alexandra, was Vladimir hier wollte. Er war nicht an Spuren interessiert. Er hoffte die Kreatur zu finden.

Widerwillig folgte sie den dreien. Sie trat in den Durchgang und das Licht schwand. Schon bald wies ihr nur noch ein schwacher Schimmer den Weg. Nach zwei weiteren Schritten war auch er vergangen. Schwer legte sich die Dunkelheit über Alexandra; dick und zäh, als ließe sie sich berühren. Sie kniff die Augen zusammen und spähte in die Finsternis. Sollte am Ende des Durchgangs nicht Licht zu erkennen sein? Wenigstens ein grauer Schimmer? Doch da war nichts als Schwärze. Ein widerlicher Geruch erfüllte die Luft, abgestanden und faulig. Alexandra tat einen weiteren Schritt nach vorn. Ein einziger Schritt, der unzählige Male von den Wänden widerhallte, ehe sein Echo endgültig verklang. Wie lang war dieser Durchgang? Er konnte doch kaum mehr als fünfzehn oder zwanzig Schritt messen. Warum waren die Männer nicht zu sehen oder wenigstens zu hören? Sie lauschte in die Dunkelheit, versuchte ihre Schritte und Stimmen auszumachen, doch das einzige vernehmbare Geräusch war ihr eigener Atem. Die Finsternis war so absolut, dass sie das Gefühl bekam, die Orientierung zu verlieren. Ging sie noch geradeaus? Sie hielt inne und sah sich um. Von der Royal Mile zwängte sich schwacher Laternenschimmer in den Durchgang, wo er sich rasch verlor. Sobald sie sich umdrehte, versank der Weg wieder in undurchdringlichen Schatten. Alexandra streckte die Hand zur Seite und griff nach der Wand. Das Mauerwerk fühlte sich kalt und glitschig unter ihren Fingern an. Tot. Obwohl sie die Hand am liebsten zurückgezogen hätte, ließ sie ihre Finger weiterwandern und ertastete sich den Weg. Nach wenigen Schritten bekam die Dunkelheit Risse, wurde durchlässig, bis sie endlich den Close vor sich ausmachen konnte. Die schmale Gasse war zu beiden Seiten von zwölf Stockwerke hohen Häusern flankiert, die sich dort dicht an dicht drängten. Der Weg war so steil, dass die Häuser sich gegen den Hang zu lehnen schienen, um nicht zu stürzen. Jedes von ihnen schief, die meisten baufällig. Hier wohnten die Ärmsten der Armen, zusammengezwängt in winzigen Räumen. Kaum eine der kleinen Kammern hatte ein Fenster oder einen Rauchabzug. Dies war eine Welt für sich. Nur wenige, die nicht hierher gehörten, verließen jemals die belebten Straßen und Gassen rund um die Royal Mile herum, um sich hier umzusehen.

Tiefer in der Gasse hing eine einsame Laterne an einer Hauswand und sandte ihren tristen Schimmer in die Nacht, ehe er vom Regen aufgesogen wurde. Ein langer Streifen Dunkelheit folgte, ehe der Schein einer weiteren Laterne erneut die Finsternis durchbrach. Dahinter gehörte die Gasse der Dunkelheit. Auf dem unebenen Pflaster mischte sich die Kloake mit dem Regen. Ein stinkendes Rinnsal, das die Straße hinablief. Derselbe Gestank, den sie schon im Durchgang bemerkt hatte, hing auch hier in der Luft. Gefangen zwischen den eng stehenden Hauswänden und derart intensiv, dass nicht einmal der Regen vermochte ihn fortzuwaschen.

Vladimir, Mihail und Gavril standen am Rande des Lichtkreises der ersten Laterne und ließen ihre Blicke den Close entlangwandern. Alexandra schloss zu ihnen auf. Es gefiel ihr nicht, dass Vladimir es nicht einmal für nötig hielt, sie in seine Pläne einzuweihen. Er mochte ihr grollen, so viel er wollte, sie gehörte noch immer zu den Jägern. Sie hatte ein Recht darauf, zu erfahren, was er plante!

»Wir wissen nicht einmal, wo genau sich der Mord ereignet hat«, sagte sie leise. »Der Close ist groß und so verwinkelt wie der Rest der Stadt. Denkt ihr wirklich, dass wir etwas finden werden?«

Sie konnten kaum mehr tun, als durch die Gassen zu streifen und darauf zu hoffen, dass die Kreatur auch heute Nacht hier sein würde. Diese Ungewissheit gefiel Alexandra nicht. Üblicherweise *wussten* sie, wenn sie auf die Jagd gingen, wo sich ihre Beute aufhielt.

Den Kopf in den Nacken gelegt, die Augen mit der Hand vor dem Regen abgeschirmt, betrachtete sie die hohen Hausfassaden. Hinter kaum einem der spärlich gesäten Fenster brannte noch Licht. Als sie den Blick wieder auf die Straße richtete, waren die Jäger der Gasse bereits ein Stück gefolgt. Kaum zu erkennen außerhalb der fahlen Lichtkreise der spärlich verteilten Laternen.

Die Männer anzublicken, die ihr seit Jahren vertraut waren, fühlte sich plötzlich an, als beobachte sie jemanden, den sie nie zuvor gesehen hatte. Es lag nicht an Vladimirs Verhalten allein, dass sie ihr plötzlich wie Fremde erschienen. In Wahrheit *waren* sie Fremde. Sie hatte keinen von ihnen je wirklich an sich herangelassen. Und Alexandra wusste nur zu genau, dass Vladimir sie nur duldete, da sie ihren Nutzen bereits mehrfach unter Beweis gestellt hatte. Innerhalb der eingeschworenen Gemeinschaft der Jäger stand sie allein. Dennoch waren sie die einzigen Menschen, die ihr geblieben waren. Außer ihnen gab es niemanden in ihrem Leben.

Immer weiter entfernten sie sich von ihr und verschmolzen langsam mit den Schatten. Da überkam sie mit einem Mal ein seltsames Gefühl. Als könne sich hier, in Edinburgh, ihr ganzes Leben ändern. Es war nicht mehr als eine Vorahnung, die sie für einen Moment streifte und mit dem nächsten Atemzug bereits weiterzog. Dennoch ließ sich der Gedanke nicht mehr so einfach abschütteln. Waren sie tatsächlich am Ziel angelangt? War dies der Ort, an dem alles ein Ende finden würde?

Ein Geräusch schreckte Alexandra auf. Es klang wie ein

unterdrückter Aufschrei, gefolgt von einem dumpfen Schlag. Die Jäger waren bereits zu weit entfernt, als dass sie es ebenfalls gehört haben konnten. Alexandras Augen folgten der Richtung, aus der sie glaubte die Laute vernommen zu haben. In den Schatten auf der gegenüberliegenden Seite der Gasse entdeckte sie einen schmalen Durchlass, der in einen Hinterhof zu führen schien. Vielleicht auch in einen weiteren Close. Noch einmal flog ihr Blick zu den Jägern. Die Aufmerksamkeit der Männer ruhte auf der Gasse. Keiner sah in ihre Richtung. Sie dachte daran, nach ihnen zu rufen, doch sie wollte nicht verscheuchen, was auch immer sie zwischen den Häusern gehört hatte. Zu den Jägern laufen, um sie zu holen, würde zu lange dauern. Deshalb beschloss sie, allein nachzusehen. Sie war gut ausgebildet und es wäre nicht das erste Mal, dass sie allein auf die Jagd ging. Was auch immer sich dort in den Schatten versteckte, sie würde damit fertig werden.

Alexandra griff unter ihren Mantel, wo sie die Pistole vor dem Regen verbarg, und zog sie. Mit schnellen Schritten überquerte sie die Gasse. Vor dem Durchgang hielt sie kurz inne und spähte hinein. Der Weg zwischen den Häusern hindurch versank in Finsternis. Dahinter glaubte sie jedoch einen fahlen Schimmer auszumachen. Vermutlich eine weitere Laterne. Mit einem letzten Blick auf die Jäger, die kaum mehr auszumachen waren, tauchte sie in die Dunkelheit ein. Ihre Absätze knirschten leise, als sie sich vorsichtig voranschob. Der Weg war so eng, dass sie immer wieder mit den Schultern gegen Hauswände stieß. Die Pistole im Anschlag hielt sie am Ende der Passage im Schutze der Schatten inne. Vor ihr eröffnete sich ein quadratischer Innenhof, kaum größer als zehn auf zehn Schritt. Der

Lichtschimmer, den sie gesehen hatte, stammte von einer kleinen Handlaterne, die am gegenüberliegenden Ende auf dem Boden lag. Das Glas war zerbrochen, dennoch war das Talglicht darin noch nicht erloschen. Daneben, halb in der Dunkelheit verborgen, glaubte sie die Umrisse einer menschlichen Gestalt auszumachen, die dort auf dem Boden lag. Bevor Alexandra mehr erkennen konnte, sprang ihr etwas entgegen. Eine Klaue fuhr durch die Luft und raste auf sie zu. Alexandra ließ sich fallen und rollte sich herum. Auf dem Rücken liegend richtete sie die Pistole auf ihren Angreifer. Die Kreatur jedoch hielt sich nicht länger mit ihr auf. Alles, was Alexandra sah, ehe das Wesen im Durchgang verschwand, war der Saum eines Kleides, der unter dem Mantel hervorblitzte. *Ein weiblicher Vampyr!* Alexandra sprang auf die Beine. Ihr Blick zuckte auf den Hof, zurück zu der Gestalt, die reglos im schwächer werdenden Schein der zerbrochenen Laterne lag. Normalerweise wäre sie der Vampyrin sofort gefolgt, doch sie hatte sie offenbar gestört. Womöglich war das Opfer noch zu retten!

Mit wenigen Schritten erreichte Alexandra die andere Seite des Hofes. Ein junges Mädchen lag dort halb in den Schatten verborgen, den gebrochenen Blick starr in den Himmel gerichtet. Seine Augen füllten sich mit Regenwasser, das wie ein steter Tränenstrom aus seinen Augenwinkeln und über die Wangen rann. Als beweinte es seinen frühen Tod. Aus zwei winzigen Wundmalen am Hals lief ein kleines Rinnsal Blut, das vom Regen aufgenommen und fortgewaschen wurde. Das Talglicht flackerte und erlosch.

Wieder ein Opfer! Und wieder würde es irgendwo eine Familie geben, die den Tod einer Angehörigen zu beklagen hatte. *Eines halben Kindes!* Wann würde das endlich aufhören?

Fluchend machte Alexandra kehrt und folgte der Kreatur in den Durchgang. Momente wie dieser waren es, die sie am Leben erhielten. *Das* war ihr einziger Daseinszweck. Die Jagd lenkte sie von der Einsamkeit ab, zu der eines dieser Monster sie verdammt hatte.

Ehe sie auf der anderen Seite wieder in die Gasse trat, blieb sie stehen. Die Pistole bereit beugte sie sich vor und sah sich um. Weder die Jäger noch die Vampyrin waren zu sehen. Zoll um Zoll folgten ihre Augen der abfallenden Straße. Welchen Weg mochte die Kreatur eingeschlagen haben? Zurück auf die Royal Mile oder tiefer in das verwinkelte Labyrinth des Mary King's Close und der angrenzenden Sackgassen?

Alexandra wischte sich den Regen aus dem Gesicht, den nicht einmal die Kapuze fernzuhalten vermochte. Niemals zuvor war sie einem weiblichen Vampyr begegnet. Würde diese Kreatur ebenso stark sein wie die anderen? Sie würde kein Risiko eingehen. Alexandra verbarg die Pistole in der Manteltasche vor dem Regen. *Zwei Schuss, ehe ich nachladen muss.* Die Waffe war eine Spezialanfertigung mit zwei Läufen. Ein Umstand, der ihr schon mehr als einmal das Leben gerettet hatte. Sie benutzte ausschließlich Silberkugeln, das einzig effektive Mittel gegen die Vampyre.

Während sie noch unentschieden war, in welcher Richtung sie ihre Suche fortsetzen sollte, bemerkte sie in einiger Entfernung eine Bewegung. Sie fuhr herum, die Hand in der Tasche um den Pistolengriff geschlossen. War da etwas? Eine Gestalt, die sich in die Schatten einer weiteren Gasse zurückzog? Vollkommen geräuschlos? Alexandra kniff die Augen zusammen und starrte auf jene Stelle, wo sie glaubte die Bewegung gesehen zu haben. Da war nichts mehr. Dennoch war sie überzeugt, dass sie sich nicht geirrt hatte. Sie rannte los.

*

Als Catherine die Gestalt im Kapuzenmantel bemerkte, die auf der anderen Seite der Gasse in einem schmalen Durchgang innegehalten hatte, zog sie sich mit einem schnellen Schritt in die Schatten zurück. War es der Blonde aus der Droschke, der ihr hierher gefolgt war? Wie kam sie überhaupt hierher? Das Letzte, woran sie sich erinnerte, war, dass sie vor ihrer Unterkunft gestanden hatte. Alles, was danach kam, lag hinter einem milchigen Schleier verborgen. Enge, dunkle Gassen. Graue Häuserschluchten. Schritte. Menschen. Ein Mädchen lag im Regen, den Blick starr gen Himmel gerichtet. Dann auf einmal, als wäre sie aus einer Ohnmacht erwacht, gewann die Welt wieder an Kontur. Farben, Formen, Geräusche und Gerüche kehrten zurück. Vor ihr erstreckten sich die engen, verwinkelten Gassen eines Close. Gerade als sie sich die Umgebung näher besehen wollte, war gegenüber jemand in die Gasse getreten. Catherine wusste, dass sie nicht gehört werden konnte, wenn sie es so wollte. Schon zu anderen Gelegenheiten hatte sie jene befremdliche Fähigkeit eingesetzt, ihre eigenen Geräusche auszublenden. Plötzlich sah Catherine sich selbst auf der Jagd. Sie folgte der Gestalt im Mantel, und wenn kein Wunder geschah, würde sie sie erlegen! Das durfte nicht geschehen! Vorsichtig wich sie weiter zurück, ehe sie kehrtmachte und zu laufen begann.

Die grauen Häuserschluchten flogen an ihr vorüber. Der Regen schlug ihr ins Gesicht, spitzen Nadeln gleich, die sich in ihre Haut gruben. Catherine rannte immer weiter. Sie folgte den schmalen Gassen mit ihren scharfen Knicken immer tiefer in die Enge des Close hinein. Noch nie zuvor war sie hier gewesen, sodass es ihr schwerfiel, sich in dem Durcheinander an Gassen, Häusern und Hinterhöfen zu orientieren. Plötzlich vernahm sie Schritte hinter sich. Da erkannte sie, dass sie nicht die Jägerin war, sondern die Beute! Wenn es ihr gelang, auf die Royal Mile zu kommen, würde es ihr leichter fallen, ihren Verfolger abzuschütteln. Dort kannte sie sich aus. Zunächst jedoch musste sie den Weg hier heraus finden!

In ihrem Rücken wurden die Schritte lauter. Kamen sie näher? Die Schwäche überfiel Catherine plötzlich, sprang sie aus dem Hinterhalt an und zwang sie langsamer zu werden. Nicht zum ersten Mal in dieser Nacht verfluchte sie sich dafür, dass sie noch immer keine Nahrung zu sich genommen hatte. Im Schatten eines Hauseingangs hielt sie inne. Ihre Augen zuckten über die Umgebung, suchten nach einem Ausweg. Oder einem Versteck. Da fiel ihr auf, dass nichts mehr zu hören war. Die Schritte waren verklungen. Hatte er aufgegeben? Hatte sie ihn abgehängt? Catherine presste sich tiefer in die Schatten und lauschte. Nichts. Vorsichtig spähte sie in die Gasse zurück, aus der sie gekommen war. Für sie war die Dunkelheit weniger undurchdringlich als für einen Menschen. Deutlich zeichneten sich die Fassaden der Häuser im lichten Grau ihres Sichtfeldes ab. Ihr Blick strich über Mauern und Nischen, dunkle Ecken, in denen sich ein Mensch verstecken mochte, der glaubte, sich ihrem Blick in der Dunkelheit entziehen zu können. Dort war niemand. Der Close lag verlassen und still da.

Erleichtert wandte Catherine sich ab, um ihren Weg fortzusetzen. Sie ging in die Schatten, die dicht an den Häuserwänden noch undurchdringlicher schienen als im Rest der Gassen, und wich den Lichtkreisen der wenigen Laternen aus. Immer wieder hielt sie inne und ließ ihren Blick nach allen Seiten schweifen. Sie wurde nicht länger verfolgt. Mit raschen Schritten eilte sie an engen Durchgängen und Hauseingängen vorüber, getrieben von dem Gedanken, dass es höchste Zeit für Nahrung war. Sie würde es nicht länger hinausschieben! Catherine passierte eine weitere Gasse, die ihren Weg kreuzte, als sie ein Geräusch hinter sich vernahm. Sie fuhr herum. Eine Gestalt im Kapuzenmantel wuchs vor ihr auf, packte sie und drängte sie mit dem Rücken gegen eine Wand. Catherine wollte sich losreißen, als sich etwas Hartes in ihre Seite, unmittelbar auf Höhe des Herzens bohrte. Als sie den Blick senkte, sah sie den Lauf einer Pistole. »Du hast das letzte Mal gemordet!« Zu Catherines Erstaunen war es die Stimme einer Frau, die unter der Kapuze hervor an ihr Ohr drang. Ein leises Klicken erklang, als sie den Hahn spannte. Dann durchschlug ein Schuss die nächtliche Stille.

*

»Du hast das letzte Mal gemordet!« Alexandra drückte den Abzug. Im selben Augenblick wurde sie gepackt und zurückgerissen. Die Silberkugel, die der Vampyrin geradewegs ins Herz gedrungen wäre, verfehlte ihr Ziel. Pulverdampf stieg in die Luft und verlor sich im Regen. Vom Schwung getragen prallte Alexandra gegen eine Hauswand und stürzte. Der Aufprall war so hart, dass es ihr die Pistole aus der Hand schleuderte. Sie wälzte sich herum und tastete blind nach ihrer Waffe. Ein schwerer Stiefel traf sie vor der Brust und schickte sie erneut zu Boden. Der Tritt riss ihr alle Luft aus den Lungen. Keuchend vor Schmerz und um Atem ringend blieb Alexandra liegen. Dunkelheit senkte sich über sie. Sie blinzelte heftig und kämpfte gegen die näher rückende Bewusstlosigkeit an. Über ihr ragte eine Gestalt auf. Sie kniff die Augen zusammen. Langsam ließ sich die Ohnmacht zurückdrängen. Nur allmählich klärte sich ihre Sicht. Da erblickte sie über sich das Gesicht jenes Mannes, mit dem sie vor wenigen Stunden im Pub in der Chambers Street zusammengestoßen war. Dieses Mal jedoch fehlte die Freundlichkeit in seinen Zügen. Knurrend und mit gebleckten Fangzähnen starrte er ihr entgegen. Sein Anblick überraschte sie so sehr, dass sie all ihre Erfahrung vergaß. Sie konnte nichts weiter tun, als ihn anzustarren. Vampyre jagten allein! Wie hätte sie damit rechnen können, dass es diesmal anders sein sollte?

Nur langsam erlangte sie wieder die Kontrolle über ihren Verstand. Er befand sich noch immer über ihr, jeden Muskel in seinem Körper gespannt. Er war bereit anzugreifen, doch warum tat er es nicht? Langsam wanderten ihre Augen an ihm vorbei. Die Vampyrin hinter ihm hatte sich nicht vom Fleck gerührt. Alexandras Augen kehrten, auf der Suche nach ihrer Waffe, zum Boden zurück. Diesmal würde ihr der zweite Lauf nicht helfen. Die Pistole lag keine sechs Fuß von ihr entfernt in einer Pfütze. Wenn es ihr jedoch gelang, den Silberdolch zu ziehen … Der Vampyr war zu stark, als dass sie ohne Schusswaffe gegen ihn ankommen könnte. Ihre einzige Hoffnung bestand darin, ihn sich lang genug vom Leib zu halten, um zu fliehen. Wenn sie mit den beiden fertig werden wollte, brauchte sie die Hilfe der Jäger.

Noch immer auf dem Rücken liegend begann sie rückwärts zu kriechen. Der Vampyr rührte sich nicht. Lediglich seine Augen folgten ihr, während sie sich Zoll um Zoll über das nasse Pflaster zurückzog. Er knurrte leise. *Warum greift er mich nicht an?* Sobald sie zwei Meter zwischen sich und ihn gebracht hatte, packte sie die Pistole und sprang auf die Beine. Hastig machte sie kehrt und rannte davon.

6

Daeron stand noch immer an der Stelle, an der die Jägerin zuvor zu Boden gegangen war, und starrte die Gasse entlang, während sie in die Dunkelheit flüchtete. Welch leichte Beute sie gewesen wäre. Für einen Moment hatte er tatsächlich Mühe gehabt, seine Instinkte zu beherrschen. In dem Augenblick, als er gesehen hatte, in welcher Gefahr Catherine schwebte, hätte er die Jägerin um ein Haar getötet. Doch er hatte die Oberhand über die Kreatur in sich behalten. Nun, da sie fort war, zogen sich seine spitzen Eckzähne langsam zurück. Das leise Knurren, das seiner Kehle entstiegen war, verklang. Er hatte sein menschliches Ich zurückgewonnen. Nachdem er sich noch einmal davon überzeugt hatte, dass die Jägerin tatsächlich fort war, war es an der Zeit, sich dem zu stellen, vor dem er sich mehr fürchtete als vor einem Kampf mit ihren Begleitern. Langsam wandte er sich Catherine zu. Sie stand vor der Wand und starrte ihn aus großen Augen an.

Lange Zeit konnte Daeron ebenfalls nichts anderes tun, als sie anzusehen. Schrecken zeichnete ihre Züge und das intensive Grau ihrer Augen wirkte weit weniger strahlend, als er es in Erinnerung hatte. Davon abgesehen hatte sie sich äußerlich nicht verändert. Wovor er sich jedoch weit mehr fürchtete, waren jene Veränderungen, die er nicht zu sehen vermochte. Ein Wandel, der sich in ihrem Innersten vollzogen und sie letztlich von ihm fortgetrieben hatte. Er war erleichtert, dass er rechtzeitig hier gewesen war, um den tödlichen Schuss zu verhindern. Nach dem Abend im Pub war er zu der Adresse gegangen, die Frayne ihm genannt hatte. Er hatte schnell herausgefunden, dass Catherine nicht dort war. In einer Seitengasse hatte er auf ihre Rückkehr gewartet. Dann war sie endlich gekommen. Am Ende der Straße hatte sie innegehalten und sich umgesehen. Plötzlich hatte sie kehrtgemacht und war in einer Seitengasse verschwunden. Daeron war ihr gefolgt. Das Wissen um die Jäger, die sich in der Stadt aufhielten, erfüllte ihn mit Sorge. Für eine Weile hatte er Catherine aus den Augen verloren, und als er sie endlich wieder gefunden hatte, war es beinahe zu spät gewesen.

Während der vergangenen Jahre hatte er sich jeden Tag überlegt, was er ihr sagen würde. Er hatte sich Worte zurechtgelegt, die ausdrücken sollten, wie sehr er sie liebte und wie glücklich er war, sie wieder bei sich zu haben. Jetzt, da sie endlich vor ihm stand, waren alle Worte vergessen. Alles, was er wollte, war, sie in seine Arme zu schließen und sie zu bitten, ihn niemals wieder zu verlassen. Er trat einen Schritt auf sie zu. Catherine wich weiter an die

Wand zurück. Ihre Augen zuckten umher, als suche sie nach einem Fluchtweg.

»Bist du verletzt?«, fragte er ruhig. Sie schüttelte den Kopf. Ihr Blick ruhte jetzt wieder auf ihm. »Dann komm.« Daeron streckte ihr seine Hand entgegen. »Lass uns sehen, dass wir von hier fortkommen.« Als sie sich nicht rührte, griff er nach ihrer Hand und zog sie mit sich.

Den Blick wachsam auf die Umgebung gerichtet führte er sie aus dem Mary King's Close zurück auf die Royal Mile, wo er eine Droschke heranwinkte. Daeron nannte dem Kutscher sein Ziel und half Catherine einzusteigen. Keiner sprach ein Wort. Dafür war später noch Zeit. Catherine erweckte ohnehin nicht den Eindruck, als würde sie viel von dem, was er sagte, wahrnehmen. Es war, als habe seine Gegenwart sie vollkommen erstarren lassen. Zumindest hatte sie ihm ihre Hand noch immer nicht entzogen.

Wenig später durchquerte die Droschke den Netherbow und erreichte das auf der anderen Seite der Stadtmauer gelegene Canongate. Schlagartig lag die erdrückende Enge Edinburghs hinter ihnen. Die Straßen wurden breiter, die Häuser kleiner und weniger dicht gedrängt. Schließlich bog der Kutscher in die Clyde Street ein und hielt vor dem Herrenhaus, das Daeron gemietet hatte. Er half Catherine auszusteigen und bezahlte den Kutscher. Als er sich ihr wieder zuwandte, stand sie auf dem Gehweg und betrachtete das große Haus, dessen Eingangstür von zwei Säulen flankiert wurde.

»Von innen ist es schöner«, meinte er und griff erneut nach ihrer Hand. »Komm, ich zeige es dir.« Mit der freien Hand öffnete er das schmiedeeiserne Tor, das das Grundstück von der Straße abtrennte, dann führte er sie über den kurzen Weg die vier Steinstufen hinauf zur Tür. Er schloss auf und bat sie herein.

In der geräumigen Eingangshalle blieb sie stehen und sah sich um. Die Wände waren mit dunklem Holz getäfelt, der Boden mit Parkett ausgelegt. Eine Treppe führte nach oben zu den weiteren Räumen. Unterhalb der Treppe gab es eine kleine Tür in der Vertäfelung, durch die man in den Keller gelangte. Daeron mochte das Haus. Lediglich die Einsamkeit machte ihm zu schaffen. Er sah zu Catherine. *Jetzt bin ich nicht mehr allein.* Er nahm ihr den nassen Mantel ab und hängte ihn an die Garderobe. Sein Blick streifte die Schwingtür, die auf der rechten Seite der Halle in die Küche führte. Jenen Raum, den er bisher nur ein einziges Mal betreten hatte, als der Makler mit ihm das Haus besichtigt hatte.

Er griff erneut nach Catherines Arm und brachte sie in den Salon. Dicke Teppiche dämpften ihre Schritte. Das gleichmäßige Ticken einer großen Standuhr erfüllte die Stille, als wolle es den Herzschlag ersetzen, der ihnen fehlte.

»Setz dich.« Daeron deutete auf ein wuchtiges Sofa, das zusammen mit zwei Sesseln und einem massiven Eichentisch das Zentrum des Raumes einnahm. Er wartete einen Moment. Als er sah, dass sie seiner Aufforderung folgte, wandte er sich dem Kamin zu und entfachte ein Feuer. Es war nicht nötig, denn weder er noch Catherine vermochten es, Kälte zu spüren. Trotzdem hatte er diese Gewohnheit beibehalten. Er fühlte sich dadurch ein wenig menschlicher.

Sobald die Flammen knisternd emporschlugen, wandte er sich erneut Catherine zu. Sie wirkte verloren, wie sie da inmitten des wuchtigen Sofas saß. Wieder konnte er nichts weiter tun, als sie anzusehen. Während er sich so stark fühlte wie niemals zuvor, wirkte sie, als hätte die Kreatur in ihr nicht mehr verändert, als dass sie ihr das Leben genommen und den Blutdurst gebracht hatte. Zweifelsohne hatte Catherine schärfere Sinne als ein Mensch, doch von der Kraft und den Fähigkeiten, die Daeron in sich spürte, schien sie weit entfernt zu sein. Sie wirkte kaum stärker als eine normale Frau. »Wann hast du das letzte Mal etwas zu dir genommen?«

Catherine sah ihn so lange schweigend an, dass er schon glaubte, sie würde nicht antworten. Dann sagte sie: »Ich weiß nicht genau. Vor einer Woche vielleicht.«

Daeron ging zu der Anrichte, die hinter der Couch an einer Wand stand, und nahm eines der großen Kristallgläser. »Warte hier!«, sagte er und verließ den Salon.

Er öffnete die kleine Tür unter der Treppe und betrat einen schmalen Absatz, wo eine Lampe an einem Haken hing. Sein Blick folgte der Treppe nach unten. Die ersten Stufen hoben sich in lichtem Grau von der Dunkelheit ab. Weiter unten jedoch versank der Keller in vollkommener Schwärze. Dort war die Finsternis so absolut, dass nicht einmal er es vermochte, etwas zu erkennen. Daeron griff nach der Lampe und entzündete sie. Dann folgte er den engen Stufen nach unten. Der Keller war niedrig und erfüllt von modriger Feuchtigkeit. Am Fuße der Treppe wandte er sich nach links und folgte dem engen Gang, ehe er vor einer Tür innehielt. Er drückte die Klinke, schob die Tür auf und trat in den Raum. Ein starker Geruch nach Tier und Exkrementen schlug ihm entgegen.

Er stellte die Lampe und das Glas auf einen kleinen Tisch neben der Tür und sah sich um. Aus einem Käfig am anderen Ende des Raumes blickte ihm ein Wolfshund entgegen. Daeron hatte ihn einen Tag nach seiner Ankunft in einer

Seitengasse entdeckt. Eine unbestimmte Ahnung hatte ihn dazu verleitet, das herrenlose Tier mitzunehmen. Womöglich würde ihm der Hund eines Tages von Nutzen sein. Dass dieser Tag so schnell kommen könnte, hatte er nicht geahnt.

Daeron griff nach einer Spritze, die auf dem Tisch bereitlag, und ging zum Käfig. Als er näher kam, begann das Tier zu knurren. Ein tiefes Grollen, das geradewegs aus seiner Kehle aufstieg. Daeron blieb vor dem Käfig stehen und sah dem Hund fest in die Augen. Schlagartig verstummte er.

»So ist es gut.« Daeron gab sich Mühe, seiner Stimme einen beruhigenden Klang zu verleihen. »Und jetzt komm her.« Tatsächlich kam das Tier auf ihn zu. In seinen Augen lagen weder Furcht noch Feindseligkeit. Vielmehr war es ein Ausdruck treuer Ergebenheit, die jedoch nichts mit dem natürlichen Wesen des Tiers zu tun hatte. Daeron entriegelte die Tür des Zwingers und öffnete sie, ohne seine Augen von denen des Hundes zu nehmen. Beinahe bedächtig kam das Tier aus seinem Gefängnis. Begleitet von einem leisen Winseln legte es sich vor Daeron auf die Seite. Macht über Tiere zu haben und sie einzig und allein durch seinen Blick zu lenken, war eine der Fähigkeiten, die Daeron am meisten faszinierte.

Er tätschelte dem liegenden Hund die Flanke. »Jetzt wirst du dich für mich als nützlich erweisen.« Mit den Fingerspitzen tastete er über den Hals des Tieres, bis er eine große Ader fand. Dann setzte er die Spritze an und stieß sie hinein. Vorsichtig zog er sie auf und füllte sie mit dem Blut des Hundes. Das Tier lag während der ganzen Prozedur ruhig, die Augen weiterhin von Daerons Blick gefangen. Als Daeron die gefüllte Spritze zurückzog, nahm er seine Hand von der Flanke des Hundes und ließ ihn aufstehen. Widerstandslos kehrte das Tier in seinen Käfig zurück. Daeron verriegelte die Tür, erhob sich und ging mit der Spritze zum Tisch zurück, wo er ihren Inhalt in das Kristallglas füllte.

Mit dem Glas in der einen und der Lampe in der anderen Hand verließ Daeron den Keller und ging wieder nach oben. Auf dem oberen Treppenabsatz angekommen löschte er die Lampe und hängte sie wieder an den Haken. Dann kehrte er in den Salon zurück.

Catherine stand vor dem Fenster. Sie hatte den schweren Vorhang ein Stück zur Seite gezogen und blickte nach draußen. Als er eintrat, wandte sie sich um. Ihre Augen hefteten sich auf das Glas in seinen Händen. Ihr war anzusehen, dass sie roch, was sich darin befand. Daeron trat zu ihr und hielt ihr das Glas mit dem noch warmen Blut entgegen. Er sah den Hunger in ihren Augen, trotzdem griff sie nicht danach. Da nahm er ihre Hände und schloss sie um das Gefäß. Sie wollte zurückweichen, doch er hielt ihre Finger umschlossen, sodass sie nicht auskonnte.

»Das ist Tierblut«, erklärte er, um ihr die Angst zu nehmen, er könne einen Menschen getötet haben. Tatsächlich veränderten sich ihre Züge. Erstaunen machte sich dort breit, wo er eben noch Furcht erblickt hatte. *Als wäre sie noch nie auf den Gedanken gekommen, sich von Tieren zu ernähren.* Womöglich war sie das auch nicht. Wieder erinnerte er sich an die Schlagzeile des *Evening Courant*. Was hatte sie ausgerechnet dort zu suchen gehabt, wo sich die Morde ereignet hatten? Daeron verdrängte alle Gedanken an den *Wahnsinnigen Schlächter* und verschob seine Fragen auf einen späteren Zeitpunkt.

»Trink«, sagte er, als sie noch immer keine Anstalten machte, das Glas zu heben. »Es wird dich stärken.«

Endlich setzte sie das Glas an die Lippen. Zunächst nippte sie nur daran, doch in dem Augenblick, als das Blut ihre Zunge berührte, verlor sie ihre Zurückhaltung und leerte das Glas mit gierigen Schlucken. Danach senkte sie den Blick. »Ich hasse mich dafür«, sagte sie leise.

Daeron nahm ihr das Glas ab und stellte es auf einen Beistelltisch, ohne dabei die Augen von Catherine zu nehmen. »Nach all den Jahren hast du dich noch immer nicht damit abgefunden?«

Sie sah ruckartig auf. Das Tierblut hatte wieder ein wenig Farbe in ihre Wangen gebracht. »Wie soll ich mich je damit abfinden, ein blutgieriges Monster zu sein?«

»Aber du bist kein Monster. *Wir* sind keine Monster. Wir sind nur anders. Das gibt uns so viele Möglichkeiten.«

»Ach ja?«, erwiderte sie beißend. »Welche? Nachts das Leben Unschuldiger auszulöschen, indem wir ihr Blut trinken?«

»Es gibt andere Wege, zu überleben.« Plötzlich fragte er sich, wie viele Menschen sie in den vergangenen Jahren getötet haben mochte. Er streifte die Frage ab. Jetzt war sie wieder bei ihm. Was auch immer sie während der letzten Jahre getan haben mochte, lag nun hinter ihr. »Wir können unsere Sinne und unsere Fähigkeiten einsetzen, um Gutes zu tun. Warum kannst du das nicht sehen?«

»Weil ich mich im Gegensatz zu dir nicht selbst belüge!« Sie schüttelte den Kopf. »Es ist besser, wenn ich jetzt gehe.« Sie wollte an ihm vorbei, doch Daeron hielt sie am Arm zurück. Catherine versuchte seine Hand abzuschütteln. »Bitte, Daeron, lass mich gehen!«

Er zog sie näher an sich heran. »Als ich damals in Dun Domhainn dein Blut in meinen Mund rinnen spürte und die Umwandlung einsetzte, war ich außer mir«, bekannte er. »Ich dachte, ich würde mich verlieren und zu einer Kreatur des Bösen werden. Aber es hat sich nichts verändert. Nicht *in* mir. Mein Herz schlägt nicht mehr und ich fülle meine Lungen nicht länger mit Atem. Auch meine Haut mag sich kalt und leblos anfühlen. Doch das ist die einzige Veränderung. Meine Gedanken, meine Gefühle und meine Wertvorstellungen sind noch immer dieselben. Nur dass ich jetzt um ein Vielfaches stärker bin.«

»Aber ich habe dir dein Leben genommen«, presste sie mit erstickter Stimme hervor.

»Du bist noch immer die Frau, die ich liebe!«

»Du liebst mich nicht!« Ihre Stimme bebte. »Das kannst du nicht! Nicht nach allem, was ich dir angetan habe!«

Tief in seinem Inneren hatte er immer geahnt, dass das der Grund war, warum sie ihn verlassen hatte. Dennoch war er erleichtert, dass sie es endlich aussprach. »Ich habe dich immer geliebt. Nichts, was du tust oder sagst, wird daran jemals etwas ändern.«

»Aber ich habe –«

Daeron legte ihr einen Finger auf die Lippen und brachte sie zum Schweigen. »Ohne dich wäre ich in jener Nacht gestorben. Du hast mir die Möglichkeit gegeben, auch weiterhin bei dir zu sein. Du musst mich nur lassen!« Er legte ihr eine Hand auf die Wange und zwang sie ihn anzusehen. »Hör auf, dich zu quälen, Catherine. Du hast weder einen Fluch über mich gebracht noch hast du mir etwas Schreckliches angetan.«

»Aber ... ich ...« Sie schüttelte hilflos den Kopf und streifte seine Hand von ihrer Wange. Ihre Finger zitterten. »Warum bist du hier?«

»Deinetwegen.«

Sie runzelte die Stirn. »Wie konntest du wissen, dass ich hier sein würde?«

»Verflucht, Catherine! Denkst du etwa, ich hätte nicht nach dir gesucht?«

»Fünf Jahre lang?«

»Und wenn es nötig gewesen wäre, noch länger!«, entgegnete er schärfer als beabsichtigt. Er wollte ihr nichts erklären. Nicht jetzt. Alles, was er sich wünschte, war, sie endlich in seine Arme zu ziehen. »Ich habe dich vermisst, Catherine. Jeden verdammten Tag! Himmel! Warum bist du einfach davongelaufen?«

»Ich hätte deinen Hass nicht ertragen«, gab sie leise zurück.

»Aber ich hasse dich doch gar nicht!«

»Jetzt weiß ich das. Aber damals ... Ich dachte ...«

Er griff einmal mehr nach ihrer Hand. »Du hast dich geirrt.« Nachdem er sich so lange nach ihr gesehnt hatte, fiel es ihm schwer, noch länger die Distanz zu wahren. Sein Daumen strich über ihren Handrücken. Ihr Blick hing an seinen Augen. Da hob er erneut die Hand und strich über ihre Wange, dann vergrub er seine Finger in ihrem Haar und zog sie an sich. Sie zitterte, doch sie stieß ihn nicht von sich. »Ich habe dir einmal gesagt, dass uns noch alle Zeit der Welt bleiben würde, um zusammen zu sein«, flüsterte er. »Lange Zeit fürchtete ich, ich hätte unrecht gehabt. Jetzt jedoch ...«

Catherine hob den Kopf und sah ihn an. Tränen schwammen in ihren Augen. »Lass es uns nicht länger hinausschieben. Was, wenn es auch diesmal kein Morgen gibt? Ich will nicht noch einmal –«

Daeron zog sie noch enger an sich und erstickte ihre letzten Worte in einem leidenschaftlichen Kuss. Als er ihre Hände auf seinem Körper spürte, wusste er, dass sie nicht noch einmal davonlaufen würde.

*

Ein schmaler Streifen Licht zwängte sich zwischen den vorgezogenen Gardinen in den Raum, als Catherine in Daerons Armen erwachte. Sie konnte kaum fassen, dass er sie noch immer liebte. Doch genau das hatte er ihr bewiesen, nachdem er sie in sein Schlafzimmer getragen hatte. Mit jedem Wort, jedem Kuss und jeder Berührung. Ihre Körper hatten ausgedrückt, was sie beide nicht in Worte zu fassen vermochten. Die Verzweiflung und Einsamkeit der vergangenen Jahre, die Furcht, einander erneut zu verlieren, und die reine Freude, wieder zueinandergefunden zu haben. Sie hatten sich geliebt und danach hatte er sie fest an sich gezogen und seither nicht mehr losgelassen.

Als er gestern Nacht plötzlich vor ihr gestanden hatte, war sie vor Entsetzen wie gelähmt gewesen. Er hatte sie gerettet. Dafür war sie ihm zutiefst dankbar. Trotzdem hatte sie nicht gewusst, wie sie sich ihm gegenüber verhalten und was sie sagen oder auch nur denken sollte. Hin- und hergerissen zwischen dem Wunsch, davonzulaufen oder sich ihm in die Arme zu werfen, hatte sie letztlich erkannt, dass es an der Zeit war, sich ihm zu stellen. Zu hören – und zu spüren –, dass er sie nicht hasste, war noch immer überwältigend. *All die Jahre ... verschwendet.* Der bloße Gedanke trieb ihr erneut Tränen in die Augen. Hastig wischte sie sie fort. Daeron hatte schon damals recht gehabt: Ihnen blieb alle Zeit der Welt. Sie mochten fünf Jahre verloren haben, doch vor ihnen lag eine ganze Ewigkeit.

Ihre Augen folgten den Umrissen seines Körpers, die sich unter der Bettdecke abzeichneten, während ihre Fingerspitzen über seine Haut strichen. *Er hat sich tatsächlich nicht verändert.* Daeron ap Fealan war noch immer derselbe fürsorgliche Mann, der in Dun Domhainn gestorben war. Ehe sie in seinen Armen eingeschlafen war, hatte er ihr von seiner Suche erzählt. Er hatte vom Tod seines Vaters, seinem Aufenthalt in Gwydeon House und davon, wie er sofort aufgebrochen war, als er erfahren hatte, dass sie sich in Edinburgh aufhielt, gesprochen. *Er hat mich nie aufgegeben.* Der Gedanke war tröstlich. Das Wissen um die Anwesenheit der Vampyrjäger hingegen beunruhigte sie.

»Geht es dir gut?«

Daerons leise Worte schreckten sie auf. »Du bist schon wach?«

»Ich habe nicht geschlafen.« Er zog sie enger an sich und küsste sie erst auf die Stirn, dann auf die Nasenspitze und schließlich auf die Lippen. Seine Hände strichen über ihre Schultern und ihren Rücken. »Ich wünschte wirklich, du hättest schon damals mit mir gesprochen.«

Catherine befreite sich aus seiner Umarmung und setzte sich auf. »Ich hätte dennoch gehen müssen«, sagte sie leise. Sie wickelte sich enger in die Decke und lehnte sich mit dem Rücken gegen das Kopfende des Bettes. Für einen Moment blieben ihre Augen am Betthimmel hängen, ehe sie zu Daeron zurückkehrten. Auch er hatte sich jetzt aufgesetzt. Sie sah die Frage in seinem Blick, doch er hielt sich zurück und wartete, dass sie von allein zu sprechen begann. »Nachdem deine Umwandlung beinahe vollzogen war, bin ich noch einmal zu Vater Ninian gegangen. Ich bat ihn um ein Heilmittel, aber er sagte mir, dass es keines gebe. Dennoch verließ ich ihn nicht ohne Hoffnung.« In ruhigen Worten gab sie das Gespräch mit Vater Ninian wieder. »Es gibt einen Weg, den Unendlichen zu vernichten. Doch ich weiß nicht, welche Auswirkungen sein Ende auf uns haben wird.«

Daeron sah sie an. »Du hast das Glen Beag verlassen, um nach einem Artefakt zu suchen, über das du nicht das Geringste weißt?«

»Das war vielleicht anfangs so. Inzwischen bin ich mir sicher, dass es sich bei dieser Reliquie um einen Gegenstand handelt, der als das Schwarze Kreuz bekannt ist. Nach allem, was ich bisher herausgefunden habe, ist es ein mit goldenen Ornamenten verziertes Ebenholzkreuz, in das ein Splitter des Wahren Kreuzes Jesu eingelegt ist.«

»Das Wahre Kreuz?«

»Das, an dem Jesus starb.« Jetzt, da sie einmal angefangen hatte, wollte sie, dass er alles über ihre Nachforschungen erfuhr. Er sollte wissen, dass es Hoffnung gab! »Ich habe den Weg dieses Kreuzes verfolgt. Von Margaret of Wessex, die es im 11. Jahrhundert nach Schottland gebracht hat, über ihre Söhne bis hin zum englischen Königshof, wo Edward I. es benutzte, um seinen schottischen Untertanen den Lehnseid abzunehmen. Später geriet es wieder in den Besitz der Schotten, ehe es erneut den Engländern in die Hände fiel. Der letzte bekannte Aufbewahrungsort, den ich in Erfahrung bringen konnte, war der Schrein des heiligen Cuthbert in der Kathedrale von Durham.« Es gab unzählige weitere Namen und Orte, die im Laufe der Jahrhunderte mit dem Schwarzen Kreuz in Verbindung gebracht worden waren. Jene jedoch, die sie

Daeron nannte, waren die wichtigsten. »Vor etwa hundert Jahren wurde die Kathedrale geplündert. Seither ist es angeblich spurlos verschwunden.«

»Angeblich?«

»In der Bibliothek von London fand ich Hinweise, dass ein Simon Sinclair unter den Plünderern war. Es ist möglich, dass er das Kreuz an sich genommen hat, deshalb bin ich seiner Spur bis nach Edinburgh gefolgt.« Sie seufzte. »Allerdings habe ich bisher noch nichts gefunden.«

Nachdem sie geendet hatte, schwieg Daeron lange Zeit. Sein Blick ruhte auf ihr, doch es wollte ihr nicht gelingen, zu deuten, was in ihm vorging. Schließlich fragte er: »Erlöst zu werden könnte also bedeuten, dass wir vernichtet werden?«

»Ja, das wäre möglich.«

Ihren Worten folgte erneut eine lange Pause. Seit Catherine erkannt hatte, dass Daeron sein Dasein als Vampyr nichts auszumachen schien, fragte sie sich, wie er darauf reagieren würde. Wie sehr hing er an seiner Existenz? Würde er ihr womöglich verbieten weiter nach dem Kreuz zu suchen?

»Wenn wir damit verhindern, dass der Unendliche weitere Leben zerstört, ist es das wert«, sagte er endlich. »Ich wünschte nur, du hättest mir schon damals davon erzählt. Ich wäre mit dir gegangen.«

»Wirklich?«

Er griff nach ihrer Hand und küsste ihre Fingerspitzen. »Wirklich.«

Eine Weile sagte sie nichts. Sie genoss das Gefühl seiner Nähe und das Wissen, nicht länger allein zu sein. »Warum ist es für dich so anders als für mich?«, stellte sie schließlich jene Frage, die sie seit gestern Abend beschäftigte.

»Weil du es noch immer nicht akzeptiert hast. Du hast

nie gelernt, dein menschliches Dasein loszulassen. Alles, was du siehst, ist die nach Blut verlangende Kreatur. Das macht dir solche Angst, dass du noch immer nicht begriffen hast, dass die Veränderung nur deinen Körper, nicht aber deine Seele betrifft!«

»Ich glaube, ich beginne allmählich es zu verstehen.« Obwohl in jener Zeit, in der sie Daeron in den Ruinen Dun Domhainns versteckt hatte, Tiere ihre Nahrung gewesen waren, war sie nie auf den Gedanken gekommen, das könne dauerhaft möglich sein. In den Städten waren Menschen stets näher gewesen als Tiere.

Daeron musterte sie eingehend. »Du ernährst dich zu wenig.«

»Ich weiß.« Das Tierblut hatte ihr den größten Hunger fürs Erste genommen, doch es war noch lange nicht genug. Dennoch lächelte sie. »Aber ab jetzt wird es leichter werden. Du hast mir den Weg gezeigt.« Künftig würde auch sie sich nur noch von Tierblut ernähren. Es schmeckte so vollkommen anders als das der Menschen. Reiner und frei von allem schlechten Gewissen, das sie jedes Mal verspürte, wenn sie den Lebenssaft der Menschen nahm. Die grässlichen Nächte, in denen sie sich am Blut Betrunkener hatte laben müssen, lagen nun hinter ihr. »Woher bekommst du das Tierblut?«

»Vom Schlachter«, erklärte er. »Das gestern war allerdings von einem Hund.« Eine Weile schwieg er, dann fragte er plötzlich: »Warum warst du letzte Nacht im Mary King's Close?«

Catherine versteinerte. Das Bild des toten Mädchens blitzte vor ihren Augen auf. Reglos, mit starrem Blick. Hatte sie es tatsächlich gesehen? War dies einer ihrer Träume gewesen, nur dass sie diesmal erwacht war, ehe sie wieder in ihrem Bett gelegen hatte? Was sollte sie Daeron sagen? Sie schob den Gedanken beiseite. »Nachdem ich gestern die Bibliothek verließ, folgte mir eine Droschke. Der Mann darin warnte mich. Ich solle aufhören meine Nase in Dinge zu stecken, die mich nichts angehen. Andernfalls werde es mir nicht gut bekommen.« Es war keine Antwort auf seine Frage. Immerhin lenkten ihn ihre Worte ab. »Er wusste, dass ich kein Mensch bin, und er schien auch zu wissen, wonach ich suche.«

»Hast du ihn schon einmal gesehen?«

»Nein«, erwiderte sie kopfschüttelnd. Sie fragte sich, ob der Blonde die Jägerin auf sie angesetzt haben konnte. »Noch nie.«

»Dann sollten wir als Erstes herausfinden, wer er ist und für wen er arbeitet.«

Sie runzelte die Stirn. »Und wie sollen wir das anstellen?«

Daeron zog sie an sich und küsste sie auf die Stirn. »Du wirst weitermachen, als wäre nichts gewesen. Geh in die Bibliothek zurück und setze deine Nachforschungen fort. Wenn er weiß, wonach du suchst, wird er dich auch weiterhin beobachten. Ich bleibe in deiner Nähe, aber so, dass er mich nicht sehen kann.«

7

Es war bereits Nachmittag, als Alexandra einen Flügel des schweren Eichenportals aufdrückte und die Universitätsbibliothek betrat. Ihre Augen wanderten durch die hohe

Empfangshalle, an deren hinterem Ende ein verlassenes Pult vor einem Durchgang stand. Die Fenster waren schmal und ließen kaum Licht ein. Der Schein der wenigen Lampen, die in regelmäßigen Abständen an den holzgetäfelten Wänden angebracht waren, vermochte kaum den gesamten Raum zu erreichen. Die Bodendielen knarrten leise, als sie vor das Pult trat und die kleine Klingel darauf betätigte.

Während sie auf den Bibliothekar wartete, glitten ihre Augen weiter durch die Halle, folgten einer breiten Holztreppe zu ihrer Linken hinauf und streiften über die Türen, die sie oben im Halbschatten zu sehen vermochte. Sie bog sich ein Stück zurück, um mehr erkennen zu können. Eine Bewegung, die sie augenblicklich bereute, als ein stechender Schmerz durch ihren Körper fuhr. Noch immer spürte sie jeden Knochen im Leib. Ihr Rücken schmerzte vom Aufprall an die Wand und auf ihrem Brustkorb prangte ein gewaltiger Bluterguss dort, wo der Stiefel des Vampyrs sie getroffen hatte. Sie war noch immer erstaunt, dass es ihr gelungen war, zu entkommen. Sichtlich war er nicht daran interessiert gewesen, sie zu töten. Es hatte beinahe so ausgesehen, als hätte er lediglich seine Gefährtin beschützt. Die Vampyrin war überraschend leicht zu überwältigen gewesen, sodass Alexandra mittlerweile Zweifel kamen, ob es sich bei ihr tatsächlich um die Kreatur handeln konnte, die das Mädchen getötet hatte. Sie hatte sich nicht einmal gewehrt, als Alexandra ihr die Pistole an die Brust gesetzt hatte. Kein Fauchen, keine Fangzähne. Ihre Hände waren nicht zu Klauen verkrümmt gewesen. So sah niemand aus, in dessen Blut die Jagdlust brodelte! Da war keine Gier in ihren Augen gewesen, nur Verwirrung und Schrecken. Aber wer hatte dann das Leben des Mädchens auf dem Gewissen? *Es könnte ihr Gefährte gewesen sein.* In dem Hinterhof hatte nichts auf seine Anwesenheit hingedeutet, doch als die Vampyrin floh, war Alexandra für einen Moment abgelenkt gewesen. Lange genug, damit er sich in den Schatten verbergen konnte. Obwohl das durchaus denkbar war, glaubte Alexandra nicht daran. Die Vampyrin hatte nicht den Eindruck erweckt, als habe sie darauf gewartet, von ihrem Gefährten gerettet zu werden. Sein Auftauchen schien sie ebenso überrascht zu haben wie Alexandra. Das konnte nur eines bedeuten: Es gab noch einen weiteren Vampyr! Drei in einer Nacht. Ungewöhnlich viele. Dafür musste es einen Grund geben. War *er* tatsächlich hier?

Nachdem sich der Bibliothekar noch immer nicht zeigte, betätigte Alexandra erneut die Klingel. Und gleich ein weiteres Mal. Das schrille Läuten durchschnitt die Stille und hallte von den hohen Wänden wider. Es fiel ihr schwer, ihre Ungeduld in Zaum zu halten. Sie hatte bereits den ganzen Tag verschwendet. Am Morgen, nachdem sie ihre Pistole gereinigt und mit trockenem Schießpulver nachgeladen hatte, war sie zu den Jägern gegangen, um ihnen von ihrer Begegnung mit den Vampyren zu berichten. Unmittelbar danach wollte sie zur Bibliothek aufbrechen, doch Vladimir hatte sie gedrängt, die Männer in den Mary King's Close zu begleiten und ihnen die Stelle zu zeigen. Sie war seinem Wunsch gefolgt. Als Alexandra sie dann verlassen wollte, hatte Vladimir sie beim Arm gepackt. »Du bleibst hier!«, hatte er sie angefahren und vor sich her gestoßen. Selbst Mihails und Gavrils Einspruch hatte ihn nicht überzeugen können, sie ziehen zu lassen. Sein Hass auf sie schien mit jedem Tag zu wachsen. Stundenlang waren sie auf der Suche nach Spuren oder Hinweisen umhergestreift, ohne etwas zu entdecken. Natürlich hatte man das tote Mädchen inzwischen gefunden. Überall waren Konstabler, die von Haus zu Haus gingen und mit den Bewohnern sprachen. Durch die Anwesenheit der Gesetzeshüter war es nahezu unmöglich, sich ungestört in den Gassen umzusehen. Die Leute, die sich während der Nacht in die Sicherheit ihrer Kammern zurückgezogen hatten, schienen jetzt alle in den Straßen und Gassen zu sein, ehe sie sich bei Einbruch der Dämmerung erneut verkriechen würden. Immer wieder standen Männer und Frauen zusammen und sprachen aufgeregt miteinander. Es war überall dasselbe Thema, das die Menschen beschäftigte: Das neueste Opfer des *Wahnsinnigen Schlächters.* Doch obwohl die Angst beinahe greifbar war, schien niemand etwas gehört oder gesehen zu haben. Ebenso wenig gab es Spuren, die darauf hindeuteten, wohin die Vampyre entschwunden waren.

Schließlich musste auch Vladimir einsehen, dass es sinnlos war, weiterzusuchen, und so ließ er Alexandra endlich ziehen. Mit schnellen Schritten eilte sie aus dem Close und machte sich auf den Weg zur Universität. Die angegliederte Bibliothek besaß einen ausgezeichneten Ruf. Sicher würde sie dort umfangreiches Kartenmaterial finden, mit dem sie sich einen Überblick über Edinburgh und seine nähere Umgebung verschaffen konnte. Auf diesem Wege hoffte sie einen Anhaltspunkt zu finden, wo er sich verbergen konnte. Er. Der erste aller Vampyre. Der Unendliche. Alexandra war es gleichgültig, welchen Namen man ihm gab. Für sie war er nur eines – das widerwärtigste aller Monster. Ohne ihn gäbe es keine der anderen Kreaturen.

Sie wollte gerade ein weiteres Mal die Klingel betätigen,

als die gebeugte Gestalt eines alten Mannes im Durchgang erschien. »Kann ich Ihnen helfen, Miss?«, fragte er trotz ihrer offensichtlichen Ungeduld freundlich.

»Ich bin auf der Suche nach Karten von Edinburgh und seiner Umgebung.«

Der Alte nickte. Er griff nach einer Feder, tauchte sie in ein Tintenfass und reichte sie Alexandra zusammen mit einem Papier. »Tragen Sie sich bitte hier ein. Name und Adresse.« Alexandra nahm die Feder entgegen und kritzelte ihren Namen in die nächste freie Zeile. »Halten Sie sich rechts und gehen dann immer geradeaus, bis Sie an eine Tür gelangen. Dahinter befindet sich das Kartenarchiv. Lampen finden Sie im Raum.«

Alexandra dankte ihm und betrat den Durchgang. Vor ihr öffnete sich die Bibliothek mit ihren unzähligen Regalreihen. Dicke Teppiche dämpften jeden Schritt, als sie tiefer ins Halbdunkel tauchte. Die Luft war trocken und roch nach Staub. Abgesehen davon war es erstaunlich kalt. *Der Bibliothekar sollte es, weiß Gott, besser wissen, als bei dieser feuchten Witterung die Fenster aufzureißen!* Ihre Augen wanderten umher. Zu ihrer Linken, halb hinter weiteren Regalen verborgen, erhaschte sie einen Blick auf die Tische und Stühle des Lesebereichs. Auf einem der Tische stand eine Kerze und warf ihr flackerndes Licht auf einen Bücherstapel, der sich dort auftürmte. Alexandra wollte schon weitergehen, als sie eine Gestalt zwischen den Regalen ausmachte. Von einem Instinkt getrieben zog sie sich hinter ein Regal zurück. Plötzlich kam sie sich lächerlich vor. Sie befand sich in einer öffentlich zugänglichen Bibliothek! Wollte sie jedem Studenten, der sich hier aufhielt, mit Vorsicht und Misstrauen begegnen?

Die Kälte!, schoss es ihr durch den Kopf, gerade als sie ihr Versteck verlassen wollte. *Das war kein offenes Fenster!* In diesem Augenblick trat wenige Meter vor ihr eine Frau zwischen den Regalen hervor. Alexandra erkannte die zierliche Person mit den rotbraunen Locken sofort. Es war die Vampyrin von vergangener Nacht! Heute jedoch wirkte sie nicht mehr ganz so schwach wie bei ihrer letzten Begegnung. Sichtlich hatte sie ihren Hunger gestillt. Bald würde man eine weitere Leiche finden. Schlagartig erinnerte Alexandra sich daran, dass die Vampyrin vergangene Nacht nicht allein gewesen war. Ihr Blick zuckte durch den Raum, flog über Gänge und Regale, hinauf zur Galerie und wieder zurück, ohne ihren Begleiter zu entdecken. Schließlich richtete sie ihre Aufmerksamkeit wieder auf die Vampyrin. *Was, zum Teufel, hat diese Kreatur in einer Bibliothek zu suchen?* Alexandra tauchte tiefer in die Schatten und presste sich mit dem Rücken gegen ein Regal. Ihre Augen folgten der Vampyrin, die vor einer Bücherwand stehen blieb und die Buchrücken studierte, ehe sie eines der Werke hervorzog. Statt es mit zu ihrem Tisch zu nehmen, schlug sie es sofort auf und blätterte mit flinken Fingern darin. Ihre Augen huschten über die Seiten. Plötzlich hob sie den Kopf. Ein rascher Blick in die Umgebung, dann packte sie eine Seite und riss sie heraus. Während sie sie im Ärmel ihres Kleides verschwinden ließ, klappte sie das Buch zu und stellte es an seinen Platz zurück. Alexandra prägte sich die Stelle ein, an der sich das Buch befand. Sie würde sich später ansehen, worum es sich dabei handelte. Ihr wollte noch immer nicht in den Kopf, was die Vampyrin hier zu suchen hatte. Wieder wanderte ihr Blick über die Regalreihen. Außer dem Bibliothekar schien niemand hier zu sein. Ihre Hand glitt unter den Gehrock und legte sich um den Griff des Silberdolchs. Das war ihre Gelegenheit, zu Ende zu bringen, was sie letzte Nacht begonnen hatte.

Gerade als sie den Dolch ziehen wollte, gewahrte sie im Halbdunkel auf der Galerie eine Bewegung. Für einen Moment schälten sich die Umrisse einer Gestalt aus der Dunkelheit, bevor sie wieder mit den Schatten verschmolzen. Der Augenblick hatte genügt. Die Vampyrin war tatsächlich nicht allein! Der Vampyr, der Alexandra angegriffen hatte, lauerte dort oben. *Diesmal entkommt ihr nicht!* Vorsichtig machte sie kehrt und zog sich im Schutze der Bücherregale in Richtung der Tür zurück. Ehe sie die letzten Schritte wagte, bei denen es nichts gab, was sie vor den Blicken des Vampyrs verbergen konnte, sah sie erneut zur Galerie. Mit angehaltenem Atem starrte sie angestrengt in die Schatten, versuchte herauszufinden, wo er war und worauf er sein Augenmerk wohl gerichtet haben mochte, doch es wollte ihr nicht gelingen, ihn ausfindig zu machen. Wenn sie ihn nicht sehen konnte, hoffte sie, würde auch er sie nicht entdecken. Mit schnellen Schritten überwand sie die letzten Meter und entschwand in die Eingangshalle.

*

Sie hatten nicht viel Zeit verschwendet und lediglich Catherines Sachen noch vor Tagesanbruch aus der Pension geholt und in Daerons Haus gebracht, ehe sie zur Bibliothek gegangen waren. Seitdem saß Daeron in den Schatten der Galerie und wartete. Von Zeit zu Zeit erhob er sich und vergewisserte sich mit einem raschen Blick, dass unten alles in Ordnung war. Selten gewahrte er mehr als Catherine, die ihren ermüdenden Nachforschungen nachging, oder den Bibliothekar, der, beladen mit Büchern, zwischen den Regalen umherwanderte und jedes Exemplar an seinen Platz zurückstellte. Einmal waren ein paar Studenten hier gewesen, doch sie hatten es kaum eine Stunde an den Lesetischen ausgehalten, ehe sie ihre Bücher zugeklappt hatten und wieder von dannen gezogen waren. Seither war niemand mehr gekommen.

Zweifelsohne würde auch niemand mehr kommen, denn bald schon musste es dunkel werden. Nachdem es letzte Nacht einen weiteren Mord gegeben hatte, würde sich nach Einbruch der Dunkelheit niemand mehr freiwillig auf die Straße wagen. Auch diesmal hatte sich der Täter sein Opfer im Mary King's Close gesucht. Die Stelle konnte nicht weit von jener entfernt gewesen sein, an der er auf Catherine gestoßen war. Was, wenn ...? Unwillkürlich schüttelte er den Kopf. So wie sie sah niemand aus, der gerade Nahrung zu sich genommen hatte. Aber was, wenn die Jägerin sie gestört hatte, ehe sie ihren Hunger hatte stillen können? Wieder schüttelte er den Kopf. *Sie hat das nicht getan!*

Sein Blick heftete sich auf Catherine. Sie saß über ein Buch gebeugt, die roten Locken hingen ihr wie ein Vorhang ins Gesicht, und konzentrierte sich ganz auf das, was sie zwischen den Seiten fand. Dass sie nach all der Zeit endlich wieder bei ihm war, erschien ihm wie ein Wunder. Sie anzusehen, sie im Arm zu halten und ihren Duft in sich aufzunehmen, war alles, was er je gewollt hatte. Zu hören, dass sie ihn verlassen hatte, um den Fluch von ihm zu nehmen, den sie über ihn gebracht hatte, war berührend. All die Jahre hatte er geglaubt, es würde ihm nichts ausmachen, ein Vampyr zu sein. Während der letzten Nacht, als Catherine in seinen Armen schlief, hatte er wach gelegen und darüber nachgedacht. Da war ihm bewusst geworden, dass es ihm sehr wohl etwas ausmachte. Er wollte Catherine nach Gwydeon House bringen und eine Familie mit ihr gründen. Er wollte ihr die wundervollen Ländereien zeigen, wenn sie sich im Sonnenlicht vor dem Auge erstreckten, nicht unter dem Mantel der Nacht! Um dies zu können, war er bereit, sich dem Unendlichen zu stellen. Womöglich würden sie es nicht überleben. Dennoch wollte er nichts unversucht lassen, sich selbst – und ihr – den Wunsch eines normalen menschlichen Daseins zu erfüllen. Nach all den Schrecken, die hinter ihr lagen, hatte Catherine es verdient, endlich Frieden zu finden.

Einmal mehr erhob er sich und trat ein paar Schritte nach vorne, um einen Blick auf sie zu erhaschen. Da gewahrte er eine Bewegung zwischen den Bücherregalen. Im ersten Moment dachte er, es wäre Catherine, die sich ein weiteres Buch holte. Dann jedoch entdeckte er sie ein Stück zu seiner Linken. Daerons Augen kehrten zu jener Stelle zurück, an der er die Bewegung ausgemacht hatte. Dort war niemand. Er trat näher an den Rand der Galerie heran. Nichts. Lautlos überwand er die Stufen und tauchte in die langen Schatten zwischen den Regalen ein. Vorsichtig schob er sich jener Stelle entgegen, an der er glaubte etwas gesehen zu haben. Weder dort noch in der Nähe war etwas. Einzig ein vertrauter Geruch hing in der Luft. Jener natürliche Duft, der ihm schon gestern im Pub aufgefallen war. *Die Jägerin!* Daeron hastete zwischen den Regalreihen hindurch, suchte eine nach der anderen ab, doch sie war nicht mehr hier. Nachdem er sicher war, dass von ihrer Seite keine Gefahr drohte, ging er zu Catherine. Sie stand noch immer vor dem Regal, an dem er sie bereits kurz zuvor gesehen hatte, und blätterte in einem Buch.

Als sie ihn bemerkte, wandte sie sich um. »Wolltest du dich nicht verborgen halten?«

»Die Jägerin war hier«, raunte er. Als er den Schrecken in Catherines Zügen sah, fügte er hinzu: »Sie ist fort. Ich will, dass du dennoch auf der Hut bist.« Er strich flüchtig über ihren Arm. »Wir machen weiter wie besprochen. Hab keine Angst. Ich bin bei dir. Falls ich Anzeichen entdecke, dass die Jägerin noch immer in der Nähe ist, brechen wir ab.« Nachdem er sich ein weiteres Mal vergewissert hatte, dass außer ihnen niemand mehr im Saal war, kehrte er auf die Galerie zurück. Dieses Mal suchte er sich einen Platz, von dem aus er Catherine ständig im Blick hatte. Obwohl seine Eröffnung sie sichtlich erschreckt hatte, setzte sie ihre Arbeit fort. Anfangs warf sie immer wieder verstohlene Blicke in den Raum, als suche sie nach einer Gefahr. Doch schon bald konzentrierte sie sich wieder auf ihre Bücher. Die verbleibende Zeit bis zum Einbruch der Dunkelheit verflog wie im Nu. Ehe Daeron sichs versah, klappte Catherine das Buch zu, in dem sie gerade gelesen hatte, und legte es – zusammen mit den anderen Exemplaren von ihrem Tisch – in ein Fach. Schließlich nahm sie ihren Mantel, schlüpfte hinein und verließ die Bibliothek. Daeron ließ ein wenig Zeit verstreichen, dann folgte er ihr. Sie war bereits einige Schritte die Straße hinunter, als er vor das Eichenportal trat und in die Schatten nahe der Hausmauer eintauchte. Seine Augen wanderten über die verlassene Straße. Von der Betriebsamkeit des Tages war nichts mehr geblieben. Die Menschen hatten sich wieder in ihre Häuser verkrochen. Lediglich ein paar Droschken rumpelten gemächlich über das unebene

Kopfsteinpflaster. Daeron rührte sich nicht von der Stelle. Seine Geduld wurde nicht lange auf die Probe gestellt, als eine Droschke aus einer Seitenstraße bog. Ein blonder Mann reckte den Kopf zum Fenster heraus. Sein Blick folgte Catherine die Straße entlang. Blondes Haar und Hakennase. Das musste er sein! Daeron stellte sich darauf ein, Catherine zu Hilfe zu eilen. Doch als der Blonde dem Kutscher ein Zeichen gab, wendete dieser die Droschke und fuhr in eine andere Richtung davon. Als habe der Blonde lediglich sehen wollen, ob Catherine seine Warnung beherzigte. *Wir werden schon herausfinden, wer du bist und was du willst.* Daeron rannte los, der Droschke hinterher.

*

Nachdem Alexandra die Bibliothek verlassen hatte, war sie zunächst ein Stück weit der Nicolson Street gefolgt. Es war noch hell und sie hatte sich einen Weg im Tageslicht gesucht, sodass sie rasch sicher sein konnte, dass ihr der Vampyr nicht gefolgt war. Auf Umwegen war sie zur Bibliothek zurückgekehrt und hatte sich in den Schatten einer schmalen Seitengasse, die zwischen der Bibliothek und einem benachbarten Gebäude hindurchführte, verborgen. Seither wartete sie. Langsam war die Dämmerung herangekrochen und hatte das Licht mehr und mehr aufgesogen. Das zuvor noch rege Treiben auf den Straßen fand mit Einbruch der Dunkelheit ein rasches Ende. Die wenigen, die jetzt noch unterwegs waren, hasteten die Straße entlang und sahen sich bei jedem ihrer schnellen Schritte ängstlich nach allen Seiten um. *Als ob euch das helfen würde.*

Alexandra wartete in ihrem Versteck. Als die Vampyrin

endlich auf die Straße trat, duckte sie sich tiefer in die Schatten. Sie war versucht ihr zu folgen, doch wo war der andere Vampyr? Während sich die Kreatur immer weiter entfernte, versuchte Alexandra zu entscheiden, was sie jetzt tun sollte. Wie kam es, dass sie in letzter Zeit immer dann, wenn sie der Hilfe der Jäger bedurft hätte, allein dastand? *Warum bin ich überhaupt noch mit euch unterwegs, wenn ihr nie da seid?* Mit der Vampyrin wäre sie allein fertig geworden. Nicht jedoch mit ihm. Schon letzte Nacht hatte er ihr deutlich gezeigt, dass sie ihm nicht gewachsen war. Sie konnte nichts weiter tun, als ihnen zu folgen und zu hoffen, dass sie sie geradewegs zu ihrem Unterschlupf führen würden. Sobald Alexandra wusste, wo sie sich verbargen, würde sie die Jäger holen.

Nahm sie nicht bald die Verfolgung auf, würde sie sie aus den Augen verlieren. Schon jetzt war die Vampyrin in der Dunkelheit kaum noch zu erkennen. Verließ Alexandra ihr Versteck sogleich, lief sie jedoch Gefahr, dem anderen Vampyr geradewegs in die Arme zu laufen. Was, wenn es eine Falle war? Alexandra konnte sich nicht vorstellen, dass er ihre Anwesenheit in der Bibliothek nicht bemerkt haben sollte. Womöglich war seine Gefährtin der Köder, und sobald Alexandra anbiss, würden sie über sie herfallen und sie töten. Noch immer unentschlossen schob sie sich ein Stück näher an die Straßenecke heran, als sie ein Geräusch vernahm. Es kam vom Eingang zur Bibliothek. Vorsichtig spähte sie um die Ecke. Die Tür war einen Spaltbreit geöffnet. Lauerte er ihr von dort aus auf? Er mochte stärker sein als sie, doch Alexandra war keineswegs dumm. So einfach würde sie sich nicht übertölpeln lassen. Sie presste sich dicht an die Wand und wartete. Wie lange könnte es dauern, bis er ungeduldig wurde?

Sie bereitete sich auf eine lange Zeit des Wartens vor, als das Eingangsportal plötzlich aufgerissen wurde und der Vampyr auf die Straße stürmte. Überrascht beobachtete sie, wie er einer Droschke nachsetzte, die soeben um eine Ecke bog.

»Was zum …?« Alexandra wusste nicht, was das zu bedeuten hatte, doch sie fürchtete um das Leben der ahnungslosen Passagiere. Sie rannte los, der Droschke und dem Vampyr hinterher. Als sie um die Ecke hetzte, sah sie, wie der Vampyr das Gefährt erklomm. Doch er machte keine Anstalten, in die Kabine vorzudringen. Er stand hinten auf dem Trittbrett und rührte sich nicht. Was war das für ein eigenartiges Jagdverhalten?

Alexandra winkte rasch eine herannahende Droschke herbei. »Folgen Sie dieser Karosse, aber ohne viel Aufsehen zu erregen!«, wies sie den verdutzten Kutscher an und stieg ein.

Zu ihrem Erstaunen machte der Kutscher seine Sache gut. Er löschte sogar die Kutschlaterne. Ruckend bewegte sich das Gefährt über das unebene Kopfsteinpflaster. Alexandra öffnete das Fenster und sah hinaus. Sie hatten ausreichend Abstand, sodass der Kutscher vor ihnen sie nicht erkennen konnte. Mehr Sorgen bereitete ihr der Vampyr, der sich immer noch am hinteren Teil der Droschke anhielt. Doch sosehr Alexandra es befürchtete – er wandte sich kein einziges Mal um. Seine Aufmerksamkeit galt der Droschke und dem, was sich vor ihm befand. Sie verließen die Stadt durch das westliche Tor und fuhren zwischen lang gezogenen Hügeln und Wiesen hindurch, der Meerenge des Firth of Forth entgegen. Die Fahrt erschien ihr endlos, dennoch konnten es kaum mehr als zwei oder drei

Kilometer gewesen sein, seit sie Edinburgh mit seinen dicht gedrängten Häusern hinter sich gelassen hatten. Eine Weile folgten sie der breiten Straße, ehe der Kutscher auf einen schmäleren Weg bog. Plötzlich hielt er sein Gefährt an und wandte sich Alexandra zu.

»Sie haben gestoppt«, raunte er.

Alexandras Blick wanderte die Straße entlang, weiter voran und fing sich an einem mächtigen Herrenhaus, das – von einer hohen Steinmauer umgeben – stolz auf der Kuppe eines Hügels thronte. »Was ist das für ein Ort?«

»Das ist Lauriston House.«

»Wer wohnt hier?«

Der Kutscher zuckte die Schultern. »Früher einmal war das eine befestigte Burganlage. Heute jedoch ist es nichts weiter als ein Herrenhaus. Jeder könnte dort wohnen.«

Alexandra stieg aus. Das Gefährt, dem sie gefolgt waren, hatte vor einem massiven Eisentor angehalten. Soeben wurde einer der Torflügel geöffnet. Mit einem Ruck setzte sich die Droschke in Bewegung und rollte langsam auf das Grundstück. Alexandras Augen wanderten über die massiven Torflügel, hin zur Mauer, die das gesamte Areal zu umgeben schien. Sie griff in ihre Tasche und fischte ein paar Münzen hervor, die sie dem Kutscher gab. Dann deutete sie auf eine Baumgruppe, die sie auf dem Weg hierher passiert hatten.

»Wenden Sie und warten Sie dort zwischen den Bäumen auf mich.«

Ohne zu widersprechen oder auch nur eine einzige Frage zu stellen, tat der brave Mann, wie ihm geheißen war. Alexandra wartete, bis die Kutsche mit den Schatten verschmolz, dann huschte sie geduckt über die Wiese bis hin zur Mauer. Die Steine waren grob behauen und nur dürftig verfugt, sodass es nicht schwer war, Halt zu finden. Geschickt überwand sie die Mauer und sprang auf der anderen Seite, im Schutze eines Baumes, herunter. Sie landete weich auf dem Rasen und hielt geduckt inne, um sich umzusehen. Vor ihr erstreckte sich ein weitläufiger Garten, der immer wieder von Bäumen und Sträuchern durchzogen war. Die Droschke hatte mittlerweile an der Auffahrt vor dem Eingang zum Haupthaus angehalten. Alexandra sah, wie der Vampyr absprang und um eine Hausecke verschwand. Nach wenigen Schritten war er so vollkommen mit der Dunkelheit verschmolzen, dass sie ihn nicht mehr zu erkennen vermochte. Hinter der Deckung von Büschen und Bäumen huschte Alexandra vorwärts, weiter auf das Haus zu. Im Schatten der letzten Baumreihe hielt sie inne. Vor ihr erstreckte sich ein meterlanges Rasenstück, das sich – ohne die geringste Möglichkeit, sich zu verbergen – bis zum Haus hin erstreckte. Alexandra verharrte still, als ein blonder Mann aus der Droschke stieg, den Kutscher bezahlte und die Stufen zum Haupthaus erklomm. Nach wenigen Atemzügen war er im Inneren verschwunden. Der Kutscher wendete sein Gefährt und lenkte es die Auffahrt hinunter, zurück zur Straße. Alexandra nutzte das Rattern der Räder, um sich unbemerkt weiter nach rechts zu bewegen. Ihre Augen suchten die Umgebung neben dem Haus ab – dort, wo der Vampyr in der Dunkelheit verschwunden war. Was hatte er vor? Anfangs hatte sie angenommen, dass es ihm um Nahrung ging. Doch die hätte er auch einfacher haben können, als dass er eine Strecke von mehreren Kilometern auf sich nahm. Es musste einen anderen Grund geben, warum er hier war. Aber welchen? Ihre Augen hefteten sich auf die dunklen Umrisse einiger Nebengebäude, die sich hinter dem Haupthaus erhoben. War dort eine Bewegung? Noch immer hinter den Bäumen verborgen schlich sie näher an jene Stelle heran, an der sie den Vampyr zuletzt gesehen hatte. Am Rande des Weges blieb sie, dicht an den Stamm einer Eiche gepresst, stehen und prüfte die Windrichtung. Erleichtert stellte sie fest, dass der Wind von vorne kam, sodass der Vampyr sie nicht wittern würde. Sie beugte sich ein Stück vor. Hastig wandte sie den Kopf erst nach links, den Weg entlang in Richtung des Hauses, und dann nach rechts, zum Tor. Auf beiden Seiten war nichts zu sehen. Mit schnellen Schritten überquerte sie den Weg und suchte auf der anderen Seite sofort Schutz in einem Gebüsch. Für einen Moment wartete sie und lauschte. Niemand schien sie bemerkt zu haben. Nur noch zwei Schritte trennten sie von der Stelle, an der der Vampyr aus ihrem Blick verschwunden war. Vorsichtig pirschte sie weiter voran, huschte von Deckung zu Deckung und hielt immer wieder inne, um sich davon zu überzeugen, dass sie nach wie vor unbemerkt geblieben war. Um nicht von jemandem, der zufällig aus einem der Fenster blickte, entdeckt zu werden, hielt sie sich fortan dicht an der Hausmauer. Auch hier säumten immer wieder Büsche ihren Weg; Rosensträucher, denen sie nur ungern zu nahe kommen wollte. An der hinteren Hausecke angekommen ging sie hinter einem Strauch in die Hocke. Die Nebengebäude zu ihrer Linken schienen Stallungen zu sein. Ein leises Wiehern, das kurz darauf an ihr Ohr drang, bestätigte ihre Vermutung. Nachdem sie bei den Stallungen nichts weiter erkennen vermochte, schob sie sich näher an die Hausecke heran, spähte herum und zog hastig den Kopf wieder zurück, als sie – keine zwanzig Schritt entfernt – den Vampyr entdeckte. Sie glaubte nicht, dass er sie bemerkt hatte, denn seine Aufmerksamkeit galt einem Fenster. Trotzdem wollte Alexandra kein Risiko eingehen. Sie zog ihre Pistole. Die Waffe barg eine gewisse Gefahr, denn sollte sie gezwungen sein sie einzusetzen, wäre es weithin hörbar. Dennoch wagte sie nicht, die Pistole gegen den Silberdolch einzutauschen. Sie hatte am eigenen Leib erfahren, dass die Kreatur ihr an Stärke weit überlegen war. Allein der Gedanke an ihre letzte Begegnung ließ ihre Knochen erneut schmerzen. Die einzige Möglichkeit, gegen ihn zu bestehen, bestand darin, ihn nicht nah genug herankommen zu lassen.

Mit der Waffe im Anschlag rückte sie näher an die Ecke heran. Zoll um Zoll bewegte sie sich vorwärts, bis sie ihn erneut sah. Mit einem geschickten Sprung überwand er die Distanz, die ihn von einem der Erdgeschossfenster trennte. Sollte sie die Hausbewohner warnen? Alexandra verwarf den Gedanken. Sie wagte nicht, die Kreatur aus den Augen zu lassen, aus Furcht, er könne ihr ein weiteres Mal entkommen. Solange sie ihn im Blick hatte, konnte er den Bewohnern nichts anhaben. Seine Hände krallten sich in den Fenstersims. Dann zog er sich mit einem Ruck hoch. Seine Füße fanden Halt im Mauerwerk, sodass er die Hände jetzt frei hatte. In dem Augenblick, als er eine Hand nach dem Fenster ausstreckte, flammte dahinter ein heller Lichtschein auf und hüllte den Vampyr ein. Mit einem Satz sprang er zurück und flüchtete sich in den Schatten eines Gebüschs.

Plötzlich waren Geräusche zu vernehmen. Stimmen erklangen. Das Fenster wurde geöffnet und jemand steckte den Kopf heraus. Hastig zog sich Alexandra um die Ecke zurück.

»Siehst du etwas?«, hörte sie eine gedämpfte Stimme aus dem Haus.

»Wenn ich etwas sehen würde, wäre es bereits tot!« Die Antwort war lauter. Näher. Es war der Mann, der aus dem Fenster blickte. Seine Worte erweckten bei Alexandra nicht den Anschein, als müsse er vor dem Vampyr gewarnt werden. Aber was, wenn er ihn lediglich für einen einfachen Einbrecher hielt?

Alexandra sah sich nach dem Vampyr um, doch sie vermochte ihn nicht mehr zu entdecken. Sie hatte ihn schon wieder verloren!

»Seht euch überall um!«, drang eine barsche Stimme an ihr Ohr. »Ich will diesen Eindringling! Bringt ihn dem Meister!«

Kurz darauf erhellten unzählige Lichtquadrate den Rasen mit ihrem Schein, so rasch hintereinander, dass sich Alexandra erschrocken fragte, wie viele Männer sich in diesem Haus aufhalten mochten, um derart schnell die Räume abzusuchen. Als auch über ihr das Licht anging, presste sie sich mit dem Rücken flach an die Wand. Sie hörte leise Stimmen über sich, die Worte von den Glasscheiben verschluckt. Dennoch spürte sie, dass die Männer näher kamen. Ein leises Knarren, gefolgt von einem ohrenbetäubenden Quietschen, als das Fenster hochgeschoben wurde. Alexandra hielt den Atem an. Ihre Finger um den Pistolengriff geklammert drückte sie sich jetzt so fest gegen die Wand, dass sie jede Unebenheit im Mauerwerk durch ihre Kleidung hindurch spürte. Sie zwang sich, den Schmerz in ihrem Rücken zu ignorieren, der noch immer vom Kampf der letzten Nacht herrührte, und verharrte reglos.

»Hört auf, aus dem Fenster zu glotzen, und seht euch

draußen um!«, vernahm sie einmal mehr die barsche Stimme von vorhin. Krachend wurde über ihr das Fenster geschlossen. Einen Moment später erstarb das Licht und der Rasen versank erneut in Dunkelheit. Alexandra wartete nicht länger. Mit schnellen Sätzen entfernte sie sich vom Haus und flüchtete sich in den Schatten einer dichten Baumreihe. Sie war kaum in den Schutz von Stämmen und Zweigen eingetaucht, als eine Handvoll Männer um die Hausecke stürmte. Für einen Moment spielte sie mit dem Gedanken, sich ihnen zu zeigen und sie vor der Kreatur zu warnen, die sich vermutlich noch immer auf dem Anwesen befand. Ein unbestimmtes Gefühl, das nichts mit den Pistolen und Musketen zu tun hatte, mit denen die Männer bewaffnet waren, hielt sie davon ab. Wer war derjenige, den sie *Meister* genannt hatten? Alexandra entschied, dass es für den Augenblick besser war, einer Konfrontation aus dem Weg zu gehen, und duckte sich tief hinter einen Busch. Die Männer waren jetzt so nah, dass sie nicht mehr wagte sich zu bewegen.

»Ihr seht dort drüben nach!«, rief einer. Die Laterne in seiner Hand warf einen wankenden Lichtschein, als er in Richtung ihres Verstecks deutete. »Die anderen kommen mit mir!« Zusammen mit drei Männern folgte er dem Verlauf der Hauswand, während drei andere schnurstracks auf Alexandras Versteck zuhielten. Das Licht kam immer näher. Höchstens noch zehn Schritte, dann mussten sie sie unweigerlich entdecken. Ihre Augen zuckten rastlos umher, suchten nach einem Ausweg. Sie konnte sich keineswegs unbemerkt noch weiter zurückziehen. Jetzt verteilten sich die Männer. Das Licht fächerte sich auf. Zwei schwenkten zur Seite, der eine links von ihr, der andere rechts. Ihnen würde sie womöglich entgehen. Nicht jedoch dem, der geradewegs auf sie zuhielt. Er ging jetzt langsamer, sah sich genauer um und ließ den Lauf seiner Muskete immer wieder von einer Seite zur anderen wandern. Der Schein seiner Laterne kroch ihr unaufhörlich entgegen. Noch immer dachte Alexandra daran, sich ihm zu erkennen zu geben, doch neben jenem unbestimmten Gefühl, das sie schon zuvor davon abgehalten hatte, fürchtete sie jetzt auch, dass er sie erschießen würde, ehe sie ein Wort der Erklärung hervorbringen könnte.

»Männer!«, durchschnitt eine volltönende Stimme plötzlich die Stille. »Zurück zum Haus!«

Der Lichtkegel hielt abrupt inne, keine zehn Zoll von Alexandra entfernt, als der Bewaffnete stehen blieb. Nicht einmal fünf Schritt trennten ihn noch von ihrem Versteck. Bedächtig wandte er sich um. Sein Blick heftete sich auf einen Mann, der hinter ihm um die Hausecke getreten war. Alexandra vermochte nicht, ihn zu erkennen, da ihr der Kerl mit der Muskete die Sicht versperrte. Einen Atemzug später erklang seine Stimme erneut. »Worauf wartet ihr?« Ein scharfer Befehl.

Ohne ein Wort der Widerrede zogen sich die Bewaffneten ins Haus zurück. Als sie den Mann passierten, der sie zurückgerufen hatte, entriss der Schein der Laternen seine Gestalt der Dunkelheit. Der Anblick des großen Schwarzhaarigen ließ Alexandra schlagartig das Blut in den Adern gefrieren. Sie hätte ihn überall wiedererkannt. Das Monster, das ihre Familie abgeschlachtet hatte! Obwohl er noch immer an der Hausecke stand, sah sie ihn an jenem Ort, an dem sie ihn das erste Mal erblickt hatte. In der nächtlichen Schankstube, gebeugt über den blutleeren Leichnam ihrer Mutter. Seine Lippen dunkel von ihrem Blut. Ein

Keuchen kroch über Alexandras Lippen. Sie schlug die Hände vor den Mund, um jeden verräterischen Laut zu ersticken. Wie gelähmt kauerte sie in ihrem Versteck und konnte nichts anderes tun, als ihn anzustarren. Zehn Jahre und er hatte sich kein bisschen verändert! Er war es, den die Männer ihren Meister genannt hatten. Der Unendliche! All die Jahre hatte Alexandra Vampyre gejagt und getötet, ohne dabei etwas anderes als Abscheu zu empfinden. Sein Anblick jedoch erfüllte sie mit derartigem Entsetzen, dass es den Hass, dessen Flamme so lange brennend heiß in ihr gelodert hatte, erkalten ließ. Mit einem Mal war sie wieder das hilflose kleine Mädchen, das ihre Familie nicht hatte retten können.

Während sie gegen ihren Schrecken ankämpfte, war die Aufmerksamkeit des Unendlichen auf die Umgebung gerichtet. Blieben seine Augen an ihrem Versteck hängen? Zitternd wartete sie darauf, dass er seine Männer zurückrufen und ihnen ihren Unterschlupf verraten würde. Einen Moment noch hing sein Blick an jener Stelle, an der sie sich verborgen hielt. Dann wandte er sich ab und kehrte ins Haus zurück.

8

Das Letzte, woran Catherine sich erinnern konnte, war, dass sie die Bibliothek verlassen hatte. Sie hatte eine Droschke hinter sich vernommen, die jedoch in eine andere Richtung davongefahren war. Ein weiterer Tag ermüdender Nachforschungen hatte sie ausgelaugt und die Wirkung der gestrigen Nahrung anscheinend vollends aufgezehrt. So hatte sie beschlossen, Daerons Rat zu folgen und sich frisches Tierblut vom Schlachter zu holen, um wieder Kraft zu gewinnen. Doch was war danach geschehen? Hatte sie den Schlachter überhaupt erreicht? Das Nächste, woran sie sich erinnerte, war, dass sie in einem nach Unrat und Fäkalien stinkenden Durchgang zu sich gekommen war. Hände, Haar und Kleidung voller Blut. Intensiver Metallgeschmack erfüllte ihren Mund. War sie erneut über einen Betrunkenen hergefallen und hatte sein widerwärtiges Blut getrunken, bis ihm das Bewusstsein geschwunden war? Niemals zuvor waren ihre Gewänder derart besudelt gewesen, wenn sie das getan hatte. Die schiere Menge auf ihrem Kleid und an ihren Händen ließ sie das Schlimmste befürchten. Hatte sie getötet und sämtliche Erinnerung daran verloren? Sie wagte nicht, die Gassen auf der Suche nach einem Leichnam zu durchstreifen, da sie fürchtete, der Jägerin oder ihren Begleitern in die Arme zu laufen. Alles, was sie tun konnte, war, darauf zu warten, ob morgen die Nachricht von einem weiteren Leichenfund die Runde machen würde.

Von Furcht erfüllt kehrte sie in Daerons Haus zurück. Sie zog das Kleid aus und versteckte es in einer Truhe in einem ungenutzten Schlafzimmer, ehe sie sich daranmachte, sich das Blut vom Leib zu schrubben. Erinnerungen an London stiegen in ihr auf. An die Familie, deren argloses Leben sie ausgelöscht hatte. Und an die Träume der vergangenen Nächte. Das Hochgefühl der Jagd. Der Triumph über die Beute. Der Anblick ihrer wehrlosen Opfer. Schluchzend kniete sie vor dem Waschtrog und fragte sich verzweifelt, was geschehen war, als sie hörte, wie unten die Tür geöffnet wurde.

»Catherine?«, drang Daerons Stimme an ihr Ohr. »Ich bin wieder hier!«

Sie wischte sich die Tränen ab und rief: »Ich bin gleich bei dir.« Sie konnte nicht verhindern, dass ihre Stimme zitterte. Hoffentlich bemerkte er es nicht. Hastig beendete sie ihre Wäsche und kippte das schmutzige Wasser aus dem Fenster. Dann zog sie sich an und ging nach unten. Daeron empfing sie in der Eingangshalle am Fuße der Treppe.

»Deine Wangen haben wieder ein wenig Farbe bekommen«, begrüßte er sie. Als er sie an sich zog, um sie zu küssen, hatte sie Mühe, nicht zurückzuschrecken. Wenn er herausfand, dass sie getötet hatte, würde er ihr das womöglich nicht verzeihen. Nicht, nachdem er ihr gezeigt hatte, dass es auch einen anderen Weg gab, sich zu ernähren.

»Hast du etwas herausgefunden?«

Für einen Moment zeichnete sich eine Frage in seinen Zügen ab. Sein Blick streifte sie von oben bis unten. Da bemerkte sie, dass ihre Schuhe noch immer schmutzig waren. »Ich bin in eine Pfütze getreten«, erklärte sie hastig, ehe er etwas sagen konnte.

Einen Augenblick noch blieben seine Augen auf ihre Schuhe geheftet. Dann nahm er ihre Hand und führte sie in den Salon. Catherine stand nicht der Sinn danach, sich zu setzen. Sie blieb mit dem Rücken zum Fenster stehen und wartete darauf, was er zu berichten hatte.

Daeron wanderte vor dem Kamin hin und her. »Ich bin dem Blonden gefolgt.« In aller Ausführlichkeit berichtete er von dem abgelegenen Herrenhaus und den bewaffneten Männern, die dort für Sicherheit sorgten. »Sie haben mich bemerkt, ehe ich mehr herausfinden konnte.« Er blieb stehen. »Ich werde mich wohl noch einmal dorthin begeben, um mir ein genaueres Bild zu machen. Zuerst jedoch müssen wir uns diese Jägerin vom Hals schaffen.«

Catherine sah auf.

»Sie ist mir gefolgt«, erklärte Daeron. »Nicht auszudenken, was hätte passieren können, wenn sie stattdessen dir aufgelauert hätte!«

Womöglich hätte sie etwas Schreckliches verhindert. »Was sollen wir tun?«

»Wir müssen dafür sorgen, dass sie uns keine Schwierigkeiten macht.«

»Du willst ...?«

Daeron schüttelte den Kopf. »Zunächst einmal finden wir heraus, was sie weiß. Danach machen wir sie für eine Weile unschädlich und suchen uns einen anderen Unterschlupf. Die Bibliothek ist dann allerdings tabu.«

9

Lange Zeit hatte Alexandra in ihrem Versteck ausgeharrt und nicht gewagt sich zu bewegen. Endlich war die Lähmung von ihr abgefallen. So schnell sie konnte, war sie zur Droschke zurückgerannt und hatte den Kutscher angewiesen, sie zu ihrer Unterkunft zu bringen.

In der Pension angekommen suchte sie nach Gavril und den anderen. Doch die Jäger waren weder im Schankraum noch auf ihren Zimmern. Noch immer unter dem Eindruck der erschreckenden Begegnung betrat sie ihre Kammer. Ein eisiger Luftzug fuhr ihr entgegen. Die Vorhänge blähten sich im Wind, als versuchten sie nach ihr zu greifen. Mondlicht flutete in den Raum und hüllte den Unendlichen in eine Aura fahlen Lichts. Er stand vor dem Bett und blickte ihr entgegen, als sei sie ein lange erwarteter Gast. Alexandra stolperte rückwärts und prallte gegen die halb offene Tür. Sie tastete hektisch danach, wollte sie aufreißen und auf den Gang stürmen, doch der Unendliche war schneller. Er langte einfach über sie hinweg und warf die Tür mit einem heftigen Schlag vor ihr ins Schloss. Alexandra fuhr herum. Er war nicht einmal einen halben Schritt von ihr entfernt. Weit näher, als sie angenommen hatte. Ihr Blick war auf sein kantiges Gesicht geheftet, doch sie vermied es, in seine Augen zu sehen. Sie wusste, dass er die Fähigkeit besaß, sie mit der Macht seines Blicks zu beeinflussen. Sie hatte es schon einmal erlebt. Damals, als er sie zur Reglosigkeit gezwungen hatte, um ...

Alexandra täuschte einen Schritt nach links an. Als er ihrer Bewegung folgte, sprang sie nach rechts und schoss an ihm vorbei. Sie spürte, wie er den Arm nach ihr ausstreckte und duckte sich darunter hinweg. Seine Finger – *Klauen?* – fuhren über ihren Rücken, ohne sie zu fassen zu bekommen. Mit einem Sprung setzte sie über das Bett hinweg, dem Fenster entgegen. Noch zwei Schritte! Das Fenster war bereits so nah, dass sie den Stoff der im Wind flatternden Vorhänge spürte, der über ihre Hände strich. Ihr Zimmer befand sich im ersten Stock, dennoch würde sie den Sprung riskieren müssen. Es war der einzige Weg, dem Unendlichen zu entkommen. Nur noch ein Schritt! Da wurde sie gepackt und zurückgerissen. Sie geriet ins Straucheln und stürzte. Der Unendliche kam näher. Alexandra rollte sich herum und sprang wieder auf die Beine. Ihr Ausweichmanöver hatte sie in die hintere Ecke des

Raumes gebracht. Das Fenster war jetzt in unerreichbarer Ferne. Ebenso die Tür. Sie machte ein paar schnelle Schritte und brachte den kleinen Tisch zwischen sich und den Unendlichen. Eine lächerliche Barriere, wie sie rasch feststellen musste, als der Vampyr ihn einfach umging. Während Alexandra fieberhaft nach einem Ausweg suchte, wich sie immer weiter zurück. Der Unendliche folgte jeder ihrer Bewegungen. Noch einmal würde er sich nicht übertölpeln lassen. Immer weiter zwang er sie nach hinten, bis sie aus dem Augenwinkel den Kaminsims zu ihrer Rechten sah. Sie saß in der Falle. Doch obwohl er sie längst in die Ecke gedrängt hatte, kam er immer noch näher – bis es kein Entkommen mehr gab. Der Mörder ihrer Familie ... Dieses Mal würde er sie töten.

Sie wartete, dass sich die eisige Kälte des Vampyrs wie ein Leichentuch über sie legen würde. Doch selbst als er nur noch eine Armeslänge entfernt war, spürte sie nichts. Es war bloßer Instinkt, der sie jetzt noch handeln ließ. Sie griff hinter sich und wollte ihre Pistole ziehen. Doch ehe sie die Waffe erreichte, sprang er vor. Blitzschnell packte er sie bei den Schultern und presste sie mit dem Rücken gegen die Wand. Alexandra versuchte sich zu befreien. Sie schlug und trat nach ihm und kämpfte darum, sich ihm zu entwinden. Da verstärkte er seinen Griff, bis sie sich nicht mehr bewegen konnte. Ihr Atem ging stoßweise. Hass und Todesangst kämpften ihn ihrem Herzen gegeneinander an. Wo waren die verdammten Jäger?

»Elendes Monster!« Ihre Stimme bebte und ihre Knie waren so weich, dass sie nicht sicher war, ob sie ohne seinen unerbittlichen Griff überhaupt in der Lage gewesen wäre, zu stehen. »Nebenan sind Vampyrjäger!«, zischte sie wider besseres Wissen. »Ich brauche sie nur zu rufen! Dann hat deine finstere Existenz ein Ende!«

»Sie können mir nichts anhaben«, entgegnete er ruhig. Ohne zurückzutreten, gab er ihre Schultern frei, schlang seinen Arm um ihre Taille und zog Alexandra an sich. Sein Blick heftete sich auf ihre Augen, als versuche er sich jede auch noch so geringe Regung darin einzuprägen. Alexandra wollte den Kopf abwenden, doch es gelang ihr nicht. Sein Bann hielt sie gefangen. Sie war ihm ausgeliefert. Wie damals ... Als er seinen Arm zurückzog, hielt er den Silberdolch in der Hand, der hinten in ihrem Hosenbund gesteckt hatte. In einer fließenden Bewegung legte er ihr die Waffe in die Hand und schloss ihre Finger darum.

Dann trat er einen Schritt zurück und breitete die Arme aus. »Versuchen Sie es!«

Alexandras Finger klammerten sich zitternd um den Dolchgriff. Ihr Arm zuckte. Dennoch zögerte sie. Was hatte er vor? Warum tötete er sie nicht einfach?

»Stoßen Sie zu!«

Der Unendliche hatte ihr eine Waffe in die Hand gegeben. Ein vertrautes Werkzeug, das ihr half, ihre Furcht zumindest ein Stück weit zu kontrollieren. Wenn es ihr gelang, ihm die Klinge ins Herz zu stoßen ... Aber er rechnete mit ihrem Angriff. Er würde ihre Klinge abfangen, sie herumreißen und Alexandra ihren eigenen Dolch in die Eingeweide jagen. Es musste doch einen Weg geben, ihm zu entkommen!

Sicher, dachte sie bitter. *So wie auch meine Familie entkommen ist.*

Als sie sich noch immer nicht rührte, schnellte der Unendliche vor. Alexandra versuchte ihm auszuweichen, doch er war zu schnell. Seine Finger schlossen sich um ihre Waffenhand. Mit einem heftigen Ruck riss er ihren Arm nach vorne und rammte sich die Silberklinge bis zum Heft ins Herz. Alexandra stieß einen überraschten Schrei aus, verlor das Gleichgewicht und stolperte gegen ihn. Mit dem freien Arm fing er sie auf und hielt sie an sich gedrückt. Ihrer beider Hände lagen noch immer um den Dolchgriff. Gefangen von seinem durchdringenden Blick wartete sie darauf, dass sich sein Griff lockern und er zu Staub zerfallen würde. Das taten Vampyre, wenn man ihnen eine silberne Klinge ins Herz stieß! Doch der Unendliche verzog lediglich das Gesicht und gab sie frei. Alexandra wich zurück. Voller Entsetzen starrte sie ihn an. Noch immer stieg kein Rauch aus der Wunde. Nichts! Da packte er die Klinge, zog sie mit einem Ruck aus seiner Brust und ließ sie fallen.

»Wenn Sie Ihr Leben nicht aufs Spiel setzen wollen«, warnte er leise, »kommen Sie nicht noch einmal in die Nähe von Lauriston House. Halten Sie sich von uns fern! Wie Sie sehen, können Sie nichts ausrichten.« Er tat einen erneuten Schritt auf sie zu. Obwohl er nur unwesentlich größer war als sie selbst, kam Alexandra sich klein und hilflos vor. Sie spürte die hypnotische Macht seines Blicks, die sie lähmte und verhinderte, dass sie die Augen abwandte. Plötzlich hob er die Hand und strich mit kühlen Fingern über ihre Wange. »Nacht für Nacht sehe ich Sie in meinen Träumen und ich wusste, eines Tages würden sich unsere Wege kreuzen.« Leise, aber nicht weniger eindringlich fügte er hinzu: »Riskieren Sie nicht Ihr Leben.« Dann machte er kehrt und verließ die Kammer. Alexandra sank vor der Wand zu Boden und schlang zitternd die Arme um ihre Beine.

*

Vom Durst getrieben folgte Alexandra dem dunklen Gang. Ihre Eltern führten die Schenke, seit sie denken konnte. Sie war hier aufgewachsen. Jeder Zoll war ihr so vertraut, dass sie kein Licht benötigte. Barfuß und nur mit ihrem Nachtgewand bekleidet tappte sie die Stufen nach unten. Etwas fühlte sich anders an. Ungewohnt. Das Holz unter ihren Fußsohlen schien feucht und irgendwie rutschig. Um nicht auszugleiten, griff sie nach dem Geländer. Auch hier ertasteten ihre Finger Nässe. Einer der Gäste musste etwas verschüttet haben. Die Sorge, jeden Moment in die Scherben eines zerbrochenen Tonkrugs zu treten, verlangsamte ihren Schritt. Vorsichtig erkundeten ihre Zehenspitzen jeden Zoll der Treppe, bis sie den nächsten Schritt wagte. Es dauerte eine Weile, ehe sie das Ende der Treppe erreichte. Aber zumindest hatte sie sich nicht geschnitten. Mit schlafwandlerischer Sicherheit durchquerte sie den dunklen Schankraum. Obwohl das Feuer noch nicht lange erloschen sein konnte und die Nacht angenehm warm war, lag eine unangenehme Kälte über dem Raum. Auch hier fand sie immer wieder Stellen, an denen der Boden feucht und klebrig war. Die Männer, die heute Abend angekommen waren, hatten sichtlich noch eine ganze Weile dem Wein zugesprochen, bevor sie sich zur Ruhe begeben hatten. Für die Dauer eines erschreckenden Atemzugs fragte sie sich, ob noch einer von ihnen hier unten sein mochte. Ihr Vater hatte sie immer davor gewarnt, dass Männer etwas für junge Mädchen übrighatten. Obwohl sie nicht wirklich verstand, was er damit meinte, war ihr bewusst, dass er sich um ihre Sicherheit sorgte. Hatte einer der Reisenden etwas für sie übrig? Lauerte er ihr hier im Dunkeln auf, um ... Um was? Alexandra schüttelte den Kopf. Niemand würde es wagen, ihr im Hause ihrer Eltern etwas anzutun. Sie brauchte nur um Hilfe zu schreien und in wenigen Augenblicken wäre das ganze Gasthaus auf den Beinen. Vater, Mutter, Bruder. Keiner von ihnen würde zulassen, dass ihr etwas zustieße.

Beruhigt betrat sie die Küche. Sie tastete nach Feuerstein und Zunder und entflammte den Docht einer Kerze, die neben dem Herd stand. Zuckendes Licht breitete sich über den Raum aus und griff nach den Schatten. Alexandra nahm einen Tonbecher von einem Regal neben dem Herd und sah sich nach dem Wasserkrug um. Dabei streifte ihr Blick über den Boden. Ihr stockte der Atem, als ihre Augen an einer großen Blutlache hängen blieben. Dann sah sie den zerbrochenen Weinkrug daneben und atmete auf. Hastig sammelte sie die Scherben ein, ehe sich jemand daran verletzen konnte. Den Boden würde sie morgen wischen. Sie füllte ihren Becher mit Wasser, leerte ihn mit großen Zügen und schenkte sich noch einmal nach. Mit dem Becher in der einen und der Kerze in der anderen Hand kehrte sie in den Schankraum zurück – und erstarrte. Der Becher entglitt ihren Fingern, fiel zu Boden und zerbrach. Die Schankstube versank in einem Meer von Blut. Es war überall. Auf dem Boden, den Tischen, den Wänden – ja sogar an der Decke. Auf der Schwelle zum Hinterzimmer lag der verrenkte Körper ihres Vaters, den starren Blick zur Decke gerichtet. In den Schatten hinter dem Treppengeländer machte sie eine Gestalt aus, die nur ihr Bruder Viktor sein konnte. Alexandra war nur wenige Zoll entfernt an ihm vorbeigegangen. Sein Blut war überall!

Wie gelähmt zuckten ihre Blicke umher, nahmen das Gewitter aus Tod und Blut in sich auf, ehe sie an einem schwarzhaarigen Mann hängen blieben, der in der hinteren Ecke des Schankraums kniete. Jetzt hob er den Kopf. Messerscharfe Eckzähne blitzten im Kerzenschein auf. Seine Hände waren zu Klauen verkrümmt. Doch es war der Anblick seiner Augen, der Alexandra durch und durch ging. Niemals zuvor hatte sie derart durchdringende blaue Augen gesehen. Sein Blick strahlte eine eisige Kälte aus, die sich in ihre Knochen fraß. Er beugte sich über einen bleichen Körper, *der zuckend in seinen Armen hing. Alexandra entfuhr ein Keuchen. Ihre Mutter war noch am Leben. Schwach versuchte sie sich gegen den Mann zu wehren, der sich über sie beugte. Alexandra hörte ihr gequältes Stöhnen und wollte ihr zu Hilfe eilen. Da griff sein Blick nach ihr. Etwas in seinen Augen hielt sie gefangen. Etwas, was nicht zuließ, dass sie einen Schritt tat oder auch nur eine Hand bewegte. Gelähmt stand sie da, gezwungen mit anzusehen, wie ihrer Mutter die letzten rasselnden Atemzüge aus den Lungen krochen. Dann erschlaffte ihr Leib in seinen Armen. Seine Augen fixierten Alexandra noch immer, als er den Leichnam langsam zu Boden gleiten ließ und sich erhob. Ihre zitternden Hände vermochten nicht länger die Kerze zu halten. Sie fiel auf die Dielen und erlosch. Alexandra begann zu schreien. Ein Luftzug fuhr über sie hinweg. Er war neben ihr! Jeden Augenblick würde er sie packen und töten. Sie wünschte sich sogar, dass er es tat! Dann jedoch bemerkte sie, dass es lediglich der Wind war, der durch die offene Tür in den Raum fuhr. Kurz darauf wehte das Wiehern von Pferden, untermalt vom Rattern einer Kutsche an ihr Ohr. Erst jetzt vermochte Alexandra sich wieder zu bewegen. Ihre Beine gaben nach. Schluchzend sank sie auf die Knie.*

Mit einem Schrei schreckte Alexandra aus dem Schlaf. Für die Dauer einiger beängstigend langer Atemzüge war sie wieder das zitternde dreizehnjährige Mädchen, das den Tod ihrer Familie nicht hatte verhindern können. Nur langsam gelang es ihr, den Anblick dieser grausamen Augen zu verdrängen. Sie kauerte noch immer vor der Wand, wo sie zusammengesunken war, als der Unendliche ihr Zimmer verlassen hatte. *Warum hat er mich nicht umgebracht?* Seine Berührung war kühl gewesen, doch die durchdringende Kälte hatte gefehlt. Etwas in seinem Blick war anders als damals. Dennoch erklärte das nicht, warum sie noch lebte. *Riskieren Sie nicht Ihr Leben*. Mit fahrigen Bewegungen über ihr Gesicht versuchte sie die Erinnerungen abzuschütteln. Es wollte ihr jetzt ebenso wenig gelingen, wie es ihr während der vergangenen zehn Jahre gelungen war.

Mit dem Tod ihrer Mutter hatte das Grauen noch lange kein Ende gefunden. Alexandra hatte zitternd und weinend auf dem Boden gelegen, die Augen geschlossen, um dem entsetzlichen Anblick des Schlachthauses zu entgehen, zu dem ihr Heim geworden war. Sie war zusammengeschreckt, als sie plötzlich jemand an der Schulter berührte. Ein Lichtschimmer tanzte vor ihren geschlossenen Lidern. Sie weigerte sich noch immer die Augen zu öffnen. Da spürte sie, wie sie hochgehoben und nach draußen getragen wurde. Kühler Nachtwind fuhr über ihren erstarrten Körper und ließ sie noch mehr schaudern. Dann wurde sie sanft auf die Beine gestellt und fand sich einen Augenblick später in einer festen, verzweifelten Umarmung wieder.

»Ich bin so froh, dass du lebst«, vernahm sie die bebende Stimme ihres Bruders. *Viktor!* Er hatte auf den Stufen gelegen, sodass sie ihn ebenfalls tot wähnte. Nun öffnete sie doch die Augen. Er blutete aus zahlreichen Verletzungen, aber er war am Leben! Ein Schlag dieser grässlichen Klauen hatte ihm wohl das Bewusstsein geraubt. »Er muss mich für tot gehalten haben«, vermutete er. »Bei Gott, Alexandra, das war der Mann aus der Kutsche heute Abend!«

Alexandra erinnerte sich an die Kutsche. Eine Gruppe Reisender, die sich auf dem Weg von Bukarest nach Wien befunden und in der Schenke ihrer Eltern eine Unterkunft für die Nacht gesucht hatte. Die Männer, die das Gefährt zu Pferde begleiteten, waren am Abend in der Schankstube gewesen. Sie hatten gegessen, getrunken und gelacht. Nur der Mann aus der Kutsche hatte sich sofort auf sein Zimmer zurückgezogen, ohne dass ihn jemand zu Gesicht bekommen hatte. Für Alexandra bestand kein Zweifel daran, dass es der Mann mit den blauen Augen gewesen war. Jetzt jedoch waren sie alle fort.

Viktor hatte Alexandra zu den Nachbarn gebracht, wo sie unterkamen. Während der folgenden Tage war er ungewöhnlich still und zurückgezogen gewesen. Zweifelsohne hatte auch er seine Schwierigkeiten, das Grauen zu verarbeiten, das ihnen in jener Nacht die Eltern genommen hatte. Doch Viktor ging ihr mehr und mehr aus dem Weg. Seine Zurückweisung brachte sie beinahe um den Verstand. Er war alles, was ihr geblieben war! Sie brauchte seine Nähe und seinen Trost! Wie konnte er sie ausgerechnet jetzt allein lassen! Nicht einmal zur Beerdigung der Eltern war er gekommen!

Während Alexandra sich in der Obhut der Nachbarn befand, zog es Viktor immer wieder in die Schenke zurück. Alexandra wollte ihn begleiten, doch er verbot ihr ihm zu folgen. Mit jedem Wort stieß er sie weiter von sich. Einige Tage ließ sie es geschehen. Dann entschied sie, dass sie ihn nicht auch noch verlieren wollte. Sie vermisste und brauchte ihn! Sein Verbot ignorierend folgte sie ihm zum Gasthaus. Jemand hatte die Fenster mit Brettern vernagelt, um von außen den Blick auf das Grauen zu verwehren. Ein deutliches Zeichen, dass dies nicht länger ein Ort der Wärme und Gastlichkeit war. Es fiel ihr schwer, das Haus auch nur anzusehen. Mit jedem Schritt, den sie näher kam, wurden die Erinnerungen lebendiger. Wenn sie an den Tod ihrer Eltern dachte, sah sie nicht ihre grausam zugerichteten Leiber vor sich. Stets war es ein Paar eiskalter blauer Augen, das sich in ihren Verstand bohrte und sie beinahe lähmte.

Lange Zeit stand sie in der Tür und starrte in die Schankstube, ehe sie endlich den Mut fand, über die Schwelle zu treten. Die Schatten dämpften den Anblick des längst getrockneten Blutes. Die Dunkelheit mochte gnädig zu ihren Augen sein, den Geruch von Tod und Verderben vermochte sie nicht zu verschleiern. Er war so übermächtig, dass Alexandra übel wurde. Sie schlug eine Hand vor Mund und Nase.

»Ich habe dir gesagt, du sollst dich von hier fernhalten«, drang Viktors Stimme durch das Halbdunkel. Alexandra sah sich um und fand ihn in einer Ecke. Er saß auf einer Bank und starrte ihr entgegen. Seine Augen schimmerten hell im Zwielicht. »Warum hast du nicht auf mich gehört?«

»Ich brauche dich.«

»Nein, das tust du nicht.« Er stand auf. »Verlass dieses Haus! Kehre all dem Tod und Grauen den Rücken und komm nie wieder hierher zurück!«

»Viktor, komm mit mir. Bitte.«

»Verschwinde!«, schrie er so überraschend, dass Alexandra erschrocken zusammenfuhr.

»Aber –«

»Komm nie wieder in meine Nähe!«, fuhr er sie an und machte einen Schritt auf sie zu, ehe er erneut innehielt. »Ich will dich nicht mehr sehen! Du erinnerst mich jeden Tag daran, was unseren Eltern zugestoßen ist! Ich hasse dich!«

Seine Worte fuhren wie eine Klinge in ihr Herz. »Das kannst du doch nicht wirklich meinen«, keuchte sie atemlos. »Viktor …« Wenn er sie wirklich hasste, sollte er es ihr noch einmal sagen und ihr dabei in die Augen sehen. Solange er das nicht tat, weigerte sie sich, ihm zu glauben. Ihre Knie zitterten. Mit jedem Schritt, den sie sich weiter von der Tür entfernte, wurden die Gerüche und Erinnerungen schlimmer. Sie glaubte wieder barfuß zu sein und das klebrige Blut an ihren Fußsohlen zu spüren. Dennoch hielt sie nicht inne. Wenn sie es täte, würde sie auch noch Viktor verlieren. Das könnte sie nicht ertragen.

»Hau ab!«, brüllte er, doch Alexandra ließ sich jetzt nicht mehr beirren. Schritt um Schritt kam sie näher, bis er schließlich nicht länger versuchte sie davon abzubringen. Er stand einfach nur da und wartete. Als sie nur noch eine Armeslänge von ihm entfernt war, richtete sich ihr Blick auf seine Augen. Das Grün darin war verschwunden. Aus farblosen Pupillen starrte er sie an. Der Anblick ließ sie zurückzucken. Da packte er sie und zwang sie innezuhalten.

»Ich habe versucht dich zu warnen«, sagte er ruhig. »Aber du wolltest nicht auf mich hören. Deine Liebe bringt dir nichts als Verderben.« Plötzlich verzog er die Lippen zu einem Lächeln und entblößte dabei lange, spitze Eckzähne. »Der Unendliche versprach mir, er würde dich am Leben lassen. Dein Blut ist sein Geschenk an mich.« Viktor verstärkte seinen Griff. Alexandra versuchte sich loszureißen, doch er war um ein Vielfaches stärker als sie. Sie wand sich in seinen Armen und flehte ihn weinend an, sie loszulassen. Viktor lachte nur. Er zog sie fest an sich und schlang einen Arm um ihre Taille, sodass sie sich kaum mehr bewegen konnte. Noch immer kämpfte sie gegen ihn an, wehrte sich gegen seinen unerbittlichen Griff und gegen die Erkenntnis, dass er nicht länger der fürsorgliche und liebevolle Bruder war, den sie ihr Leben lang gekannt hatte. Da war diese entsetzliche Kälte, die ihn umgab. Sie schien geradewegs aus seinen Poren zu strömen und legte sich wie ein eisiger Mantel über Alexandra. Seine Augen waren noch immer farblos. Alexandra jedoch sah nur mehr die eisigen Augen jener Kreatur vor sich, die ihren Bruder zu dem gemacht hatte, was er jetzt war. Den *Unendlichen* hatte Viktor ihn genannt.

»Viktor, bitte«, flehte sie, als er sich über sie beugte.

»Ich habe das nicht gewollt, Alexandra. Doch wenn ich mich länger dagegen verwehre ... Ich will nicht sterben! Die Welt steht mir offen! Ich kann alles tun und alles sehen – ganz so, wie ich es mir immer gewünscht habe. Es wird schnell gehen«, versicherte er. »Nur ein kurzer Schmerz, dann kommt die Dunkelheit.« Er hauchte ihr einen Kuss auf die Stirn. »Ich werde dafür sorgen, dass du die Dunkelheit nicht mehr verlässt. Dir soll es erspart bleiben, das Blut derer zu kosten, die du liebst.«

Diejenigen, die ich liebe, sind tot! Sie wollte die Worte herausschreien, doch über ihre Lippen kam nicht mehr als ein verzweifeltes Schluchzen. Viktors Haar strich über ihren Hals. Halb erwartete sie, seinen heißen Atem zu spüren, doch da war nichts. Nur Kälte. Dann gruben sich seine Zähne in ihre Halsbeuge. Ein Stöhnen kroch über Alexandras Lippen. Sie vernahm ein Schmatzen. Warmes Blut rann über ihren Hals, als Viktor trank. Wie viel Blut würde er nehmen? Wie viel, bis es endlich vorüber war? In einem steten Strom verließ der Lebenssaft ihren Körper. Kälte hüllte sie ein, doch diesmal kam sie nicht von Viktor, sondern aus ihr selbst. Ihre Sinne begannen zu schwinden. Plötzlich wurde sie gepackt und fortgezerrt. Ein heftiges Brennen erfasste ihren Hals, als die scharfen Zähne aus ihrem Fleisch gerissen wurden. Vom Schwung getragen taumelte sie einige Schritte, prallte mit dem Kopf gegen die Wand und sackte zu Boden. Gnädige Dunkelheit senkte sich über sie und löschte den letzten Lichtschimmer. *Viktor!*

Der Gedanke an ihren Bruder schob die Ohnmacht fort. Was, wenn er sich gerade jetzt über sie beugte, um es zu Ende zu bringen? Keuchend schlug sie die Augen auf. Vor ihr erstreckte sich ein zuckendes Gewühl aus Schatten. Sie musste die Augen zusammenkneifen, um etwas zu erkennen. Jetzt schälten sich Vladimirs massige Umrisse aus der Dunkelheit. Neben ihm stand Mihail. Beide hielten Schwerter in Händen und umkreisten Viktor vorsichtig. Viktor folgte jeder Bewegung seiner Freunde. Er fauchte und schlug mit den Händen, die jetzt mehr wie scharfe Klauen aussahen, nach ihnen. Doch Vladimir und Mihail waren geübte Krieger. Sie ließen sich weder von ihm aus der Ruhe bringen noch ließen sie sich überrumpeln. Während Mihail immer wieder Angriffe vortäuschte, schob sich Vladimir langsam in Viktors Rücken. Viktors Kopf fuhr ruhelos von einer Seite zur anderen, bemüht, seine Gegner nicht aus den Augen zu lassen. Da gab Vladimir ein Zeichen. Im selben Moment holten er und Mihail aus und schlugen zu. Viktor duckte sich unter Vladimirs Angriff hindurch und lief geradewegs in Mihails Klinge. Die Waffe durchbohrte seine Brust, doch Viktors Leib erschlaffte nicht. Er versuchte sich zu befreien, aber Mihail hielt das Schwert mit beiden Händen. Vladimir holte aus und schlug Viktor den Kopf vom Leib. Sein Haupt fiel polternd auf die Dielen und rollte vor Alexandras Füße. Seine aufgerissenen Augen waren jetzt wieder grün. Alexandra begann zu schreien. Sie schrie noch immer, als der Kopf ihres Bruders langsam zu Staub zerfiel.

Jemand packte sie bei den Schultern und schüttelte sie. Nur mühsam gelang es ihr in ihrer Benommenheit, Vladimirs Züge auszumachen. Er beugte sich über sie und brüllte sie an, doch sie vermochte seine Worte nicht zu verstehen. Sein Griff wurde stärker. Schmerzhafter. Die Wunde an ihrem Hals sandte mit jedem Herzschlag ein grauenvolles Pochen durch ihren Körper. Plötzlich verschwanden Vladimirs verzerrte Züge. Seine Hände gaben sie frei. Alexandra sank zusammen. Ihr war kalt und ihr Bewusstsein zog sich mehr und mehr in die Schatten zurück.

»Alexandra! Hörst du mich?« Sanfte Worte, die sich in ihren Verstand bohrten. Dennoch wollte ihr kein Laut über die Lippen kommen. Sie konnte lediglich nicken. Warum fror sie so? Verschwommen erfasste sie Gavrils besorgtes Gesicht über sich. »Bleib ganz ruhig liegen. Wir müssen die Blutung stoppen.« Während sie sich noch fragte, wovon er sprach, zog er sein Hemd aus, riss einen Fetzen Stoff heraus und presste ihn fest gegen ihren Hals.

Alexandra konnte sich kaum mehr erinnern, was danach geschehen war. Sie wusste, dass Gavril sie davor bewahrt hatte, zu verbluten. Wie viele Momente hatte es seither gegeben, in denen sie sich wünschte, er hätte sie einfach sterben lassen! Zehn Jahre waren seitdem vergangen, zehn Jahre, in denen sie versucht hatte die Erinnerung zu verdrängen. Natürlich konnte sie nicht vergessen, was geschehen war. Der Gedanke an den Tod ihrer Eltern und an das, was der Unendliche ihrem Bruder angetan hatte, trieb sie jeden Tag aufs Neue an, ihn zu finden und zu vernichten. Die grauenvollen Bilder jedoch hatte sie in einen

Winkel ihres Verstandes verbannt, wo sie zehn Jahre lang sorgsam verschlossen geblieben waren. Bis der Anblick des Unendlichen jenes Schloss geöffnet und alle Bilder freigelassen hatte. Selbst die tiefe Narbe, wo Viktors Zähne sich in ihren Leib gegraben und ein Stück Fleisch herausgerissen hatten und die sie stets unter einem hochgeschlossenen Hemd verbarg, hatte sie ignoriert. Jetzt jedoch pochte sie schmerzhaft.

Noch immer zitternd erhob sich Alexandra. Sie musste sich an der Wand abstützen, um nicht zu straucheln. Einen Moment blieb sie so stehen und atmete mehrmals tief ein und aus. *Was habe ich geglaubt?*, schalt sie sich selbst. *Dass es leicht werden würde, dem Unendlichen gegenüberzutreten? Dass ich einfach vergessen könnte, was er getan hat?* Sie schüttelte den Kopf. »Ich werde dich vernichten«, sagte sie in den Raum hinein. »Und mit dir werden die Bilder und Erinnerungen verblassen!«

Sie hob den Silberdolch auf, den er fallen gelassen hatte, und blickte auf das Blut, das auf der Klinge getrocknet war. Silber konnte ihm also nichts anhaben. *Dann werde ich etwas anderes finden, das dazu in der Lage ist.* Ihre Schritte waren noch immer ein wenig unsicher, als sie zur Waschschüssel ging und sich daranmachte, die Klinge zu säubern.

Damals, in der Schankstube, während Gavril um ihr Leben gekämpft hatte, war sie Zeugin eines Schwurs geworden. Vladimir und Mihail hatten sich die Handflächen aufgeritzt und ihr Blut auf den Boden tropfen lassen, auf jene Stelle, wo Viktors Körper zu Staub zerfallen war. »Wir werden nicht ruhen, ehe dein Tod gerächt und die Kreatur, die ihn verantwortet, vernichtet ist!«

»Welche Kreatur?«, hatte Alexandra leise gefragt.

Da hatte Gavril ihr von den Vampyren erzählt. Jenen Wesen, die das Land angeblich seit Jahrhunderten heimsuchten. Bisher hatte er selbst nicht daran geglaubt, hatte nur die Geschichten gekannt, die Vladimir und Mihail mitgebracht hatten, als sie aus der Armee zurückgekehrt waren. Jetzt jedoch war auch er bereit zu glauben.

Der Unendliche.

Blutschlieren durchzogen das Wasser, nachdem die silberne Klinge gereinigt war. Alexandra trocknete die Waffe und verstaute sie wieder neben der Pistole in ihrem Hosenbund. Während der letzten Jahre hatten ihr die Waffen unschätzbare Dienste geleistet. Dass sie ausgerechnet im Kampf gegen den Unendlichen nutzlos zu sein schienen, machte ihr Angst. Nichtsdestotrotz würde sie einen Weg finden! Sie war nicht so weit gekommen, um jetzt aufzugeben!

Während sie sich damals noch von ihrer Verletzung erholte, waren Vladimir, Mihail und Gavril aufgebrochen. Gavril hatte ihr gesagt, dass sie vorhatten, die Kreatur zu jagen und zur Strecke zu bringen. »Wir werden den Tod deiner Familie rächen.« Er hatte ihr auch gesagt, sie würden der Reiseroute der Kutsche folgen und hofften, dass der Unendliche tatsächlich auf dem Weg nach Wien sein mochte, wie seine Begleiter behauptet hatten.

Einen Tag später war Alexandra ihnen gefolgt. Sie hatte Abstand gehalten und sich erst zu erkennen gegeben, als sie weit genug von zu Hause entfernt waren. Dennoch wollte Vladimir sie fortschicken. Gavril jedoch hatte darauf bestanden, sie nicht schutzlos zurückzulassen. Mit seiner Hilfe konnte sie Vladimir und Mihail schließlich überzeugen sie mitzunehmen. Sie hatte Mihail sogar dazu gebracht, ihr zu zeigen, wie man kämpfte. Dennoch war ihre Jagd erfolglos geblieben. Der Unendliche war wie vom Erdboden verschwunden. Eine Weile zogen sie rastlos umher in der Hoffnung, wieder auf seine Spur zu stoßen. Schließlich mussten sie einsehen, dass das nichts bringen würde. Da kam Alexandra der Gedanke, dass sie, wenn es ihnen jemals gelingen sollte, die Kreatur aufzuspüren, mehr über sie in Erfahrung bringen mussten. So begannen sie nachzuforschen. Anfangs war es schwierig, sich zu verständigen, sodass sie zunächst einige Zeit darauf verwandten, Englisch und ein wenig Französisch zu lernen, ehe sie überhaupt in der Lage waren, ihre Anliegen vorzubringen. Sie sprachen mit Priestern und Gelehrten und suchten Bibliotheken auf. Mit wachsendem Wissen fanden sie heraus, dass der Unendliche zwar der erste aller Vampyre, aber bei Weitem nicht der einzige war. Er hatte weitere dieser Kreaturen erschaffen. Nachdem sie von deren Existenz erfuhren und schließlich auch Mittel und Wege kennenlernten, sie nicht nur zu bekämpfen, sondern auch aufzuspüren, stöberten sie immer weitere auf und vernichteten sie. Ihre Suche nach dem Unendlichen jedoch blieb ohne Erfolg. Nicht dass es keine Spuren gegeben hätte, denen sie hätten folgen können. Seit zehn Jahren taten sie nichts anderes. Aber wann immer sie einen Ort erreichten, an dem sie ihn vermuteten, war er längst wieder fort. Diesmal jedoch war das anders. Er war hier. In Edinburgh.

Aber warum hatte er sie gewarnt? Wieso hatte er sie nicht einfach umgebracht? Was war das für ein grausames Spiel, das er spielte? Vielleicht vermochte ein Silberdolch ihm nichts anzuhaben. Eine Silberkugel ins Herz oder den

Kopf vom Rumpf zu trennen würde seine Wirkung womöglich nicht verfehlen.

Alexandra verließ ihr Zimmer und ging nach nebenan. Sie musste mit den Jägern sprechen. Die Kammern der Männer waren verlassen. Sie ging nach unten, da sie hoffte ihre Begleiter beim Frühstück anzutreffen. Doch auch hier waren sie nicht. Fluchend sah sie zur Tür.

»Miss Boroi«, vernahm sie die Stimme des Wirtes hinter sich. Alexandra wandte sich um. Der feiste Mann mit dem schütteren Haar hielt einen Umschlag in der Hand. »Ich habe eine Nachricht für Sie!«

Es fiel ihr schwer, ihm den Brief nicht einfach aus der Hand zu reißen, sondern sich zu gedulden, bis er ihn ihr reichte. »Danke.« Sie wartete, bis er sich abwandte und hinter seinen Tresen zurückkehrte. Dann riss sie den Umschlag auf und zog das Papier heraus, das sich darin befand.

Wir sind noch einmal im Close. Warte in Deinem Zimmer.
V.

Alexandra knüllte die Nachricht zusammen. Ganz sicher würde sie nicht seelenruhig in ihrem Zimmer sitzen bleiben! Der Unendliche war hier gewesen! Ihr war bewusst, dass sie ohne die Hilfe der Jäger nichts gegen ihn ausrichten konnte. Doch der Unendliche war nicht der einzige Vampyr in der Stadt. Es gab noch ein anderes Rätsel zu lösen. Sie bat den Wirt um Feder und Tinte und kritzelte eine hastige Warnung auf das zusammengeknüllte Papier. Dann schob sie es unter der Tür zu Vladimirs Zimmer durch, holte ihren Mantel und verließ den Gasthof.

10

In der Bibliothek angekommen wollte Alexandra schon die Klingel betätigen, um den Bibliothekar zu rufen, als ihr Blick auf die Liste fiel, in die sie sich gestern eingetragen hatte. Jeder musste sich dort eintragen! Sie vergewisserte sich rasch, dass niemand in der Nähe war, dann zog sie die Liste zu sich. Ihre Augen glitten über die Zeilen und die Namen. Gestern waren insgesamt nur fünf Personen hier gewesen. Auch in den Tagen davor waren es kaum mehr. Lediglich ein Name erschien immer wieder: Catherine Bayne. Dahinter stand eine Adresse in der Candlemaker Row. Gestern fand sich ein weiterer Name mit derselben Adresse direkt in der Zeile unter Catherine Bayne. Daeron ap Fealan. Zweifelsohne waren das die Vampyre! Heute war keiner der beiden hier. Alexandra griff nach der Feder und trug sich in der Liste ein. Dann läutete sie nach dem Bibliothekar. Als der alte Mann im Durchgang erschien, schob sie das Papier über das Pult.

»Ich habe mich bereits eingetragen.«

Er nickte und gab ihr den Weg frei. Obwohl keiner der beiden Namen heute in der Liste stand, blieb Alexandra wachsam. Sie schritt jede Regalreihe ab und warf einen Blick in jeden Winkel. Erst nachdem sie sich davon überzeugt hatte, dass die Bibliothek tatsächlich verlassen war, trat sie an das Regal heran, in das die Vampyrin gestern das Buch mit der herausgerissenen Seite gestellt hatte. Alexandras Augen flogen über die Bücherreihen, suchten nach dem Band. Erstaunt hielt sie inne, als sie glaubte ihn gefunden zu haben. Er stand inmitten einer Reihe weiterer

Bände, die sich alle nur um ein einziges Thema drehten: die Geschichte schottischer Clans.

Mit gerunzelter Stirn griff Alexandra nach dem Buch und zog es heraus. Hastig schlug sie eine Seite nach der anderen um, während ihr Blick immer wieder an Überschriften oder einzelnen Worten hängen blieb. Es ging tatsächlich um nicht mehr als die Vergangenheit eines Clans. Dieser Band war den Sinclairs gewidmet. Alexandra wusste nicht viel über schottische Geschichte. Sie kannte die Namen einiger Sippen, weiter reichte ihr Wissen jedoch nicht. Was konnte die Vampyrin so sehr an den Sinclairs interessieren? Mit flinken Fingern blätterte sie weiter, bis sie den Stumpf einer ausgerissenen Seite entdeckte. Ihre Augen richteten sich auf das Blatt davor, ohne mehr als den langweiligen Bericht über die Schlachten zu finden, an denen ein gewisser Simon Sinclair teilgenommen hatte. Die Seite danach war ebenso wenig aufschlussreich. Wenn sie herausfinden wollte, wonach die Vampyrin suchte, musste sie die fehlende Seite finden.

Ihr einziger Anhaltspunkt war die Adresse aus der Liste des Bibliothekars. Alexandra konnte nur hoffen, dass sie nicht erfunden war. Entschlossen, dieser Sache nachzugehen, verließ sie die Bibliothek und machte sich auf den Weg zur Candlemaker Row.

Vor der Bibliothek angekommen wandte sie sich nach rechts. Im Schatten der Häuserreihen folgte sie der Nicolson Street und bog nach wenigen Metern in die Drummond Street, die sie geradewegs zu ihrem Ziel führen würde. Jetzt, bei Tag, waren die schmalen Gassen so überfüllt, dass die Menschen von den Bürgersteigen auf die Straße ausweichen mussten und sich ihren Weg zwischen Fuhrwerken und Droschken hindurch bahnten, die über das unebene Kopfsteinpflaster ratterten. An jeder Ecke boten Händler ihre Waren feil. Kinder rannten umher, bettelten um Geld oder etwas zu essen. Alexandra hatte Mühe, all den Menschen auszuweichen. Immer wieder wurde sie angerempelt oder auch angesprochen. Das Gedränge ignorierend setzte sie ihren Weg bis zur Candlemaker Row fort. Als sie sich der angegebenen Adresse näherte, verlangsamte sie ihren Schritt. Ein verwittertes Schild schwang über der Tür im Wind und verkündete, dass es sich hier um *Mrs Hendersons Pension* handelte.

Alexandra zog sich in den Schatten einer Hausecke zurück, von wo aus sie den Eingang im Blick hatte. Eine lange Zeit verstrich, in der sie ihre Augen immer wieder über die graue Steinfassade, von einem Fenster zum nächsten wandern ließ. Falls die Vampyre hier waren, konnten sie das Haus unmöglich verlassen. Der Eingang lag zu dieser Stunde im hellen Tageslicht. Alexandra wiederum konnte nicht einfach hineingehen und nach den beiden fragen. Da sie nicht wusste, was sie sonst tun sollte, wartete sie ab. Nach einer Weile hielt ein Fuhrwerk vor dem Haus. Ein Mann sprang vom Bock und klopfte an die Tür. Als ihm geöffnet wurde, zerrte er einen Sack Mehl von der Ladefläche, wuchtete ihn sich über die Schultern und betrat das Haus.

Alexandra beschloss, die Gelegenheit zu ergreifen und mit der Frau – vermutlich der Wirtin – zu sprechen, die dem Lieferanten die Tür geöffnet hatte und noch immer am Eingang stand.

»Entschuldigen Sie«, sprach sie die ältere Dame an. »Können Sie mir sagen, ob Catherine Bayne auf ihrem Zimmer ist?«

Die Frau runzelte die Stirn. Tiefe Falten zerfurchten ihre Züge, als sie Alexandra streng musterte. Dann schüttelte sie den Kopf. »Miss Bayne ist gestern noch vor Tagesanbruch ausgezogen. Ein junger Mann hat sie abgeholt«, erklärte sie missbilligend.

Der Vampyr! Daeron ap Fealan. »Sie wissen nicht zufällig, wohin die beiden wollten?«

»Sie nahmen eine Droschke nach Canongate. Zur Clyde Street.«

*

Alexandra kauerte im Schatten einer Hausmauer, von wo aus sie nun schon seit Stunden das gegenüberliegende Herrenhaus beobachtete. Hin und wieder glaubte sie eine Bewegung hinter den vorgezogenen Vorhängen auszumachen. Das einzige Anzeichen, dass sich jemand im Haus befand.

Als sie am Mittag in der Clyde Street angekommen war, hatte sie vor dem Problem gestanden, nicht zu wissen, wo sich die Vampyre aufhalten mochten. In der Hoffnung, etwas möge die Anwesenheit der Kreaturen verraten, war sie langsam die Straße entlanggeschlendert. Ein zufällig vorüberkommender Passant hätte sie für eine Spaziergängerin gehalten und nicht bemerkt, wie sie ein Haus nach dem anderen eingehend musterte. Beim Anblick der feudalen Herrenhäuser mit ihren eisernen Zäunen und den Vorgärten kam Alexandra der Gedanke, dass der Vampyr über ein nicht unbeträchtliches Vermögen verfügen musste. Andernfalls wäre er kaum imstande gewesen, sich in einer derart noblen Gegend einzumieten. Sie war etwa drei Viertel der Straße abgegangen, als ihr ein Haus ins Auge sprang. Das einzige, in dem in allen Räumen die Vorhänge vorgezogen waren. Hier musste es sein! Trotzdem hielt sie nicht inne. Sie folgte der Straße bis zum Ende, nur um sicherzugehen, dass es nicht noch weitere auffällige Häuser gab. Das Haus mit den vorgezogenen Vorhängen war tatsächlich das einzige. Auf dem Weg zurück war sie in eine Seitengasse gebogen und hatte sich ein Stück parallel zur Clyde Street bewegt, ehe sie sich dem Haus von einer Einmündung auf der gegenüberliegenden Straßenseite wieder genähert hatte. Bevor sie die Straßenecke erreichte, blieb sie stehen. Hier, im Schatten eines Hauses verborgen, hatte sie die letzten Stunden ausgeharrt und den Unterschlupf der Vampyre beobachtet. Die Zeit strich zäh dahin. Endlich kroch die Dämmerung über die Clyde Street und löschte allmählich das trübe Licht des wolkenverhangenen Nachmittages. Mit der Nacht kam die Kälte. Alexandra zog ihren Mantel enger und schlug den Kragen hoch. Im Haus tat sich noch immer nichts. Inzwischen war es vollends dunkel, doch niemand machte sich die Mühe, eine Lampe zu entzünden. Dann endlich, als sie schon fürchtete ihre Zeit zu verschwenden, wurde die Tür geöffnet und die beiden Vampyre traten aus dem Haus. Während die Frau an der Tür wartete, winkte der Mann eine Droschke herbei. Die beiden Vampyre stiegen ein und einen Moment später rollte das Gefährt davon.

Alexandra harrte noch eine Weile in ihrem Versteck aus, um sicherzugehen, dass sie nicht einen Atemzug später zurückkehrten. Schließlich wagte sie sich hervor und überquerte die Straße. Mit einer Selbstverständlichkeit, die jeden Beobachter zu dem Schluss veranlasst hätte, sie gehöre hierher, öffnete sie das Gartentor und betrat das Grundstück. Kurz vor der Eingangstür schwenkte sie nach links und ging um das Haus herum. Zwischen dem Haus der Vampyre und dem Nachbaranwesen blieb sie stehen und vergewisserte sich mit einem raschen Blick, dass sie nicht beobachtet wurde. Nachdem sie sicher war, allein zu sein, hob sie einen Stein auf und schlug damit ein Fenster ein. Sie wickelte ihren Mantel um den Arm und drückte die scharfkantigen Scherben aus dem Rahmen, ehe sie durch das Fenster ins Haus schlüpfte. Im Schutze des bodenlangen Vorhangs hielt sie inne und lauschte. Alles war ruhig. Vorsichtig verließ sie ihre Deckung und fand sich in der Küche wieder. Nachdem sie nicht wusste, wie viel Zeit ihr bis zur Rückkehr der Vampyre blieb, hielt sie sich nicht mit langem Umhersehen auf. Sie war sich jetzt sicher, dass sie allein war. Dann griff sie nach einer Lampe und entzündete sie. Mit dem Licht in der Hand durchquerte sie die Küche, drückte die Schwingtür auf und stand in einer großen Eingangshalle. Ihre Augen folgten der Treppe nach oben. Wo würden sie die fehlende Seite aufbewahren? In einem der Schlafzimmer? Im Salon? Alexandra beschloss ihr Glück zunächst im Salon zu versuchen, ehe sie sich nach oben wagen wollte.

Das regelmäßige Ticken einer Standuhr mischte sich unter das aufgeregte Schlagen ihres Herzens. Obwohl ein dicker Teppich ihre Schritte dämpfte, bewegte sie sich vorsichtig. Das Licht der Lampe huschte über einen Kamin, erfasste einen Sessel und ein großes Sofa, den Tisch davor und eine Vitrine im hinteren Teil des Raumes. Alexandras Augen hefteten sich auf den Tisch. Dort lagen allerhand Papiere verteilt. Neugierig trat sie näher und stellte die

Lampe auf einer freien Ecke ab. Ihre Augen wanderten über die Papiere. Das meiste davon waren handschriftliche Aufzeichnungen. Alle in derselben Handschrift. Sie konnte unmöglich die gesamten Aufzeichnungen lesen. Nicht jetzt. Ihr Blick huschte über die Seiten, ehe er an zwei Worten hängen blieb. *Der Unendliche.* Rasch überflog sie die Seite. Der Text handelte davon, dass der Unendliche der Keim allen Vampyrismus war und der Fluch mit seiner Vernichtung ein Ende fände. Hatten die beiden etwa vor, den Unendlichen zu töten? *Welcher Vampyr würde freiwillig seine eigene Existenz vernichten?* Alexandra schüttelte den Kopf. Alle Vampyre verehrten den Unendlichen, als wäre er ihr Gott, dessen war sie sich sicher. Er war ihr Schöpfer. Es musste etwas anderes sein, worauf die beiden aus waren. Aber warum war der Vampyr vergangene Nacht so verstohlen um das Anwesen des Unendlichen herumgeschlichen? Warum hatte er sich seinem Meister nicht einfach gezeigt, um ihm die Ehre zu erweisen?

Papier um Papier blätterte Alexandra durch, auf der Suche nach der Seite aus dem Buch, als sie plötzlich den Rand einer Tuschezeichnung entdeckte, die halb unter anderen Blättern verborgen war. Mit einem Ruck zog sie das Blatt hervor und starrte auf die Abbildung eines reich verzierten Kreuzes.

Sie bemerkte die Kälte einen Herzschlag zu spät. Als sie herumfuhr, blickte sie in die Züge des Vampyrs. *Seine Augen sind nicht farblos, sondern braun*, schoss es ihr durch den Kopf. Dann traf sie ein Hieb an der Schläfe und löschte ihr Bewusstsein aus.

*

»Gib mir die Fesseln.« Daeron streckte Catherine die Hand entgegen. Sobald er die Stricke zwischen seinen Fingern spürte, griff er zu. Einen Moment noch ruhte sein Blick auf der bewusstlosen Jägerin. Die dunklen Locken waren ihr ins Gesicht gerutscht und verbargen die blutige Platzwunde, die er ihr mit seinem Schlag zugefügt hatte. Vielleicht wäre es tatsächlich besser, sie unschädlich zu machen. Etwas in ihm sträubte sich jedoch dagegen. Womöglich musste es nicht so weit kommen. Zunächst einmal würden sie herausfinden, was sie wusste. Mit geschickten Handgriffen durchsuchte er sie und warf die Pistole und den Silberdolch, die er fand, zur Seite. Dann drehte er sie auf den Bauch und fesselte ihr die Arme mit strammen Knoten auf den Rücken.

»Was machen wir jetzt mit ihr?«

Catherines Stimme veranlasste ihn, sich umzudrehen. »Zunächst einmal würde mich interessieren, warum sie *mir* letzte Nacht gefolgt ist. Wenn sie vorhat uns zu vernichten, wärst du das leichtere Ziel gewesen.« Er zurrte die Fesseln fest, hob die bewusstlose Jägerin auf und legte sie in den Sessel, ehe er sich erneut Catherine zuwandte. »Sie könnte eine wertvolle Verbündete sein.«

»Eine Jägerin!«, schnappte Catherine. »Sie würde uns töten, sobald wir ihr auch nur einmal den Rücken zukehren.«

Daeron griff nach Catherines Händen und strich beruhigend über ihre Handrücken. »Nicht wenn es uns gelingt, sie davon zu überzeugen, dass wir auf ihrer Seite sind.«

»Du hast sie im Mary King's Close angegriffen und jetzt hast du sie niedergeschlagen!« Catherine schüttelte den Kopf. »Sie wird alles, was wir ihr erzählen, für eine Lüge halten.«

Plötzlich grinste Daeron. »Spätestens wenn sie merkt, dass wir ihr Blut nicht trinken, sollte sie uns glauben.« Dann seufzte er und zog Catherine in seine Arme. »Du weißt, dass wir auf die Hilfe eines Menschen angewiesen sind«, sagte er leise neben ihrem Ohr. »Wenn wir den Unendlichen jemals vernichten wollen, brauchen wir jemanden, der in der Lage ist, geweihten Boden zu betreten.«

»Lass uns jemanden anheuern, der das für uns tut!«

Der Gedanke war ihm auch schon gekommen. Allerdings befand er ein solches Vorgehen für weitaus riskanter, als einer Vampyrjägerin zu vertrauen, die dasselbe wollte wie Catherine und er. Ein bezahlter Söldling konnte womöglich der Verlockung nicht widerstehen, einen derart kostbaren Schatz, der das Schwarze Kreuz zweifelsohne war, an sich zu bringen. Die Jägerin hingegen würde es zu eben jenem Zweck einsetzen, für den auch Daeron und Catherine es haben wollten. *Wir müssen sie nur davon abhalten, uns zu vernichten.* Das war der schwierigste Teil. Was musste sich das verdammte Kreuz auch ausgerechnet in einer Kirche befinden! Er küsste Catherine auf die Stirn, dann schob er sie ein Stück von sich und sah ihr in die Augen. »Versuchen wir es zuerst mit der Jägerin.«

Catherine nickte. »Aber versprich mir, dass du auf der Hut bist. Sie wird alles daransetzen, uns zu töten.«

»Ich passe auf mich auf – und auf dich auch.«

Hinter ihm erklang ein leises Stöhnen. Daeron wandte sich um. Die Jägerin regte sich und schlug die Augen auf. Einen Moment noch war ihr Blick verschleiert, als er sich auf Daeron richtete. Abrupt setzte sie sich auf und zerrte an ihren Fesseln. Als Daeron vor sie trat, versuchte sie aus dem Sessel zu rutschen und ihm zu entkommen, doch er packte sie bei den Schultern und hielt sie fest. Trotz der Fesseln wehrte sie sich mit erstaunlicher Hartnäckigkeit gegen seinen Griff. Sie trat nach ihm, sodass Daeron gezwungen war, ihre Beine zwischen seine Knie zu klemmen.

»Sie können sich nicht mehr bewegen«, verkündete er das Offensichtliche, als sie noch immer nicht aufhörte sich zu winden. Mit jeder ihrer Bewegungen stieg ihm ihr beinahe schon vertrauter Geruch in die Nase. Diesmal jedoch mischte sich der verlockende Duft ihres Blutes darunter. Ihr Haar war zur Seite gerutscht und offenbarte die Wunde an ihrer Schläfe. Daeron verschloss seine Sinne. »Halten Sie endlich still! Ich will Ihnen nichts tun!« Tatsächlich stellte sie ihre Gegenwehr ein. Dass sie plötzlich ruhig wurde, täuschte jedoch nicht über das Misstrauen in ihren Augen hinweg. Daeron war überzeugt, dass sie nur stillhielt in der Hoffnung, einen Ausweg zu finden. »Wenn ich Sie töten wollte, hätte ich es längst getan.« Sein Blick hing unverändert an ihren Augen. »Werden Sie uns anhören?«

Eine Ewigkeit erwiderte sie starr seinen Blick. Schließlich nickte sie. Da gab er sie frei und trat einen Schritt zurück. Ihm war bewusst, dass er erneute Gegenwehr riskierte, dennoch würde sie ihm niemals vertrauen, wenn er ihr keinen Grund dazu gab. Sie nicht länger zu bedrohen, war ein Anfang. Abgesehen davon hoffte er dem durchdringenden Blutgeruch zu entgehen, der sie so verführerisch umgab.

»Entschuldigen Sie die Fesseln«, sagte er ruhig. »Aber Sie werden sicher verstehen, dass Sie eine Bedrohung für uns sind.«

»Im Augenblick«, erwiderte sie zu seinem Erstaunen trocken, »fühle ich mich nicht sonderlich bedrohlich.« Ihr Blick glitt an ihm vorbei und streifte durch den Raum.

»Es ist nicht nötig zu fliehen«, fuhr Daeron fort. »Hören Sie uns an und dann entscheiden Sie, ob Sie uns vertrauen oder lieber gehen wollen.«

Die Jägerin runzelte die Stirn. »Vertrauen oder gehen?«, echote sie.

Daeron nickte. Für einen Moment glitt sein Blick zu Catherine, die noch immer vor dem Kamin stand. Ihre Augen waren unverändert auf die Jägerin geheftet. Ihre Miene offenbarte deutlich, dass die Jägerin nicht die Einzige war, die er von den Vorteilen überzeugen musste, einander zu vertrauen. *Womöglich hat Catherine recht und ich bin ein Narr, weil ich meine Hoffnungen in diese Jägerin setze!* Bald würde er es wissen. Seine Aufmerksamkeit kehrte zur Jägerin zurück. »Wie heißen Sie?« Als sie nicht antwortete, stellte er sich und Catherine vor. »Jetzt sind Sie an der Reihe«, versuchte er es noch einmal.

»Alexandra Boroi.«

»Wo kommen Sie her, Alexandra?«

Die Verwirrung in den Zügen der Jägerin wuchs mit jedem verstreichenden Augenblick. Daeron bezweifelte, dass sie sich je mit einem Vampyr unterhalten hatte. *Sie jagt und tötet unseresgleichen.* Wenn er an jene Vampyre zurückdachte, die ihm bisher begegnet waren, konnte er ihr das nicht einmal verdenken.

»Was soll das?«, fragte sie schließlich. »Ist das eine Art Spiel? Wenn ja, hören Sie auf damit und bringen Sie es hinter sich!«

»Sie haben mir nicht zugehört«, erwiderte Daeron scharf. Er konnte ihre Ablehnung verstehen, dennoch verlor er allmählich die Geduld. Jedes Wort betonend fuhr er fort: »Wir sind auf Ihrer Seite!«

Die Jägerin stieß ein bitteres Lachen aus. Sie wollte etwas erwidern, da sprang Daeron vor, packte sie bei den Schultern und zwang sie ihn anzusehen. »Das ist kein Scherz, Alexandra! Haben Sie die Aufzeichnungen auf dem Tisch gesehen? Sie stammen von Catherine. Über Jahre hinweg hat sie Nachforschungen über den Unendlichen angestellt und darüber, wie man ihn vernichten kann!« Obwohl sich der Blick der Jägerin veränderte und der Spott darin offenem Erstaunen wich, gab er sie nicht frei. »Wir haben einen Weg gefunden, doch wir können ihn nicht ohne die Hilfe eines Menschen beschreiten. *Sie* sollen dieser Mensch sein! Helfen Sie uns, den Unendlichen zu vernichten!«

»Auch wir waren einmal Menschen«, erklang Catherines ruhige Stimme neben ihm. »Dann ... traf uns dieser Fluch. Bei Gott, wenn ich die Wahl hätte, wäre ich lieber tot! Aber das würde nichts ändern. Nur wenn der Unendliche stirbt, findet der Schrecken, den er über die Menschheit bringt, endlich ein Ende. Mit seiner Vernichtung wären alle Vampyre, die er oder eine seiner Kreaturen jemals erschaffen hat, ebenfalls zerstört.«

Daeron sah die Jägerin noch immer an. »Wollen Sie sich diese Gelegenheit wirklich entgehen lassen?«

Die Jägerin setzte zu einer Antwort an. In diesem Augenblick klopfte es an der Tür. »Still«, zischte er Alexandra zu und legte ihr eine Hand über den Mund. Er wollte den späten Besuch ignorieren und warten, bis er verschwunden war. Da erklang das Klopfen erneut. Diesmal lauter.

Eine aufgeregte Stimme erhob sich von draußen. »Ist jemand zu Hause?« Wieder ein Hämmern gegen die Tür. »Wenn nicht augenblicklich jemand antwortet, werde ich einen Konstabler verständigen!«

Daeron fluchte. Seine Augen zuckten zwischen der Eingangshalle und der Jägerin hin und her. Wenn sie jetzt Alarm schlug, war alles vergebens. Er packte ein Tuch und schob es ihr in den Mund. »Pass auf sie auf, Catherine. Ich bin gleich zurück!«

Mit großen Schritten stürmte er aus dem Salon, zog die Tür hinter sich zu und ließ Catherine allein mit der Jägerin zurück. *Sie ist gefesselt. Sie kann ihr nichts tun!* Ein erneutes Hämmern an der Tür lenkte seine Aufmerksamkeit nach vorne.

»Ich komme ja schon!«, rief er ungehalten und riss die Tür auf. Vor ihm stand ein schmächtiger Mann, bekleidet mit einem Morgenmantel. Seine Wangen glühten vor Aufregung. Schweißperlen glänzten auf seiner Stirn. Daeron glaubte in ihm den Bewohner des Nachbarhauses zu erkennen. »Was ist los?«

»Gott sei Dank!«, entfuhr es dem dürren Kerl mit einem erleichterten Seufzen. Er zog ein Tuch aus seinem Morgenmantel und tupfte sich den Schweiß von der Stirn. »Ich dachte schon, Ihnen sei etwas zugestoßen.«

»Wie kommen Sie darauf?«

»Wegen des zerbrochenen Küchenfensters.«

So war die Jägerin also ins Haus gekommen. Der Mann sprach unermüdlich weiter, erzählte von Einbrechern und Mörderpack, das sich nur des Nachts hervorwagte, um unbescholtene Bürger zu bedrohen. »Machen Sie sich keine Sorgen«, beruhigte Daeron ihn. »Ich selbst habe die Scheibe zerbrochen. Das Fenster hat geklemmt, und als ich es mit einem Ruck befreien wollte, ist es so heftig heruntergesaust, dass die Scheibe zersprang.«

Aus dem Salon erklang ein Poltern, gefolgt von einem

Klirren. *Catherine!* Daeron fuhr herum. Er spürte, wie sein Nachbar an ihm vorbei ins Haus spähte, und wandte sich ihm rasch wieder zu. Er musste diesen Mann sofort loswerden! »Junge Kätzchen«, erklärte Daeron rasch und schob ihn über die Schwelle nach draußen. »Entschuldigen Sie, ich muss wohl dafür sorgen, dass sie beim Umhertollen nicht die ganze Einrichtung zerstören. Vielen Dank noch einmal für Ihre Wachsamkeit.« Mit diesen letzten Worten ließ er die Tür ins Schloss fallen und stürzte in den Salon.

Catherine lag vor dem Kamin und versuchte gerade wieder auf die Beine zu kommen. Die Jägerin saß nicht länger im Sessel.

»Wo ist sie?« Mit zwei Schritten war Daeron bei Catherine und half ihr hoch. Die Wunde an ihrer Stirn schloss sich bereits wieder.

»Aus dem Fenster!« Catherine deutete auf den Vorhang, der sich unter einer Windbö aufbauschte. Dahinter hob sich die zerbrochene Scheibe vor dem nächtlichen Garten ab.

Daerons Blick schoss zum Tisch. Die Waffen der Jägerin lagen noch immer darauf. »Du wartest hier!«, rief er Catherine zu und sprang mit einem Satz aus dem Fenster.

11

Behindert von ihren Fesseln stolperte Alexandra durch die Nacht. Wenigstens war es ihr gelungen, den Knebel auszuspucken, der ihr den Atem genommen hatte. Sie war immer noch erstaunt, wie einfach es gewesen war, die Vampyrin zu überrumpeln. Ein einziger harter Tritt hatte genügt und sie war mit dem Kopf gegen den Kamin geprallt und zu Boden gegangen. Alexandra hatte nicht lange überlegt. Mit einem Satz war sie durch das Fenster in den Garten gesprungen. Ein Strauch Stechginster hatte ihren Sturz gedämpft und ihr Mantel die meisten Scherben abgehalten, sodass sie sich nicht mehr als ein paar kleine Schnitte zuzog. Kaum der Rede wert, wenn man bedachte, dass sie soeben einem Haus mit zwei Vampyren entkommen war. Eine der größeren Scherben hob sie auf, ehe sie ihre Flucht durch die Gärten fortsetzte. Die Fesseln behinderten sie, doch sie wagte nicht innezuhalten, um sie zu lösen. Zu ihrer Erleichterung waren die Zäune, die die Grundstücke umgaben, nicht einmal kniehoch, sodass sie ihre Hände nicht zum Klettern brauchte. Dennoch war es mühsam. Immer wieder wandte sie sich um, suchte nach Verfolgern. Einmal glaubte sie eine Gestalt in den Schatten auszumachen. Hastig duckte sie sich unter eine Verandatreppe und spähte angestrengt in die Dunkelheit. Nachdem sie keine weiteren Bewegungen ausmachen konnte, setzte sie ihre Flucht fort. Endlich erreichte sie das Ende der Gärten und trat, ein ganzes Stück von der Clyde Street entfernt, auf die Straße. Sie rief einem Kutscher, der ihr mit seiner Droschke entgegenkam, zu, er möge anhalten, und wartete, bis er vom Bock stieg und ihr den Verschlag öffnete.

»Nach Edinburgh.« Rasch nannte sie ihm die Adresse ihrer Unterkunft und schickte sich dann an, ihre gefesselten Hände beim Einsteigen vor ihm verborgen zu halten. Zu ihrer Erleichterung schloss er die Tür hinter ihr, ohne Fragen zu stellen. Auf der Kante der Bank wartete sie unruhig, bis sich das Gefährt ruckend in Gang setzte. Während sie angestrengt aus dem Fenster in die Dunkelheit spähte, nahm sie die Scherbe und machte sie sich daran, ihre Fesseln zu durchtrennen. Als die Stricke endlich abfielen, sank sie erschöpft im Sitz zurück. Zweifelsohne würde der Vampyr versuchen sie zu fassen zu bekommen. Er würde ihrem Geruch durch die Gärten bis zu jener Stelle folgen, an der sie die Droschke bestiegen hatte. Dort würde ihre Spur enden.

Ihr Schädel hämmerte und die Platzwunde, die ap Fealan ihr zugefügt hatte, sandte mit jedem Herzschlag ein scheußliches Brennen aus. Es grenzte an ein Wunder, dass sie noch am Leben war. Womöglich war es aber auch etwas anderes. *Helfen Sie uns, den Unendlichen zu vernichten!* Zu Alexandras Erstaunen hatte sich die Bitte aufrichtig angehört. War es möglich, dass diese beiden Vampyre anders waren als all die anderen Kreaturen, die sie während der vergangenen Jahre gejagt und getötet hatte? Das war schwer zu glauben. Dennoch hatten sie sie lediglich niedergeschlagen und gefesselt, anstatt ihr etwas anzutun. Aber was wäre geschehen, wenn sie geblieben wäre? Hätten sie ihr Leben auch weiterhin verschont? War es tatsächlich denkbar, mit diesen Vampyren ein Bündnis im Kampf gegen den Unendlichen zu schließen?

Sie richtete ihren Blick auf die verlassene Straße und spürte, wie die Anspannung der vergangenen Stunden allmählich von ihr abfiel. Ihre Augenlider wurden schwer und sie kämpfte gegen den Schlaf an. Als die Droschke den Hügel hinaufrumpelte, wanderten ihre Augen über die verlassenen Bürgersteige der Royal Mile. Da gewahrte sie ein Stück die Straße entlang eine Gestalt im Schatten der Hausmauer. Eine Frau folgte dem Weg, die Bewegungen fließend und geschmeidig, weitaus gewandter als die jedes Menschen. Mit einem Mal bog sie um die Ecke und alles, was Alexandra noch erkennen konnte, war der Saum eines Kleides, der unter ihrem Mantel hervorlugte. Plötzlich fühlte sie sich an jenen Vampyr erinnert, dem das junge Mädchen zum Opfer gefallen war. Die Kreatur, die ihr entkommen war, kurz vor Alexandras erstem Zusammenstoß mit Catherine Bayne. Ging sie erneut auf die Jagd? Schlagartig fiel alle Müdigkeit von ihr ab. Alexandra gab dem Kutscher ein Zeichen, anzuhalten. Die Räder waren kaum zum Stehen gekommen, da stieß sie schon den Verschlag auf und sprang auf die Straße. Sie drückte dem verwunderten Mann ein paar Münzen in die Hand und sah sich um. Auf der gegenüberliegenden Straßenseite erhob sich der gekrönte Turm der St.-Giles-Kathedrale. Als sie sich langsam umwandte, blickte sie in die tiefen Schatten des Mary King's Close.

Alexandra verschwendete keine weitere Zeit. Die Kreatur war ihr schon einmal entwischt. Noch einmal würde sie nicht entkommen! Entschlossen trat sie in den Durchgang. Dunkelheit verschlang sie, doch diesmal war sie darauf vorbereitet. Sie streckte die Hand aus und ertastete sich ihren Weg an der Hauswand entlang. Als sie aus dem Durchgang trat und sich vor ihr die enge, finstere Häuserschlucht erstreckte, sah sie die Vampyrin gerade noch um eine Ecke verschwinden. Alexandra beschleunigte ihren Schritt, bis sie die Hausecke erreichte. Vorsichtig spähte sie herum. Ein Stück entfernt vermochte sie die Umrisse der Kreatur auszumachen, die mit jedem Schritt, den sie tiefer in den Close eindrang, ein wenig mehr mit den Schatten verschmolzen. Aus einem der Häuser drang der Lärm eines Streits durch die Nacht, hallte von den Wänden wider und überlagerte das gedämpfte Knirschen ihrer Stiefel. Nachdem sie sich noch einmal davon überzeugt hatte, dass niemand sonst in den Gassen lauerte, schlüpfte sie um die Ecke und folgte der Vampyrin tiefer in die verwinkelten Gassen des Close hinein. Sie hielt sich dicht an der Hauswand, bewegte sich so lautlos wie möglich und zugleich so schnell wie nötig. Die Kreatur durfte sie nicht noch einmal abhängen!

Alexandra näherte sich einer weiteren Ecke, als sie plötzlich ein undeutliches Geräusch vernahm. Sie blieb stehen und lauschte. Es kam von dort, wo die Kreatur eben nach links und um eine weitere Ecke verschwunden war. Vorsichtig schob Alexandra sich näher heran. Sie hatte das Ende der Hauswand beinahe erreicht, als die Stimme eines Mannes sie innehalten ließ.

»Habe ich dir nicht untersagt, dich hier herumzutreiben!« Der gedämpfte Ton täuschte nicht über den Zorn hinweg, der in seinen Worten schwang. Doch es war die Stimme selbst, die Alexandra erstarren ließ: der Unendliche! Sie presste sich mit dem Rücken an die Wand und hoffte, dass er sie noch nicht bemerkt hatte.

»Willst du mich jetzt bestrafen?« Das musste die Frau sein, der Alexandra gefolgt war. Sie stieß ein leises Lachen aus, und als er nichts erwiderte, sagte sie: »Die Menschen hier sind so eine leichte Beute. Es ist berauschend, ihre Furcht zu riechen!«

»Du weißt genau, dass sie überall nach einem Mörder suchen!« Etwas an seiner Stimme war anders als letzte Nacht. Er klang ... kälter. »Hat dein Verstand in den Jahren deiner Gefangenschaft derart gelitten oder habe ich dich lediglich für klüger gehalten, als du tatsächlich bist?«

»Du hast mir meinen Frieden verwehrt!«, erklang ihre Stimme erneut, diesmal ebenfalls zornig. »Mein Spielzeug wirst du mir nicht nehmen!«

»Will es nicht in deinen Kopf, du verdammte Schwachsinnige?«, zischte der Unendliche bedrohlich leise. »Du bringst uns in Gefahr!«

Zoll um Zoll glitt Alexandra seitwärts. Alles in ihr schrie danach, zu fliehen. Stattdessen rückte sie, noch immer mit dem Rücken an die Wand gepresst, näher an die Hauskante heran. Die Finger ihrer linken Hand vermochten bereits die Ecke zu ertasten, als sie erneut innehielt und sich langsam herumdrehte, bis sie einen Blick auf die Gasse erhaschte. Um ein Haar wäre sie zurückgezuckt, als sie einen blonden Mann sah, der keine drei Meter entfernt stand und seinen Blick wachsam durch die Gasse schweifen ließ. Ein zweiter Mann lehnte im Schatten eines Hauseingangs. Ein Stück weiter in der Gasse stand der Unendliche. Wie die Schlange auf ein Kaninchen starrte er auf die Frau vor ihm herab. Ihr Gesicht war von einer Kapuze verhüllt, dennoch glaubte Alexandra ein Funkeln in ihren Augen zu erkennen, als sie den Blick des Unendlichen erwiderte.

»Liebster«, sie sprach noch immer mit gedämpfter Stimme, dennoch ließ sich der Irrsinn, der darin mitschwang, nicht überhören, »gerade das Wissen um diese Gefahr ist es, das mich trunken macht. Jäger und Konstabler. Das ist doch aufregend!«

Als sie dieses Mal ihr Lachen ausstieß, packte er sie bei der Kehle und presste sie an die Wand. »Treibe es nicht zu weit! Ich habe dich nicht vor dem Pfaffen gerettet, damit du hier die Aufmerksamkeit aller auf uns lenkst!«, zischte er. »Du wirst nicht–« Plötzlich ruckte sein Kopf herum.

Sein Blick folgte der Gasse bis zu jener Ecke, hinter der Alexandra sich verbarg. Schnuppernd sog er die Luft ein. Ohne die Finger von der Kehle der Vampyrin zu lösen, gab er seinen Männern ein Zeichen. Die beiden machten kehrt und kamen auf sie zu. Alexandra stieß sich von der Wand ab und rannte los, die Gasse zurück, aus der sie gekommen war. In ihrem Rücken hörte sie die Schritte ihrer Verfolger, die rasch aufholten. Sie schoss um eine Ecke und hetzte weiter. Wieder eine Abzweigung. Wieder folgte sie. Plötzlich kam ihr der Weg fremd und unvertraut vor. War dies die Gasse, die zurück zur High Street führte? Ihr blieb keine Zeit, sich näher umzusehen, da die beiden Männer soeben hinter ihr um die Ecke bogen.

»Gleich haben wir sie!«

Alexandra rannte weiter. Die Anstrengung verstärkte das schmerzhafte Pochen hinter ihrer Stirn. Sie konnte nur hoffen, dass sie sich in diesem Labyrinth aus Häusern, Gassen und Hinterhöfen nicht plötzlich in einer Sackgasse wiederfand. Ein Stechen fuhr durch ihre Seite und ließ sie bei jedem Atemzug zusammenzucken. Es gelang ihr nicht länger, das atemberaubende Tempo aufrechtzuerhalten. Die Ereignisse der letzten Stunden und der mangelnde Schlaf hatten sie zu sehr erschöpft. Mit jedem Schritt wurde sie ein wenig langsamer, während das Seitenstechen immer schlimmer wurde. Da sie nicht wusste, wie lange sie noch durchhalten würde, griff sie nach ihrer Pistole – und langte ins Leere. Dolch und Pistole lagen noch immer im Haus der Vampyre!

In der Hoffnung, ihre Verfolger würden einen falschen Weg einschlagen, wenn sie sie nicht mehr sahen, schoss Alexandra um zwei weitere Abzweigungen. Für einen Moment waren die Männer außer Sicht. Keuchend und um Atem ringend hielt sie inne. Nur ein kurzer Augenblick, dann würde sie weiterlaufen. Das Seitenstechen war mittlerweile so stark, dass sie kaum noch atmen konnte. Sie stützte sich an der Wand ab und rang um Luft. Plötzlich wurde sie gepackt und von der Wand fortgerissen. Ihr entfuhr ein erschrockener Schrei, doch ehe er gehört werden konnte, legte sich von hinten eine kühle Hand über ihren Mund und erstickte jeden Laut. Ein Arm schlang sich um ihre Taille und zog sie zurück in die Dunkelheit eines Hauseingangs. Die Stimmen ihrer Verfolger durchdrangen die atemlose Stille, die sich über Alexandra gesenkt hatte. Jeden Moment würden sie um die Ecke kommen. Hinter ihr schwang die Haustür auf. Alexandra wurde gepackt und ins Haus gezogen, bis sie eine Wand in ihrem Rücken spürte. Lautlos schwang die Tür zu. Im Flur war es finster, sodass sie nicht das Geringste erkennen konnte. Sie spürte, wie ihr Retter sie mit seinem Körper dichter an die Wand drängte. Noch immer lag seine Hand über ihrem Mund. Ihr Atem ging heftig und stoßweise. Ihr war heiß und ihre Beine drohten vor Erschöpfung nachzugeben.

Auf der Straße wurden die Schritte der Männer lauter. Sie mussten jetzt etwa auf gleicher Höhe mit dem Hauseingang sein.

»Wo, zum Henker, ist sie hin?«

Ein kurzes Schweigen folgte, dann erklang dieselbe barsche Stimme, die Alexandra schon vergangene Nacht in Lauriston House vernommen hatte: »Da!« Zwei Atemzüge später entfernten sich die Schritte und verklangen in der Nacht.

Eine Weile verging, dann löste sich die Hand von ihrem

Mund und der Mann trat einen halben Schritt zurück. »Wir müssen uns verstecken!« Eine ruhige Stimme, die ihr auf eigenartige Weise vertraut schien.

Alexandra versuchte durchzuatmen und zuckte keuchend zusammen, als ein erneutes Stechen durch ihre Seite fuhr.

»Sind Sie verletzt?« Sehr leise Worte, unmittelbar neben ihrem Ohr.

Sie schüttelte den Kopf. »Nur Seitenstechen«, gab sie ebenso gedämpft zurück, als ihr bewusst wurde, dass er ihre Bewegungen im Dunkeln nicht sehen konnte.

»Unten gibt es einen verlassen Keller. Dort werden sie uns nicht finden.« Eine Hand senkte sich auf ihre Schulter und lenkte sie. Schweigend folgten sie einem Gang. Alexandra kam zu der Überzeugung, dass er in diesem Haus wohnen oder zumindest sehr häufig zu Gast sein musste. Andernfalls konnte er sich unmöglich mit derart schlafwandlerischer Sicherheit hier zurechtfinden. Nicht ein einziges Mal hielt er inne oder eckte irgendwo an.

»Direkt vor Ihnen befindet sich eine Treppe«, vernahm sie seine Stimme erneut. »Die Stufen sind ein wenig unregelmäßig. Seien sie also vorsichtig.«

Langsam tastete sich Alexandra Stufe für Stufe voran. Die Hitze der Verfolgungsjagd war verflogen, und je tiefer sie hinabstiegen, desto mehr spürte sie die Kälte, die von den Steinmauern ausging. Fröstelnd erreichte sie das Ende der Treppe. Ein leichter Druck an ihrer Schulter forderte sie auf, nach rechts zu gehen. Erneut überließ sie sich seiner Führung und folgte einem Gang, von dessen Wänden sie die Feuchtigkeit tropfen hörte, bis er schließlich stehen blieb. Ein leises Knarren erklang.

»Ducken Sie sich, die Tür ist sehr niedrig.«

Alexandra zog den Kopf ein und spürte tatsächlich knapp über ihrem Haaransatz den Türsturz. Einmal mehr war es seine Hand an ihrer Schulter, die ihr den Weg wies. Er ließ sie noch einmal innehalten, um die Tür hinter sich zu schließen. Ein dumpfes Scharren verriet, dass er einen Riegel vorlegte.

Was, wenn er ein Verrückter ist, der mich hierhergebracht hat, um mich zu töten?, schoss es ihr durch den Kopf, als er sie weiterführte. Beinahe hätte sie gelacht. Sie kämpfte gegen Vampyre und fürchtete sich jetzt vor einem Mann, der ihr vermutlich gerade das Leben gerettet hatte? Er mochte stark sein, doch sie war noch immer eine geübte Kämpferin! Die leise Stimme, die ihr einflüsterte, dass sie weder Waffen bei sich trug noch im Vollbesitz ihrer Kräfte war, ignorierte sie. Dieser Mann würde ihr nicht gefährlich werden!

»Direkt hinter Ihnen ist eine Wand«, durchbrach seine Stimme ihre Gedanken. »Warten Sie dort. Ich mache Licht.«

Seine Hand verschwand von ihrer Schulter. Das leise Knirschen von Schritten erklang, dann hörte sie ihn mit etwas hantieren. Einzelne Funken blitzten in der Dunkelheit auf, nur um einen Herzschlag später sofort wieder zu erlöschen. Lediglich ein leises orangefarbenes Echo tanzte noch vor Alexandras Augen. Noch ein paarmal vernahm sie das Geräusch aufeinanderschlagender Feuersteine, dann erklang ein leises Knistern. Eine Kerzenflamme wuchs empor und entriss ihren Retter der Dunkelheit. Er kniete über einer Holzkiste, auf der die Kerze stand – ein dicker, unförmiger Wachsklumpen auf einem flachen Tonteller. Im selben Augenblick, in dem der Docht Feuer fing, erhob er sich. Ein schwarzer Dreispitz hüllte sein Gesicht in Schatten. Behände zog er den Hut und warf ihn neben der Kerze auf die Kiste. Seine blauen Augen richteten sich auf Alexandra.

»Bei allen Heiligen!« Sie fuhr zurück, bis sie gegen die Wand stieß. Ihr Blick streifte über seine kantigen Züge, das halblange schwarze Haar, die dichten dunklen Brauen und die auffallenden Augen. Deshalb war ihr seine Stimme so vertraut vorgekommen! *Wie ist das möglich? Wie kommt* er *hierher?*

»Sie sind ja doch verletzt«, stellte er mit einem Blick auf ihre Schläfe fest. Dann runzelte er die Stirn. »Warum sehen Sie mich so entsetzt an?«

Seine Frage zog ihr beinahe den Boden unter den Füßen weg. *Sie sind der Unendliche!*, wollte sie ihm entgegenschreien. *Der einzige unbesiegbare Vampyr dieser Welt! Der Keim allen Übels! Und ich habe nicht einmal eine Waffe! Deshalb sehe ich Sie so an!* Nichts davon wollte ihr über die Lippen kommen. »Warum ich …?«, krächzte sie stattdessen, nicht in der Lage, mehr zu sagen. Ihr Blick zuckte zur Tür. Er hatte tatsächlich einen Riegel vorgelegt. Aber nicht, um – wie sie geglaubt hatte – ihre Verfolger draußen, sondern um Alexandra drinzuhalten!

Plötzlich stand er vor ihr. Ein Schauder strich ihr mit eisiger Hand über den Nacken. Als er nach ihren Schultern griff, zuckte sie zusammen. »Sehen Sie mich an, Alexandra«, verlangte er ruhig, und als sie es tat, sagte er: »Sie glauben, ich wäre *er*, nicht wahr?« Alexandra gab keine Antwort. Natürlich war er es! Was sollte sie auch sonst glauben? Er kannte sogar ihren Namen! Doch ihr Gegenüber schüttelte den Kopf. »Mein Name ist Lucian Mondragon.

Andrej, den Sie vermutlich als den Unendlichen kennen, ist mein Zwillingsbruder.« Vorsichtig legte er ihr eine Hand unters Kinn, drehte ihren Kopf zur Seite und betrachtete die Wunde an ihrer Schläfe. »Haben Sie Schmerzen?«

Obwohl ihr Schädel immer noch hämmerte, schüttelte sie den Kopf. Sie war zu sehr damit beschäftigt, seine Eröffnung zu verdauen. Der Unendliche hatte einen Bruder. Einen *Zwillings*bruder. Dann war es auch Lucian gewesen, der sie vergangene Nacht in ihrer Unterkunft aufgesucht hatte!

»Warum haben Sie mir nicht schon gestern gesagt, dass sie nicht der Unendliche sind?«, presste sie endlich hervor. Sie war ganz und gar nicht davon überzeugt, dass der Zwilling weniger gefährlich war als die Kreatur, die ihre Familie abgeschlachtet hatte. Deshalb konnte sie nur versuchen Zeit zu gewinnen. Jeder gewonnene Augenblick war ein Schritt, der sie einer Gelegenheit zur Flucht womöglich näher brachte.

»Wie sollte ich denn ahnen, dass Sie mich für meinen Bruder halten?«, gab er zurück. »Ich konnte kaum damit rechnen, dass Sie wissen, wie er aussieht. Die wenigsten, die das wissen, sind noch am Leben.« Er runzelte die Stirn. »Wann sind Sie ihm begegnet?«

Alexandras Mund wurde trocken. Er war ein Fremder! Ein Monster wie sein Bruder! Sie war sich nicht einmal sicher, ob er die Wahrheit sagte und der Unendliche tatsächlich einen Zwillingsbruder hatte. Vielleicht war das alles nichts weiter als ein perfides Spiel des Unendlichen! Für Alexandra stand nur eines zweifelsfrei fest: Sie blickte in das Gesicht der Bestie, die ihre Familie ausgelöscht hatte! Und noch immer lag seine Hand auf ihrer Schulter. Mit einem Ruck streifte sie seine Finger ab und trat einen Schritt zurück.

Lucian blieb stehen. »Was hat er getan?«

Sie suchte nach der Verschlagenheit in seinem Blick oder einer Veränderung in seinen Zügen. Irgendetwas, was ihr verriet, ob er nun der Unendliche war, der lediglich Interesse heuchelte, oder ob es diesen Zwilling, der angeblich von nichts wusste, tatsächlich gab. Da war nichts. Wenn er ihr etwas vormachte, war sein Schauspiel perfekt. »Er ist der Mörder meiner Familie«, sagte sie schließlich beinahe tonlos.

Die Betroffenheit, die sie daraufhin in Lucian Mondragons Augen fand, schien echt zu sein. Er streckte die Hand nach ihr aus, ließ sie jedoch sofort wieder sinken. »Kommen Sie«, sagte er stattdessen, »setzen Sie sich.«

»Nein!« Alexandras Blick zuckte zur Tür. Der bloße Gedanke, etwas von ihrer Bewegungsfreiheit aufzugeben und sich so womöglich um eine Fluchtmöglichkeit zu bringen, war erschreckend.

Lucian bemerkte ihren Blick. »Sie können hier nicht raus. Nicht, solange Andrej im Close ist. Er würde Sie finden, wie auch ich Sie gefunden habe. Im Gegensatz zu mir würde *er* Sie töten. Nun setzen Sie sich schon!«

Obwohl sich noch immer alles in ihr dagegen sträubte, folgte sie seiner Aufforderung und ließ sich auf einer Holzkiste vor der Wand nieder. Sie war einfach zu erschöpft, um länger stehen zu bleiben. Lucian stellte den Kerzenteller auf den Boden und legte seinen Dreispitz zur Seite. Dann zog er sich die Kiste heran und setzte sich ihr gegenüber. Der Unendliche war etliche Jahrhunderte alt. Wenn Lucian Mondragon tatsächlich sein Zwillingsbruder war, musste er ebenfalls ein Vampyr sein. Doch etwas an ihm war anders. »Sind Sie …«

»Ein Vampyr?«, vollendete er ihre Frage. Dann nickte er.

Da wurde ihr bewusst, was nicht stimmte. Da war kein eisiger Hauch, der sich auf sie herabsenkte, sobald er näher kam. Lediglich seine Berührung fühlte sich ein wenig kühl an. »Wo ist dann die Kälte?«

»Ich kann die Temperatur in meiner Umgebung beeinflussen. Menschen fühlen sich dann wohler.« Einige Zeit verstrich, in der er nur dasaß und sie ansah. Diese Augen …

»Gestern Nacht«, setzte Alexandra an. »Warum …?«

Seine Gegenwart erfüllte sie mit derartiger Hilflosigkeit und Verwirrung, dass es ihr schwerfiel, eine vernünftige Frage zu formulieren. Was hatte er vor? Würde er seine hypnotische Macht einsetzen, um an sein Ziel zu gelangen? Aber welches Ziel sollte das sein?

»Warum ich Sie gewarnt habe?«

Alexandra nickte.

»Als ich Sie im Garten von Lauriston House sah, wusste ich, dass Sie sich in Gefahr bringen würden. Deshalb bin ich Ihnen gefolgt. Während Sie durch die Tür in den Gasthof gelangten, nahm ich das Fenster.«

»Und woher wussten Sie, welches mein Zimmer ist?«

»Ihr Geruch haftet an allem dort.«

Mit einem Mal war sein Blick derart intensiv, dass er schon fast bedrohlich wirkte. Alexandra wandte den Kopf ab. »Warum sollte Ihnen daran gelegen sein, mich zu warnen?«

»Ich weiß, dass Sie meinesgleichen jagen«, erklärte er. »Und ich weiß, dass Sie alles daransetzen, meinen Bruder und mich zu töten. Aber Sie haben nicht die geringste Ahnung, worauf Sie sich einlassen. Sie wussten ja nicht einmal, dass Sie ihm mit Ihren Waffen nichts anhaben können! Sie würden geradewegs losziehen und ihn angreifen, nur um festzustellen, dass Sie nichts gegen ihn ausrichten können. Und er würde Sie töten. *Das* wollte ich verhindern.«

Seinen Worten folgte eine längere Pause, in der Alexandra nicht wusste, was sie sagen sollte. Ein Vampyr wollte das Leben einer Jägerin retten. Warum? Dann, während sie noch nach den passenden Formulierungen suchte, um ihre Gedanken und Fragen zum Ausdruck zu bringen, sagte er plötzlich: »Ich hasse ihn und ich würde alles darum geben, wenn er endlich tot wäre!«

Alexandra blinzelte. »Was?«

»All die Jahre hat er so viel Schrecken über die Menschen gebracht ...« Lucian schüttelte den Kopf. »Es ist an der Zeit, dass das ein Ende hat.«

Ist das wirklich möglich? Wünscht er sich tatsächlich den Tod seines Bruders? Doch was war die Erklärung für seinen Hass? »Hat er Sie zum Vampyr gemacht?«

»Nein.« Lucian schüttelte den Kopf. »Jedenfalls nicht direkt. Wir sind in den Karpaten auf dem Hof unserer Eltern aufgewachsen. Unser Vater, Bogdan, war ein wohlhabender Händler, der in unserem Dorf über beträchtlichen Einfluss verfügte. Ein Umstand, den Andrej gerne ausnutzte. Als ich sechzehn war, prophezeite mir eine Wahrsagerin, dass ich eines Tages wegen einer Frau sterben würde. Ich war jung und hatte noch so viele Pläne. Ich wollte die Welt sehen, andere Kulturen kennenlernen. Es gab noch so vieles zu erleben, niemand sollte mir das zerstören! Deshalb hielt ich mich stets von allen Frauen fern.«

»Aber dann sind Sie doch einer begegnet.«

»Nein.«

»Aber wie …? Sie sind doch …« Alexandra runzelte die Stirn.

Für einen Moment ruhte sein Blick auf ihr, als könnten seine Augen allein alle Fragen beantworten. Dann sagte er: »Die Wahrsagerin hatte recht. Eine Frau hat mir den Tod gebracht. Wenngleich anders, als ich mir das ausgemalt habe. Wissen Sie«, fuhr er fort, »Andrej und ich waren schon immer sehr verschieden. Wir haben uns ständig gestritten – das tun wir immer noch. Ich bin wohl der Einzige, der ihn bei seinem wahren Namen nennt. Jeden anderen, der das täte, würde er töten.« Eine Spur von Bitterkeit mischte sich in seine Stimme. »Zweifelsohne würde er mich gerne umbringen. Zu seinem Leidwesen jedoch kann er mich ebenso wenig vernichten wie ich ihn.«

»Wie ist es passiert?« Dieses Mal zielte die Frage nicht darauf ab, Zeit zu schinden. Sie wollte die Antwort tatsächlich hören.

»Andrej hat einer jungen Frau Gewalt angetan. Sie war die Enkeltochter eines alten Kräuterweibs. Er nahm sie gegen ihren Willen. Die Schmach war zu viel für sie. Sie öffnete sich die Adern und starb. Noch in derselben Nacht suchte Andrej ihre Großmutter auf. Er fürchtete, die Alte könne jemandem erzählen, was ihrer Enkelin zugestoßen war. Das hätte ihn in ernsthafte Schwierigkeiten gebracht.«

»Hat er …?«

»Er hat sie umgebracht. Noch im Sterben verfluchte sie ihn.« Sein Blick war jetzt auf einen Punkt weit in der Vergangenheit gerichtet. *»Ich verfluche die Saat der Lenden Bogdan Mondragons«*, zitierte er. *»Tot sollt ihr sein und dennoch* *ohne Frieden! Ewig wandeln und nach dem Blut der Lebenden dürsten. Einsam ...«*

»Auch Sie sind die Saat von Bogdan Mondragons Lenden!«

»Ich nehme an, das hat sie bewusst in Kauf genommen. Sie konnte Andrej und mich nie wirklich auseinanderhalten. Vermutlich wollte sie einfach sichergehen, dass es den Richtigen traf. Vielleicht lag es auch nur daran, dass sie dem Tode nahe und ihr Verstand bereits so umnebelt war. Womöglich konnte sie ihren Fluch nicht mehr eindeutiger formulieren.« Er zuckte die Schultern. »So oder so, ihr Fluch verfehlte seinen Zweck. Statt sich zu grämen und um Erlösung zu flehen, fand Andrej Gefallen an seiner neuen Existenz. Was als Strafe gedacht war, wurde für ihn zum Geschenk.«

Alexandras Blick hing an Lucian Mondragons Gehrock. Der Stoff hatte dasselbe Blaugrau wie seine Augen. Lucian hatte ihr Leben gerettet. Der Unendliche hingegen hatte ihr die Familie genommen. Die beiden Brüder waren so verschieden wie Tag und Nacht. Und doch glichen sie einander aufs Haar. Obwohl sie inzwischen überzeugt war, dass hier nicht der Unendliche seine Geschichte offenbarte, sah sie, wenn sie Lucian Mondragon anblickte, den Mörder ihrer Familie. Seine Augen waren die Augen des Monsters, das über dem Leichnam ihrer Mutter kniete. Dennoch zwang sie sich ihn anzusehen. »Für Sie war es die Strafe, die es für Ihren Bruder hätte sein sollen.«

Lucian erwiderte ihren Blick. »Ein grauenvoller Schmerz ließ mich mitten in der Nacht erwachen. Ich weiß noch, dass ich schrie und mich vor Pein wand. Ich konnte nicht atmen – ich *brauchte* nicht zu atmen! Mein Herz schlug nicht mehr und mein Leib war kalt. Durst quälte mich, doch ich wollte weder Wasser noch Wein. Mich dürstete nach Blut.«

Obwohl er seine Qualen durchaus eingängig beschrieb, heischte er mit keinem Wort, keinem Blick und keiner Geste um Mitleid. »Stundenlang kauerte ich in einer Ecke und kämpfte gegen den Drang an, meiner Familie die Zähne in den Hals zu schlagen. Noch vor Tagesanbruch verließ ich mein Elternhaus und kehrte nie wieder zurück. Zu groß war meine Sorge, ich könne ihnen etwas antun. Jahrzehntelang lebte ich in den Bergen, ernährte mich von verirrten Wanderern und von Tieren – ich war selbst ein Tier. Ich hatte meine Kraft und meine Fähigkeiten nicht unter Kontrolle. Eine nicht zu beherrschende Blutlust trieb mich an.«

Beinahe glaubte Alexandra ein Spiegelbild der einstigen Gier in seinen Augen zu erkennen. Doch seine Miene war nahezu ausdruckslos. »Eines Tages stieß ich auf Andrej. Meine anfängliche Freude, ihn zu sehen, verflog rasch. Sein Verhalten, die Freude am Töten ... es war, als würde ich mich selbst in einem Spiegel betrachten; eine abstoßende, widerwärtige Kreatur. Die Begegnung mit ihm hat mich wachgerüttelt. So wollte ich nicht sein! Ich zog weiter – ohne ihn. In der folgenden Zeit lernte ich meine Fähigkeiten zu kontrollieren. Es dauerte lange, doch schließlich gelang es mir, die Lust nach Blut zu bezwingen.«

»Aber wie ...?«

»Ich ernähre mich vorwiegend von Tieren.«

»Vorwiegend«, echote sie.

»Nicht immer ist ein Tier in der Nähe, das groß genug ist meinen Durst zu stillen.«

Alexandra sprang auf. »Sie widerwärtiges Scheusal!«, fuhr sie ihn an. »Sie sprechen über Menschenleben, als ginge es um eine Pastete oder ein Stück Braten! Das ist abartig!« Sie ertrug es keinen Augenblick länger, diese blutgierige Bestie anzusehen. Mit einem schnellen Schritt war sie an ihm vorbei auf dem Weg zur Tür. Sie rechnete damit, dass er aufspringen und sie aufhalten würde, doch er rührte sich nicht vom Fleck.

»Andrej hat auch meine Eltern getötet«, erklang seine Stimme hinter ihr, gerade als sie nach dem Riegel griff.

Alexandra ließ die Hand sinken. Ihr Blick war auf die Tür gerichtet, doch was sie sah, war nicht die raue Holzoberfläche, sondern ein Paar tiefblauer Augen. Der Leichnam ihrer Mutter. Der gebrochene Blick des Vaters. Überall Blut. Viktor. *Dein Blut ist sein Geschenk an mich.* Die Narbe an ihrem Hals pulsierte im Herzschlag der Erinnerung. »Warum sind Sie bei ihm?«, fragte sie, ohne sich umzudrehen.

»Ich habe Jahrhunderte ohne ihn verbracht, dennoch war er, wo immer ich auch hinkam, auf eigenartige Weise präsent. Überall kursierten Geschichten über den Unendlichen und seine Taten. Ich kann all das nicht länger ertragen. Das muss ein Ende haben!« Jetzt bewegte er sich doch. Alexandra spürte, wie er näher kam und hinter ihr stehen blieb. Als sie sich noch immer nicht umwandte, legte er eine Hand auf ihre Schulter. »Sie mögen mich für ein Monster halten«, sagte er sanft, »aber ich versichere Ihnen, dass mir das Töten keine Freude bereitet. Ich habe mir nicht ausgesucht, was ich bin. Wenn ich die Wahl hätte ...« Er schüttelte den Kopf. »Ja, wenn es sein muss, töte ich Menschen. Aber ich spiele weder mit meinen Opfern noch zelebriere ich ihren Tod. Und niemals habe ich auch nur einen einzigen als Vampyr ins Leben zurückgeholt.«

Endlich fand Alexandra die Kraft, sich umzudrehen. Die Sachlichkeit, mit der er über sein Dasein sprach, war erschreckend. Zugleich gab ihr gerade diese Ruhe das Gefühl, dass er sich unter Kontrolle hatte – zumindest im Augenblick.

»Sie haben gesehen, was passiert ist, als Sie mir den Silberdolch ins Herz gestoßen haben.«

»Es ist *nichts* passiert«, knurrte sie verdrossen.

»Nicht anders wird es bei Andrej sein.« Lucian führte sie zur Wand zurück. Erst nachdem sie sich wieder gesetzt hatte, sprach er weiter: »Ich werde Ihnen helfen, Alexandra. Aber ich werde nichts tun, was meine Position gefährden könnte, solange wir nicht eine absolut sichere Möglichkeit haben, ihn zu vernichten.«

»Ihre Position!«, schnappte sie. Zweifelsohne war der Unendliche im Laufe der Jahrhunderte zu einem beachtlichen Vermögen gekommen und hatte in gewissen Kreisen durchaus Einfluss erlangt. »Macht und Geld sind etwas Großartiges, nicht wahr? So etwas gibt man nicht gerne auf!«

»Ebenso wenig wie die Möglichkeit, in Andrejs Nähe zu sein und dabei sein Vertrauen zu haben. Das macht es einfacher, ihn zu töten, finden Sie nicht auch?«

»Ich ...« Sie hatte ihm unrecht getan. Dennoch wollte ihr keine Entschuldigung über die Lippen kommen. Unrecht oder nicht, dieser Mann war noch immer ein Vampyr! Ein seelenloses Monster, das Tod und Verderben über die Lebenden brachte!

»Quälen Sie sich nicht«, sagte er in die entstandene Stille hinein. »Sie jagen Vampyre. Sie hassen uns – und das mit Recht. Ich kann wohl kaum Ihr Vertrauen erwarten. Aber ich will Ihnen etwas geben, das Sie womöglich davon überzeugt, mir glauben zu können.«

»Das dürfte schwierig werden.«

Ein amüsiertes Grinsen huschte über sein Gesicht. In diesem Moment erinnerten seine Züge nicht länger an das finstere Antlitz des Unendlichen. Doch er wurde rasch wieder ernst. »Wissen Sie, warum Andrej in Edinburgh ist? Er ist hier, weil er nach dem einzigen Gegenstand sucht, der ihn vernichten kann. Er will ihn finden und zerstören, ehe ihm jemand damit gefährlich werden kann.«

»Unsinn!«

»Unsinn?« Lucian zog eine Augenbraue in die Höhe. »Sie glauben mir nicht?«

»Ich bitte Sie! Warum sollten Sie mir von einem Gegenstand erzählen, der nicht nur Ihren Bruder, sondern auch Sie vernichten kann? Wenn es diesen Gegenstand wirklich gäbe, würden Sie den Teufel tun und mir davon berichten. Sie würden sich wohl kaum selbst in Gefahr bringen!«

»Womöglich vertraue *ich* Ihnen«, entgegnete er ernst. »Ich versichere Ihnen, dass dieses Kreuz existiert. Es –«

»Ein Kreuz?« Plötzlich sah sie die Tuschezeichnung vor sich, die sie auf Catherine Baynes Tisch gefunden hatte. Sprach Lucian Mondragon tatsächlich die Wahrheit? »Was ist das für ein Kreuz?«

»Das habe ich noch nicht herausgefunden. Aber ich bin sicher, dass es hier in Edinburgh sein muss.« Er seufzte. »Sie glauben mir noch immer nicht.«

»Doch«, sagte sie zu ihrem eigenen Erstaunen. Sie glaubte ihm, aber sie war weit davon entfernt, ihm zu vertrauen. Seine tragische Geschichte konnte ebenso gut eine Falle sein! Womöglich wusste er, dass Catherine Bayne und ap Fealan nach dem Kreuz suchten, und hoffte nun, Alexandra könne ihn zu diesem Artefakt führen. Er mochte seinen Zwilling hassen, doch vielleicht war das für ihn nicht der einzige Grund, nach diesem Kreuz zu suchen. *Nicht auszuschließen, dass er es in seinen Besitz bringen will, um sich selbst zu schützen.* Lucian Mondragon war ein Vampyr. Wie alle anderen hatte auch er den Tod verdient. Das durfte sie nie vergessen. Bei der ersten Gelegenheit würde sie seiner Existenz ein Ende setzen!

Zweifelsohne wusste er, was sie vorhatte. Wie sollte sie verhindern, dass er ihr zuvorkam und sie zuerst tötete? Er könnte es jederzeit tun. Sie war nicht einmal bewaffnet. Nicht dass ihre Waffen etwas gegen ihn ausrichten konnten. Dennoch hätte sie das Gewicht einer Pistole oder eines Dolches in der Hand beruhigt. Lucian jedoch tat nichts Bedrohliches.

»Ich weiß, dass Sie versuchen werden mich zu töten, sobald sich Ihnen eine Gelegenheit bietet.« Ein melancholisches Lächeln streifte über seine Lippen und ließ ihn erstaunlich menschlich wirken. »Es kommt, wie es kommen muss. Sie sind mein Schicksal.«

Schicksal? War es das, was er vergangene Nacht gemeint hatte? *Nacht für Nacht sehe ich Sie in meinen Träumen und ich wusste, eines Tages würden sich unsere Wege kreuzen.* Ganz sicher würde sie ihn nicht danach fragen. »Diese Vampyrin im Close ...«, wechselte sie das Thema. »Wer ist sie?«

»Die Ushana? Sie war die Erste, die er je umgewandelt hat. Ich weiß nicht, ob sie schon immer so war, doch sie ist zweifelsohne wahnsinnig. Sie schert sich nicht darum, was Andrej von ihr verlangt. Erstaunlich, dass er ihre Gegenwart duldet. Er hasst es sonst, wenn man sich ihm widersetzt. Es hat wohl sentimentale Gründe, dass er sie zu sich geholt hat.«

»Sind noch andere Vampyre bei ihm?«

Lucians Miene verfinsterte sich. »Ich sollte Ihnen besser keine weiteren Informationen geben.«

»Sie fürchten also doch um Ihre Existenz«, stellte Alexandra fest.

»Ich fürchte eher, Sie könnten eine Dummheit begehen«, erwiderte er kopfschüttelnd.

Alexandra fragte sich, ob ihm überhaupt bewusst war, wie widersprüchlich sein Auftreten wirkte. Einerseits wollte er ihr helfen seinen Bruder zu bekämpfen – allerdings nur, solange er nicht selbst damit in Verbindung gebracht werden konnte. Andererseits verweigerte er ihr Informationen. Ihm war deutlich anzusehen, dass er mit sich rang. *Als würde er sich tatsächlich um mich sorgen.* Das Gefühl war so befremdend, dass sie nicht wusste, was sie sagen sollte. Sie brauchte keinen Aufpasser! Und ganz sicher keinen Vampyr!

Auch ihm schien plötzlich bewusst zu werden, wie widersinnig er sich verhielt. »Ich kann mir vorstellen, wie sich das für Sie anhören muss, aber …« Er stieß einen Seufzer aus. »Andrej und ich sind, neben der Ushana, die einzigen Vampyre in Lauriston House. Er würde jeden anderen töten, der sich in seine Nähe wagt.«

Alexandra sah ihn verständnislos an. »Aber sie sind seine Kreaturen! Er hat sie erschaffen!«

»Muss ein Vater seine Kinder lieben?« Plötzlich griff er in die Tasche seines Gehrocks und zog einen kleinen Lederbeutel hervor. »Ich weiß, dass Sie vermutlich all meine Warnungen in den Wind schlagen und sich auch weiterhin in Gefahr bringen werden. Deshalb habe ich etwas für Sie. Geben Sie mir Ihre Hand.«

Nur zögernd folgte sie seiner Aufforderung. Lucian beugte sich vor und griff nach ihrer Hand. Um ein Haar hätte Alexandra den Arm zurückgezogen. Es kostete sie einige Mühe, stillzuhalten und seine Berührung zu ertragen. Lucian legte ihr den Beutel in die Hand und schloss ihre Finger darum. »Das wird Sie schützen.«

»Was ist das?«

»Sie werden wissen, wann und wie Sie es verwenden müssen.«

Alexandra zog ihre Hand zurück und ließ den Lederbeutel in ihre Tasche gleiten. Eine Weile saßen sie schweigend da. Sie lehnte sich an die Wand und zog ihren Mantel enger um die Schultern. Wie spät mochte es jetzt sein? Wie lange war sie schon auf den Beinen? Ihre Aufmerksamkeit schweifte ab, sie vermochte nicht länger, sich auf einen zusammenhängenden Gedanken zu konzentrieren. Die Müdigkeit, die sie schon zuvor in der Droschke verspürt hatte, legte sich wie ein bleierner Mantel über sie. Ihre Lider wurden schwer und sanken herab. *Ich muss auf der Hut sein!* Wenn sie jetzt einschlief, würde er sie töten! *Um mich zu töten, muss er nicht warten, bis ich schlafe. Er könnte es jederzeit tun.*

12

Als Alexandra die Augen wieder öffnete, war Lucian Mondragon fort. Sie konnte nicht lange geschlafen haben, denn die Kerze war nicht weit heruntergebrannt. Abgesehen davon steckte ihr die Müdigkeit noch immer tief in den Knochen. Trotzdem stand sie auf und griff nach dem Kerzenteller. Die kleine Flamme fauchte leise und zuckte. Im wankenden Lichtschein sah sie zur Tür. Der Riegel war zur Seite geschoben. Als sie mit der Hand danach tastete, erwartete sie halb, eingesperrt zu sein. Doch die Tür ließ sich ohne Schwierigkeiten öffnen. Die Kerze vermochte den Gang, der sich davor erstreckte, nur unzureichend zu erleuchten. Lange Lichtfinger reckten sich an den kalten Steinwänden entlang, ehe sie in der Dunkelheit versanken. Es war feucht und so zugig, dass sie die Flamme mit der Hand abschirmen musste. Zumindest schien sie allein zu sein. Dennoch auf der Hut folgte sie dem Gang in der Hoffnung, bald auf die Treppe zu stoßen.

Wenn sie in die Schatten blickte, glaubte sie noch immer Lucian Mondragons Gesicht vor sich zu sehen. Es fiel ihr schwer, den Anblick dieser Augen zu vergessen. Es waren die Augen des Unendlichen. Zugleich waren sie vollkommen anders. Einzigartig. Fesselnd. Zweifelsohne hatte sie seine Augen lediglich so empfunden, weil er es so *wollte.* Etwas an der Art, mit der er sie behandelt hatte, war seltsam gewesen. Eine befremdliche Mischung aus Fürsorge und Distanz, die ihr bedrohlicher erschienen war als jede Waffe. Dieser Anschein von Zurückhaltung. *Was bezweckt er damit?* Und woher kannte er ihren Namen? Ihre Finger glitten an den Lederbeutel, den er ihr gegeben hatte. Sie blieb stehen, stellte den Kerzenteller auf den Boden und löste die Schnüre. Zögernd öffnete sie den Beutel und schüttete seinen Inhalt in ihre Hand. Fünf Kugeln, durchsichtig wie Glas und jede einzelne kaum größer als ein Daumennagel. Sie fühlten sich kalt an. Erstaunt blickte sie auf die Kugeln. Darin waberte eine Flüssigkeit, die aussah, als wäre sie ein zäher Nebel aus dunkelblauer Tinte. *Sie werden wissen, wann und wie Sie es verwenden müssen.* Alexandra hatte niemals zuvor etwas Ähnliches gesehen. Wie sollte sie wissen, welchen Zweck es erfüllte? *Das wird Sie schützen.* Aber wie? Die Kugeln klackten leise, als sie sie wieder in den Beutel fallen ließ. Alexandra hielt erschrocken den Atem an. Würden sie zerbrechen? Den Kugeln geschah jedoch nichts. Rasch verschnürte sie den Beutel, verstaute ihn in ihrer Jackentasche und nahm die Kerze wieder auf. Sie wusste weder, was sie mit diesen Kugeln anfangen sollte, noch, warum Lucian Mondragon überhaupt daran gelegen sein sollte, sie zu beschützen. *Sie sind mein Schicksal.*

»Schwachsinn«, murmelte sie.

Endlich erreichte Alexandra die Treppe und folgte den Stufen langsam hinauf. Oben angekommen blies sie die Kerze aus und ließ sie vor einer Wand zurück. Trübes Tageslicht zwängte sich durch schmale Fensteröffnungen und tauchte den Gang in ein fleckiges Gitter aus Hell und Dunkel. Deshalb war er also fort. Er war gegangen, ehe ihn das Licht des Tages für weitere Stunden in der Dunkelheit des Kellers gefangen halten konnte.

Lautes Kinderlachen drang aus einem der oberen Stockwerke an ihr Ohr, gefolgt vom wütenden Gebrüll eines Mannes. Anderswo erklangen Schritte auf einem höher gelegenen Flur. Alexandra legte das letzte Stück zur Haustür zurück und stieß sie auf. Blinzelnd spähte sie ins trübe Tageslicht. Im Close herrschte reges Treiben. Frauen trugen Weidenkörbe mit Wäsche die Gasse entlang. Händler boten ihre Waren feil. Männer, Frauen und Kinder verwandelten die engen Häuserschluchten in ein nahezu unübersichtliches Durcheinander. Alexandra hatte einige Mühe, ihren Weg zurück auf die Royal Mile zu finden. Als sie jedoch endlich aus dem Close heraustrat und ihr Blick auf die St.-Giles-Kathedrale fiel, hielt sie erst einmal inne. Wie der Close auch pulsierte die Royal Mile vor Leben. Marketenderinnen lockten ihre Kunden mit lauten Rufen an ihre Stände. Fuhrwerke und Droschken rumpelten in einer scheinbar endlosen Schlange die enge Fahrstraße zwischen den einzelnen Buden entlang. Verschiedenste Gerüche erfüllten die Luft. Frisches Brot, gebratenes Huhn, frisch geschlachtetes Fleisch, Gewürze und Honig. Ein Mann rollte ein Fass die Straße entlang. Alexandra wandte sich nach rechts und wollte der Straße in Richtung ihrer Unterkunft folgen. Es war an der Zeit, Vladimir und den anderen zu berichten, was sie herausgefunden hatte. Aber würde sie die Jäger in der Pension antreffen? Selbst wenn die Männer dort waren, konnten sie nichts gegen den Unendlichen ausrichten. Jemand anderes hingegen schien einen Weg gefunden zu haben. Womöglich war es an der Zeit, ein neues Bündnis zu schließen.

*

Als sie in der Clyde Street aus der Droschke stieg, schlug ihr das Herz bis zum Hals. Sie war sich nicht sicher, ob es tatsächlich ein guter Einfall war, hierher zurückzukehren. Doch was sie heute Nacht im Close gesehen und von Lucian Mondragon gehört hatte, war ein Grund, sie zumindest davon zu überzeugen, dass ap Fealan und seine Gefährtin keine Verbündeten des Unendlichen waren. Obwohl sie sicher war, das Richtige zu tun, war es nach Mittag, ehe sie endlich den Mut fand, zum Haus zu gehen. Nachdem sie noch eine Weile unentschlossen vor der Tür gestanden hatte, klopfte sie an. Nichts geschah. Sie klopfte erneut. Endlich waren drinnen Schritte zu hören. Einen Augenblick später wurde die Tür geöffnet. Daeron ap Fealan blieb im Schatten der Eingangshalle stehen, wo ihn die langen Finger des Tageslichts nicht erreichen konnten. Dennoch entging Alexandra das Erstaunen nicht, das sich in den Zügen des Vampyrs zeigte.

»Also gut«, ergriff sie das Wort, bevor er etwas sagen konnte, »lassen Sie uns ein Bündnis schließen.«

Der Vampyr öffnete die Tür ein Stück weiter. »Kommen Sie herein.«

Alexandra schüttelte den Kopf. »Es ist schon verrückt genug, dass ich überhaupt hier bin. Aber ich habe nicht vor …« Sie brach ab, als er sich einfach abwandte, die Halle durchquerte und in den Salon verschwand. »Wenn Sie glauben, dass ich Ihnen folge, irren Sie sich!«, rief sie ihm nach.

Daeron ap Fealan antwortete nicht. Stattdessen kehrte er kurz darauf zur Tür zurück. In der Hand hielt er Alexandras Waffen. »Die Pistole habe ich entladen. Das werden Sie sicher verstehen«, erklärte er und reichte ihr die Waffen.

Überrascht nahm Alexandra sie entgegen und verstaute die Pistole in ihrem Hosenbund. Den Silberdolch behielt sie in der Hand. »Ich schätze, wenn wir zusammenarbeiten wollen, sollte ich jetzt wohl doch …« Sie deutete nach drinnen. »Darf ich noch?«

»Natürlich.« Ap Fealan trat zur Seite, um sie einzulassen.

Diesmal folgte sie ihm in den Salon. Die Gardinen waren vorgezogen, sodass sie nicht sehen konnte, was aus dem zerbrochenen Fenster geworden war. Catherine Bayne stand neben dem Fenster, den Blick auf Alexandra gerichtet. Das Misstrauen war ihr deutlich vom Gesicht abzulesen. Obwohl Alexandra den Arm mit dem Dolch gesenkt hielt, konnte sie nicht verhindern, dass sich ihre Finger fester um den Griff schlossen. Seit dem Tod ihrer Familie war sie häufig mit Vampyren konfrontiert gewesen. Sie hatte sie gejagt und getötet. Das war ihr Leben. Dies war eine vollkommen neue Situation. Niemals zuvor hatte sie sich im selben Raum mit einer der Kreaturen aufgehalten, ohne dass es zu einem Kampf gekommen war.

»Setzen Sie sich«, forderte ap Fealan sie auf.

Im ersten Moment war sie versucht seine Einladung auszuschlagen. Sie befand sich in der Gesellschaft zweier Vampyre! Ob sie dabei stand oder saß, würde kaum etwas an der Situation ändern. Wenn sie tatsächlich mit den beiden zusammenarbeiten wollte, war es an der Zeit, ein wenig Vertrauen zu zeigen. »Ich schulde Ihnen zwei Fenster«, sagte sie, als sie sich auf der Kante desselben Sessels niederließ, in dem sie gestern zu sich gekommen war.

Ap Fealan lachte leise, wurde jedoch gleich wieder ernst. »Ich habe Sie in eine Falle gelockt und niedergeschlagen. Das wiegt das bisschen Glas wohl auf.« Er ließ sich auf dem Sofa unmittelbar neben dem Sessel nieder. Sein Blick heftete sich auf Catherine, die noch immer am Fenster stand. Ohne Alexandra aus den Augen zu lassen, kam sie zögernd näher und setzte sich neben ihren Gefährten.

Ap Fealan richtete seine Aufmerksamkeit wieder auf Alexandra. »Ich fürchte, wir sind nicht auf Besuch eingerichtet, sodass ich Ihnen nichts anbieten kann.«

»Ich komme ohne eine Mahlzeit aus. Ich hoffe, *Sie* können das auch.«

Wieder lachte er, doch in seinem Lachen lag nichts Bedrohliches. »Machen Sie sich keine Sorgen. Warum haben Sie Ihre Meinung geändert?«

Wissen Sie, warum Andrej in Edinburgh ist? Er ist hier, weil er nach dem einzigen Gegenstand sucht, der ihn vernichten kann. »Ich habe wohl begriffen, dass ich allein nichts gegen den Unendlichen ausrichten kann – ebenso wenig wie Sie. Bevor Sie …« *… mich niedergeschlagen haben.* Alexandra schluckte die Worte hinunter. Ihr Blick heftete sich auf den Tisch. Die Papiere, die sich gestern Abend noch darauf getürmt hatten, waren jetzt fort. »Hier lag eine Tuschezeichnung von einem Kreuz. Was hat es damit auf sich?«

»Wir glauben, dass dieses Kreuz der einzige Gegenstand ist, mit dessen Hilfe der Unendliche vernichtet werden kann«, erklärte ap Fealan. Er sah zu Catherine. »Du kannst es besser erklären als ich.«

Catherine nickte. Zunächst ein wenig zögernd begann sie von ihren Nachforschungen zu berichten, die sie schließlich auf die Spur jenes Artefakts geführt hatten, das sie das Schwarze Kreuz nannte. Je mehr Alexandra über die Herkunft und den Weg des Kreuzes erfuhr, desto mehr gelangte sie zu der Überzeugung, dass dieser Gegenstand tatsächlich mächtig genug sein konnte den Unendlichen zu zerstören. *Und Lucian Mondragon.*

»Ein gewisser Simon Sinclair brachte es angeblich nach der Plünderung von St. Cuthberts Schrein an sich«, setzte Catherine fort. »Seine Spur führt nach Edinburgh. Vorgestern fand ich in der Bibliothek einen Hinweis auf den Verbleib des Kreuzes. Es …« Sie brach ab und sprang auf. »Das ist verrückt! Sie ist eine Jägerin! Wir können ihr nicht vertrauen!«

Ap Fealan griff nach ihrer Hand und zog sie ein Stück zu sich. »Catherine, wir haben das doch bereits besprochen. Wir brauchen sie! Bitte setz dich wieder.«

Catherine Bayne rührte sich nicht vom Fleck.

»Glauben Sie etwa, dass es mir leicht gefallen ist, hierher zurückzukehren, nachdem ich das letzte Mal gefesselt aufgewacht bin?« Einmal mehr wurde Alexandra bewusst, wie ungewöhnlich Catherine Bayne und ihr Gefährte waren. Dennoch zweifelte sie nicht länger daran, dass die beiden die Wahrheit sagten: Sie wollten den Unendlichen vernichten. Warum sonst sollten sie all diese Informationen über das Kreuz sammeln? Sicher nicht, um damit ihr nächstes Opfer zu ködern! Kein Vampyr würde derartigen Aufwand betreiben, um Nahrung zu finden. »Sie können mir ebenso gefährlich werden wie ich Ihnen«, fuhr Alexandra fort und legte ihren Silberdolch auf den Tisch. »Aber deswegen sind wir nicht hier. Gestern Abend hätte ich Ihnen kein Wort geglaubt. Das war jedoch, *bevor* ich herausfand, dass der Unendliche hier ist, um nach einem Kreuz zu suchen. Dem einzigen Gegenstand, der ihn vernichten kann.«

»Er ist hier?«, riefen ap Fealan und Catherine gleichzeitig.

Alexandra war überrascht. »Das wussten Sie nicht?« Sie runzelte die Stirn. »Aber Sie waren doch bei Lauriston House. Was hatten Sie da zu suchen, wenn Sie nicht dort waren, um den Unendlichen auszuspionieren?«

Die beiden Vampyre wechselten einen Blick. »Ich folgte einem Mann, der Catherine davor gewarnt hat, ihre Nachforschungen fortzusetzen.« Daeron kniff die Augen zusammen. »Woher wissen Sie, dass der Unendliche hier ist?«

»Ich habe ihn gesehen.«

»Sie wissen, wie er aussieht?«

»Ich weiß es und ich habe ihn gesehen.« Sie wollte nicht näher darauf eingehen. »Wer war der Mann, den Sie verfolgt haben, Mr ap Fealan?«

»Daeron.«

Alexandra nickte.

Da fuhr er fort: »Ein blonder Mann mit auffälliger Nase. Er muss dann wohl einer der Handlanger des Unendlichen sein.«

Alexandra erinnerte sich an den Blonden im Close, denselben Mann, den sie auch schon im Lauriston House gesehen hatte. Er schien tatsächlich die Gefolgsleute des Vampyrs anzuführen. »Ich glaube, Sie haben recht. Nach allem, was ich weiß, umgibt sich der Unendliche nur mit Menschen. Seine Geliebte ist der einzige Vampyr in seiner Nähe.« *Und sein Zwillingsbruder.*

»Seine Geliebte?«, echote Daeron.

»Ihr Name ist Ushana. Mehr weiß ich nicht über –«

»Ushana?!« Catherine fuhr einen Schritt zurück. »Sind Sie sicher?«

Alexandra nickte. »Kennen Sie sie?«

»Wenn man der Legende glauben kann, war die Ushana die Erste, die der Unendliche je umgewandelt hat.« Catherine sank auf das Sofa, als wäre mit einem Mal alle Kraft aus ihren Gliedern gewichen. »Sie huldigte ihm schon vor ihrem Tode, opferte ihm Neugeborene, bis ihr Bruder ihr schändliches Tun aufdeckte. In den Verhören der Inquisition gestand sie ihre Sünden und wurde zum Tod auf dem

Scheiterhaufen verdammt. Man sagt, sie sei bereits tot gewesen, als er erschien und sie mit seinem Kuss des Blutes zurückholte.«

Alexandra glaubte förmlich zu spüren, dass hinter der Geschichte der Ushana weit mehr steckte, als Catherine erzählte. *Sie ist zweifelsohne wahnsinnig*, hatte Lucian gesagt. »Das ist nicht alles, oder?«

»Nein, ist es nicht.« Es war Daeron, der auf ihre Frage antwortete. Im selben Augenblick griff er nach Catherines Hand und verflocht seine Finger mit ihren. »Das alles geschah vor über zweihundert Jahren im Glen Beag, Catherines Heimat. Seither fürchten sich die Menschen vor der Ushana, die damals, aus dem Tode auferstanden, die Burg ihres Bruders mit allen Anwesenden vernichtete. Sie hat –«

»Die Ushana holte meinen Vater aus dem Grab zurück.« Catherines Finger klammerten sich so fest um Daerons Hand, dass ihre Knöchel weiß hervortraten. »Er war es, der mich zum Vampyr machte.«

Ihr war anzusehen, wie sehr ihr die Erinnerung zu schaffen machte. Dass sie dennoch so offen darüber sprach, beeindruckte Alexandra. Zum ersten Mal wurde ihr bewusst, dass auch Vampyre ihr eigenes Schicksal hatten. »Wie soll es nun weitergehen?«

»Heißt das, Sie werden uns helfen?«, hakte Daeron nach.

Für einen Moment dachte Alexandra daran, nur so lange zu bleiben, bis sie alle Informationen hatte, die sie brauchte, um das Kreuz zu finden. Sie fürchtete jedoch, dass die Vampyre über ein gutes Gespür verfügten, falls sie versuchen sollte sie hereinzulegen. Abgesehen davon würde sie im Kampf gegen den Unendlichen jede Hilfe brauchen, die sie bekommen konnte. Ihr blieb nichts anderes übrig, als sich auf das Bündnis einzulassen. Deshalb nickte sie.

Einmal mehr wechselte er einen Blick mit Catherine, und erst als auch sie die Lippen in einem lautlosen »Ja« bewegte, sagte er: »Wir glauben zu wissen, wo das Kreuz ist, doch wir können dort nicht hin.«

»Heiliger Boden?«

»Eine Kirche.«

»Es wird bald dunkel. Worauf warten wir noch?« Alexandra wollte aufstehen. Daeron legte ihr eine Hand auf den Arm und hielt sie zurück. Um ein Haar wäre ihre Hand zum Silberdolch gezuckt. Es gelang ihr gerade noch, den Reflex zu unterdrücken. Langsam setzte sie sich wieder.

Da zog der Vampyr seine Hand zurück. »Vorher werden wir uns genauere Informationen beschaffen. Grundrisse, Lagepläne, Skizzen. Ich möchte gut vorbereitet sein, ehe wir losziehen.«

»Ich denke, im Augenblick gibt es nicht mehr viel zu sagen.« Catherine erhob sich.

Daeron schlang ihr einen Arm um die Taille und zog sie an sich. »Soll ich dich begleiten?«

Sie schüttelte den Kopf und küsste ihn flüchtig auf die Wange. Dann nickte sie Alexandra zu, machte kehrt und verließ den Salon. Kurz darauf hörte Alexandra, wie die Haustür ins Schloss fiel. Zu ihrem Erstaunen fühlte sie sich allein in ap Fealans Gegenwart unbehaglicher als zuvor in der Gesellschaft beider Vampyre. Schlagartig kehrte ihr Misstrauen zurück. »Wo will sie hin?«

»Wir brauchen Nahrung.«

Diesmal griff Alexandra nach ihrem Dolch. Die Hand

des Vampyrs schnellte vor und legte sich auf ihre, noch ehe sie die Waffe vom Tisch nehmen konnte. Sie wollte ihren Arm zurückziehen, doch er hielt ihre Finger fest. »Sie ist auf dem Weg zum Schlachter, um Tierblut zu holen.« Einen Moment lang ruhten seine Augen auf ihren, aber in seinem Blick lag nichts Hypnotisches. Er versuchte nicht sie zu beeinflussen, sondern lediglich ihre Reaktion abzuschätzen. Als Alexandra ihre Hand entspannte, zog er seinen Arm zurück und sagte: »Ich habe noch nie das Blut eines Menschen gekostet.«

Langsam nahm Alexandra die Hand vom Dolch. »Noch nie?« Es gelang ihr nicht, ihr Erstaunen zu unterdrücken. »Sie sind zweifelsohne die merkwürdigsten Vampyre, die mir je begegnet sind.« Alles an den beiden schien außergewöhnlich. Tierblut, statt auf Menschen Jagd zu machen. Die Blicke, mit denen sie einander bedachten. Die Fürsorge, mit der Daeron seine Gefährtin behandelte. Er liebte diese Frau aus ganzem Herzen. Wenn man ihn reden hörte, konnte man fast den Eindruck gewinnen, er sei gar kein seelenloses Monster. Ganz wie Lucian. Manche konnten ihre wahre Natur eben besser verbergen als andere! Dennoch gelang es ihr nicht länger, die Frage zu unterdrücken. »Warum sind Sie und Catherine so anders?«

Daeron betrachtete den Silberdolch. Seine Finger strichen in gebührendem Abstand über die Klinge, ohne sie zu berühren. »Ich glaube, dass das nichts mit *anders sein* zu tun hat.« Er sah auf. »Sie halten alle Vampyre für ruchlose Monster, nicht wahr? Vermutlich haben Sie eine schreckliche Erfahrung mit unseresgleichen gemacht. Etwas, das Sie davon überzeugt hat, dass wir nichts anderes als abartig böse Kreaturen sein können.«

Alexandra erstarrte. Sie hatte nicht darüber sprechen wollen, doch seine Worte trafen sie ins Mark. Er klang, als könnten Vampyre tatsächlich auch anders sein. Als müssten sie nicht bösartig sein. »Was würden Sie glauben, wenn Ihnen ein Vampyr die Familie genommen hat? Könnten Sie dann etwas anderes als mordende Monster sehen?«

Er schüttelte den Kopf. »Wahrscheinlich nicht. Ich verurteile auch Catherines Vater für das, was er getan hat. Dennoch bin ich der Ansicht, dass nicht alle Vampyre von Grund auf böse sind. Ich glaube, dass der Akt der Umwandlung in einem Vampyr jene Seite hervorbringt, die auch in seiner menschlichen Form sein stärkster Antrieb war.« Ein Lächeln huschte über seine Züge. »Bei Catherine ist es die Sorge um die Menschen, die sie liebt.«

»Und was ist Ihr Antrieb?«

Daeron zuckte die Schultern. »Den Fluch von Catherine zu nehmen und sie endlich wieder glücklich zu sehen. Ich will, dass sie wieder unbeschwert lächeln kann.«

»Wenn es wirklich so wäre, wie sie sagen, warum gibt es dann nicht mehr Vampyre wie Catherine und Sie?«, hielt Alexandra dagegen. Sie zweifelte nicht daran, dass Daerons Theorie auf ihn und Catherine zutreffen mochte. Was die anderen Vampyre anging, irrte er sich. »Warum bin ich immer nur auf mordende Bestien gestoßen und nie auf welche, die Gutes tun wollen?«

»Vampyre werden überall als seelenlos und bösartig beschrieben. Welcher gute, gläubige Mensch würde sich freiwillig in eine derart gottlose Kreatur verwandeln lassen? Es sind immer nur die Gierigen und Schlechten, die das – in der Hoffnung auf ewiges Leben, Macht und Reichtum –

auf sich nehmen. Alle anderen wurden unschuldig zum Opfer dieses Fluchs. So wie Catherine.«

Unschuldige Opfer. Ein Paar auffallend blauer Augen drängte sich in ihren Geist. Lucian schien kein schlechter Mensch gewesen zu sein und wurde auch nicht freiwillig zum Vampyr. Womöglich war er noch immer keine böse Kreatur. Ebenso gut konnte alles, was er erzählt hatte, eine Lüge gewesen sein. Aber warum sollte er das tun? Welchen Grund sollte er haben, ihr erst das Leben zu retten und dann Stunden damit zu verbringen, ihr seine Geschichte zu erzählen, wenn es für ihn ein Leichtes gewesen wäre, sie einfach zu töten? Vielleicht war auch er anders. *Sie sind mein Schicksal.* War da Wärme in seinem Blick gewesen? Hastig schob sie den Gedanken von sich. Lucian Mondragon war ein Vampyr und sie eine Jägerin! Sie würde ihn vernichten wie jeden anderen Vampyr auch. Nur dass sie bei ihm dieselben Mittel einsetzen musste wie bei seinem Zwilling.

Es mochte nichts an ihrer Abscheu gegen Vampyre ändern, doch Daerons Theorie klang einleuchtend. War nicht auch der Wunsch ihres Bruders, die Welt zu sehen, so groß gewesen, dass er dafür selbst Alexandras Leben geopfert hätte? »Und wie sind Sie zum Vampyr geworden?«

»Ich war verwundet und wäre gestorben«, erklärte er so ruhig, als spräche er über etwas vollkommen Alltägliches. »Catherine wollte mich nicht verlieren.«

Alexandra starrte ihn an. Wie konnte er eine Frau lieben, die ihm etwas Derartiges angetan hatte! Zweifelsohne sprach das für seine Stärke und die Gefühle, die die beiden miteinander verbanden. *Es steht mir nicht zu, das zu beurteilen.* »Warum vertrauen Sie mir?«, fragte sie stattdessen. »Ich jage Ihresgleichen. Fürchten Sie nicht, dass ich – wenn alles vorüber ist – auch Sie und Catherine vernichten werde?«

»So weit wird es nicht kommen«, entgegnete er fest. »Mit der Vernichtung des Unendlichen werden auch wir unseren Frieden finden.«

Sie werden zu Staub zerfallen! Alexandra hütete sich jedoch davor, ihre Gedanken auszusprechen. Zweifelsohne kannten Daeron und Catherine die Folgen, die das Ende des Ersten Vampyrs auf ihr eigenes Dasein haben könnte.

Daeron sah sie an. »Kann ich mich darauf verlassen, dass unser Waffenstillstand so lange gilt, bis er vernichtet ist?«

»Mein Wort darauf.«

13

Eine alte Milchkanne in der Hand folgte Catherine dem Verlauf der Clyde Street. Es war noch nicht vollends dunkel, doch das Tageslicht hatte sich inzwischen weit genug hinter den Schleier der Dämmerung zurückgezogen, dass es gefahrlos möglich war, sich hinauszuwagen. Sie war froh, nicht länger im Haus sein zu müssen. Alexandra Boroi mochte eingewilligt haben, ihnen zu helfen, doch sie war noch immer eine Jägerin. Sie verabscheute Vampyre! Daran konnte auch das fragile Bündnis nichts ändern, das nun zwischen ihnen bestand. Obwohl Catherine ihre Zustimmung gegeben hatte, mit ihr zusammenzuarbeiten, fühlte sie sich bei dem Gedanken nicht wohl. Sie verstand einfach nicht, warum Daeron bereit war, dieser Frau zu vertrauen. Seit er vorgeschlagen hatte, die Jägerin um Hilfe zu bitten, hatten sie mehr als nur einmal ausgiebig darüber gesprochen. Seine Argumente waren einleuchtend und zweifelsohne hatte er recht. Die Jägerin war ihre größte Chance. Aber wie konnte er erwarten, dass Catherine einer Frau vertraute, die versucht hatte sie umzubringen. *Wäre er nicht gekommen, hätte die Kugel mein Herz getroffen!*

Noch erstaunlicher als Daerons Glauben an dieses Bündnis war, dass sich die Jägerin überhaupt darauf eingelassen hatte. Catherine hätte nicht geglaubt, dass es Alexandra gelingen würde, ihren Hass so weit zu bezwingen, um in die Clyde Street zurückzukehren. Doch ihre Worte schienen aufrichtig gewesen zu sein. Womöglich war sie tatsächlich bereit mit ihnen zusammenzuarbeiten. *Zumindest bis der Unendliche vernichtet ist.* Über das Danach machte sich Catherine jedoch keine Gedanken. Wer konnte schon wissen, ob es überhaupt ein *Danach* geben würde. Sie würde also das Bündnis mit Alexandra Boroi akzeptieren und darauf vertrauen, dass Daeron ebenso wachsam blieb wie sie selbst.

Inzwischen hatte Catherine den Netherbow erreicht und durchschritt das offene Tor. War ihr in Canongate noch der eine oder andere Fußgänger begegnet, erschienen die Straßen auf der anderen Seite der Stadtmauer ausgestorben und tot. Die Dunkelheit hatte sich nun vollends über die Stadt gesenkt und die meisten Bewohner waren aus Furcht vor dem *Wahnsinnigen Schlächter* in ihre Behausungen geflüchtet, wo sie bis Tagesanbruch ausharren würden. Nur vereinzelt waren noch Menschen auf den Straßen unterwegs, hetzten ihrem Zuhause entgegen in der

Hoffnung, auch diesmal mit dem Leben davonzukommen. In einiger Entfernung ratterte ein Fuhrwerk durch die Nacht.

Mit flinken Schritten folgte Catherine den Hügel der High Street hinauf. Der Schlachter war nicht weit entfernt; an der nächsten Querstraße musste sie nach links abbiegen und dann den langen Straßenzug entlanggehen bis zu ihrem Ziel in einem Hinterhof. Die Wohnung des Fleischers lag direkt über seinem Schlachthaus, deshalb musste er sich keine Sorgen über einen allzu gefährlichen Heimweg machen. Sicher würde sie ihn noch in seiner Schlachterei antreffen.

Catherine ging an einer weiteren Häuserzeile vorbei und passierte einen niedrigen Durchgang, der in einen Hinterhof zu führen schien. Im Vorübergehen glaubte sie eine Bewegung in den Schatten auszumachen. Jemand, der sich dort an die Wand drückte, um nicht gesehen zu werden. Zweifelsohne wäre dieser *Jemand* unentdeckt geblieben, doch Catherine sah im Dunkeln weit besser als normale Menschen. Dennoch war sie nicht sicher, ob sie tatsächlich die Silhouette eines Menschen gesehen hatte. Womöglich waren es auch nur irgendwelche Gegenstände, die dort abgestellt worden waren. Sie war einfach zu schnell vorbeigegangen, um es mit Gewissheit sagen zu können. Auch jetzt hielt sie weder inne noch verlangsamte sie ihren Schritt. Falls dort wirklich eine Gestalt in den Schatten lauerte, legte sie keinen Wert auf eine Begegnung. Während sie weiterhastete, wandte sie den Kopf und blickte über die Schulter die Straße entlang. Schwarz und mächtig ragte der Netherbow hinter ihr aus der Nacht, flankiert von den hohen Häusern, deren finstere

Fassaden ihr entgegenstarrten. Auf der Straße und dem Gehsteig war niemand zu sehen. Dennoch wurde sie das beunruhigende Gefühl nicht los, dass dort etwas war. Catherine wurde schneller. Dass sie ein Vampyr war, bedeutete nicht, dass ihr nichts gefährlich werden konnte. Sie besaß keinerlei Kampferfahrung und verfügte nicht über die Stärke ihrer Art. Dafür ernährte sie sich zu unregelmäßig.

Was, wenn die Jäger auf sie aufmerksam geworden waren?

Obwohl sie sich immer weiter von der Stelle entfernte, glaubte sie eine Präsenz zu spüren. Jemand verfolgte sie! Ohne langsamer zu werden, streckte Catherine ihre Sinne aus und tastete in die Dunkelheit. Wenn jemand hinter ihr wäre, hätte sie den Widerhall seiner Schritte auf dem Pflaster hören müssen. Doch über der Straße lag Totenstille. Ebenso wenig nahm sie einen anderen Geruch wahr als den der Kloake, der zwischen den Häusern hervorkroch. Da war kein Leben hinter ihr, keine Wärme. Dennoch wollte das Gefühl, verfolgt zu werden, nicht weichen. Tatsächlich wurde es noch stärker, bis sie sicher war, dass sie sich nicht irrte. Doch es war kein Mensch – kein Jäger –, sondern ein Vampyr!

Nach allem, was die Jägerin berichtet hatte, gab es nur zwei weitere Vampyre in der Stadt: die Ushana und den Unendlichen. Catherine wollte keinem der beiden begegnen! Womöglich gelang es ihr, ihren Verfolger in einer Seitengasse abzuhängen. Unverändert setzte sie ihren Weg fort, bis sich zu ihrer Linken eine Einmündung auftat. Sie schwenkte mit dem Oberkörper nach links, als wolle sie dem Verlauf der Straße folgen. Dann fuhr sie auf dem Absatz herum und spurtete in die entgegengesetzte Richtung davon. Als Catherine die High Street überquerte, warf sie erneut einen Blick zurück. Dort war nichts. Auch das Gefühl, verfolgt zu werden, war so plötzlich verschwunden, wie es gekommen war. Dennoch rannte sie weiter. Sie tauchte in die Schatten einer eng stehenden Häuserzeile ein. Die Finsternis hier war so vollkommen, dass selbst ihre Augen einen Moment brauchten, sich darauf einzustellen. In dem Moment, als die Schwärze einem trüben, fleckigen Grau wich, wuchs vor ihr eine Gestalt aus der Dunkelheit auf. Catherine machte einen erschrockenen Schritt zurück, doch es war zu spät. Der Zusammenprall war unausweichlich. Jemand griff nach ihren Schultern und hielt sie fest. Panik raubte ihr die Sicht, wie es zuvor die Dunkelheit getan hatte. Dann spürte sie die Wärme, die von den Händen an ihren Schultern ausging. Sie vernahm das regelmäßige Schlagen eines Herzens und roch den leicht säuerlichen Geruch von Schweiß. Ein Mensch! Was, wenn es ein Jäger war?

Catherine blinzelte die Flecken weg, die ihr die Sicht nahmen. Vor ihr stand ein hagerer, kahlköpfiger Mann, der trotz der nächtlichen Kälte lediglich in ein einfaches Wollhemd und ein Paar dunkelgrüner Hosen gekleidet war. Keine sichtbaren Waffen!

»Verzeihen Sie!« Sein Atem stieg mit jedem Wort dampfend in die Luft. »Habe ich Ihnen wehgetan?«

Erst da begriff Catherine, was geschehen war. Er war im selben Augenblick um eine Ecke gebogen, als sie die Einmündung passieren wollte. Ihr Zusammenstoß war nichts weiter als ein Zufall gewesen! Dass er sie festhielt, hatte vermutlich nichts anderes zu bedeuten, als dass er geglaubt hatte, sie würde stürzen. Jetzt zog er auch schon seine Hände zurück.

»Verzeihen Sie«, wiederholte er. Einen Moment lang musterte er sie aus dunklen Augen heraus. »Es ist gefährlich, nachts allein auf der Straße. Sie sollten sehen, dass Sie so schnell wie möglich nach Hause kommen!«

Catherine nickte. »Ich wohne gleich dort hinten«, behauptete sie und deutete vage die Gasse entlang. »Machen Sie sich keine Sorgen.«

Sie hatte die Worte kaum ausgesprochen, da nickte er ihr höflich zu und ging davon. Catherine beobachtete, wie er hinter ihr die Straße überquerte und das Haus auf der gegenüberliegenden Seite betrat. Nachdem sie den Mann in der Sicherheit seines Heims wusste, wandte sie sich ab. Noch einmal streifte ihr Blick die schmale Gasse entlang, folgte den Schatten an den Hauswänden, ohne mehr zu finden als raues, dunkles Mauerwerk. Sie machte einen ersten Schritt, als ein Gedanke, scharf wie eine Klinge, durch ihren Geist fuhr: *Du willst ihn! Hol ihn dir!*

*

Daeron war froh, in Alexandra Boroi eine Verbündete gefunden zu haben. Das Interesse, das sie an Catherines und seinem Schicksal gezeigt hatte, bestärkte ihn in der Hoffnung, dass es ihr damit ernst war. Womöglich würden sie sich, wenn der Unendliche erst vernichtet war, erneut als Feinde gegenüberstehen. Doch bis dahin konnte noch viel geschehen.

Alexandra gab nicht viel über sich preis. Sie schien es zu bevorzugen, für sich zu bleiben. Womöglich war das für jemanden, der sein Leben der Jagd nach Vampyren widmete, die einzige Wahl. Daeron war sich nicht sicher, ob er sie mochte oder nicht. Nun, zumindest respektierte er sie. Er schätzte ihre Geradlinigkeit und die Fähigkeit, sich trotz ihrer offensichtlichen Abscheu auf Catherine und ihn einlassen zu können. Seine Theorie, dass nicht alle Vampyre von Natur aus schlecht waren, schien sie nachdenklich gestimmt zu haben. Ihr Blick war auf den Kamin gerichtet, doch ihre Gedanken schienen weit fort zu sein. Vielleicht beschäftigte sie die Frage, ob womöglich nicht alle Vampyre den Tod verdient hatten. Zum ersten Mal fiel Daeron auf, wie erschöpft sie war. Ihre ohnehin helle Haut wirkte noch blasser und unter ihren Augen lagen dunkle Schatten. Sichtlich hatte sie seit ihrer Flucht aus seinem Wohnzimmer nicht viel Ruhe gefunden.

Daeron erhob sich. »Sie sehen müde aus. Ich würde vorschlagen, wir sprechen morgen weiter. Lassen Sie mich Ihnen Ihr Zimmer zeigen, dann können Sie sich ausruhen.«

Seine Worte hatten die Erschöpfung schlagartig aus ihren Zügen gewischt und erneutem Misstrauen Platz gemacht. »Sie glauben doch nicht ernsthaft, dass ich mit zwei Vampyren unter einem Dach –«

»Doch, das glaube ich«, fiel Daeron ihr ins Wort. »Ich glaube daran, dass Ihnen unser gemeinsames Ziel ebenso wichtig ist wie Catherine und mir. Deshalb wird unser Waffenstillstand halten. Darauf gebe ich Ihnen *mein* Wort.« Ihr war deutlich anzusehen, dass sie das keineswegs überzeugte. Deshalb fuhr er fort: »Denken Sie etwa, für uns wäre es ohne Risiko, mit einer Jägerin im gleichen Haus zu schlafen?«

»Im Gegensatz zu mir brauchen Sie keinen Schlaf.«

Das war nicht von der Hand zu weisen. Vampyre brauchten nur im geschwächten Zustand Schlaf. Daeron schlief aus reiner Gewohnheit – nicht aus Notwendigkeit. Solange die Jägerin jedoch im Haus war, hatte er nicht vor zu schlafen. Obwohl er an das Bündnis glaubte, wollte er kein Wagnis eingehen. Immerhin bestand noch immer die Möglichkeit, dass sie nichts weiter als eine gute Schauspielerin war, die es vollbrachte, ihnen eine Allianz vorzugaukeln, während sie in Wahrheit nur auf die Gelegenheit wartete, Catherine und ihn zu vernichten.

»Hinter dem Haus wächst Stechginster«, erklärte er. »Damit können Sie den Raum absichern.« Daeron hatte nie verstanden, woran es lag, dass ausgerechnet eine derart harmlose Pflanze imstande war, Vampyre nicht nur abzuschrecken, sondern sie auch abzuhalten. Zu seinen Lebzeiten hatte er den pfirsichartigen Geruch des gelben Gewächses stets als angenehm empfunden. Mittlerweile jedoch hatte sich das geändert. Kein Vampyr ertrug die Nähe des Krautes. Seine Berührung brannte und der Geruch war derart abstoßend, dass es ihm die Sinne raubte.

Einen Moment lang erwiderte Alexandra nichts, sodass Daeron schon glaubte, sie würde sich nicht auf sein Angebot einlassen. Dann nickte sie.

»Wenn Sie zurückkommen, finden Sie mich oben.«

Ohne ein weiteres Wort nahm sie ihren Silberdolch vom Tisch und verließ das Haus. Daeron ging nach oben. Das Schlafzimmer, das er ihr überlassen wollte, lag am anderen Ende des Ganges, so weit von seinem und Catherines eigenen Schlafgemach entfernt wie nur möglich. Ein Raum, den er bisher nur ein einziges Mal – bei der Besichtigung des Hauses – betreten hatte. Zweifelsohne würde er als Erstes ein Fenster öffnen müssen.

Gefasst darauf, dass ihm abgestandene, modrige Luft

entgegenschlagen würde, machte er die Tür auf. Tatsächlich hing ein Hauch von Moder im Raum. Doch da lag noch etwas anderes in der schalen Brise. Der feine, kaum wahrnehmbare Geruch von altem Blut stieg ihm in die Nase und ließ ihn innehalten. Sein Blick erforschte den Raum. Bett, Waschtisch, Kommode und Kleiderschrank. Alles war, wie er es schon bei der Besichtigung gesehen hatte. Es gab keine Spuren auf dem Boden, das Fenster war geschlossen und die Vorhänge waren sorgfältig vorgezogen. Langsam trat Daeron in den Raum und sog die Luft durch die Nase ein. Schritt für Schritt folgte er dem Geruch, der ihn immer näher zum Bett führte, ehe er schließlich am Fußende vor der großen Truhe stehen blieb. Er packte den Deckel und hob ihn. Darin lag ein Kleid, zerknittert und übersät von rostroten Blutflecken. Daeron ließ den Deckel nach hinten klappen und griff nach dem Kleid. Es gehörte Catherine. Sie hatte es in der Bibliothek getragen an jenem Tag, als auch die Jägerin dort gewesen war. Jener Abend, als Daeron dem Blonden nach Lauriston House gefolgt war. Als er nach Hause zurückgekehrt war, hatte Catherine merkwürdig fahrig und abwesend gewirkt. Ihre Wangen waren rosig gewesen. Ein Zeichen, dass sie etwas zu sich genommen hatte. Doch war es wirklich Tierblut gewesen? Warum sollte sie dann das Kleid vor ihm verstecken? Er hob den Stoff an seine Nase und sog den Geruch ein. Das Blut war zu alt, als dass er noch zu sagen vermochte, ob es von einem Tier oder einem Menschen stammte. War sie auf der Jagd gewesen?

Er beschloss, sie bei ihrer Rückkehr direkt mit der Frage zu konfrontieren. Jetzt jedoch musste er das Zimmer für die Jägerin vorbereiten. Alles andere war eine Sache zwischen ihm und Catherine. Daeron schloss die Truhe wieder, nahm das Kleid und brachte es in sein eigenes Schlafzimmer. Dann kehrte er in den anderen Raum zurück, zog die Vorhänge zur Seite und öffnete das Fenster. Eine kühle Brise fuhr über ihn hinweg und fegte durch den Raum. Sein Blick fiel auf den Waschtisch. Neben einer großen Schüssel stand ein Krug. Alexandra würde Wasser brauchen. Er griff gerade nach dem Krug, als er hinter sich Schritte vernahm. Der widerwärtige Geruch von Stechginster mischte sich mit der Luft und ließ ihn herumfahren.

Alexandra stand im Türrahmen und sah sich um. Sichtlich suchte sie nach geeigneten Stellen, die sie mit dem Kraut absichern wollte. Als sie Daerons Gesichtsausdruck bemerkte, ließ sie die Hand mit dem Ginster sinken.

»Ich hatte nie die Gelegenheit, einen Vampyr zu fragen, was daran so abstoßend sein soll«, meinte sie.

Daeron schüttelte den Kopf. »Ich weiß selbst nicht, was es ist. Für einen Lebenden riecht es angenehm und verführerisch, doch für uns ... es stinkt so widerwärtig, dass es einem keine andere Wahl lässt, als zurückzufahren. Die Berührung brennt und schmerzt.«

Alexandra legte das Kraut auf den kleinen Tisch auf der anderen Seite des Raumes. Im Salon schlug die Standuhr sieben. »Es ist noch nicht spät«, erklärte sie. »Ich werde in die Stadt gehen, um die Jäger aufzusuchen.«

»Nein!« Daeron stellte den Krug auf den Waschtisch zurück und vertrat ihr den Weg. »Sie werden verstehen, dass mir diese Vorstellung nicht gefällt und ich das nicht zulassen kann.«

»Es wird Ihnen auch nicht gefallen, wenn sie unruhig werden«, gab Alexandra zurück. »Diese Männer haben seit zwei Tagen kein Lebenszeichen mehr von mir erhalten. Wenn die Jäger nicht bald von mir hören, werden sie anfangen nach mir zu suchen, was die Aufmerksamkeit des Unendlichen auf uns lenken könnte. Das können wir jetzt am allerwenigsten brauchen!«

Was für eine ungeschickte Ausrede! »Der Unendliche weiß bereits, dass wir hier sind – und auch, was wir vorhaben.«

Alexandra schüttelte den Kopf. »Er weiß, dass wir in der Stadt sind, aber nicht *wo* genau. Wenn die Jäger ihn durch einen unglücklichen Zufall hierherführen, ist es vorbei. Dann braucht er uns nur noch zu töten! Wir hätten ihm nicht das Geringste entgegenzusetzen!«

Was Daeron für eine schlechte Ausflucht gehalten hatte, war tatsächlich besser durchdacht als zunächst angenommen. Alexandra hatte recht. Ihre Argumente waren nicht von der Hand zu weisen. Dennoch blieb er misstrauisch. Sie war noch immer eine Jägerin. In ihren dunklen Augen brannte der Hass auf seine Art. Er verfluchte sich dafür, dass er so sehr auf dieses Bündnis gedrängt hatte. Womöglich wäre es wirklich besser gewesen, Alexandra Boroi aus dem Weg zu gehen und jemand anderen anzuheuern, der für Catherine und ihn das Kreuz holte. Jetzt jedoch war es zu spät. Die Jägerin kannte ihren Unterschlupf.

Alexandra schien zu bemerken, was in ihm vorging. »Glauben Sie wirklich, ich wäre allein – und unbewaffnet – hierhergekommen, um Ihnen ein Bündnis anzubieten, wenn ich Sie töten wollte?«

Wenn sie uns vernichten wollte, wäre sie mit ihren Jägerfreunden aus dem Hinterhalt über uns hergefallen. Womöglich versuchte sie tatsächlich nur ihre gemeinsame Mission nicht zu gefährden.

»Was, wenn Catherine oder Sie den Jägern versehentlich über den Weg laufen und es zum Kampf kommt?«, fuhr sie fort, während Daeron noch versuchte eine Entscheidung zu treffen. »Es gibt nur sehr wenige Vampyre, die eine Begegnung mit Vladimir und Mihail überstanden haben und ihnen entkommen sind. *Sie* wären dazu vielleicht in der Lage. Aber was ist mit Catherine?«

»Warum lassen Sie nicht einfach einen Boten eine Nachricht überbringen. Dann wissen ihre Kameraden, dass es Ihnen gut geht«, schlug er vor.

»Dann besteht weiterhin die Gefahr, dass Sie ihnen zufällig über den Weg laufen und es dennoch zum Kampf kommt«, gab Alexandra zurück. »Ich will versuchen Vladimir und den anderen deutlich zu machen, was auf dem Spiel steht. Wenn sie begreifen, warum ich mit Catherine und Ihnen zusammenarbeite, werden sie womöglich ihre Waffen stillhalten – zumindest bis alles vorüber ist.«

Daeron rang noch immer mit sich. »Was Sie sagen, klingt einleuchtend. Aber woher soll ich wissen, dass Sie nicht – trotz all der schönen Worte – mit Ihren Freunden zurückkehren werden, um Catherine und mich zu vernichten?«

»Weil ich Ihnen mein Wort gegeben habe«, sagte sie schlicht.

Daeron sah sie sehr lange an. Sein Blick tastete über ihr Gesicht und blieb letztlich an ihren Augen hängen. Er suchte nach einem Anzeichen von Verrat, einer Spur von Hinterhalt. Doch Alexandra erwiderte seinen Blick offen. Dass sie nicht versuchte weitere Erklärungen oder Ausflüchte anzubringen, überzeugte ihn schließlich. Er trat zur Seite und gab ihr den Weg frei.

*

Alexandra nahm eine Droschke. Während der Fahrt lud sie ihre Pistole und verstaute sie erneut neben dem Silberdolch hinten im Hosenbund. Auf der High Street ließ sie den Kutscher anhalten und stieg aus. Den Rest des Weges wollte sie zu Fuß zurücklegen. Sie brauchte die kalte Nachtluft, um ein wenig Klarheit in ihre Gedanken zu bringen. Abgesehen davon hielt die Kälte die Müdigkeit fern. Nicht zum ersten Mal fragte sie sich, wann sie zuletzt richtig geschlafen hatte. Es musste zwei oder drei Nächte her sein, bevor Lucian in ihrer Unterkunft erschienen war und die albtraumhaften Erinnerungen an den Tod ihrer Familie heraufbeschworen hatte. Seither hatte sie kaum noch Schlaf gefunden – selbst im Keller konnten es kaum mehr als eine oder zwei Stunden gewesen sein. Sie bezweifelte, dass sie diese Nacht mehr Ruhe finden würde. Nicht in einem Haus, in dem sich zwei Vampyre aufhielten. Daran würde auch der Stechginster wenig ändern.

Mit strammen Schritten folgte sie der verlassenen Straße. Eine Windbö jagte heulend um eine Ecke, fuhr über sie hinweg und ließ sie frösteln. Unwillkürlich zog sie ihren Mantel enger. Seit sie in Edinburgh angekommen war, bekam Alexandra mehr und mehr das Gefühl, dass ihr die Dinge entglitten. Die Jäger erschienen ihr weiter entfernt denn je. Stattdessen hatte sie plötzlich neue Verbündete an ihrer Seite, von denen sie nicht wusste, ob sie ihnen wirklich vertrauen konnte. Bis vor wenigen Tagen wäre sie nicht einmal im Traum auf den Gedanken gekommen, dass ein Bündnis mit Vampyren überhaupt denkbar sei. Sie war sich noch immer nicht sicher, ob es tatsächlich funktionieren würde. Dennoch war es einen Versuch wert.

Wenigstens für einen Moment wollte sie sich keine Sorgen machen und einfach den Kopf freibekommen. Sie schob alle Gedanken an Bündnisse, Freunde und Feinde von sich und konzentrierte sich auf das Geräusch ihrer Absätze. Ein steter Widerhall, der vom Kopfsteinpflaster aufgenommen wurde. Vor ihr zeichnete die Nacht dunkle Schatten auf den Weg. Leiser Nieselregen setzte ein. Fluchend schlug sie den Mantelkragen hoch und zog den Kopf ein.

Mit einem Mal hatte sie das Gefühl, nicht länger allein zu sein. Da war nichts Bedrohliches, sie spürte lediglich eine auf seltsame Art vertraute *Präsenz.* »Das darf doch nicht wahr sein!« Alexandra blieb stehen und wandte sich um. Tatsächlich! Da verbarg sich eine Gestalt im Schatten einer Hauswand – keine zwanzig Schritt von ihr entfernt. *Glaubt er etwa, ich würde ihn nicht bemerken?* »Verfolgen Sie mich?«

Lucian Mondragon trat aus der Dunkelheit heraus, in das milchige Licht einer Straßenlaterne. »Natürlich nicht«, behauptete er und kam näher.

»Ach, und wie würden Sie es dann nennen?«

»Zweifelsohne würde ich zunächst einmal Ihren für einen Menschen erstaunlich scharfen Sinnen die Schuld daran geben, dass Sie mich überhaupt bemerkt haben«, gab er mit unbewegter Miene zurück. »Aber die Wahrheit ist wohl, dass uns die Bestimmung zueinandergeführt hat und uns nur der Tod jetzt noch trennen kann.«

Aber bestimmt nicht meiner. Alexandra ging nicht näher

auf seine Worte ein. Sie wollte keine weiteren rätselhaften Andeutungen über Schicksal und Träume hören. Ohne Zweifel war er ihr gefolgt. Allerdings fragte sie sich, ob er tatsächlich nicht beabsichtigt hatte entdeckt zu werden. War es wirklich nur ihrer Aufmerksamkeit zu verdanken, dass sie ihn bemerkt hatte? Aber sie hatte ihn weder gesehen noch gehört. Vielmehr hatte sie *gespürt*, dass er da war, lange bevor sie ihn gesehen hatte. »Ich werde meinen Weg jetzt fortsetzen«, sagte Alexandra. »Und Sie werden in eine andere Richtung gehen!«

Lucian sah sie an. »Das kann ich nicht, denn –«

»Halt!«, fiel sie ihm ins Wort. »Jetzt erzählen Sie mir nicht wieder diesen ›Sie sind mein Schicksal‹-Mist!«

Er schüttelte den Kopf. »Das hatte ich nicht vor. Tatsache ist, dass mich mein Weg über die High Street führt, in dieselbe Richtung, die auch Sie nehmen werden. Ich bin nämlich auf dem Weg zum *Haddington House*, um dort in aller Ruhe ein Ale zu trinken.«

Es war eine Lüge, noch dazu eine schlecht verpackte. »Sie sind ein Vampyr! Sie essen und trinken nicht!« Er hätte nichts weiter tun müssen, als die Macht seines Blickes einzusetzen, um sie davon zu überzeugen, dass er *tatsächlich* ein Ale trinken wollte! Warum griff er stattdessen auf ein derartig schlechtes Schauspiel zurück? Die Antwort darauf fand sie in seinen amüsiert funkelnden Augen. Er neckte sie! Einmal mehr eine erstaunlich menschliche Eigenschaft.

»Hören Sie auf damit!«, fuhr sie ihn an. »Und hören Sie auch auf, mir wie ein Schatten zu folgen!«

Schlagartig erlosch das Vergnügen in seinem Blick und machte derselben Ernsthaftigkeit Platz, die sie schon zuvor an ihm gesehen hatte. »Sie sind in Gefahr. Sie brauchen –«

»Ich brauche was?«, unterbrach sie ihn erneut. »*Sie*? Ganz sicher nicht! Jedes Mal, wenn ich Sie sehe, bleibt mir fast das Herz stehen, weil ich nie weiß, ob Sie es sind oder … oder *er*.«

Alexandra zuckte zusammen, als Lucian nach ihren Schultern griff. »Sehen Sie mich an, Alexandra, und sagen Sie mir, ob wir uns tatsächlich so ähnlich sind!«

Lucian Mondragon war das perfekte Abbild seines Bruders. Einzig die Grausamkeit fehlte in seinen Augen. Das hätte sie in der Dunkelheit unmöglich erkennen können. Dennoch hatte sie *gewusst*, dass Lucian es war und nicht der Unendliche, der sich in den Schatten verbarg. Und doch ließ sein Anblick sie jedes Mal zusammenzucken. »Sie sind *Zwillinge*! Wie sollte ich da einen Unterschied feststellen?«

Lucian zog sie näher heran. »Dann sehen Sie genauer hin!«

Tatsächlich konnte sie nichts weiter tun, als ihn anzustarren. Diese Augen … Jeden Moment würde sie darin ertrinken. Ihre Knie wurden weich und in ihrem Innersten entflammte ein schmerzhaft loderndes Feuer. Unwillkürlich streckte sie eine Hand aus und berührte ihn vorsichtig am Oberkörper, als wolle sie sich vergewissern, dass er *wirklich* war. Sie spürte keinen Herzschlag unter dem Stoff seines Hemdes, dennoch war er so wahrhaftig, wie ein Mann es nur sein konnte. Lucian griff nach ihrer Hand und drückte sie gegen seine Brust.

»Würde mein Herz schlagen«, sagte er leise, »täte es das nur für Sie.«

Wie konnte ein Paar Augen derart atemberaubend sein? Mit einem Mal hatte sie das Gefühl, dass sie es nicht ertragen würde, wenn er sie jetzt losließe. Sie wollte ... Ehe sie sich darüber klar werden konnte, *was genau* sie wollte, schlang er die Arme um sie. Seine Lippen berührten die ihren. Sanft und beinahe zögernd, als wolle er sie um Erlaubnis bitten. Obwohl seine Berührung kühl war, spürte Alexandra ein heißes Knistern, das sich rasend schnell in ihrem Innersten ausbreitete, als stünde ihr Leib in Flammen. Das war der Augenblick, in dem die Starre von ihr abfiel. Als wäre sie soeben aus einer Trance erwacht, fuhr sie zurück.

Noch immer ruhten seine Augen auf ihr. »Sagen Sie nicht, dass Sie sich nicht zu mir hingezogen fühlen.«

Tatsächlich schlug ihr das Herz bis zum Halse und seinem Blick nach zu urteilen, wusste er das sehr genau. Zweifelsohne konnte er es spüren. Sie sah den Hunger in seinen Augen. Einen Hunger, der nichts mit dem Wunsch nach ihrem Blut zu tun hatte. Alexandra wich noch einen Schritt zurück. »Ich weiß, über welche Macht Sie verfügen!« Es fiel ihr schwer, ihrer Stimme einen festen Klang zu verleihen. »Ist es nicht bitter zu wissen, dass Sie der Hilfe dieser Macht bedürfen, um sich einen Menschen ...« Sie hatte *gefügig zu machen* sagen wollen, entschied sich jedoch anders. »... gewogen zu stimmen? Zauberwerk! Wie armselig!«

»Sie fühlen sich also zu mir hingezogen«, stellte er fest.

»Lassen Sie mich einfach in Ruhe!«

»Ich werde nicht zulassen, dass Ihnen etwas zustößt.«

»Natürlich nur, solange Sie dadurch Ihre Tarnung nicht gefährden«, fügte sie beißend hinzu. Lucian hatte ihr deutlich genug erklärt, dass er nichts tun würde, was bei seinem Bruder den Verdacht wecken könnte, er stünde nicht länger auf dessen Seite. Sie wollte mehr sagen, doch sie kämpfte noch immer gegen die Empfindungen an, die seine Berührung in ihr geweckt hatte. *Dieser verdammte Blick!* Seine Nähe verwirrte sie. Zugleich ließ seine Gegenwart sie zornig reagieren. Das Wissen, dass er versucht hatte sie zu beeinflussen, machte es nicht besser.

Ehe sie wusste, wie ihr geschah, packte er sie erneut beim Arm und zog sie zu sich heran. Alexandra versuchte sich zu befreien, doch sein Griff war unerbittlich. Er war ihr jetzt so nah, dass sie, wäre er lebendig, seinen Atem auf ihrem Gesicht gespürt hätte. Einmal mehr griff sein Blick nach ihr. »Ich möchte Sie vor Schaden bewahren«, sagte er bestimmt. »Deshalb bleibe ich in Ihrer Nähe!«

Warum, zum Teufel, tat er das? Warum konnte er sich nicht benehmen wie jeder andere Vampyr? Dann würde es ihr leichter fallen, ihn zu hassen!

»Wann immer ich in meinem Leben *Schaden* erlitten habe«, gab sie zischend zurück, »waren Kreaturen wie Sie schuld daran.«

Eine Ohrfeige hätte kaum mehr Wirkung zeigen können. Schlagartig gab er ihren Arm frei und trat einen Schritt zurück. »Passen Sie auf sich auf.« Dann wandte er sich ab und ging. Nach wenigen Schritten war er mit den Schatten verschmolzen und bald spürte sie seine Anwesenheit nicht mehr.

Alexandra stand noch immer da und blickte in die Richtung, in die er verschwunden war. Wollte er ihr wirklich nur helfen oder verfolgte er andere Pläne, von denen sie noch nichts wusste? Sie wurde einfach nicht schlau aus ihm. Er benahm sich, als hätte sie seine Gefühle verletzt. Dazu hatte er kein Recht! Sie hatte ihn weder um seinen

Schutz noch um seine Gegenwart gebeten. Sie brauchte keinen Beschützer! Schon gar keinen Vampyr!

*

Als Alexandra endlich die Pension erreichte, in der sie sich vor einigen Tagen mit den Jägern eingemietet hatte, war sie vollkommen durchgefroren. Erleichtert, Wind und Regen zu entkommen, betrat sie die warme Schankstube. Im Kamin prasselte ein heimeliges Feuer. Ein Wirrwarr verschiedener Stimmen erfüllte den Raum mit Leben und bildete einen Kontrast zu der Stille, die draußen herrschte. Der Geruch frischen Eintopfs stieg ihr in die Nase und erinnerte sie daran, wie hungrig sie war. Ehe sie in die Clyde Street zurückkehrte, würde sie ein Mahl zu sich nehmen. Jetzt jedoch hatte sie erst etwas anderes zu erledigen.

Ihr Blick erforschte den Raum, wanderte von Tisch zu Tisch auf der Suche nach den Jägern. Hier unten waren sie nicht. *Was, wenn ich sie schon wieder nicht antreffe?* Womöglich suchten sie bereits nach ihr. Wenn sie allerdings daran dachte, wie sich Vladimir in der letzten Zeit ihr gegenüber verhalten hatte, hielt sie es für wahrscheinlicher, dass die Männer einfach nur auf der Jagd waren. So oder so konnte sie sich nur wünschen, dass Catherine ihnen nicht begegnen würde. In der Hoffnung, dass ihr das Glück diesmal gewogen sein würde, verließ sie die Schankstube durch eine Tür im hinteren Bereich und ging zur Treppe. Hier brannten lediglich vereinzelte Lampen, die den Gästen den Weg in ihre Kammern weisen sollten. Nach der Helligkeit in der Stube hatten Alexandras Augen Mühe, sich an das Zwielicht zu gewöhnen. Mit jeder Stufe, die sie weiter nach oben gelangte, verklangen die Stimmen unter ihr, bis nicht mehr als ein stetes Rauschen blieb. Auf dem oberen Treppenabsatz angekommen blickte sie zur ersten Tür. Vladimirs Kammer. Unter dem Türspalt fiel ein dünner Streifen Licht auf den Gang. Gedämpfte Stimmen drangen an ihr Ohr. Alexandra stieß einen erleichterten Seufzer aus. Sie klopfte kurz an, dann öffnete sie die Tür. Die drei saßen um einen Tisch herum. Als sie eintrat, hefteten sich die Augen der Jäger auf sie.

»Alexandra!« Gavril sprang auf. »Gott sei Dank!«

Vladimir legte ihm eine Hand auf die Schulter und drückte ihn auf den Stuhl zurück. Dann erhob er sich selbst. Er bewegte sich so schnell, dass Alexandra erst reagieren konnte, als er unmittelbar vor ihr stand. Unwillkürlich wich sie einen Schritt zurück. Vladimir folgte ihrer Bewegung.

»Wo, zum Teufel, hast du die ganze Zeit gesteckt?«, fuhr er sie an. Er langte über sie hinweg und stieß die Tür zu. »Habe ich mich nicht klar ausgedrückt, dass du in deiner Kammer bleiben sollst?«

»Wenn ihr einmal auf mich gewartet hättet, statt ständig ohne mich loszuziehen, hätte ich dir sagen können, was passiert ist und warum ich ganz bestimmt nicht *dort* auf euch warten würde! Du solltest –«

Vladimirs Hand schoss vor. Er packte sie und stieß sie gegen die Wand. Seine Augen glühten vor Zorn. Durch den struppigen Vollbart wirkte er wie ein wildes Tier. »*Du* sagst mir nicht, was ich zu tun habe!«, herrschte er, ohne sie loszulassen. »Ich bin noch immer der Anführer!«

Hinter ihm sprang Gavril auf.

»Vladimir!«, warnte Mihail, ohne sich zu rühren. »Hör auf!«

Statt sie freizugeben, schüttelte Vladimir sie so heftig, dass sie mit dem Kopf gegen die Wand schlug. Für einen Moment verschwamm ihre Sicht. Dann blaffte er: »Ich will nicht noch einmal erleben, dass du dich meinen Anweisungen widersetzt!«

Alexandra versuchte sich aus seinem Griff zu befreien, doch Vladimirs Finger gruben sich so gnadenlos in ihre Oberarme, dass sie sich kaum bewegen konnte.

»Lass sie los, Vladimir«, verlangte Mihail, der sich noch immer nicht von seinem Platz bewegt hatte. »Gib ihr die Gelegenheit, sich zu erklären.«

Mit einem Ruck gab Vladimir sie frei und kehrte zu seinem Stuhl zurück. Plötzlich stand Gavril vor ihr. Die Sorge in seinen Zügen war beinahe schwerer zu ertragen als Vladimirs Zorn. Von den Jägern war er der einzige, den sie tatsächlich mochte. Dennoch konnte sie ihm nicht mehr als ihre Sympathie geben. Welche Hoffnungen Gavril sich auch immer machte, Alexandra würde sie enttäuschen. »Geht es dir gut?«, fragte er leise.

Alexandra nickte.

»Komm«, er nahm sie beim Arm und schob sie zu seinem Stuhl. »Setz dich!« Als sie seiner Aufforderung folgte, blieb er an ihrer Seite stehen. Für einen Moment ruhte seine Hand auf ihrer Schulter, ehe er sie zurückzog.

Vladimir lehnte sich in seinem Stuhl zurück und durchbohrte sie mit seinem Blick. »Was also, glaubst du, könnte wichtiger sein, als dich an meine Anweisungen zu halten?«

Auch Mihails Augen richteten sich auf sie. »Wir haben uns wirklich Sorgen gemacht«, versuchte er Vladimirs Zorn herunterzuspielen. Es mochte sogar sein, dass das auf ihn und Gavril zutraf. Nicht jedoch auf Vladimir. Ihm ging es um etwas anderes. Ausgerechnet Alexandra, die in seinen Augen seinem Bruder das Herz gebrochen hatte, untergrub seine Autorität als Anführer. Das würde er sich nicht gefallen lassen. Nicht von ihr!

Als sie noch immer nicht antwortete, beugte sich Gavril ein Stück nach vorne und sah sie an. »Alexandra?«

Sie holte tief Luft. »Ich habe den Unendlichen gefunden.« Atemlose Stille folgte ihren Worten. Mihail und Vladimir wechselten einen Blick, als wollten sie sich gegenseitig fragen, ob sie die Wahrheit sprach. Alexandra fuhr fort: »Er hält sich mit einer Vampyrin und seinen menschlichen Handlangern im Lauriston House, einem Anwesen unweit von Edinburgh, auf.« Stück für Stück beschrieb sie, was sie in jener Nacht, als sie Daeron gefolgt war, dort gesehen hatte. Von Daeron, Catherine und Lucian sagte sie zunächst nichts. Sie gab lediglich ihr Wissen über den Unendlichen, die Ushana und das Gelände um Lauriston House preis. Als sie schließlich endete, herrschte erneut Schweigen.

»Das war nur eine einzige Nacht«, sagte Mihail nach einer Weile. »Warum bist du danach nicht zu uns gekommen?«

»Ich hatte ein paar Schwierigkeiten mit den Handlangern des Unendlichen.«

Vladimir schlug mit der flachen Hand auf den Tisch. »Lasst uns keine Zeit mehr verschwenden! Holen wir ihn uns!« Er wollte aufstehen.

»Nein!«, rief Alexandra. »Das geht nicht. Ihr habt noch nicht alles gehört!«

Vladimir setzte sich wieder. Mit einer Geste forderte er sie auf fortzufahren.

»Der Unendliche ist nicht mit normalen Waffen zu vernichten. Eine Silberkugel kann ihm nichts anhaben. Es gibt jedoch einen Gegenstand, der das vermag.« Als sie vom Schwarzen Kreuz berichtete, war sie froh, dass sie noch nicht wusste, wo es sich befand. Die Jäger sollten lediglich wissen, dass es eines besonderen Artefakts bedurfte, um dem Unendlichen zu schaden. Um alles andere wollte sie sich zusammen mit Catherine und Daeron kümmern. Zu ihrem Erstaunen behagte ihr der Gedanke an eine Zusammenarbeit mit den beiden Vampyren plötzlich weit mehr als die Vorstellung, sich mit den Jägern auf die Suche nach dem Kreuz zu begeben. »Wir wissen, was für ein Gegenstand es ist, doch wir wissen noch nicht, *wo* er ist«, behauptete sie.

Mihail runzelte die Stirn. »Wir?«

»Ich bin zwei Vampyren begegnet, die es sich zum Ziel gesetzt haben, den Unendlichen zu vernichten. Sie –«

Plötzlich sprang Vladimir auf und riss sie vom Stuhl. »Bist du wahnsinnig?«, brüllte er, die Miene zu einer Fratze des Zorns verzerrt. »Du verbündest dich mit dem Feind!« Er stieß sie so hart von sich, dass sie auf die Knie fiel. »Wie kannst du unsere Sache derart verraten? Hast du vergessen, was diese Kreaturen deiner Familie angetan haben? Ist das deine Art, Viktors Andenken zu bewahren?« Als er nach ihr schlagen wollte, packte Mihail ihn beim Arm und zog ihn von ihr fort. Vladimir versuchte sich loszureißen, doch Mihail gab ihn nicht frei.

»Hör auf, Vladimir!«

Gavril wollte ihr aufhelfen, doch sie streifte seine Hände ab und stand allein auf. »Diese Vampyre können mir helfen den einzigen Gegenstand zu finden, der den Unendlichen vernichten kann!« Vladimirs Wut sowie die Erkenntnis, dass sie bereit gewesen war sich auf eine Zusammenarbeit mit Vampyren einzulassen, machten ihn nicht länger für vernünftige Argumente zugänglich. Deshalb wandte sie sich jetzt an Mihail. »Verhaltet euch still, bis ich das Kreuz habe – und lasst vor allem bis dahin die beiden Vampyre in Ruhe! Ohne ihre Hilfe wird es uns nicht gelingen, den Unendlichen zu vernichten. Kann ich mich darauf verlassen?«

»Das werden wir sicher nicht!« Vladimir versuchte vergeblich sich aus Mihails Griff zu befreien.

»Doch«, sagte Mihail ruhig, »das werden wir.« Er nickte Alexandra zu. »Vladimir beruhigt sich schon wieder.«

Das bezweifelte sie. Alexandras Blick schweifte von einem zum anderen, glitt über die Gesichter der Männer, die ihr in den vergangenen Jahren vertrauter geworden waren als irgendetwas anderes auf der Welt. Jetzt jedoch war es, als würde sie sie aus weiter Ferne betrachten. Schon in jener ersten Nacht im Mary King's Close waren sie ihr eigenartig fremd erschienen. Die Ereignisse der vergangenen beiden Tage hatten den Graben zwischen ihnen nur noch weiter vertieft. Ganz gleich, wie es auch weitergehen mochte, Alexandra hatte sich zu weit von ihnen entfernt, um sich länger als Teil der Gruppe betrachten zu können. Womöglich war sie es nie gewesen.

14

Catherines Verstand war in der Dunkelheit gefangen. An einem Ort, an dem es keine Geräusche, keine Gerüche, ja nicht einmal Gefühle gab. Nur absolute Finsternis. Seit geraumer Zeit – wie lange schon? – spürte sie, wie das Nichts, das sie umgab, immer weiter anwuchs. Sie hatte versucht sich daraus zu befreien, doch es war wie ein Strudel, der sie immer tiefer hinabzog. Weiter hinein in die Leere, die ihren Geist umklammert hielt. Etwas schien auf schreckliche Weise falsch zu sein, zugleich erschien es ihr wundervoll. Hier existierten ihre Ängste und Sorgen nicht länger. Sie verspürte weder den gewohnten Hass, den sie sonst ihrer Existenz gegenüber empfand, noch den Wunsch, dieses Leben mit all seinen Abscheulichkeiten endlich hinter sich lassen zu können. Frei von allen Gefühlen konnte sie einfach nur *sein*. Für eine Weile hieß sie diese Leere willkommen, erleichtert darüber, den tagtäglichen Schrecken ihres Daseins zu entkommen. Langsam jedoch verblasste die Erinnerung. Ihr Geist trieb ziellos durch die Dunkelheit und sie begann sich zu fragen, wer sie war und was sie so dringend zu vergessen versuchte. Womöglich war es nicht wichtig. Andernfalls hätte sie sich zweifelsohne erinnert. Sie genoss das Gefühl der Leere, das ihren Geist durchflutete, als sie tiefer in die Schwärze glitt. Je weiter ihr Verstand in die Dunkelheit eintauchte, desto mehr entfernte sie sich von der Wirklichkeit. Wie sehr hatte sie sich gewünscht alles hinter sich zu lassen! Dass dies nun geschah, erfüllte sie mit wilder Freude.

Dann war auch dieser Gedanke vergessen.

Dunkelheit. Frei von Gedanken, Gefühlen und Erinnerungen. Nicht einmal ihres Namens vermochte sie sich länger zu entsinnen. Da tauchte urplötzlich das Gesicht eines Mannes vor ihr auf. Obwohl sie sicher war, ihn nie zuvor gesehen zu haben, erschienen ihr seine Züge auf seltsame Weise vertraut. Er betrachtete sie ernst und voller Sorge.

Mit einem Mal wusste sie, dass sich – sobald er lächelte – Grübchen auf seinen Wangen zeigen und seine braunen Augen vor Schalk blitzen würden. Diese Augen ... etwas darin berührte ihr Herz.

»Kehr um, Catherine!«, formten seine Lippen lautlos. Wenngleich sie seine Stimme nicht zu hören vermochte, glaubte sie doch zu wissen, wie sie sich anhören musste. *Catherine*. Das war ihr Name!

Sein Name streifte ihre Erinnerung und erweckte sie zum Leben. »Daeron«, flüsterte sie in die Dunkelheit. Sie wusste wieder, wer er war – und was sie ihm angetan hatte!

»Komm zurück zu mir!« Diesmal konnte sie die Worte hören. Sie vernahm die Wärme und die Liebe darin. Dieselbe Liebe, die auch sie empfand. Wie hatte sie zulassen können, dass die Schwärze ihr die Erinnerung an ihn nahm!

Während sich ihr Geist noch an Daerons Bild klammerte, erwachten ihre Sinne zu neuem Leben. Nicht schlagartig, sondern langsam, Stück für Stück. Ein eisiger Lufthauch strich über ihren Leib hinweg. Die Kälte machte ihr nichts aus, trotzdem *spürte* sie sie. Catherine war noch immer von Dunkelheit umgeben. Diesmal jedoch war sie keine Gefangene mehr. Sie brauchte nur die Augen zu öffnen, um die Finsternis abzustreifen. Dennoch tat sie es nicht. Sie spürte einen leichten Druck auf ihrem Hinterkopf und über ihre gesamte Rückseite. Es dauerte einen Moment, bis sie begriff, dass sie auf dem Rücken lag. Feuchtigkeit benetzte ihr Gesicht, unzählige winzige Tröpfchen, die sich auf ihrer Haut sammelten, ehe sie von ihren Wangen perlten. Ein wenig zögernd streckte sie die Hände zur Seite und tastete nach dem regennassen Boden. Ihre

Finger gruben sich in raues, feuchtes Erdreich. Ein leicht modriger Geruch stieg daraus empor und drang ihr in die Nase. Etwas Ähnliches hatte sie schon einmal erlebt. In jener Nacht, in der sich ihr Leben für immer verändert hatte. Auch damals war sie zu sich gekommen, als sich ihre Finger in feuchte Erde gruben. Neben ihr hatte Hauptmann Farrells Leichnam gelegen. Sein Tod nicht mehr als eine Machtdemonstration ihres Vaters. Aus Furcht vor dem, was sie erblicken mochte, wagte sie noch immer nicht die Lider zu heben. Konnte es etwas Schlimmeres geben als das, was ihr Vater ihr in jener Nacht angetan hatte?

Catherine versuchte sich zu erinnern. War sie nicht eben noch auf dem Weg zum Schlachter gewesen? Doch ihre Hände waren leer. Wo war das vertraute Gewicht der Kanne, die sie bei sich gehabt hatte? Sie musste sie verloren haben, als ... Jemand war ihr gefolgt! Doch sie hatte die Kanne noch bei sich gehabt, als sie durch einen Close entwischt war. Das Bild eines hageren, kahlköpfigen Mannes blitzte vor ihr auf. Sie war mit ihm zusammengestoßen. Anfangs hatte er sie erschreckt, doch er war harmlos gewesen. Was war dann geschehen? Catherine glaubte sich zu erinnern, dass sie gewartet hatte, bis er die Sicherheit seines Hauses erreichte, ehe sie ihren Weg fortgesetzt hatte. *Du willst ihn! Hol ihn dir!* Die Worte fraßen sich wie Säure in ihren Geist und ließen sie erstarren.

Was war danach geschehen? Sosehr sie auch darum kämpfte, sich ins Gedächtnis zu rufen, welchen Weg sie genommen und wann sie den Schlachter erreicht hatte, es mochte ihr nicht gelingen, sich an etwas anderes als die Schwärze zu erinnern, die auf diesen Gedanken gefolgt war. *Hol ihn dir!*

Der Regen wurde stärker, stach jetzt wie winzige Nadeln in ihre Haut. Zugleich frischte der Wind auf und ließ Catherine den widerlichen Geruch von Kloake und Unrat in die Nase steigen. Doch da lag noch ein anderer, weitaus üblerer Gestank in der Luft: Es roch nach Tod.

Diesmal öffnete Catherine die Augen und blickte in den samtschwarzen Nachthimmel, der sich über ihr erstreckte. Regentropfen schlugen ihr entgegen und zwangen sie zu blinzeln. Sie hob die Hand, um sich das Wasser aus dem Gesicht zu wischen. Als ihre Finger auf Augenhöhe waren, bemerkte sie dunkle Schatten, die sich zwischen ihre Finger und über ihre Handfläche zogen. Mit der anderen Hand wollte sie die Erde abreiben, ehe sie sich über das Gesicht fuhr. Ein vertrauter, metallischer Geruch erfüllte schlagartig all ihre Sinne. Ihre Finger waren schmutzig und fühlten sich klebrig an, doch es war keine nasse Erde, sondern geronnenes Blut!

Mit einem Ruck setzte sie sich auf. Ihre Augen fuhren über ein großes schwarzes Gewässer. Regentropfen durchschlugen die Wasseroberfläche und brachten sie in Bewegung. Der Wind trieb kleine Wellen vor sich her, die mit einem leisen Zischen ans Ufer schlugen. Der Nor' Loch! Sie saß nur wenige Schritte vom Wasser entfernt auf dem Boden und starrte ungläubig auf das dunkle Gewässer, das nicht einmal annähernd auf ihrem Weg lag!

Unmittelbar neben sich entdeckte sie die Kanne. Der Deckel lag daneben, sodass sich der dunkelrote Inhalt in den Uferschlamm ergossen hatte. Trotz des beißenden Geruchs, der daraus emporstieg, war Catherine erleichtert. Sie hatte das Tierblut verschüttet. Das erklärte ihre blutverschmierten Hände und den Geruch nach Tod.

Dann jedoch fiel ihr etwas anderes ein: Ihr unerkannter Verfolger hatte sie gezwungen, von ihrem ursprünglichen Weg abzuweichen und in den Close zu flüchten. Soweit sie sich erinnerte, war sie gar nicht beim Schlachter gewesen!

Im selben Moment gewahrte sie aus dem Augenwinkel einen Schatten auf dem Boden. Sie wandte den Kopf und blickte auf den reglosen Körper eines kahlköpfigen Mannes, der mit dem Gesicht nach unten zur Hälfte im Wasser lag.

»Bei Gott!« Auf Händen und Knien kroch sie zu ihm. Obwohl sie sicher war, dass er nicht mehr lebte, griff sie nach seiner Schulter. Unter dem nassen Hemd fühlte sich sein Leib kalt an.

»Können Sie mich hören?«, fragte sie und schüttelte ihn. Als er sich nicht rührte, drehte sie ihn herum. Wie ein nasser Sack fiel er auf den Rücken und blieb liegen, die schreckensstarren Züge in den Himmel gerichtet. Es bestand kein Zweifel: Dies war der Mann aus der Gasse.

Du willst ihn! Hol ihn dir!

Kaum war die Tür hinter ihm ins Schloss gefallen, war sie ihm gefolgt. Sie erinnerte sich an den dunklen Hausgang und den Schrecken in seinen Zügen, der Erleichterung Platz gemacht hatte, als er sie erkannte. Die Erleichterung war erst aus seinen Augen gewichen, als sie ihre Fänge in seinen Hals geschlagen hatte. Entsetzt riss Catherine ihre Hand zurück und sprang auf. Erfüllt von der schrecklichen Gewissheit, dass sie ihn, ebenso wie William Swann, umgebracht hatte, stolperte sie durch den Uferschlamm davon.

*

Sie hatte getötet! Beseelt von diesem einzigen Gedanken hastete Catherine durch die Nacht. Sie achtete nicht auf die Häuser und Gassen, die an ihr vorüberflogen, achtete nicht darauf, welchen Weg sie einschlug und welcher Abzweigung sie folgte. Panik und Entsetzen lenkten ihren Schritt – und führten sie zurück in die Clyde Street.

Als sie das Haus erreichte, riss sie die Tür auf und stürmte die Treppen hinauf. Aus dem Salon vernahm sie Daerons Stimme. Er rief ihren Namen, doch Catherine antwortete nicht. Ohne innezuhalten, hetzte sie den Gang entlang ins Schlafzimmer und verriegelte die Tür hinter sich. Wie viel Zeit blieb ihr, bis Daeron nach ihr sehen würde? Hastig befreite sie sich aus ihrem schmutzigen, nassen Kleid und ließ es achtlos fallen. Nur noch mit ihrem Untergewand bekleidet ging sie zum Waschtisch, füllte die Schüssel mit Wasser und tauchte ihre Hände hinein. Rote Schlieren kräuselten sich auf der einstmals klaren Oberfläche. Ein nicht zu leugnendes Zeugnis für das, was sie getan hatte. Plötzlich begann sie so heftig zu zittern, dass die Waschschüssel bedenklich ins Wanken geriet. Hastig zog sie ihre Hände zurück. Ein Schluchzen stieg in ihrer Kehle auf und kroch über ihre Lippen. Catherine vergrub das Gesicht in den Händen und ließ sich vor der Wand zu Boden sinken. In der Ecke zwischen Waschtisch und Kleiderschrank zusammengekauert ließ sie ihren Tränen freien Lauf. Ein beständiges Rauschen und Dröhnen erfüllte ihren Verstand und breitete sich mehr und mehr aus. Dann spürte sie einen kräftigen Druck an ihren Oberarmen. Jemand schüttelte sie leicht.

»Catherine!«

Als sie Daerons Stimme vernahm, hob sie den Kopf. Es dauerte einen Moment, bis sie seine Züge hinter dem Tränenschleier erkannte. Er musste die Tür aufgebrochen haben. Jetzt kniete er vor ihr und hielt sie an den Armen. Eine steile Sorgenfalte verlief quer über seine Stirn. »Bist du verletzt?«

Catherine blinzelte verwirrt. Dann fiel ihr Blick auf das mit Blut besudelte Kleid, das hinter ihm auf dem Boden lag. Dachte er wirklich …? Sie schüttelte den Kopf. »Ich bin tot, Daeron«, erwiderte sie mit tränenerstickter Stimme. »Ich kann mich nicht verletzen. Aber ich kann anderen Schaden zufügen.« Vergebens kämpfte sie gegen die Tränen an und versuchte sich zu beruhigen. »Bei Gott, Daeron, ich bin es«, platzte es aus ihr heraus. »Ich habe es getan!« Sie sah die Sorge und die Verwirrung in seinem Blick und wollte ihm erklären, was geschehen war, doch das Schluchzen erstickte jeden weiteren Laut. Während sie noch um ihre Fassung rang, ließ Daeron sich neben ihr nieder und zog sie in seine Arme.

»Schschsch«, sagte er leise und strich ihr übers Haar. »Beruhige dich erst einmal und dann erzähl mir, was geschehen ist.« Einige Zeit saßen sie nur da. Obwohl es ihm schwerfallen musste, stellte Daeron keine Fragen, strich ihr nur immer wieder über Haar, Rücken und Schultern, bis sie sich allmählich beruhigte.

»Ich habe es schon einmal getan«, begann Catherine nach langer Zeit. »In London.« Sie befreite sich aus seinen Armen und setzte sich auf. Mit leisen Worten berichtete sie, wie sie damals die Familie gejagt hatte. Wie es war, in ihrem eigenen Körper eingesperrt zu sein und hilflos miterleben zu müssen, wie die Kreatur die Kontrolle übernahm. Den Mord zu sehen und zu spüren, ohne ihn verhindern zu können.

Als sie geendet hatte, schüttelte Daeron den Kopf. »Das warst nicht *du*. Es war nicht deine Schuld!«

»Ich hätte die Kreatur beherrschen müssen!« Catherine zog die Beine an den Körper und schlang ihre Arme um die Knie. Sie zitterte noch immer. »Ich hätte dafür sorgen müssen, dass es nie wieder geschieht.« Ihre Worte ließen Daeron aufsehen, doch ehe er etwas sagen konnte, fuhr sie fort. »Lange Zeit hatte ich die Kraft, die Kreatur in mir zu beherrschen. Doch dann ... seit ich hier bin ... Ich habe es wieder getan, Daeron!« Mit hastigen, abgehackten Sätzen berichtete sie davon, was sie anfangs für Albträume gehalten hatte und was letztlich im Tod der beiden Männer gegipfelt war. Sie wusste weder, wie sie zum Nor' Loch gekommen war, noch, warum sie das Bewusstsein verloren hatte. Alles, was zählte, war, dass sie getötet hatte! »Ich dachte, es wäre nur ein schlimmer Traum gewesen, doch am nächsten Tag erfuhr ich, dass ein Mann namens William ermordet worden war. Und heute Nacht ... Daeron, ich bin es! Ich habe all diese Menschen ermordet!«

Daeron sagte kein Wort. Er saß regungslos neben ihr und blickte mit versteinerter Miene auf ihr blutiges Kleid. Es hätte Catherine weniger geschmerzt, wenn er seine Abscheu offen gezeigt hätte. Die starre Maske, die jetzt über seinen Zügen lag, ließ ihn wie einen Fremden erscheinen. Er mochte ihr vergeben haben, dass sie ihn zum Vampyr gemacht hatte. Dass sie eine mordgierige Bestie war, würde er ihr nie verzeihen. Dafür brachte er dem Leben zu viel Achtung entgegen.

Die Stille währte lange. Selbst als er sich erhob und hin und her zu laufen begann, verursachte er nicht den geringsten Laut. Diese völlige Abwesenheit jeden Geräuschs war beklemmend und zerrte an Catherines Nerven. Am liebsten hätte sie ihn angefleht, er möge endlich etwas sagen. Sie tat es nicht. Zu sehr fürchtete sie sich vor dem, was sie in seinen Zügen finden würde, wenn er sich ihr zuwandte. Womöglich konnte sie seinen Hass ertragen, nicht jedoch seine Abscheu und seinen Ekel. Daeron war alles, was ihr noch geblieben war, und jetzt würde sie auch ihn verlieren.

Plötzlich blieb er stehen und drehte sich zu ihr herum. »Wie hast du dich gefühlt, als es passiert ist?«

Wie konnte er so ruhig fragen? Catherine sah ihn irritiert an. »Was?«

»Wie du dich gefühlt hast?«, wiederholte er seine Frage. »Was hast du danach empfunden?«

»Ich ...« Darüber hatte sie noch nicht nachgedacht, und als sie es jetzt tat, fiel es ihr schwer, die verschiedenen Empfindungen in Worte zu kleiden. »Ich war verwirrt«, begann sie nach einer Weile, »und erschrocken. Irgendwie ... orientierungslos.«

»Wie ein Schlafwandler, der nicht in seinem eigenen Bett, sondern an einem anderen, unbekannten Ort erwacht?«, hakte er nach.

Catherine nickte.

»Sonst hast du nichts empfunden?«

»Genügt das nicht?« Sie verstand noch immer nicht, worauf er hinauswollte. Sie war eine Mörderin! Der Wahnsinnige Schlächter! Was sollten diese Fragen? Warum beschimpfte er sie nicht und schickte sie fort oder tötete sie? Sie war es nicht wert, weiterzuexistieren! Doch statt etwas zu sagen, stand er nur da und sah sie an. Sein Blick war so durchdringend, dass sie glaubte ihn auf ihrer Haut zu spüren. Seine Gedanken jedoch waren weit entfernt. Sie erkannte es an der Art, wie sich das Braun seiner Augen veränderte. Es wirkte dunkler als sonst. *Daeron, bitte*, flehte sie stumm. *Mach es uns nicht so schwer. Sag, was du zu sagen hast! Danach werde ich gehen.*

»Du hast diese Morde nicht begangen.« Es waren nicht die Worte, die sie erwartet hatte. Er bewegte sich so schnell, dass sie es erst bemerkte, als er vor ihr in die Knie ging und nach ihren Händen griff. »Wenn du – wie du gesagt hast – das Blut *tatsächlich* getrunken und die Jagd genossen hättest, wärst du nicht verwirrt und verängstigt zu dir gekommen. Die Kreatur in dir hätte triumphiert. Eine wilde Freude, hervorgerufen durch die Lust an der Jagd. Du hättest die Stärke des Blutes, das durch deine Adern pulsiert, gespürt.«

So war es in London gewesen. Aber bedeutete das, dass es immer gleich sein musste? »Ich habe diese Menschen gesehen und mit ihnen gesprochen«, widersprach sie heftig. »Ich habe sie gerochen und ihr Blut geschmeckt! Und du willst mir sagen, ich hätte sie nicht getötet?« Sie versuchte ihm ihre Hände zu entziehen, doch Daeron gab sie nicht frei.

»Catherine, sieh dich an! Du bist kaum kräftiger als ein Sterblicher. Du verabscheust diese Natur und willst nicht auf die Jagd gehen! Wie soll ich da glauben, dass du Vergnügen daran gehabt haben sollst, mit diesen Menschen zu spielen und dann zu töten?« Er schüttelte den Kopf. »Du hast immer so hart dagegen angekämpft. Und plötzlich sollst ausgerechnet du dem Lockruf des Blutes erlegen sein?«

»Aber ich –«

»Ich weiß nicht, *was* geschehen ist, aber ich bin mir sicher, dass du es nicht getan hast!«

Seine Worte überraschten sie. Obwohl alles gegen sie sprach, glaubte er nicht an ihre Schuld. Wie war das möglich? Konnte er recht haben? Es gab vieles, was sie nicht verstand. Nor' Loch. Die Bewusstlosigkeit. Doch das überzeugendste Argument war die fehlende Stärke. Die Kreatur in ihr war niemals aus ihrem Gefängnis ausgebrochen und in Catherines Verstand eingedrungen. Es war anders als damals in London. Vollkommen anders. Auch wenn sie ebenso wenig wie Daeron wusste, was mit ihr geschah, hoffte sie, er möge recht behalten. Sie wollte keine Mörderin sein! »Du hasst mich nicht?«, fragte sie leise.

Daeron schüttelte den Kopf, zog sie an sich und hauchte ihr einen Kuss aufs Haar. »Das könnte ich niemals.«

*

Lange Zeit saß Daeron da und hielt Catherine im Arm. Er spürte, wie ihr Zittern allmählich nachließ und sie sich ein wenig entspannte. Sich vorzustellen, was sie gerade durchmachte, wagte er kaum. Für sie musste die Ungewissheit entsetzlich sein! Doch wie konnte sie nur einen Moment glauben, dass sie zu derart abscheulichen Taten imstande war? Zweifelsohne hatte sie es ein Mal getan. Damals in London. Daeron wusste aus eigener Erfahrung, wie es war, wenn die Kreatur die Oberhand gewann. Nur war er eben stärker als Catherine. Er konnte länger gegen das Monster bestehen und bisher war es ihm jedes Mal gelungen, es in die Knie zu zwingen. Catherine hatte aus jener schrecklichen Erfahrung gelernt. Nach allem, was er ihrem Bericht entnehmen konnte, achtete sie sorgsam darauf, der Kreatur keinen Freiraum zu lassen. Sie ernährte sich wenig, doch stets zur rechten Zeit. Nach den Morden hatte die Kreatur in ihr nicht gejubelt und auch nicht versucht sich endgültig aus ihren Ketten zu befreien. Catherine hatte sich nicht stärker gefühlt als davor.

Du bist keine Mörderin, dachte er und schloss sie enger in seine Arme. Es war Zeit, dass dies alles ein Ende fand. Er selbst mochte mit seinem Dasein zurechtkommen, doch er konnte nicht länger mit ansehen, wie Catherine darunter litt. Für sie glich diese Existenz einer Folter. Daeron konnte nur hoffen, dass es ihnen mit Alexandras Hilfe gelang, das Schwarze Kreuz zu finden und den Unendlichen zu stellen. Was danach kam, lag nicht in seiner Macht.

Ein Geräusch ließ ihn aus seinen Gedanken schrecken. Es schien aus dem Zimmer der Jägerin zu kommen. Ohne Catherine aus seinen Armen zu lassen, sah er auf.

»Sie ist zurück«, sagte er leise. »Lass uns sehen, was sie bei ihren Kameraden erreicht hat.« Er gab Catherine frei und erhob sich. Dann reichte er ihr die Hand und half ihr auf die Beine. Sie folgte ihm zur Tür und über den Gang. Vor dem Zimmer der Jägerin hielten sie inne. Die Geräusche, die er zuvor gehört hatte, waren verstummt. Daeron klopfte an. Er erhielt keine Antwort. Auch ein erneutes Klopfen blieb ohne Reaktion. Abgesehen davon hing noch immer kein Ginster über dem Türstock. Alexandra war so misstrauisch gewesen, dass sie das Kraut zweifelsohne unmittelbar nach ihrer Rückkehr aufgehängt hätte. Daeron sah zu Catherine. Ihr Blick hing angespannt an der Tür und wanderte erst zu ihm, als er sacht ihre Schulter berührte. Wortlos bedeutete er ihr, von der Tür zurückzutreten. Catherine wich zur Seite. Sobald sie aus dem Weg war, legte er eine Hand auf die Klinke und drückte sie vorsichtig herunter. Ein gedämpftes Scharren war zu vernehmen, als sich der Riegel hob. Dann schwang die Tür knarrend auf. Das Zimmer war verlassen und dunkel. Der Stechginster lag noch immer auf dem Tisch, wo Alexandra ihn zurückgelassen hatte. Die Blüten bewegten sich leise in der sanften Brise, die durch das Fenster hereinfuhr. Daeron runzelte die Stirn. Nachdem Alexandra gegangen war, hatte er das Fenster geschlossen. Davon war er überzeugt. Wachsam strich sein Blick durch den Raum, erforschte die Winkel und Ecken. Da bemerkte er einen Schatten am Fenster. Kurz darauf vernahm er ein Flüstern: »Alexandra?«

Daeron gab Catherine ein Zeichen, auf dem Gang zu warten, und tauchte in die Schatten. Einen Augenblick später stieg eine Gestalt durch das Fenster in den Raum und sah sich um. Als könne er ihn in der Dunkelheit erkennen, heftete sich der Blick des Fremden geradewegs auf Daeron. »Wo ist sie?«

Daeron unterdrückte einen Fluch. Der Mann vor ihm war kein Mensch! Warum war ihm das nicht gleich aufgefallen? Er hätte den fehlenden Herzschlag sofort bemerken müssen!

*

Frierend und schlecht gelaunt öffnete Alexandra die Haustür und schlüpfte in die Empfangshalle. Hier war es dunkel und still. In dem Bewusstsein, dass die Ruhe nicht lange anhalten würde, hielt sie kurz inne und genoss die letzten Momente der Einsamkeit. Obwohl sie noch immer Hunger verspürte, war ihr nach dem Zusammenstoß mit Vladimir der Appetit gründlich vergangen. Wütend und enttäuscht war sie durch die Gassen gestreift, darauf bedacht, dass sie nicht verfolgt wurde. Sie hatte es nicht eilig gehabt, ins Haus der Vampyre zurückzukehren. Abgesehen davon hatte sie die Zeit und die kalte Luft gebraucht, um ihre konfusen Gedanken ein wenig zu ordnen. Bis vor Kurzem noch hatte ihr Leben klare Grenzen gehabt. Auf der einen Seite standen die Menschen und auf der anderen die Vampyre. Die Lebenden verkörperten das Gute, die Untoten das Böse. So einfach war das! Seit ihrer Ankunft in Edinburgh schienen diese Grenzen jedoch mehr und mehr zu verschwimmen. Daeron und Catherine waren anders. Und Lucian ... Alexandra schnaubte.

Ihr Blick fiel auf die Tür zum Salon. Darunter zwängte sich ein leiser Lichtschimmer in die Eingangshalle. Zweifelsohne waren Daeron und Catherine dort. Alexandra seufzte. Ihr stand ganz und gar nicht der Sinn nach Gesellschaft. Abgesehen davon war sie müde. Dennoch hatten die beiden ein Recht darauf, zu erfahren, was geschehen war. Sie beschloss, es so rasch wie möglich hinter sich zu bringen. Mit ein paar flinken Handgriffen befreite sie sich aus ihrem nassen Mantel und hängte ihn an die Garderobe, ehe sie sich erneut dem Salon zuwandte. Sie holte noch einmal tief Luft, dann öffnete sie die Tür. Sofort spürte sie die Kälte. Auf dem Tisch stand ein Kerzenleuchter. Die Flammen tanzten im Luftzug und hüllten die Frau, die ihr aus der Mitte des Raumes entgegenblickte, in ein Gewirr aus Licht und Schatten. Alexandra blieb die Begrüßung im Halse stecken. Das war nicht Catherine, sondern eine Fremde. Dennoch erschien sie Alexandra auf eigenartige Weise vertraut. Die Haltung. Das teure Gewand. All das hatte sie schon einmal gesehen. Die Fremde sah Alexandra überrascht an, die engelsgleichen Züge zu einer reglosen Maske gefroren. Einzig die Augen schienen lebendig – und voller Wahnsinn.

»Du kommst mir ungelegen!«

In dem Augenblick, als Alexandra die Worte vernahm, wusste sie, wen sie vor sich hatte. Schlagartig drängten sich Lucians Worte in ihren Geist: *Ich weiß nicht, ob sie schon immer so war, doch sie ist zweifelsohne wahnsinnig.* Derselbe Irrsinn, der in ihrer Stimme schwang, spiegelte sich auch in den Augen der Ushana wider.

Bei Gott! Habe ich sie hierhergeführt? Wie war das möglich? Hatte sie sich nicht alle erdenkliche Mühe gegeben, mögliche Verfolger abzuschütteln?

Alexandra wollte etwas erwidern, doch kein Laut kam über ihre Lippen. Der Blick der Ushana nahm sie gefangen und lähmte sie. Alexandra wollte kehrtmachen und davonlaufen, doch die Ushana schüttelte nur den Kopf. Als würde diese winzige Bewegung genügen, versagten Alexandras Beine sogleich den Gehorsam. Wie angewurzelt stand sie da, nicht in der Lage, etwas anderes zu tun, als die Ushana anzustarren. Wie konnte ein Wesen von derart überirdischer Schönheit zugleich so kalt und grausam sein?

Die Ushana hob die Hand und winkte Alexandra zu sich heran. Alexandra rührte sich nicht. Wenn ihre Beine sich schon weigerten zu fliehen, so sollten sie gefälligst auch diese Bewegung verweigern!

»Du bist stark«, bemerkte die Ushana ruhig, »doch das wird dir nicht helfen!«

Einen Atemzug später glaubte Alexandra zu spüren, wie die Vampyrin in ihren Verstand drang. Es fühlte sich an, als tastete eine eisige Hand nach ihrem Geist, um ihn sich zu unterwerfen. Die Berührung ließ Alexandra zusammenzucken. Wieder bedeutete ihr die Ushana, sich in Bewegung zu setzen. Alexandra versuchte sich zu widersetzen. Je mehr sie darum kämpfte, ihre Beine stillzuhalten, desto tiefer grub sich die eisige Berührung in ihren Verstand. Die Kälte breitete sich in ihrem Körper aus wie Eiskristalle, die ihren Leib von innen heraus zu zerschmettern drohten. Alexandra hätte geschrien, doch noch immer wollte ihr kein Laut über die Lippen kommen. Lediglich das regelmäßige Ticken der Standuhr war zu vernehmen. Weitaus langsamer als Alexandras Herzschlag.

»Komm her!«, flüsterte die Ushana.

Alexandra versuchte der Stimme zu widerstehen, dennoch tat sie einen ersten, ruckartigen Schritt auf die Vampyrin zu. Sie kämpfte gegen den Drang an, weiterzugehen, doch sie brachte es nicht zustande. Der Schmerz, den die Kälte in immer schnelleren Wellen durch ihren Leib jagte, raubte ihr die Kraft, ihren Körper zu kontrollieren. Ein weiterer Schritt. Das Wesen vor ihr war so wunderschön – zugleich wirkte es kalt und leblos. Als die Ushana jetzt lächelte, entblößte sie vier messerscharfe Fangzähne. Ihre Hände hatten sich zu todbringenden Klauen verkrümmt. Alexandra sah die Gefahr. All ihre Sinne sprangen darauf an und schrien ihr zu, kehrtzumachen und zu fliehen. Doch sie konnte nichts tun. Sie hatte die Gewalt über ihren Körper verloren. Ihr Verstand versuchte sich dagegen zu wehren und die fremde Präsenz zu verdrängen, die ihn gefangen hielt, aber es wollte ihr nicht gelingen. Noch ein Schritt. Dann noch einer. Die Ushana hob die Hand und holte aus.

*

Noch immer starrte Daeron auf den hochgewachsenen Mann, der nun vor dem Fenster stehen geblieben war. Das halblange schwarze Haar fiel ihm in die Stirn und verdeckte einen Teil seiner Züge. »Wo ist sie?«, fragte der Fremde noch einmal.

»Wer sind Sie?«, hielt Daeron dagegen. »Sie sind kein Mensch.«

»Sie doch auch nicht.«

Die Ruhe seines Gegenübers überraschte Daeron. Er nahm nicht einmal eine Verteidigungshaltung ein! So reagierte niemand, der gerade beim Einbruch überrascht worden war. *Es sei denn, er weiß genau, dass er nichts zu befürchten hat.* Es bestand kein Zweifel daran, dass er ein Vampyr war. Doch was hatte er hier zu suchen? Warum verlangte er zu wissen, wo Alexandra war? Misstrauisch beäugte Daeron den Eindringling. Womöglich hatte er Alexandra zu früh vertraut. Hatte sie nicht gesagt, es gäbe keine weiteren Vampyre? Wer war dann dieser Kerl?

»Meine Name ist Lucian Mondragon«, sagte der Fremde plötzlich.

»In Ordnung, Mr Mondragon. Dann können Sie mir sicher auch erklären, was Sie in *meinem* Haus zu suchen haben.«

Ein Anflug von Erstaunen huschte über Mondragons Züge. Beinahe so, als hätte er erwartet, dass sich mit der bloßen Nennung seines Namens alle anderen Fragen erübrigen würden. Sein Blick glitt an Daeron vorbei zur Tür. »Ist sie unten?« Die Selbstsicherheit, die er an den Tag legte, war wirklich unglaublich. Er drang in ein fremdes Haus ein und benahm sich, als wäre es vollkommen selbstverständlich! »Ich muss dringend mit ihr sprechen!«

»Sie ist nicht hier!«, schnappte Daeron gereizt. »Und jetzt beantworten Sie endlich meine Frage!«

Statt etwas zu erwidern, machte der Vampyr plötzlich einen Schritt zur Seite und wollte zur Tür. Daeron vertrat ihm den Weg – allein schon, um ihn von Catherine fernzuhalten, die auf dem Gang wartete.

Mit jedem Moment, den Daeron ihn länger aufhielt, schwand Mondragons Ruhe. Jetzt zuckte sein Blick zwischen Daeron und der Tür hin und her. Dennoch griff er noch immer nicht an. »Es ist wirklich wichtig!«, versuchte er es noch einmal.

Daeron blieb hart. »Dann sagen Sie es mir!«

Zu seiner Überraschung seufzte der Fremde. »Sie würden zu viele Fragen stellen, für deren Beantwortung uns nicht die nötige Zeit bleibt. Hören Sie, ich –«

Ein durchdringender Schrei schnitt seine Worte ab.

»Alexandra!« Mit erschreckender Leichtigkeit stieß Mondragon Daeron zur Seite und war an ihm vorbei, ehe er reagieren konnte. Daeron fuhr herum und stürmte hinter ihm her auf den Gang hinaus.

Aus dem Augenwinkel sah er, dass Catherine ihm folgen wollte. »Bleib, wo du bist!«, rief er ihr zu und rannte weiter. Mit schnellen Sätzen überwand Daeron die Stufen, durchquerte die Eingangshalle und fegte in den Salon.

Alexandra lag vor dem Kamin und rührte sich nicht. Außer ihr war niemand im Raum. Die Gardinen, die rastlos im Wind flatterten, kündeten jedoch davon, dass das nicht immer so gewesen war. Daerons Geduld war am Ende. »Verdammt, was hat das zu bedeuten?«

Mondragon achtete nicht auf ihn. Nachdem er sich einen raschen Überblick verschafft hatte, eilte er zu Alexandra und ließ sich neben ihr auf die Knie fallen. Das Blut an ihrer Schläfe, dessen Geruch Daeron selbst aus gut zwei Metern Entfernung verlockend in die Nase stieg, schien ihm nichts auszumachen. Vorsichtig drehte er sie auf den Rücken, schob ihr Haar zur Seite und tastete nach ihrem Puls. Eine Weile ruhten seine Finger an ihrem Hals, während er sie angespannt musterte. Dann schloss er erleichtert die Augen. »Gott sei Dank, sie lebt!«

*

Nur langsam wich die Eiseskälte, die ihren Körper gefangen gehalten hatte, aus ihren Gliedern und machte einem rasenden Hämmern hinter ihrer Schläfe Platz. Sie glaubte nicht mehr den harten Boden, sondern weiche Kissen unter sich zu spüren. Stöhnend und ein wenig verwundert darüber, dass sie noch am Leben war, schlug Alexandra die Augen auf. Über ihr schwebte ein verschwommenes Gesicht und blickte auf sie herab. Blinzelnd versuchte sie den Schleier zu vertreiben, der ihr die Sicht nahm. Dann erkannte sie ihn: Der Unendliche! Deshalb hatte die Ushana sie am Leben gelassen – damit *er* es zu Ende bringen konnte! Alexandra fuhr auf. Sofort griff er nach ihren Armen und hielt sie fest.

»Ich bin es nur. Lucian.«

Aus zusammengekniffenen Augen musterte sie seine Züge, suchte darin nach der grausamen Kälte des Unendlichen, ohne sie zu finden. »Lucian«, wiederholte sie leise und entspannte sich ein wenig.

»Würde mir jetzt endlich jemand erklären, was hier vor sich geht?«, vernahm sie Daerons zornige Stimme hinter Lucian.

Lucians Blick ruhte noch immer auf Alexandra. »Sind Sie verletzt?«

Sie hatte grauenvolle Kopfschmerzen und fühlte sich, als wäre sie von einem Fuhrwerk überrollt worden. Trotzdem schüttelte sie den Kopf. »Die Ushana war hier«, sagte sie an Daeron gewandt.

»Was?«

»Sie war es, die mich angegriffen hat.« Alexandra verstand noch immer nicht, wie es der Ushana gelungen war, ihr hierherzufolgen. *Warum habe ich sie nicht bemerkt?* Sie machte sich große Vorwürfe, dass ausgerechnet sie den Feind hierhergeführt hatte. Das war unverzeihlich. »Wir müssen so schnell wie möglich einen neuen Unterschlupf finden, bevor der Unendliche weitere seiner Handlanger schickt!«

Daeron nickte. »Packen wir zusammen!«

»Warten Sie!«, mischte Lucian sich ein. »Ich denke nicht, dass die Ushana dieses Haus an den Unendlichen verraten wird. Sie spielt ihr eigenes Spielchen. Aber wir haben ein anderes Problem.«

»*Wir?*« Daerons Blick bohrte sich in Lucian, als versuche er die Gefahr abzuschätzen, die von ihm ausging. Alexandra war davon überzeugt, dass er, hätte er eine Waffe zur Hand gehabt, sie in diesem Moment gezogen hätte. »Wer, zum Teufel, sind Sie, dass Sie *darüber* Bescheid zu wissen glauben?«

»Für lange Erklärungen haben wir keine Zeit«, erwiderte Lucian kopfschüttelnd. »Sie müssen meinem Wort vertrauen: Ich will Ihnen helfen! Rufen Sie Ihre Gefährtin, dann werde ich Ihnen das Nötigste erklären.«

»Ich werde nicht –«, setzte Daeron an.

»Es ist in Ordnung«, fiel Alexandra ihm ins Wort. Sie brauchte Lucian nur anzusehen, um zu wissen, dass etwas nicht stimmte. Die tiefe Sorge in seinen Augen ging weit über das gewohnte Maß hinaus. Er wirkte abgehetzt. Als hätte er sich in großer Eile hierherbegeben. Einen Moment noch betrachtete Daeron Alexandra eingehend, als versuche er herauszufinden, ob er ihr tatsächlich vertrauen konnte. Der Vorwurf in seinen Zügen war deutlich: *Sie sagten, es gebe keine weiteren Vampyre! Sie haben gelogen!* Lucians Erscheinen hatte ihn zweifelsohne beunruhigt. Schließlich nickte er und verließ den Salon.

»Lucian, was ist passiert?«, wollte sie wissen, kaum dass Daeron fort war.

Er schüttelte den Kopf. »Das erkläre ich Ihnen, sobald der Vampyr mit seiner Frau zurück ist. Jetzt lassen Sie mich erst Ihre Verletzung ansehen.«

Alexandra öffnete den Mund zu einem Protest, doch sie fühlte sich zu elend, um sich auf die lange Diskussion – die gewiss auf ihre Verweigerung folgen würde – einzulassen. Deshalb entschied sie, ihn gewähren zu lassen.

Lucian musterte sie eingehend. »Geht es Ihnen wirklich gut?« Obwohl sie sich aus seinem Griff befreit hatte, ruhte seine Hand noch immer auf ihrem Arm. »Sie fühlen sich ganz eisig an!« Ehe sie etwas erwidern konnte, griff er nach einer Decke und legte sie ihr um die Schultern. Dann riss er ein Stück Stoff aus seinem Hemdensaum, griff in die Innentasche seines Rocks und zog eine kleine Flasche hervor. Mit flinken Fingern öffnete er den Verschluss und tränkte den Stofffetzen mit der bernsteinfarbenen Flüssigkeit. Der beißende Geruch von Alkohol stieg Alexandra in die Nase. Erstaunt sah sie ihn an.

»Seit wann trinken Sie Whisky?«

»Den habe ich bei mir, seit ich Ihnen begegnet bin.«

Sie zog eine Augenbraue in die Höhe. »Sie werden ja wohl kaum meinetwegen zum Trinker werden!«

Ein flüchtiges Lächeln streifte seine Züge. »Natürlich nicht.« Vorsichtig machte er sich daran, das Blut um die Wunde herum fortzuwischen. Eingehüllt in die warme Decke lehnte Alexandra sich zurück.

»Ich habe schon befürchtet, dass Sie nicht ohne Blessuren davonkommen würden«, fuhr er nach einer Weile fort. Sein Blick hing konzentriert an ihrer Schläfe. Vorsichtig näherte er sich der verletzten Stelle. Als der Alkohol mit der Wunde in Berührung kam, zuckte sie unter dem scharfen Brennen zusammen. Lucian legte eine Hand unter ihr Kinn und hielt vorsichtig ihren Kopf fest. »Es ist gleich vorbei.«

Er hatte die Worte kaum ausgesprochen, als ein erneutes Brennen durch ihre Schläfe schoss. »Wasser hätte es auch getan!«, knurrte sie ungnädig.

»Mag sein«, gab er zurück, ohne die Augen von der Wunde zu nehmen, »aber der Alkohol desinfiziert. Abgesehen davon überdeckt er den Geruch des Blutes.«

Seine Worte ließen sie so heftig auffahren, dass ihm der Stoff aus der Hand fiel. Lucian wirkte die meiste Zeit über so menschlich, dass sie nicht einmal auf den Gedanken gekommen war, welche Wirkung der Anblick ihres Blutes auf ihn – den Vampyr – ausüben könnte!

»Keine Angst, Alexandra«, sagte er und hob das Tuch wieder auf, »ich habe mich unter Kontrolle.«

Tatsächlich war in seinen Augen keinerlei Gier zu finden. Nur Sorge. Einen Moment noch betrachtete sie ihn prüfend, dann nickte sie. Schweigend ließ sie zu, dass er fortfuhr. Sie versuchte den Schmerz zu ignorieren, der sie jedes Mal wieder durchfuhr, sobald der Stoff erneut über die Wunde strich, und sog zischend die Luft ein, als es ihr nicht gelang. Die Prozedur schien endlos zu sein, obwohl sie in Wahrheit kaum mehr als ein oder zwei Minuten dauern konnte. Wo blieben Daeron und Catherine? Vermutlich wollte Daeron erst unter vier Augen mit Catherine sprechen und ihr einige Anweisungen geben für den Fall, dass Gefahr drohte. Alexandra hätte an seiner Stelle nichts anderes getan. Trotzdem wünschte sie, die beiden würden bald zurückkehren, damit sie endlich den Grund für Lucians Unruhe erfuhr. Was konnte schlimmer sein als die Gefahr, dass die Ushana den Unterschlupf an den Unendlichen verriet?

Sie spürte einen leichten Luftzug, als Lucian den Stofffetzen zurückzog. Einen Herzschlag später legten sich seine kühlen Finger auf ihr Kinn. Sanft drehte er ihr Gesicht zur Seite und betrachtete ihre Schläfe eingehend. »Auf den ersten Blick sah es schlimmer aus«, sagte er schließlich zufrieden. »Es ist nicht mal eine frische Wunde, sondern lediglich die alte Verletzung, die sich erneut geöffnet hat.«

Der Schmerz zumindest fühlte sich frisch an. »Dann können Sie jetzt Ihre Hand von meinem Gesicht nehmen.« Sie hatte die Worte bestimmt sagen wollen, damit sofort klar war, dass sie keinen Widerspruch duldete. Stattdessen war es kaum mehr als ein heiseres Flüstern, das über ihre Lippen kam. Seine Nähe verunsicherte sie ebenso sehr wie seine Sorge. Allein dafür verfluchte sie ihn!

»Ich bin mir nicht sicher, ob ich das möchte«, erwiderte

er gelassen. »Sie geben mir nicht allzu oft die Gelegenheit, Ihnen so nahe zu kommen.«

Das letzte Mal, als er ihr *nahe* gekommen war, hatte er die Macht seines Blickes eingesetzt, um sie dazu zu bringen, ihn zu küssen! Sie würde sich nicht noch einmal von seinem Zauberwerk aufs Glatteis führen lassen! Ehe sie etwas erwidern konnte, kehrte Daeron mit Catherine zurück und erlöste Alexandra davor, antworten zu müssen. Tatsächlich zog Lucian jetzt seine Hand zurück und setzte sich aufrecht neben sie. Er schaffte es, so zu wirken, als gehörte seine gesamte Aufmerksamkeit Daeron und Catherine. Alexandra entging jedoch keineswegs, dass er sie kaum aus den Augen ließ.

Auf Daerons Zeichen hin machte Catherine unmittelbar neben der Tür halt. Ihr Anblick überraschte Alexandra. Etwas stimmte nicht mit ihr. Woher kamen die dunklen Flecken auf ihrem Kleid? War das Erde? Doch es waren Catherines bleiche Züge, die Alexandra am meisten ins Auge stachen. Obwohl sie sich redlich bemühte, sich nichts anmerken zu lassen, wirkte die Vampyrin regelrecht verstört.

»Also?« Daerons Frage riss Alexandra aus ihren Gedanken. Der Vampyr war mit verschränkten Armen vor dem Kamin stehen geblieben. Sein Blick wanderte zwischen Alexandra und Lucian hin und her.

»Wir alle hier wollen den Unendlichen vernichten«, begann Lucian und schien sichtlich Mühe zu haben, seinen Bruder nicht bei seinem Namen zu nennen, wie er es sonst tat. »Aber er ist nicht mit normalen Waffen zu schlagen. Es gibt einen Gegenstand, der –«

»Das Schwarze Kreuz«, fiel Catherine ihm ins Wort.

»Alexandra hat Ihnen davon erzählt?« Dann runzelte Lucian die Stirn. »Das Schwarze Kreuz – ist das sein Name? Bisher kannte ich diese Bezeichnung nicht.«

»Catherine und Daeron wussten schon vor unserer Begegnung davon«, gab Alexandra zu. »Das war auch der Grund, warum ich Ihnen überhaupt geglaubt habe.«

Ein Anflug von Bedauern erfasste seine Augen, als ihm bewusst zu werden schien, dass sie ihn andernfalls niemals an sich herangelassen und schon gar nicht vertraut hätte. Dennoch nickte er und wandte sich erneut an Catherine. »Der Unendliche weiß, wo dieses Kreuz ist! Wir müssen rasch handeln! Wenn er seine Männer ausschickt, um es zu holen, werde ich ihnen folgen. Ich werde versuchen es ihnen abzujagen und ...« Er zuckte die Schultern. »Wenn wir mit dem Unendlichen *und* seinen Handlangern fertig werden wollen, werde ich Hilfe brauchen.«

Zu ihrem eigenen Erstaunen vertraute Alexandra ihm. Lucian hatte ihr mehr als nur einmal geholfen. Abgesehen davon kannte niemand den Unendlichen besser als er. Womöglich waren sie tatsächlich auf seine Hilfe angewiesen. »Sie müssen ihm nicht folgen. Das ist zu riskant.« Daerons und Catherines warnende Blicke ignorierend fuhr sie fort: »Die beiden wissen, wo das Kreuz ist.«

»Dann können wir ihm zuvorkommen!« Zum ersten Mal, seit Alexandra zu sich gekommen war, hellte sich seine Miene auf. »Wo können wir es finden?«, fragte er an Catherine gewandt.

Catherine wechselte einen raschen Blick mit Daeron. »Es ist in Sicherheit«, antwortete er an ihrer Stelle. »Kein Vampyr kann es erreichen.«

»Heiliger Boden?«, mutmaßte Lucian. »Das ist kein Hindernis für den Unendlichen. Abgesehen davon sind seine Handlanger Menschen, denen es jederzeit möglich ist, Kirchen und Friedhöfe zu betreten.« Sein Blick kehrte zu Alexandra zurück. »Fühlen Sie sich kräftig genug, sofort aufzubrechen?«

Obwohl es nicht der Wahrheit entsprach, nickte sie. Sie war müde und hatte Schmerzen, dennoch war sie froh, nicht im Haus der Vampyre übernachten zu müssen.

15

Daeron lehnte neben der Garderobe an der Wand und beobachtete Catherine. Die Jägerin und der fremde Vampyr waren längst fort und noch immer starrte sie auf die Tür. Auch ihr war die Anspannung deutlich anzusehen. Daeron glaubte zu wissen, was sie beschäftigte. Es waren dieselben Fragen, die auch ihm immer wieder durch den Kopf gingen. Wer war dieser Lucian Mondragon, dass er so gut über den Unendlichen im Bilde war? Obwohl er kaum etwas über sich offenbart hatte, war die Jägerin sofort bereit gewesen ihm zu glauben. Zweifelsohne wusste sie mehr über ihn. Doch in welcher Verbindung stand sie zu ihm? *Warum vertraut sie ihm, während sie Catherine und mich noch immer voller Misstrauen beäugt?*

Es hatte Catherine nicht behagt, das Versteck des Schwarzen Kreuzes zu offenbaren. Zweifelsohne hätte sie es nicht getan, wenn Daeron ihr nicht mit einem knappen Nicken seine Zustimmung signalisiert hätte. Die Entscheidung war auch ihm nicht leichtgefallen. Davon abgesehen, dass ihnen kaum Zeit zur Vorbereitung geblieben war, wusste er zu wenig über Lucien Mondragon, um ihm zu vertrauen. Sein geheimnisvolles Auftreten warf mehr Fragen auf, als es beantwortete. Dennoch hoffte er, dass Mondragon ihnen helfen konnte und würde.

Wenn wir das Kreuz haben, können wir endlich etwas tun! Die augenblickliche Situation war für Catherine kaum noch zu ertragen. Aus den anfänglichen Albträumen, von denen sie berichtet hatte, war etwas Reales, Greifbares geworden! Nicht zu wissen, was vor sich ging und was als Nächstes geschehen würde, versetzte sie regelrecht in Panik. Daeron musste ihr nur in die Augen sehen, um zu wissen, dass sie fürchtete das nächste Mal zu sich zu kommen, wenn sich ihre Fänge ins Fleisch ihres Opfers gruben. Daran würde sie zerbrechen. Sie war so schon kaum imstande, ihr Vampyr-Sein zu erdulden. Noch ein oder zwei Erlebnisse dieser Art und er würde sie endgültig verlieren. Der bloße Gedanke an ein Leben ohne sie jagte ihm einen Schauer über den Rücken.

Wenn sie das Kreuz endlich in Händen hielten, konnten sie den Unendlichen stellen. Zum ersten Mal seit langer Zeit schien die Erlösung greifbar nah zu sein. Dann fänden auch die Schrecken, die Catherine mehr und mehr auffraßen, endlich ein Ende!

Ein Geräusch riss Daeron aus seinen Gedanken. Ein leises Schaben. Im selben Augenblick wurde ihm bewusst, dass er selbst der Ursprung war. Seine Anspannung war so groß, dass er mit den Zähnen knirschte. Nur mühsam gelang es ihm, seine fest aufeinandergepressten Kiefer ein wenig zu entspannen. Zurückzubleiben und abzuwarten, während die Jägerin und dieser Mondragon nach dem

Kreuz suchten, gefiel ihm nicht. Doch selbst wenn sie die beiden – wie er vorgeschlagen hatte – begleiteten, würde das nichts ändern. Weder er noch Catherine konnten heiligen Boden betreten. *Wir wären dort ebenso nutzlos wie hier.* Im Augenblick gab es nichts, was sie tun konnten. Trotz dieses Wissens war Daeron klar, dass er etwas tun *wollte.* Er wollte helfen und, wenn es sein musste, auch kämpfen!

Sobald Alexandra und Lucian zurückkehrten, würden sie gemeinsam überlegen, wie sie den Unendlichen stellen konnten. Bis dahin blieb ihnen nichts anderes übrig, als abzuwarten. *Und zu hoffen, dass dieser Lucian recht behält und die Ushana unseren Aufenthaltsort nicht verrät.* Daeron war nicht sicher, ob er wirklich die ganze Zeit über tatenlos ausharren konnte. Womöglich gab es doch etwas, das er tun konnte.

Er verließ seinen Platz an der Garderobe und ging zu Catherine. Ihr Blick hing noch immer an der Tür. Erst als er sanft über ihren Handrücken strich, sah sie auf.

»Ist alles in Ordnung?«, wollte er wissen. Als sie nickte, verschränkte er seine Finger mit ihren und führte sie aus der Eingangshalle zurück in den Salon. Er beobachtete, wie sie sich auf dem Sofa niederließ, während er selbst vor dem Kamin stehen blieb. Einmal mehr ertappte er sich dabei, wie er mit den Zähnen knirschte.

»Sie werden es schaffen«, sagte Catherine plötzlich.

Daeron sah sie überrascht an. Er wusste, dass sie weder Alexandra noch Lucian vertraute. Dass sie dennoch bemüht war, ihm die Anspannung zu nehmen, berührte ihn. *Ich sollte für* sie *da sein, nicht umgekehrt!* Er verließ seinen Platz am Kamin, setzte sich zu ihr und griff nach ihrer

Hand. Sein Blick suchte den ihren. »Es mag sich seltsam anhören, doch ich glaube an Alexandra. Ihr Wunsch, den Unendlichen zu vernichten, ist so brennend, dass sie uns nicht hintergehen wird. Sie braucht uns, um ihr Ziel zu erreichen – ebenso brauchen wir sie. Und wenn sie bereit ist, mit diesem Lucian zusammenzuarbeiten, dann vertraue ich darauf, dass sie weiß, was sie tut.« Er hob Catherines Hand an seine Lippen und küsste sie auf die Fingerspitzen. »Du wirst sehen, alles wird gut.«

Catherine schenkte ihm ein schiefes Lächeln. »Weißt du, was ich nicht verstehe?«, fragte sie plötzlich und fuhr fort, ohne auf eine Antwort zu warten. »Die Ushana. Was hatte sie hier zu suchen? Warum hat sie die Jägerin angegriffen? Und wieso ist dieser Mondragon so sehr davon überzeugt, dass sie unseren Unterschlupf nicht an den Unendlichen verraten wird?«

Dieselben Fragen hatte sich Daeron ebenfalls gestellt. Er war zu keinem befriedigenden Ergebnis gekommen. Allerdings löste der Gedanke an die Ushana ein seltsames Gefühl in ihm aus. Kaum mehr als eine unbestimmte Ahnung, die er nicht einmal in Worte zu fassen vermochte. »Ich weiß nicht, was es mit ihr auf sich hat«, sagte er nach einer Weile. »Ich fürchte, auch in dieser Hinsicht müssen wir darauf vertrauen, dass Mondragon recht behält.« Die Erwähnung der Ushana brachte ihn auf einen ganz anderen Gedanken. Bei der Suche nach dem Kreuz mochte er keine Hilfe sein. Dennoch gab es etwas, was er in die Tat umsetzen konnte. Daeron stand auf. »Ich werde mich bei Lauriston House umsehen«, eröffnete er Catherine. »Womöglich kann ich ein paar Handlanger des Unendlichen ausschalten. Vielleicht sogar die Ushana.« Je weniger

Anhänger der Unendliche noch hatte, wenn sie ihn schließlich stellten, desto besser!

Catherine sprang auf. »Gehen wir!«

»Wir?« Daeron schüttelte den Kopf. Er wollte sie nicht einmal in der Nähe von Lauriston House wissen. »Ich gehe allein.«

»Das kommt überhaupt nicht infrage!«

Daeron wusste, dass es ihr ebenso wenig gefiel, tatenlos hier zu sitzen, wie ihm. Dennoch würde er nicht zulassen, dass sie sich in Gefahr begab! Als sie an ihm vorbeiwollte, griff er nach ihrem Arm und hielt sie zurück. »Es ist zu gefährlich, Catherine!«

»Ich bin unsterblich!«, widersprach sie. »Was soll also passieren?«

Daeron erwiderte ihren Blick ernst. »Dort draußen gibt es Menschen, die genau wissen, wie sie unseresgleichen vernichten können.«

Der Gedanke an die Jäger ließ sie für einen Moment zögern. Dann schüttelte sie den Kopf. »Glaubst du tatsächlich, ich wäre hier in Sicherheit? Was, wenn die Ushana zurückkehrt? Hast du daran gedacht?«

Dem hatte er nichts entgegenzusetzen. Obwohl ihm die Vorstellung nicht gefiel, sie mitzunehmen und so möglicherweise in Gefahr zu bringen, behagte es ihm noch weniger, sie allein zurückzulassen. Damals in Dun Domhainn hatte er zugelassen, dass sie sich trennten. Das hätte sie um ein Haar beide das Leben gekostet. Noch einmal würde er das nicht riskieren. »Also gut, du kommst mit. Aber du bleibst dicht bei mir und tust, was ich sage!«

16

Ein wenig schläfrig vom gleichmäßigen Ruckeln der Droschke lehnte sich Alexandra zurück und betrachtete Lucian, der ihr gegenüber Platz genommen hatte. Er strahlte eine Zuversicht aus, als könne nichts auf der Welt ihm etwas anhaben. Womöglich stimmte das sogar. Noch immer ein wenig fröstelnd zog sie seinen Mantel enger um sich. Lucian hatte ihn ihr noch im Haus gegeben, als ihm aufgefallen war, dass ihr eigener vollkommen durchnässt an der Garderobe hing. Alexandra wollte protestieren, doch er hatte nur den Kopf geschüttelt. »Seien Sie nicht albern«, hatte er gesagt. »Sie brauchen ihn wahrlich dringender als ich. Oder haben Sie vergessen, dass mir die Kälte nichts ausmacht?«

Womöglich hatte sie das für einen Moment tatsächlich vergessen. Lucian Mondragon machte es einem nicht leicht, sich daran zu erinnern, *was* er in Wirklichkeit war. Doch sosehr sie sich bei ihrer letzten Begegnung darüber beklagt hatte, dass er ihr wie ein Schatten folgte, so froh war sie jetzt, ihn an ihrer Seite zu wissen. Es war merkwürdig, aber seine Gegenwart beruhigte sie.

Nachdem Catherine endlich offenbart hatte, wo sich das Schwarze Kreuz befand, waren sie beinahe sofort aufgebrochen. Alexandra hatte sich lediglich die Zeit genommen, ihren Silberdolch im Hosenbund zu verstauen, die doppelläufige Pistole aufzuladen und noch ein wenig Schießpulver und Munition einzustecken. Kaum war sie ausgestattet, hatte Lucian eine Droschke kommen lassen. Ihr Ziel war das kleine Örtchen Rosslyn südlich von Edinburgh. Der Herr des Ortes war ein direkter Nachfahre jenes Simon Sinclair, von dem Catherine annahm, dass er das Schwarze Kreuz nach der Plünderung der Kathedrale von Durham in seinen Besitz gebracht hatte. Die Hinweise und Spuren, denen Catherine gefolgt war, ließen sie zu dem Schluss kommen, dass die Reliquie in einem geheimen Raum im Keller der Kapelle von Rosslyn aufbewahrt wurde. Es gab keine Beweise, dass das Kreuz tatsächlich dort war, dennoch war es der beste Anhaltspunkt, den sie hatten. Alexandra konnte nur hoffen, dass jener Raum, von dem Catherine berichtet hatte, tatsächlich geheim war, denn die Kapelle selbst war während der Glaubensunruhen vor über vierzig Jahren geplündert und zumindest in ihrem Inneren nahezu zerstört worden. Seither hatte sich niemand die Mühe gemacht, das Gebäude wieder aufzubauen.

»Geht es Ihnen wirklich gut?«

Erst jetzt wurde ihr bewusst, dass nicht nur sie Lucian, sondern auch er sie beobachtete. Sie nickte. »Ich habe nur Kopfschmerzen. Das werde ich vermutlich überleben.« Dann erinnerte sie sich an etwas, was er im Haus gesagt hatte. »Was meinten Sie damit, dass die Ushana ihr eigenes Spielchen spielt?«

Lucian zuckte die Schultern. »Andrej sagte etwas von einem Spiel. Ich weiß nur, dass er wütend ist, weil sie seine Anweisungen missachtet und dass es etwas mit Catherine zu tun zu haben scheint.« Plötzlich griff sein Blick nach ihr. »Warum haben Sie Daeron und Catherine nichts von mir erzählt?«

»Sie sind nicht gerade eine Bekanntschaft, mit der man prahlen möchte«, brummte Alexandra. Ein amüsiertes Grinsen huschte über seine Züge, als er zu einer Erwiderung ansetzte. In seinem Blick lag so viel Wärme, dass Alexandra seine nächsten Worte lieber nicht hören wollte. »Was hat es mit diesem Kreuz überhaupt auf sich?«, wechselte sie rasch das Thema. »Wie wirkt es?«

»Die Gegenwart des Kreuzes verhindert, dass wir unsere Gestalt verändern können.«

Im Laufe der Jahre hatte Alexandra viele Geschichten und Gerüchte über Vampyre gehört, deren Wahrheitsgehalt sie in einigen Fällen am eigenen Leib herausgefunden hatte. Manche besagten, dass Vampyre kein fließendes Gewässer überqueren konnten, in anderen hatten sie kein Spiegelbild oder konnten sich in Wölfe oder Fledermäuse verwandeln. Knoblauch schadete ihnen angeblich ebenso wie Tageslicht oder Silber. Die meisten Dinge, die sich die Menschen über Vampyre erzählten, waren nichts weiter als haltlose Ammenmärchen. Alexandra war vielen Vampyren begegnet, doch sie hatte noch keinen einzigen gesehen, der tatsächlich seine Gestalt ändern konnte. Wenn der Unendliche es vermochte – ebenso wie Lucian –, so musste es eine ausgesprochen mächtige Fähigkeit sein. »Sie können sich tatsächlich verwandeln?«, hakte sie nach.

Lucian erwiderte ihren Blick ernst. »Immer wenn es gefährlich wird, verwandle ich mich in eine Ente und schwimme davon.«

Die Vorstellung war so absurd, dass sie Mühe hatte, nicht in Gelächter auszubrechen. Es wollte ihr jedoch nicht gelingen, ein Schmunzeln zu unterdrücken. »Das ist nicht Ihr Ernst!«

»Nein, ist es nicht«, erwiderte er kopfschüttelnd. »Ich wollte sie nur endlich einmal lächeln sehen – ein durchaus lohnenswertes Unterfangen, wie ich finde.«

Seine Worte ließen sie schlagartig wieder ernst werden. »Tun Sie das nicht, Lucian.«

»Was?«

»So zu tun, als wären wir zwei normale Menschen, die sich ...« – *zueinander hingezogen fühlen* – »... sich unter vollkommen alltäglichen Umständen begegnen. Das sind wir nicht und wir werden es nie sein!«

»Denken Sie etwa, ich wüsste das nicht? Glauben Sie wirklich, mir wäre nicht Tag für Tag bewusst, *was* ich bin?« Trauer kroch wie dunkler Nebel heran und verfinsterte seinen Blick. »Haben Sie auch nur die geringste Ahnung, wie Ihre Nähe auf mich wirkt? Können Sie sich vorstellen, dass gerade Sie mich ständig daran erinnern, wie einsam ich bin? Ich wünsche mir mein sterbliches Leben zurück – ein *normales* Dasein mit Freunden, Familie und einer Frau, die ich lieben kann und die auch mich liebt –, doch ich weiß, dass das niemals geschehen wird. Glauben Sie mir, Alexandra, mir ist sehr deutlich bewusst, dass wir alles andere als zwei normale Menschen sind.«

Seine Worte nahmen ihr den Atem. Sie hatte sich stets bemüht die menschlichen Seiten, die er an den Tag legte, zu ignorieren. Stattdessen hatte sie sich immer wieder ins Gedächtnis gerufen, dass er ein Monster war, das es lediglich vermochte, seinen Charme gezielt einzusetzen. Daran, wie er sein Dasein ertragen mochte, hatte sie nie gedacht. Womöglich hätte sie nach seiner Hand gegriffen, wären ihr menschliche Regungen während der letzten Jahre nicht so fremd geworden. So jedoch begnügte sie sich damit, seine Züge zu studieren. Er hatte den Kopf zur Seite gewandt und blickte angestrengt aus dem Fenster. Seine Miene war glatt und verriet nichts von dem, was in ihm vorging. Dennoch war Alexandra überzeugt, dass er ihr gerade mehr über sich offenbart hatte als beabsichtigt. Aber warum tat er das? Er wirkte nicht wie jemand, der so leicht die Kontrolle verlor. Lag es womöglich an ihr? *Sie sind mein Schicksal.* Um nicht länger über seine Gefühle nachdenken zu müssen, kehrte sie zum eigentlichen Thema zurück. »Was hat es nun wirklich mit dieser Gestaltveränderung auf sich?«

Einen Moment noch war sein Blick nach draußen gerichtet, dann wandte er den Kopf und sah sie an. Seine Miene entspannte sich ein wenig, als wäre er erleichtert, dass sie nicht näher auf seine Worte einging. »Es ist keine wirkliche Veränderung der Gestalt«, sagte er schließlich ruhig. »Zumindest nicht äußerlich. Erinnern Sie sich daran, wie Sie mir Ihren Silberdolch ins Herz gestoßen haben?«

»*Sie* haben meine Hand geführt.«

»Wie auch immer. Jedenfalls hat die Klinge mein Herz nicht getroffen. Sie –«

»Wie bitte?«, entfuhr es ihr. »Was reden Sie da? Ich habe es mit eigenen Augen gesehen!«

»Sie haben gesehen, wie die Klinge dort eingedrungen ist, wo mein Herz sein *sollte.* Ihr Dolch hätte mein Herz treffen sollen, doch als die Klinge meine Haut durchstieß, war mein Herz längst nicht mehr dort. In dem Augenblick, in dem etwas passiert, das für mich gefährlich sein könnte, verändert sich mein Körper innerlich. Organe ziehen sich zurück oder verschieben sich, Adern und Sehnen ändern ihren Verlauf, sodass keine Waffe es vermag, einen lebenswichtigen Körperteil zu verletzen. Das meine ich, wenn ich davon spreche, die Gestalt zu verändern.«

Alexandra konnte seine Worte nur mit einiger Mühe

verarbeiten. Sie hatte mit eigenen Augen gesehen, dass nichts geschehen war, als sie ihm die silberne Klinge ins Herz gerammt hatte. Es war ihr bedeutend leichter gefallen, ohne jede Erklärung hinzunehmen, dass Lucian und der Unendliche schlichtweg unverwundbar waren. Zu hören, dass ein Körper in der Lage sein sollte, sein Inneres derart zu verändern, brachte sie an den Rand ihrer Vorstellungskraft. Schlimmer jedoch als die bloße Erkenntnis, dass so etwas überhaupt möglich sein konnte, war der Gedanke, über welche Macht eine Kreatur verfügen musste, um eine derartige Fähigkeit zu beherrschen. Sie wusste, dass der Unendliche mächtig war. Festzustellen, dass Lucian offenbar ebenso viele Fähigkeiten einsetzen konnte, bereitete ihr hingegen Kopfzerbrechen. War er am Ende doch gefährlicher, als er zu sein vorgab? »Und das Kreuz verhindert …« Ihr Mund war plötzlich trocken. Sie schluckte und rang sich die nächsten Worte ab. »… es verhindert, dass sich Ihr Körper verändert?«

Lucian nickte. »Wenn das Kreuz in der Nähe ist, verharrt unser Körper in seiner normalen Form. Dann sind wir verwundbar.«

»Das ist ziemlich schwer zu glauben.«

»Ähnlich schwer wie die bloße Existenz von Vampyren?«

Er hatte recht. Für einen normalen Menschen wäre es vermutlich schwer, damit fertig zu werden, dass derartige Wesen überhaupt existierten. Vom Wissen, dass es sie gab, hin zu der Erkenntnis, über welche Macht Lucian und sein Zwillingsbruder verfügten, war es nur noch ein kleiner Schritt. Tatsächlich hatte Lucian ihr bisher keinen Anlass geliefert, an seinen Worten zu zweifeln. Er begegnete ihr mit einer Aufrichtigkeit, durch die er nicht nur seinen Bruder, sondern auch sich selbst in große Gefahr brachte. Das war alles andere als selbstverständlich. Mit einem Mal hatte sie das Gefühl, ihm etwas schuldig zu sein. »Heute Abend …«, setzte sie an. »Als ich sagte, dass Sie und Ihresgleichen nur Schaden anrichten … Das wollte ich so nicht sagen.«

Lucian schüttelte den Kopf. »Es gibt nichts, wofür Sie sich entschuldigen müssten. Durch meinesgleichen haben Sie unsägliches Leid erfahren. Das bedaure ich zutiefst. Wenn ich etwas davon rückgängig machen könnte, ich würde es tun – selbst wenn es mein eigenes Leben kosten sollte.«

Mit seinen Worten stieg die Erinnerung an ihre Familie in ihr auf. Es kostete sie Mühe, die Bilder von Blut, Tod und Gewalt zu verdrängen, die sich vehement in ihren Geist drängten. Sie biss sich auf die Lippe und wandte den Kopf ab. Aus dem Augenwinkel sah sie, wie er sich bewegte, und für einen Moment glaubte sie, er wolle die Hand nach ihr ausstrecken. Dann jedoch rutschte er wieder in seinem Sitz zurück und blickte aus dem Fenster. Alexandra schloss für eine Weile die Augen und versuchte den Kopf freizubekommen. Als sie bemerkte, dass sie im Begriff war einzuschlafen, öffnete sie die Augen rasch wieder. »Was haben wir überhaupt vor?«, fragte sie, um sich von der aufkommenden Müdigkeit abzulenken.

»Wir gehen rein und holen das Kreuz.«

*

Am Rande von Rosslyn ließen sie den Kutscher anhalten und legten den Rest des Weges zu Fuß zurück. Inzwischen hatte es aufgehört zu regnen. Der eisige Ostwind trieb gewaltige Wolkenberge vor sich her, die immer wieder den Mond verdunkelten. Der Ort war nicht groß, sodass es nicht lange dauerte, bis sie ihn von einem Ende zum anderen durchquert hatten. Sobald sie das letzte Haus erreichten, spürte sie Lucians Hand auf ihrem Arm. Als sie ihn ansah, bedeutete er ihr, im Schatten der Hausmauer stehen zu bleiben. Seine Augen wanderten über die Umgebung, während seine Hand noch immer auf ihrem Arm ruhte. Alexandra hatte Mühe, unter der dichten Wolkendecke überhaupt etwas zu erkennen. Nur hin und wieder gaben die Wolken den Mond für einen kurzen Moment frei und enthüllten eine Weggabelung. Zu ihrer Rechten wuchsen die grobschlächtigen Umrisse eines Turmhauses aus der Dunkelheit empor. Dort lebten die Sinclairs, die Herren von Rosslyn. Alexandras Augen folgten der linken Abzweigung, bis sie an einem lang gezogenen Kirchenschiff hängen blieben. Das Gotteshaus stand vollkommen frei. Auf der Seite vor Alexandra und Lucian lag ein breiter Streifen Wiese zwischen den letzten Häusern und der Kapelle, während sich dahinter scheinbar endlose Felder erstreckten. Sobald die Häuser hinter ihnen lagen, würden sie erst wieder im Schatten des kleinen Pfarrhauses Deckung finden. Alexandra sah zu Lucian. Sein Blick wanderte über die Umgebung, prüfte jedes Haus, jeden Strauch und jeden Schatten, ehe er sich auf Alexandra richtete.

»Scheint niemand da zu sein«, sagte er leise.

»Irgendwelche Vorschläge?«

»Lassen Sie uns erst einmal zusehen, dass wir näher herankommen.« Einmal mehr zuckte sein Blick zwischen Kirche und Himmel hin und her, ehe er sich erneut Alexandra zuwandte. »Sobald die Wolken wieder den Mond verdunkeln, laufen wir los – in die Deckung des Pfarrhauses.«

Er hatte die Worte kaum ausgesprochen, als sich eine große Wolkenfront vor den Mond schob. Kaum erstarb das silberne Licht, sprang er auf. Alexandra fürchtete schon, er würde einfach loslaufen und sie müsste sich mühsam ihren Weg durch die Nacht suchen, doch Lucian griff sofort nach ihrer Hand. Geduckt huschten sie am Rande des Weges entlang. Lucian lenkte ihren Schritt sicher um jedes Hindernis herum, sodass sie ohne Schwierigkeiten die der Kirche abgewandte Seite des Pfarrhauses erreichten. Das Gebäude befand sich in einem erbärmlichen Zustand. Die Fenster waren zerstört und das Dach größtenteils eingestürzt. Aus den Fugen zwischen den Mauersteinen quollen Moos und Unkraut, im stetigen Kampf mit den hellen Flechten, die einen Großteil des Gesteins einem Teppich gleich überzogen. Büsche und hohes Gras umschlossen das Haus wie eine Mauer. Als wollte sich die Natur zurückerobern, was einst ihr gehörte. An die Wand gedrückt schlich Alexandra hinter Lucian bis zur Ecke. Erst jetzt gab er ihre Hand frei und bedeutete ihr zu warten, während er vorsichtig um die Mauerkante spähte.

Nach einer Weile zog er den Kopf zurück und wandte sich Alexandra zu. »Der Weg vor uns führt geradewegs zum Seiteneingang der Kirche. Das sind etwa sechzig Meter«, erklärte er leise. »Sie warten hier, ich sehe mich genauer um.«

»Ich komme mit.«

Lucian schüttelte den Kopf. »Im Gegensatz zu Ihnen kann ich im Dunkeln gut sehen. Wenn Gefahr droht, bin ich imstande schneller zu reagieren.«

Der Gedanke, zurückzubleiben und sich zu verstecken, anstatt etwas zu tun, gefiel ihr nicht. »Warum gehen Sie dann nicht gleich und holen Ihr verdammtes Kreuz allein«, knurrte sie.

»Glauben Sie etwa, ich würde Sie in Gefahr bringen, wenn es nicht nötig ist?« Er rückte ein Stück näher und sah ihr fest in die Augen. »Wenn es nach mir ginge, würden Sie jetzt in Ihrem Bett liegen und schlafen. Erschöpft genug sehen Sie dafür jedenfalls aus. Es gibt nur einen einzigen Grund, warum ich Sie überhaupt mitgenommen habe: Ich werde vermutlich ein Problem haben, dieses Kreuz zu berühren.«

Das war ein Argument, dem sie sich nicht verschließen konnte. »Also gut. Ich warte hier.«

Einen Moment noch ruhten seine Augen auf ihr, schließlich nickte er, schob sich an ihr vorbei und entschwand um die Ecke. Alexandra ließ sich auf dem Boden nieder, lehnte sich mit dem Rücken an die Wand und wartete. Feuchte Kälte kroch aus dem Mauerwerk hervor, fraß sich durch ihren Mantel und drang in ihre Knochen. Ein unangenehmes Gefühl, dennoch veränderte sie ihre Position nicht, denn solange sie die Kälte spürte, blieb die Müdigkeit fern. Alexandra starrte in den Himmel. Während sie beobachtete, wie die Wolken dahinzogen, lauschte sie angestrengt in die Umgebung und versuchte herauszufinden, wo Lucian sich gerade befand. Wären die Jäger an seiner statt hier gewesen, hätte sie die Männer vermutlich gehört. Kleine, unauffällige Geräusche, verursacht von ihren Schritten. Lucian hingegen bewegte sich vollkommen lautlos. Anfangs war sie darüber erleichtert. Niemand würde seine Anwesenheit bemerken. Je mehr Zeit jedoch verstrich, desto unruhiger wurde sie. Umgeben sein von der Dunkelheit, in der sie kaum etwas erkennen konnte, und dabei nicht wissen, wo Lucian war und ob er womöglich Schwierigkeiten vorgefunden hatte, ließ ihre Anspannung ins Unermessliche wachsen. Sie konnte ja nicht einmal die Kirche sehen! Bald würde es hell werden. Was, wenn sie es nicht rechtzeitig schafften? Dann wäre Lucian gezwungen, sich bis zum erneuten Einbruch der Dunkelheit zu verbergen. *Wie lange ist er schon fort?*

Schließlich hielt sie es nicht länger aus. Sie musste einfach wissen, was vor sich ging. Zumindest wollte sie sich mit eigenen Augen davon überzeugen, dass alles in Ordnung war – sofern sie das in der Dunkelheit zu erkennen vermochte. Sie erhob sich und schlich vorsichtig an die Ecke heran, auf deren Seite der Weg zur Kirche lag. Ganz langsam reckte sie den Kopf um die Mauerkante und schickte ihren Blick voran. Der Pfad war kaum mehr auszumachen. Vierzig Jahre der Vernachlässigung hatten ihn unter Gras und Gestrüpp mit seiner Umgebung verschmelzen lassen. Angestrengt spähte Alexandra in Richtung der Kirche. Schwarz erhoben sich die massigen Umrisse aus der Nacht, die schlanken Erkertürme, die die Längsseite flankierten, wie warnende Finger in den Himmel gereckt. Es fiel Alexandra schwer, auf die Entfernung mehr zu erkennen. Selbst die Seitenpforte war in den Schatten nur zu erahnen. Bedächtig schob sie sich um die Ecke und tastete sich an der Wand entlang voran, die Augen weiter auf die Kirche gerichtet. War dort ein Lichtschimmer hinter einem der Fenster? Sie hielt inne und blickte aus zusammengekniffenen Augen auf eines der hohen Bogenfenster. Die Fensterscheiben waren zerstört. Lediglich einige große

Scherben ragten noch, Dolchen gleich, aus dem Fensterrahmen. Dahinter tanzten helle Lichtkegel unruhig hin und her. *Sie sind hier!* War das der Grund, warum Lucian noch nicht zurückgekehrt war? War er ihnen in die Arme gelaufen? Alexandra ging weiter. Ihre Finger strichen über das raue Mauerwerk, tasteten sich vorsichtig voran. Schließlich wich die kühle Mauer und machte dem Holz des Türrahmens Platz. Dann endete die Verbindung schlagartig. Statt das glatte Holz einer Tür zu erfühlen, fassten ihre Finger ins Leere. Alexandra wandte den Kopf. In diesem Augenblick fanden ihre Finger die Tür, doch statt ihr weiter den Weg zu weisen, gab das Holz unter ihrer Berührung nach. Begleitet von einem leisen Knarren schwang die Tür nach innen auf. Alexandra hielt abrupt inne und starrte auf den schwarzen Schlund, der sich vor ihr auftat. Halb erwartete sie, einen der Männer des Unendlichen zu sehen, der eine Pistole auf sie anlegte. Doch da war nichts. Nur Dunkelheit. Langsam trat Alexandra näher und spähte angestrengt in die Schatten. Als sich nichts rührte, drückte sie die Tür ein Stück weiter auf. Im selben Atemzug gaben die Wolken den Mond frei. Kaltes Mondlicht flutete über sie hinweg ins Haus und entriss das zertrümmerte Mobiliar der Finsternis. Nicht einmal vor der Treppe hatte der wütende Mob haltgemacht. Jede einzelne Stufe war zerstört, ebenso wie die Wände und Türen. Ein gedämpftes Knacken in ihrem Rücken ließ sie herumfahren. Vor ihr wuchs die Silhouette eines Mannes empor – so nah, dass sie um ein Haar mit ihm zusammengeprallt wäre. Ein erschrockener Aufschrei entfuhr ihrer Kehle, der sich auch nicht mehr unterdrücken ließ, als sie Lucian erkannte. Blitzschnell packte er sie mit einer Hand am Arm und zog sie fest an sich. Die andere Hand legte sich kühl über ihren Mund und erstickte ihren Schrei.

»Schsch«, zischte er beinahe lautlos neben ihrem Ohr. »Wir sind nicht allein.« Er schob Alexandra fort von der Tür, bis sie die Wand in ihrem Rücken spürte, ehe er die Hand von ihrem Mund nahm. Noch immer stand er so dicht vor ihr, dass sie seinen Körper an ihrem fühlen konnte. Sein Blick wanderte forschend über ihre Züge. »Alles in Ordnung?«, fragte er nicht zum ersten Mal in dieser Nacht.

Alexandra nickte. Der Schrecken, der sie angesichts seines plötzlichen Erscheinens erfasst hatte, war gewichen. Ihr Herzschlag wollte sich allerdings nicht beruhigen. Nicht, solange er so dicht vor ihr stand und sie noch immer berührte. »Was haben Sie herausgefunden?«, flüsterte sie.

»Die Männer meines Bruders durchsuchen die Kirche«, berichtete er. »Andrej ist nicht bei ihnen. Ebenso wenig die Ushana. Wir haben es also nur mit Menschen zu tun. Das erleichtert die Sache.«

»Wie viele sind es?«

»Zehn oder zwölf.«

Alexandra sah ihn ungläubig an. Bei zwei oder drei Männern hätte sie ihm zugestimmt. Dann wäre es tatsächlich einfacher gewesen, als sich einem Vampyr zu stellen. Aber zehn? »Wie sollen wir unbemerkt an ihnen vorbeigelangen?«

»Ich werde sie ablenken«, erklärte Lucian. »Dann brauchen Sie nur noch den Moment zu nutzen und in die Kirche schlüpfen. Ab da wird es ein wenig schwieriger. Ich werde versuchen die Männer von Ihnen fernzuhalten. Allerdings weiß ich nicht, ob ich *alle* im Blick behalten kann.«

»Um die Kerle von mir fernzuhalten, müssten Sie ständig meinen Aufenthaltsort kennen. Woher wollen Sie wissen, wo ich gerade bin? Ich kann Ihnen unmöglich Zeichen geben. Das ist zu gefährlich.«

»Ich werde wissen, wo Sie sind.«

Alexandra runzelte die Stirn. »Wie?«

»Ich *weiß* es einfach. Lassen sie es dabei bewenden.«

»Ist Ihnen eigentlich klar, wie sehr Sie sich selbst widersprechen?« Als sie seinen fragenden Blick sah, fuhr sie fort: »Erst erklären Sie mir, dass Sie um keinen Preis etwas tun wollen, was das Misstrauen Ihres Bruders auf Sie lenkt, und jetzt riskieren sie genau das!«

»Ich riskiere nichts«, erwiderte er grinsend. »Ich bin nur hier, um die Männer meines *geschätzten* Bruders zu unterstützen. Wie könnte ich ahnen, dass Sie ausgerechnet den Moment meines Erscheinens nutzen werden, um sich in die Kirche zu schleichen?«

»Sie sind wirklich –«

Ehe sie ihren Satz vollenden konnte, legte Lucian ihr erneut eine Hand auf den Mund und presste sie gegen die Wand. Alexandra sah ihn erschrocken an, da wies er mit einer kaum merklichen Kopfbewegung in Richtung der Kirche. Sie musste die Augen zusammenkneifen, um überhaupt etwas zu erkennen, dann jedoch machte sie eine Bewegung am Seitenportal aus. Drei Gestalten schlüpften heraus und huschten an der Wand entlang, ehe sie schließlich um die Ecke verschwanden. Lucian ließ noch ein wenig Zeit verstreichen, bevor er Alexandra freigab und einen Schritt zurücktrat. »Sind wir uns einig?«

Alexandra nickte.

»Gut. Auf mein Zeichen laufen Sie zu den Büschen da

drüben und verstecken sich.« Er deutete auf ein dichtes Gestrüpp, das sich etwa auf halbem Wege zwischen Pfarrhaus und Kirche befand. »Warten Sie dort, bis ich die Männer abgelenkt habe. Dann sehen Sie zu, dass sie in die Kirche kommen, und suchen nach diesem Geheimraum.«

Lucians Zeichen kam so schnell, dass sie keine Gelegenheit für weitere Fragen fand. Sie rannte los. Geduckt folgte sie dem Weg bis hin zu den Sträuchern, schlug einen Haken und ging dahinter in Deckung. Der liebliche Geruch von Stechginster stieg ihr in die Nase. Sie duckte sich tiefer und zog sich so weit in die Schatten des Gebüschs zurück wie nur möglich. Ihr Blick erfasste Lucian, der jetzt mit raschen, aber sichtbar gelassenen Schritten auf die Kirche zuhielt, ohne dabei auch nur ein einziges Mal in ihre Richtung zu sehen.

»Pjotr!«, rief er schon von Weitem, ohne innezuhalten. Erst vor dem Eingang blieb er stehen. Kurz darauf erschien einer der Männer im Eingang. Alexandra glaubte den Blonden mit der Hakennase zu erkennen, war sich jedoch nicht sicher. Lucian wechselte einige gedämpfte Worte mit dem Mann. Plötzlich wandte sich dieser um und rief etwas in die Kirche. Es dauerte nicht lange, bis weitere Männer in der Tür erschienen, einige mit Laternen in Händen. Wieder sprach Lucian zu ihnen, zu leise, als dass Alexandra seine Worte hätte verstehen können. Die Männer lauschten ihm aufmerksam. Sobald er geendet hatte, trat Lucian einen Schritt zur Seite, um die Männer passieren zu lassen. Einer nach dem anderen – Alexandra zählte sieben – gingen sie an ihm und dem Blonden vorbei und folgten dem Verlauf der Außenmauer in dieselbe Richtung, in der Alexandra und Lucian zuvor ihre Kameraden hatten verschwinden sehen. Lucian und der Blonde gingen als Letzte. Alexandra wartete, bis auch sie um die Ecke und außer Sicht waren, dann ließ sie noch einige Augenblicke verstreichen, bis der Schimmer der Laternen nicht mehr zu sehen war. Schließlich wagte sie sich aus ihrem Versteck und huschte zum Seiteneingang. Je näher sie der Kirche kam, umso deutlicher wurde das Ausmaß der Zerstörung. Keine einzige der großen Bleiglasscheiben war noch intakt, ähnlich wie im Pfarrhaus war auch hier das Dach teilweise eingefallen. Große Steintrümmer säumten die Kathedrale, Intarsien an der Außenmauer waren unter der Wucht von Hammerschlägen zermalmt und bis zur Unkenntlichkeit zerstört worden. Im Schatten des Torbogens hielt Alexandra inne und lauschte. Alles war ruhig. Da sie jedoch nicht wusste, wie weit Lucian die Männer weglotsen würde, konnte sie es nicht riskieren, eine Lampe zu entzünden. Die Gefahr, dass einer von ihnen den Lichtschein aus der Ferne ausmachte, war zu groß. *Wie soll ich im Dunkeln etwas erkennen?* Ein wenig ratlos wandte sie sich der Tür zu. Das Portal hing schief in den Angeln und offenbarte einen Blick ins Innere, wo sich ein schwacher Lichtschein ausbreitete. Vorsichtig rückte Alexandra näher heran und spähte in die Kapelle. Was einst ein prächtiges Gotteshaus gewesen sein mochte, war kaum mehr als solches zu erkennen. Ihre Augen fuhren über zerstörte Wandmosaike, tasteten über zertrümmerte Bodenfliesen und zerschlagenes Mobiliar. Die Holzbänke, auf denen einst die Gläubigen im Gebet Platz genommen hatten, waren umgestürzt, viele davon zertrümmert. Scherben säumten die Gänge entlang der Wände, und aus den massigen Säulen, die sich in einer Doppelreihe von einem Ende der Kirche zum anderen erstreckten, waren große Trümmer herausgeschlagen worden. Ein paar waren so schlimm getroffen, dass Alexandra sich fragte, ob sie überhaupt noch imstande sein mochten, das Dach zu tragen. Das marmorne Weihwasserbecken war umgefallen und in zwei Teile zerborsten. Die Intarsien, Schnitzereien und Verzierungen waren bis zur Unkenntlichkeit zerstört. Jegliche Kostbarkeit innerhalb dieser Mauern schien entweder zerstört oder gestohlen. Einzig der mächtige Steinaltar erhob sich unversehrt aus den Trümmern, als könne kein noch so übler Ansturm ihm etwas anhaben. Dort entdeckte sie auch den Ursprung des Lichts. Eine Sturmlampe stand auf dem Altar und sandte zaghaft tastende Lichtfinger in den Raum. Noch immer halb hinter der Tür verborgen ließ Alexandra ihren Blick weiterwandern. Sorgfältig suchten ihre Augen jede Säule, jeden Schatten und jeden noch so kleinen Winkel ab. Dort war niemand. Dennoch verharrte sie und wartete ab. Warum sollte jemand eine Lampe zurücklassen, wenn er sie draußen brauchen konnte? Als auch nach einer Weile noch immer niemand zu sehen war, wurde sie unruhig. Die Sache gefiel ihr nicht, trotzdem konnte sie sich nicht ewig hier verstecken. Sie musste ihre Suche endlich beginnen. Wer konnte schon sagen, wie viel Zeit ihr blieb? Am Ende gelang es Lucian nicht, die Männer lange genug abzulenken, und sie würden jeden Augenblick zurückkehren. Ob sie wollte oder nicht – die Zeit drängte.

Nachdem sie auch nach einem weiteren Blick nirgendwo die Spuren eines Eindringlings entdecken konnte, zog sie ihre Pistole und trat ein. Obwohl sie sich allein wähnte, mied sie die Nähe der Außenwände, wo knirschende Scherben jeden ihrer Schritte begleiten würden. Statt sich also im Schatten der Wand voranzubewegen, bahnte sie sich ihren Weg zwischen den mächtigen Säulen hindurch und schob sich an zerstörten Bänken vorbei auf den Altar zu. Einmal hielt sie inne und sah nach oben, um sich zu vergewissern, dass auch dort niemand lauerte. Es gab jedoch keinen Gang und keinen Steg, auf dem sich jemand hätte verbergen können. Im Zentrum der Kirche blieb sie noch einmal stehen und sah sich um. Nach allem, was Catherine berichtet hatte, musste sie nach einem Keller Ausschau halten. Der Grundriss des Gotteshauses schien relativ geradlinig zu sein. Wo also konnte sich der Zugang zum Keller befinden? Alexandras Blick wanderte zum Altar und dann weiter nach links, wo sich ein dunkler Schatten auf dem Boden abzeichnete. Womöglich war es nur ein weiteres Fliesenornament. Nachdem sie jedoch gesehen hatte, wie sorgfältig alle Kunstwerke zerstört worden waren, hoffte sie auf eine Öffnung, von der aus eine Treppe nach unten führen mochte. Ohne weitere Umwege hielt sie auf die Stelle zu. Tatsächlich tat sich vor ihr eine Öffnung im Boden auf. Sie erkannte die dunklen Umrisse von Stufen, die nach einer Weile im Dunkeln verschwanden, ehe sie weiter unten wieder von einem leisen Lichtschimmer erfasst und aus der Finsternis gerissen wurden. Gedämpfte Stimmen drangen an ihr Ohr, zu leise, als dass sie die Worte hätte verstehen können. Die Männer mussten bereits dort unten gewesen sein, als Lucian gekommen war. Sichtlich hatten sie nicht gehört, wie ihre Kameraden aufgebrochen waren. Während sie sich noch fragte, wie sie die Männer nach oben locken sollte, um sich unten umsehen zu können, erschien ein Mann am Fuße der Treppe. Alexandra fuhr zurück. Knirschende Schritte erklangen, als er die Treppe betrat. Hastig versuchte sie die Entfernung zum Ausgang abzuschätzen. Noch ehe ihr Blick die Tür erreichte, wusste sie, dass sie es nicht rechtzeitig schaffen würde. Die Schritte kamen näher. Es gab nur einen Ort, der ihr halbwegs Deckung bieten und den sie schnell genug erreichen konnte. Die Pistole noch immer in der Hand huschte sie zum Altar. Ihr Blick fiel auf die Lampe darauf. Zweifelsohne würden die Männer hierherkommen, um sie zu holen. *Dann sollen sie so wenig wie möglich von der Umgebung erkennen.* Mit einem raschen Handgriff öffnete sie den Windschutz und blies die kleine Flamme aus. Schatten senkten sich auf sie herab, als sie unter den Altar tauchte. Die Schritte auf der Treppe wurden lauter. Einer der Männer musste das obere Ende erreicht haben und blieb stehen. Alexandra drängte sich so weit wie möglich gegen den steinernen Fuß, der den Altar von drei Seiten umschloss.

»Habe ich es dir nicht gesagt?«, rief einer der Männer aufgeregt. »Ich wusste, dass wir es finden würden!«

Vorsichtig schob sich Alexandra ein Stück zur Seite und spähte um die Ecke. Der Mann, der gesprochen hatte, stand vor der Treppe und blickte nach unten. In seinen Händen hielt er ein Kästchen. Das Kreuz! Eine Welle der Erleichterung erfasste Alexandra. Das Schwarze Kreuz existierte tatsächlich – und sie musste nicht erst lange danach suchen! Ihre Freude wich jedoch rasch Ernüchterung. Wie sollte sie es den Männern abnehmen? Überdeutlich war sie sich plötzlich des Gewichts der Pistole in ihrer Hand bewusst. Sie jagte und vernichtete Vampyre; widerwärtige Kreaturen, die Angst und Schrecken verbreiteten. Niemals zuvor hatte sie eine Waffe gegen einen Menschen gerichtet.

Sie war sich nicht sicher, ob sie überhaupt dazu imstande war. Abgesehen davon wäre ein Schuss weithin zu hören und würde womöglich die anderen Männer des Unendlichen alarmieren. Das konnte sie nicht riskieren. Es musste einen anderen Weg geben! Ohne den Blick von dem Mann mit dem Kästchen zu nehmen, verstaute sie die Pistole vorne im Gürtel und zog ihren Silberdolch. Der Lichtschein aus dem Keller kam näher, dann erschien ein zweiter Mann. Er hielt eine Laterne vor sich und leuchtete die Umgebung aus. Als sich sein Blick dem Altar näherte, zog Alexandra den Kopf zurück.

»Hast du die Laterne ausgemacht?«, fragte er seinen Kameraden.

»Vielleicht ist das Öl aufgebraucht.«

Schritte kamen, begleitet von einem heller werdenden Lichtkreis, langsam näher. Alexandra kroch tiefer in die Schatten. Dann sah sie ein Paar Beine. Statt die Laterne zu nehmen und weiterzugehen, blieb der Mann stehen. Sie kauerte sich zusammen und hoffte, dass der Altarstein sie davor bewahren würde, entdeckt zu werden. Der Mann trat noch näher, bis seine Stiefelspitzen Alexandra beinahe berührten. Sie wollte sich noch weiter zurückziehen, doch sie wagte nicht mehr sich zu bewegen. Mit angehaltenem Atem verharrte sie. Ein dumpfer Laut erklang, als er die Laterne über ihr auf den Altar stellte, gefolgt von einem zweiten, sehr ähnlichen Geräusch. Die zwei mussten das Kästchen mit dem Kreuz ebenfalls abgestellt haben!

»Dafür wird der Meister uns reich belohnen!«, erklang eine Stimme von der anderen Seite des Altars, dort, wo der Stein sie davor schützte, gesehen zu werden. »Denkst du, er wird …?«

»Uns das ewige Leben schenken?« Gedämpfte Geräusche drangen von oben an ihr Ohr. Alexandra vermutete, dass einer der Männer das Kästchen öffnete. Dann vernahm sie die Stimme von eben erneut: »Ich glaube, das wird er.«

Er wird die kostbare Gabe entgegennehmen und anschließend mit eurem Blut darauf trinken! Aber wie sollte sie das Kreuz an sich bringen, ehe die beiden damit die Kirche verließen? Für einen Moment dachte sie daran, einfach aus ihrem Versteck zu springen, das Kästchen zu packen und damit loszulaufen. Doch was sollte das bringen? Vermutlich hätten die Männer sie eingeholt, noch ehe sie die Tür erreichte. *Oder sie erschießen mich einfach.* Selbst wenn ihr die Flucht gelingen sollte, wäre sie noch nicht entkommen. Zweifelsohne würden sie Alarm schlagen. Dann wären ihr in kürzester Zeit die Männer des Unendlichen auf den Fersen. Flucht kam nicht infrage. Wenn sie Erfolg haben wollte, musste sie die zwei ausschalten.

Sie schloss ihre Finger fester um den Dolchgriff und veränderte leicht ihre Position, um schneller unter dem Altar hervorspringen zu können. Ihre Gewänder raschelten leise – kaum hörbar und doch glich es in ihren Ohren einem Sturm.

»Hast du das gehört?«

Die Worte ließen Alexandra erstarren. War da eine Bewegung? Veränderten die Männer ihre Position? Zogen sie ihre Waffen? Jeden Augenblick würden sie unter den Altar blicken und die Pistolen auf sie richten! Alexandra musste ihnen zuvorkommen. Vermutlich würde sie nicht verhindern können, dass die beiden Alarm schlugen. Das musste sie in Kauf nehmen. *Ich muss eben schneller sein als die Män-*

ner des Unendlichen. Ohne noch einmal darüber nachzudenken, dass sie es diesmal nicht mit Vampyren, sondern mit Menschen zu tun hatte, holte sie aus und rammte dem Mann vor sich den Silberdolch in den Unterschenkel. Mit einem Schrei taumelte er zurück und gab Alexandra den Weg frei. Sie riss die Klinge aus seinem Bein und rollte sich unter dem Altar hervor. Die Waffe kampfbereit erhoben sprang sie auf die Beine – und blickte geradewegs in den Lauf einer Pistole, die der andere quer über den Altar hinweg auf sie richtete. Alexandras Blick zuckte zum Kästchen mit dem Kreuz, nicht einmal eine Armeslänge entfernt und doch unerreichbar. Wenn sie sich rührte, würde er sie erschießen. Der andere, den sie angegriffen hatte, entwand ihr den Dolch und warf ihn auf den Altar. Dann packte er sie und drängte sie an die Wand zurück.

»Wer bist du, verdammt?«, zischte er, die Züge vor Schmerz und Zorn verzerrt. Winzige Speicheltröpfchen sprühten bei jedem Wort aus seinem Mund. Er stank nach Whisky. »Was willst du hier?«

»Sie ist sicher keine harmlose Reisende«, erklang die Stimme des anderen vom Altar her. »Wenn ich mir den Dolch ansehe, würde ich sagen, sie gehört zu den Jägern. Ganz gleich wer sie ist, geh aus dem Weg, Wasili, damit ich sie abknallen kann!«

Schlagartig verschwand die Hand von ihrem Arm. Im selben Augenblick, als Wasili einen Schritt zur Seite machte, griff Alexandra nach ihrer Pistole. Sie zog die Waffe aus dem Hosenbund, riss sie in die Höhe und gab einen hastigen Schuss auf den anderen ab. Die Kugel verfehlte ihr Ziel. Grinsend legte der andere auf sie an und nahm Maß. Da feuerte Alexandra die Kugel aus dem zweiten Lauf ab –

diesmal besser gezielt. Ihr Schuss traf ihn in die Brust und schickte ihn zu Boden.

»Zwei Läufe können Leben retten!« Dann holte sie aus und schlug mit dem Pistolengriff nach Wasili, dessen Augen noch entsetzt an seinem Kameraden hingen. Ihr Angriff weckte ihn aus seiner Erstarrung. Blitzschnell duckte er sich und griff nach der Waffe. Alexandra versuchte die Hand zurückzuziehen, doch er war stärker. Mit einem Ruck entriss er ihr die Pistole und drosch damit nach ihr. Er traf sie am Kinn. Schmerz explodierte in bunten Feuerbällen vor ihren Augen. Die Wucht des Angriffs ließ sie zurücktaumeln. Sie geriet ins Stolpern und stürzte. Sofort war Wasili über ihr. Er packte sie an der Kehle und drückte zu. Unerbittlich gruben sich seine Finger in ihr Fleisch und schnürten ihr die Luft ab. Alexandra griff nach seinen Händen und versuchte sie von ihrem Hals zu ziehen. Statt sie freizugeben, verstärkte er seinen Griff noch weiter. Ihre Kehle wurde trocken und fühlte sich an, als stünde sie in Flammen. Alexandra öffnete den Mund und rang um Atem, doch kein noch so geringer Luftzug wollte ihre Lungen erreichen. Sie trat nach ihm und versuchte noch einmal, sich seinem Griff zu entziehen. Ihre Gegenwehr verpuffte im Nichts. Immer weiter drückte er zu, bis sie glaubte, er würde ihr den Kehlkopf zerschmettern. Allmählich wich die Kraft aus ihren Armen, trotzdem kämpfte sie weiter gegen ihn an. Selbst als sich bereits dunkle Flecken vor ihren Augen ausbreiteten, war sie nicht bereit aufzugeben. Wenn es ihr gelang, die Dolchwunde in seinem Bein zu erreichen, würde er womöglich vor Schmerz von ihr ablassen. Sie trat nach ihm, diesmal gezielter. Ihre Beine scharrten über den Boden, als sie versuchte ihn am Unterschenkel zu treffen. Wieder und wieder holte sie aus, doch ihre Tritte verloren immer mehr an Kraft. Es gelang ihr kaum noch, die Bewegungen zu koordinieren. Ihre Lungen benötigten Luft. Ihre Arme sanken kraftlos herab. Die Schwärze breitete sich weiter aus. Ein Schatten senkte sich über sie – und griff nach Wasili. Zwei Hände schlossen sich um seinen Kopf und rissen ihn herum. Ein trockenes Knacken, dann verschwand der Griff von ihrem Hals. Alexandra stürzte zu Boden. Um Atem ringend rollte sie sich herum und versuchte auf die Knie zu kommen. Gegen die Ohnmacht ankämpfend wappnete sie sich gegen einen weiteren Angriff und zuckte zusammen, als sie eine Berührung an ihrem Arm spürte. Noch immer keuchend fuhr sie herum, um sich dem Griff zu entziehen. Jetzt waren die Hände an ihren Schultern, doch sie hielten sie nicht roh und kraftlos, sondern stützten sie. Blinzelnd versuchte sie die dunklen Flecken zu verdrängen, die nur langsam die Konturen eines vertrauten Gesichtes freigaben. Blaue Augen …

»Alexandra!« Lucians Blick fing den ihren ein. »Sind Sie verletzt?«

Sie setzte sich auf und rieb sich den schmerzenden Hals. Ihr Atem ging noch immer stoßweise und ihre Kehle brannte wie Feuer, doch zumindest hatte sie nicht länger das Gefühl, ersticken zu müssen. »Ich glaube nicht.« Ihr Hals fühlte sich rau an und ihre Stimme klang ein wenig schwach.

»Sind Sie sicher?« Lucian betrachtete sie skeptisch. »Können Sie atmen?«

Alexandra nickte. Nachdem sie wieder Luft bekam, wich der Schmerz allmählich und machte einem Gefühl der Erleichterung Platz. *Wir haben das Kreuz!* Dann fiel ihr etwas anderes ein: »Wir müssen fort!«

»Machen Sie sich keine Sorgen.« Er stützte sie noch immer, doch sein Griff war nicht mehr so fest wie zuvor. Seine Daumen strichen sanft über ihre Schultern. »Nehmen Sie sich ein wenig Zeit, sich zu erholen.«

»Aber die Schüsse ...«

Lucian schüttelte den Kopf. »Ich habe die Männer weit genug weggelockt. Zu weit, um die Schüsse zu hören«, erklärte er grinsend. »Ich sagte ihnen, dass unsere Spuren falsch wären und es auf dem Anwesen der Sinclairs eine kleine Kapelle gäbe, in der Andrej das Kreuz vermutet. Jetzt suchen sie die Gegend um die Burg herum nach einer Kapelle ab.«

Alexandra wollte sich gerade aus seinem Griff lösen, als er sie freigab und ihre Pistole aufhob, die neben ihm auf dem Boden lag. »Laden Sie besser nach«, riet er und reichte ihr die Waffe. Alexandra nahm sie entgegen und löste den kleinen Lederbeutel von ihrem Gürtel, um seinem Rat zu folgen. Die Munition reichte gerade aus, um die Waffe dieses eine Mal neu zu laden. *Warum habe ich nicht mehr mitgenommen?* Lucian kniete noch immer vor ihr und beobachtete schweigend, wie sie Schießpulver und Silberkugeln nachfüllte. Obwohl sie ihn nicht ansah, spürte sie seinen Blick auf sich ruhen. Forschend, als wolle er sichergehen, dass sie unter keinen Umständen zusammenbrach. Doch Alexandra war mittlerweile weit von einer Ohnmacht entfernt.

Nachdem die Waffe geladen war, verstaute sie sie wieder im Hosenbund und sah auf. »Es geht mir gut«, versicherte sie ihm. »Sie können also ruhig aufhören mich anzustarren.« Die Worte waren kaum ausgesprochen, da wurde ihr bewusst, wie undankbar sie sich benahm. Er hatte ihr das Leben gerettet und sie wollte nichts anderes, als ihn so schnell wie möglich wieder auf Abstand zu bekommen. Nicht dass sie undankbar gewesen wäre – es lag einfach daran, dass seine Nähe sich immer vertrauter anfühlte. Das wollte sie nicht. Sie *durfte* nicht vergessen, was er war! Dennoch hatte er mehr als ihre Ablehnung verdient. Sie legte ihm eine Hand auf den Arm. »Danke, Lucian. Ohne Sie ... Danke.«

»Ich habe nicht so lange auf Sie gewartet, um jetzt zuzusehen, wie Sie sterben.« Ohne den Blick von ihren Augen zu nehmen, legte er seine Hand auf ihre und drückte sie kurz. Dann erhob er sich und half ihr auf. Ihre Beine zitterten so sehr, dass sie sich rasch an der Wand abstützte, um es ihn nicht merken zu lassen. Doch ihre Sorge war unbegründet. Lucian hatte sich bereits dem Altar zugewandt. Wie versteinert stand er da und blickte auf das schmucklose Kästchen. Eine eisige Hand schloss sich um Alexandras Eingeweide. Was würde er tun? Würde er ihr wirklich den einzigen Gegenstand überlassen, der ihm gefährlich werden konnte? Als er langsam auf den Altar zuging, ließ sie ihn nicht aus den Augen. Unmittelbar vor dem Tisch hielt er inne. Er hob den Deckel des Kästchens und betrachtete das Kreuz darin. Voller Ehrfurcht strichen seine Hände darüber, ohne es zu berühren.

Alexandra hielt den Atem an. Was, wenn er es an sich nahm? Unwillkürlich löste sie sich von der Wand und trat hinter ihn. Tatsächlich griff er danach und nahm es aus seinem Behältnis. Ein Zischen durchbrach die Stille, als sich das Schwarze Kreuz in seine Hand brannte. Kleine Rauchschwaden stiegen aus seinem Fleisch empor und kräuselten sich in der Luft. Lucian verzog das Gesicht, doch statt mit dem Kreuz zu fliehen, wandte er sich Alexandra zu und hob es in die Höhe, sodass sie es zum ersten Mal sah. Prachtvolle goldene Ornamente zierten die dunkle Oberfläche aus Ebenholz. Das untere Ende lief spitz zu, als habe es damit einst in einer Halterung gesteckt. Im Zentrum des Kreuzes befand sich in einer schimmernden Fassung ein verwitterter Holzsplitter von der Länge einer Dolchklinge. *Das Stück des Wahren Kreuzes.*

»Ist das nicht fantastisch?«, grinste Lucian und lenkte ihre Aufmerksamkeit erneut vom Kreuz auf sein schwelendes Fleisch.

»Fantastisch?«, Alexandra runzelte die Stirn. Sie nahm das Kreuz kaum mehr wahr, sah nur, wie es sich in seine Hand sengte und wie der Schmerz seine Gesichtszüge verzerrte. »Um Himmels willen, legen Sie es wieder weg!«

Doch Lucian machte keine Anstalten, es zurückzulegen. »Sie könnten mich jetzt töten«, sagte er ruhig.

Womöglich würde sie keine bessere Gelegenheit bekommen, ihn zu vernichten. Lucian Mondragon war ein Monster! Eine blutrünstige Kreatur, genau wie sein Bruder! *Er kann seine Gestalt jetzt nicht verändern! Tu es! Erschieß ihn!* Doch seine Augen waren nicht die eines Monsters. Sie waren warm und freundlich und voller ... Liebe. Diese plötzliche Erkenntnis ließ ihr den Atem stocken. Statt die Pistole zu ziehen, nahm sie ihm das Kreuz aus der Hand. Augenblicklich erstarben die Rauchfäden. Das verbrannte Fleisch an seiner Hand erneuerte sich, rosige Haut bildete sich über der zuvor noch schwelenden Wunde. Wenige Atemzüge später war es, als hätte es die Brandwunde nie gegeben. Sie hatte schon von der außergewöhnlich schnellen Regenerationsfähigkeit der Vampyre gehört. Gesehen hatte sie sie noch nie. Zaghaft streckte sie ihre Hand nach seiner aus und strich staunend über das unversehrte Fleisch. Plötzlich strichen auch seine Finger über ihre. Alexandra sah auf und erschrak, wie nah er war. Sein Gesicht war nur eine Handbreit von ihrem entfernt. Sein Blick ruhte auf ihren Zügen. Sie wollte etwas sagen, wollte zurückweichen, doch seine Nähe raubte ihr die Sinne. Sie vermochte weder sich zu artikulieren noch war sie imstande sich zu bewegen. Da verflocht Lucian seine Finger mit ihren.

»Sie können mich noch immer töten«, sagte er leise.

»Nein«, meinte sie heiser. Sie *sollte* ihn töten, das wusste sie. Doch wie konnte sie jemanden umbringen, der ihr das Leben gerettet hatte? Jemanden, der sie so voller Zärtlichkeit ansah, wie er es jetzt tat. Sie war ihm erst vor wenigen Tagen zum ersten Mal begegnet, und doch war da etwas zwischen ihnen, was sie nicht in Worte zu fassen vermochte. Vielleicht lag es an seiner Hartnäckigkeit oder daran, dass seine Nähe die Menschlichkeit in ihr zum Vorschein brachte, die sie seit langer Zeit verloren geglaubt hatte. Lucian weckte Gefühle in ihr, die ihr fremd waren und die sie nicht verstand. Die Berührung seiner Finger ließ ihr Herz vor Aufregung hämmern und sein Blick entzündete ein brennendes Verlangen in ihrem Innersten. Als er sie einen Atemzug später an sich zog und küsste, erwiderte sie seinen Kuss. Diesmal zögerte er nicht. Seine Lippen nahmen die ihren in Besitz, sanft und fordernd zugleich. Darauf bedacht, dass das Kreuz ihn nicht berührte, schlang Alexandra die Arme um ihn und schloss die Augen. Ihre Finger strichen durch sein Haar und über seine Schultern, während sie sich mehr und mehr in seinen Armen verlor. Seine Lippen hinterließen ein heißes Prickeln auf ihren. Als seine Zunge über ihre Lippe strich und in ihren Mund glitt, entfuhr ihr ein leises Stöhnen. Unwillkürlich drängte sie sich an ihn. Seine Erregung zu spüren steigerte ihr Verlangen nach ihm nur noch mehr. Sie wollte wissen, wie es war, bei ihm zu liegen und von ihm geliebt zu werden. Zum ersten Mal war es ihr gleichgültig, ob diese Gefühle echt waren oder ob Lucian sie lediglich durch die Macht seines Blickes dazu brachte, so zu empfinden. Sie wollte sein Gesicht sehen, wenn seine Augen über ihren Körper strichen. Diese unglaublichen blauen Augen ... die voller Kälte auf ihre Mutter herabgeblickt hatten.

Sie riss die Augen auf. »Nein!«, rief sie atemlos und stieß ihn von sich.

»Alexandra ...« Lucian griff nach ihr und hielt sie fest, sodass sie ihm nicht weiter entwischen konnte. Verwirrt sah er sie an. »Bin ich Ihnen zu forsch?«

»Sie ... Sie haben *sein* Gesicht«, presste sie hervor.

Die Verwirrung in seinen Zügen wich Betroffenheit. »Das Gesicht des Mörders Ihrer Familie.« Als Alexandra den Blick abwandte, zwang er sie, ihn wieder anzusehen. »Aber ich *bin* es nicht.«

Er klang so verzweifelt, dass es ihr die Kehle zusammenschnürte. »Ich weiß«, erwiderte sie leise und musste schlucken, um fortfahren zu können, »aber jedes Mal, wenn ich Sie ansehe, sehe ich *ihn* vor mir, wie er sich über den Leichnam meiner Mutter beugt. Ich kann unmöglich ...«

»Sie brauchen mir nichts zu erklären.« In einer sehnsüchtigen Geste strich er ihr sanft über die Wange, dann gab er sie frei. »Ich verstehe das.«

»Wie rührend«, durchschnitt eine Stimme aus dem Kirchenraum die Stille und ließ Alexandra und Lucian herumfahren. »Mein Bruder und die Jägerin – zwei dem Tode Geweihte in inniger Zweisamkeit!«

17

Catherine warf einen besorgten Blick zum Himmel, wo sich im Osten bereits ein heller Streifen am Horizont ausbreitete. Sie sah zu Daeron, der sich neben ihr in den Schatten eines Gebüschs duckte. »Es wird bald hell«, flüsterte sie. »Wir müssen fort.«

»Noch nicht.«

»Wie lange willst du denn noch hierbleiben? Hier ist niemand. Wir verschwenden unsere Zeit.« Seit mehr als drei Stunden beobachteten sie nun schon Lauriston House. Sie hatten sich langsam durch den Garten herangepirscht und das Haus im Schutze von Büschen und Bäumen langsam umrundet. Hinter den Fenstern war es dunkel. Nachdem sie eine Weile auf der Lauer gelegen hatten, war Daeron wagemutig losgegangen und hatte durch jedes Fenster gespäht, ehe er kopfschüttelnd zu Catherine zurückgekehrt war. Es gab kein Anzeichen von Leben – und auch keine Spur von Vampyren. Lauriston House schien verlassen. Jetzt befanden sie sich an der Seite des Hauses und warteten noch immer. *Aber worauf?*

»Wenn die Jägerin zurückkehrt und uns nicht antrifft –« Das Geräusch einer herannahenden Droschke ließ Catherine verstummen. Langsam ruckend rollte das Gefährt die Auffahrt hinauf und hielt schließlich vor dem Eingangsportal. Daeron legte Catherine eine Hand auf den Arm. Als sie ihn ansah, bedeutete er ihr ihm zu folgen. Geduckt huschten sie näher, geschützt von einem Mantel der Stille, den Daeron über sie legte. Mehr als einmal tastete Catherine nach der Pistole in ihrer Manteltasche. Obwohl sie mehrmals versucht hatte ihm klarzumachen, dass sie im Umgang mit Schusswaffen nicht geübt war, hatte Daeron sie genötigt, sie an sich zu nehmen. Jetzt war sie erleichtert, dass er darauf bestanden hatte. Allein den kühlen Griff unter ihren Fingern zu spüren beruhigte sie ein wenig. Zu wissen, dass Daeron seine eigene und Catherines Pistole mit Silberkugeln aus dem Gepäck der Jägerin geladen hatte, gab ihr ein zusätzliches Gefühl von Sicherheit. *Wir sind den Vampyren gewachsen.* Catherines Aufmerksamkeit kehrte zur Auffahrt zurück. Das Pferd tänzelte unruhig hin und her und verwehrte ihr den Blick auf die Person, die aus dem Gefährt stieg. Lediglich die Wärme und der Herzschlag des Kutschers und seines Tiers waren zu spüren. Dahinter lag nur Kälte.

Der Kutscher brachte sein Tier mit einem Ruck am Zügel zur Ruhe, ehe er sich seinem Fahrgast zuwandte, um seinen Lohn entgegenzunehmen. Kaum hatte er die Münzen eingesteckt, ließ er die Zügel schießen und trieb sein Pferd an. Catherines Augen richteten sich auf die Frau, die auf den Stufen vor dem Eingang stehen geblieben war und der Droschke hinterherblickte, die mit wankender Kutschlaterne die Auffahrt hinunterrollte. Blonde Locken schimmerten hell im Mondschein und umrahmten ein zierliches Gesicht. Catherines Blick flog zu Daeron.

»Die Ushana«, formten seine Lippen lautlos.

Obwohl sie seit Langem wusste, dass die Ushana existierte, war es etwas anderes, sie mit eigenen Augen zu *sehen*. Eine zweihundert Jahre alte Legende, von der Catherine einst angenommen hatte, dass sie lediglich dazu diente, kleine Kinder zu erschrecken. Dieses Monster hatte ihren Vater zum Vampyr gemacht, ebenso wie Martáinn und viele andere! Die Ushana stand hinter all dem Grauen in Catherines Leben. Gott allein wusste, wie viele andere Leben sie zerstört haben mochte.

»Wir müssen sie vernichten«, hauchte Catherine.

Als sie Daerons Hand erneut auf ihrem Arm spürte, sah sie zu ihm. »Das werden wir«, sagte er leise. »Komm!«

Langsam schlichen sie näher heran, bis sie an der linken Seite des Hauses das Ende der Büsche erreichten. Nur wenige Schritte trennten sie von der Hauswand. Daeron warf einen raschen Blick auf die Ushana, dann packte er Catherine bei der Hand und zog sie mit sich. Mit schnellen Schritten überquerten sie den kleinen Rasenstreifen und tauchten in den Schutz der Hausmauer ein. Nebeneinander drängten sie sich an die Wand. Den Rücken an die Mauer gepresst schob sich Daeron langsam an die Ecke heran. Catherine folgte ihm. Ihre Finger tasteten sich über das raue Mauerwerk voran. Als Daeron stehen blieb und um die Ecke spähte, hielt sie erstarrt inne. Nicht zu sehen, was vor sich ging, war kaum zu ertragen.

Da wandte sich Daeron ihr zu. »Sie steht mit dem Rücken zu uns«, sagte er sehr leise und zog seine Pistole. »Bleib hinter mir!« Ehe sie etwas erwidern konnte, verschwand er um die Ecke. Vorsichtig schob Catherine sich an die Mauerkante heran. Sie vergewisserte sich ein letztes Mal, dass die Ushana sie noch nicht bemerkt hatte, ehe sie ihm folgte. Ihr Blick zuckte immer wieder zwischen Daeron, der sich geduckt der Treppe näherte, und der Ushana hin und her. Ohne sich auch nur einmal umzusehen, trat die Ushana an die Tür heran und verschwand aus ihrer Sicht. Vorsichtig huschten Catherine und Daeron voran. Nur wenige Schritte trennten sie noch von den Stufen, als sie die Ushana wieder sehen konnten. Sie hatte aufgeschlossen und öffnete die Tür. Daeron hob die Pistole, legte an und schoss. Catherine erwartete, dass die Ushana zu Boden gehen würde, doch die Vampyrin reagierte blitzschnell. Sie stieß die Tür auf und entging dem Geschoss mit einem raschen Schritt in die Eingangshalle. Daeron ließ die Pistole fallen, sprang vor und überwand die Stufen mit zwei großen Sätzen. Seine Hände veränderten sich, die Finger wurden länger, verkrümmten sich zu messerscharfen Klauen. Catherine zog ihre Pistole und folgte ihm die Stufen hinauf. Sie hatte nicht vor selbst zu schießen, vielmehr dachte sie daran, Daeron die Waffe im geeigneten Augenblick zuzuwerfen. Doch Daeron war bereits im Begriff, die Ushana, die ihm noch immer den Rücken zuwandte, anzugreifen. Bereit zuzuschlagen, holte er aus.

Die Ushana fuhr herum und hob gebietend die Hand in die Höhe. Ihr Blick bohrte sich in seinen. »Halt!«

Wie erstarrt hielt Daeron mitten in der Bewegung inne. Catherine sah, wie er wankte, als würde er gegen den Drang ankämpfen, stehen zu bleiben, doch seine Glieder schienen wie versteinert. Langsam und ruckartig ließ er die Klauenhand sinken. *Schlag zu! Worauf wartest du?* Aber Daeron rührte sich nicht. Sein Blick war starr auf die Ushana gerichtet, sein Körper angespannt, er zuckte nicht einmal. Catherine wusste, was mit ihm geschah. Dasselbe hatte ihr Vater damals mit ihr getan. Er hatte sie unter der Macht seines Blickes gezwungen, sich seinem Befehl zu fügen. Eine Weile war es ihr sogar gelungen, sich ihm zu widersetzen. Doch er war zu stark gewesen ... Die Ushana verfügte über weit mehr Macht, als ihr Vater es je getan hatte. *Was sollte Daeron ihr entgegensetzen? Ich muss etwas tun!* Catherine hob die Pistole und zielte. Die Ushana stieß ein glockenhelles Lachen aus. Ohne Daeron aus den Augen zu lassen, trat sie zur Seite, bis er sich zwischen Catherine und ihr befand. Catherine versuchte an seiner Schulter vorbei die Ushana ins Visier zu nehmen. Einem geübten Schützen wäre es womöglich gelungen, einen gezielten Schuss abzugeben. Doch Catherine war alles andere als geübt. Die Gefahr, Daeron zu treffen, war zu groß. Ihre Finger zitterten, als sie langsam die Waffe sinken ließ.

»Tritt näher, Catherine Bayne«, forderte die Ushana, ohne die Augen von Daeron zu nehmen. »Dachtet ihr beide wirklich, ich wüsste nicht, dass ihr hier seid?«

Bei Gott, sie kennt sogar meinen Namen! Sie hatten tatsächlich den Fehler gemacht, die Ushana zu unterschätzen! Fieberhaft schweiften Catherines Augen umher, suchten nach einem Ausweg, nach etwas, was ihr gegen die Ushana zu helfen vermochte. Da sah sie, wie Daeron einen Finger bewegte. Er hielt die Hand an seine Körperseite gepresst und bedeutete Catherine mit einer kaum merklichen Bewegung seines Zeigefingers, näher zu kommen. Wiederholte er nur den Befehl der Ushana oder führte er etwas im Schilde? Catherine bewegte sich einen halben Schritt zur

Seite und erhaschte einen Blick auf sein Gesicht. Anspannung lag in seinen Zügen, gepaart mit dem Schrecken, den er angesichts der Tatsache empfinden mochte, wie mühelos es der Ushana gelungen war, sich seinen Willen zu unterwerfen. Nichts deutete darauf hin, ob er sie aus freien Stücken heranwinkte oder ob die Ushana durch ihn handelte. Während Catherine noch nach einem Hinweis suchte, bewegte er erneut den Finger. Dasselbe Zeichen wie zuvor. Diesmal entging es der Ushana nicht. Selbst Catherine bemerkte, wie der Blick der Vampyrin an Intensität gewann und Daeron darunter kurz zuckte. Seine Kiefer mahlten und seine Muskeln schienen zum Zerreißen gespannt. Einen Moment lang glaubte Catherine, er könnte sich behaupten und würde jeden Augenblick vorspringen, um die Ushana anzugreifen. Dann jedoch erstarrten seine Züge ebenso wie sein Körper.

Die Ushana betrachtete ihn mit einem zufriedenen Lächeln. »Wie fühlt es sich an, durch meine Augen zu sehen?«, fragte sie Catherine, ohne Daeron aus ihrem Blick zu entlassen. »Zu fühlen, was ich fühle? Zu riechen, was ich rieche, und es zu schmecken! War William nicht wundervoll?«

»Was?« Catherine war nicht sicher, ob sie das Wort tatsächlich ausgesprochen hatte oder ob es nur in tausendfachem Echo durch ihren Geist hallte.

»Ich hoffe, du hattest ebenso viel Vergnügen an meinem kleinen Spielchen wie ich.« Dann schüttelte sie lachend den Kopf. »Nein, vermutlich hattest du das nicht.«

Eine Welle von Entsetzen, gepaart mit einem vorsichtigen Anflug von Erleichterung rauschte über Catherine hinweg und betäubte ihre Sinne. Krampfhaft versuchte sie die Bedeutung der eben gehörten Worte zu begreifen. »Du?«, presste sie mühsam hervor. »Warum?«

Noch immer nahm die Ushana ihren Blick nicht von Daeron. »Dein Vater ist tot.« Sie zuckte die Schultern und lachte. Ein irrer Laut, geprägt vom selben Wahnsinn, der sich jetzt auch in ihren Augen widerspiegelte. »Warum soll die Tochter nicht für die Sünden des Vaters bezahlen? Du solltest wissen, wie es ist, benutzt zu werden. Wie es sich anfühlt, nicht kontrollieren zu können, was man tut – es einfach tun *muss* –, gezwungen von Mächten, die einem keine Wahl lassen. Jetzt bin *ich* diese Macht!« Ein Lachen kratzte in ihrer Kehle und strömte in den Raum, so schrill, dass Catherine zusammenzuckte. Die Ushana fuhr fort: »Es gab eine Zeit, da hatte ich tatsächlich Mitleid mit dir!« Die Vampyrin schüttelte den Kopf. »Aber du hast mein Bedauern nicht verdient. Du bist nicht anders als dein Vater. Du missbrauchst die Gabe, wie es dir beliebt. Sieh ihn dir an, deinen erbärmlichen Gefährten! Du hättest ihn besser sterben lassen sollen, statt ihn mit diesem Fluch zu belegen!«

Catherine hasste die Ushana und verabscheute sie, doch was sie wirklich erschütterte, war, dass die Vampyrin recht hatte! Sie war so widerwärtig selbstsüchtig gewesen und hatte damals keinen Gedanken daran verschwendet, was es für Daeron bedeuten mochte, ihm den Tod zu verwehren. *Ich bin wirklich wie mein Vater!* Sie hatte Daerons Leben genommen und ihn zu einer Existenz verdammt, die sie selbst kaum zu ertragen vermochte. Und wozu das alles? Damit sie jetzt hier durch die Hand der Ushana starben? Sie hatten sich so viel vorgenommen, wollten den Unendlichen vernichten und all seine Kreaturen erlösen. Und was hatten sie erreicht? Nichts! Nur Jahre der Einsamkeit und Qual – für sie beide! Tränen brannten in Catherines Augen, quollen über und liefen ihre Wangen hinab. Hilfe suchend sah sie zu Daeron, doch seine Züge wirkten noch immer, als wären sie zu Stein erstarrt. Und dennoch ... Er hatte ihr immer wieder versichert, dass er mit der Umwandlung zurechtkam. Sie hatte es gesehen! Er machte ihr keine Vorwürfe. Das hatte er nie getan!

»Nein«, brachte Catherine mühsam hervor. »Es ist kein Fluch! Nicht für ihn!«

Wieder lachte die Ushana und für einen kurzen Moment richtete sie ihren Blick von Daeron auf Catherine. »Sieh an, du rebellierst ja!« Sofort kehrten ihre Augen wieder zu Daeron zurück und fingen ihn erneut ein. »Dabei war es so leicht, Macht über dich zu bekommen! Es war einfach, in deine Träume und Gedanken einzudringen. Anfangs habe ich dir lediglich Bilder meiner Jagd in den Kopf gepflanzt. Ich habe *gespürt*, wie groß deine Angst war und wie sie mehr und mehr wuchs, je weiter ich das Band zwischen uns anzog! Doch noch mehr habe ich es genossen, dich zu lenken! War es nicht wundervoll, an jenen Orten zu erwachen, die du zuvor durch meine Augen gesehen hast? Bedauerlich, dass ich einen Teil des kostbaren Blutes verschwenden musste, um deine Gewänder zu tränken. Aber es machte alles noch realer, nicht wahr?«

Es dauerte einen Moment, ehe Catherine begriff, dass sie nicht dabei war, allmählich den Verstand zu verlieren und zu einer mordenden Bestie zu werden. Allein das Wissen, nicht aus freien Stücken, sondern unter Zwang gehandelt zu haben, gab ihr die Kraft, das alles zu ertragen. Dann jedoch wurde ihr das volle Ausmaß der Wahrheit bewusst. Sie – Catherine Bayne – hatte keinen dieser Menschen getötet! Nicht einmal unter dem Bann der Ushana. Die Freude an der Jagd und am Töten, die sie empfunden hatte, war die Freude der Ushana gewesen, nicht ihre eigene! Die Vampyrin hätte sich niemals um das Vergnügen bringen lassen, diese Leben selbst auszulöschen! Es war ganz, wie sie gesagt hatte: Catherine hatte es gesehen, gefühlt und geschmeckt, doch es waren nicht ihre eigenen Empfindungen, sondern die der Ushana. Gefühle, die ihr die Vampyrin in den Geist gepflanzt hatte, um sie zu quälen! *Ich bin keine Mörderin! Ich bin es nie gewesen!* »Ich habe niemanden umgebracht.«

Die Ushana schüttelte lächelnd den Kopf. »Nein, das hast du nicht.« Sie sah aus wie ein Engel mit ihren sanften Zügen, den großen hellen Augen und den goldenen Locken und doch war sie das grässlichste Monster, dem Catherine jemals begegnet war. Womöglich noch schlimmer als der Unendliche selbst. »Und es macht auch nichts, dass du das nun weißt und wir unser kleines Spielchen hier beenden. Ich bin deiner ohnehin überdrüssig.« Schlagartig schwand das Lächeln von ihren Lippen. Ihre Miene wurde hart. »Seid ihr tatsächlich gekommen, um mich zu vernichten?« Ihre Stimme troff vor Geringschätzung. »Wie naiv von euch! Alles, was euch erwartet, ist euer eigenes Ende! Was wollt ihr gegen mich, die ich zweihundert Jahre Zeit hatte, meine Fähigkeiten zu entwickeln, ausrichten?«

Catherines Finger krampften sich um den Pistolengriff. Was sollte sie darauf erwidern? Sie wusste selbst am besten, dass es nichts gab, was sie der Ushana entgegensetzen konnte. Nichts, außer einer einzigen, lächerlichen Silberkugel.

»Manche müssen nicht erst lernen ihre Fähigkeiten einzusetzen«, antwortete Daeron an Catherines Stelle. »Sie *beherrschen* sie einfach.«

Die Augen der Ushana bohrten sich in ihn; zum ersten Mal glaubte Catherine, darin einen Anflug von Überraschung zu erkennen. Dann rief Daeron »Schieß!« und warf sich zur Seite. Catherine riss die Pistole hoch. Sie konnte spüren, wie die Ushana mit ihrem Blick nach ihr griff und sie lähmte. Ihre Bewegungen wurden langsamer, der drängende Wunsch, diese Kreatur zu vernichten, schwand mehr und mehr aus ihrem Bewusstsein, als sie die Waffe sinken ließ. Das gehässige Gelächter der Ushana drang viel zu laut an ihr Ohr und fraß sich in ihren Verstand. *Nein, so darf es nicht enden!* Catherine versuchte sich der Macht der Vampyrin zu entziehen, doch statt die Waffe erneut auf sie anzulegen, bedeutete ihr die Ushana, Daeron ins Visier zu nehmen. Langsam, mit der Waffe im Anschlag, wandte Catherine sich ihm zu. *Tu etwas!*, flehte sie ihn stumm an, selbst nicht länger Herrin über ihr Handeln. Da zerriss ein Schuss die Stille. Die Ushana keuchte auf und griff sich an die Brust. Erstaunen breitete sich über ihre Züge aus, als sich ihr Körper bereits aufzulösen begann. Ihre Konturen fransten aus, Haut und Fleisch verschwammen, fortgeweht wie Sand unter dem Wüstenwind. Wie paralysiert stand Catherine da und starrte auf das Schauspiel. Der Bann der Ushana war von ihr abgefallen, dennoch war sie so überrascht, dass sie nicht imstande war sich zu bewegen. Sie hatte nicht geschossen!

»Runter!« Daerons Schrei riss sie aus ihrer Erstarrung. Da packte er sie auch schon bei den Schultern und zog sie zu Boden. Erst jetzt sah Catherine die Fensterscheibe hinter sich. Sonnenlicht strömte hindurch und ließ das Loch, das dort mitten im Glas klaffte, in Regenbogenfarben schillern.

18

Alexandra starrte den Unendlichen entsetzt an. Er stand keine zwanzig Schritte entfernt an der Wand zu ihrer Linken, auf Höhe des Altars. So nah! Wie hatte er unbemerkt dorthin gelangen können? Dann entdeckte sie die kleine Tür in seinem Rücken, ein dunkler Schatten, der sich kantig vom Grau der Wand abhob. Zweifelsohne hatte er seine Fähigkeiten eingesetzt und dafür gesorgt, dass er nicht zu hören war. Jetzt jedoch bestand kein Zweifel mehr an seiner Anwesenheit. Seine Gestalt und die Züge – das perfekte Ebenbild Lucians. Einzig seine Gewänder waren andere. Im Gegensatz zu seinem Zwillingsbruder trug der Unendliche keinen Gehrock, sondern lediglich eine bestickte Weste, deren Goldfäden im leisen Laternenschein sanft schimmerten, darunter ein Hemd und ein Paar dunkler Hosen. In einer Geste des Hohns zog er seinen Dreispitz vom Kopf und verneigte sich in Alexandras Richtung. »Ich kann Sie nur beglückwünschen, meine Liebe«, spottete er. »Niemals zuvor habe ich eine Frau in den Armen meines Bruders gesehen.«

Lucian zog Alexandra dicht zu sich heran. »Seine Männer sind rechts und links in den Gängen«, sagte er leise neben ihrem Ohr. »Sie verbergen sich in den Schatten an der Wand und kommen langsam auf uns zu.«

Als wollten sie seine Worte bestätigen, vernahm sie in diesem Moment das leise Knirschen von Scherben. *Sie kommen näher.* Solange sie das Kreuz bei sich hatten, war Lucian verwundbar! »Wir müssen hier raus«, flüsterte sie. »Sonst werden sie uns einfach erschießen.«

»Sie können mir nichts anhaben – nicht, solange sie keine Silberkugeln haben.«

»Nein, das haben sie nicht«, bestätigte der Unendliche, der jedes Wort gehört hatte, ruhig. »Doch das wird deine Jägerin auch nicht retten.«

Lucian veränderte kaum merklich seinen Griff an Alexandras Schulter. Er hatte etwas vor, das konnte sie spüren, doch sie wusste nicht was. »Lass sie gehen, Andrej«, verlangte er, »dann gebe ich dir das Kreuz.«

Der Unendliche lachte. Ein kalter, humorloser Laut, der vielfach von den Wänden widerhallte und Alexandra einen eisigen Schauer über den Rücken jagte. »Denkst du wirklich, ich hätte nicht bemerkt, wie sehr du mich hasst? Für wie dumm hältst du mich, Lucian? Meine Männer haben dich während all der Jahre nie aus den Augen gelassen. Dass sie dich nicht vernichtet haben, liegt einzig und allein daran, dass sie es nicht *konnten.*« Sein Blick senkte sich auf das Kreuz in Alexandras Hand. »Heute stehen die Dinge wohl anders.«

Auch du bist heute verwundbar! Ehe Alexandra wusste, was sie tat, zog sie ihre Pistole und legte auf den Unendlichen an. Es war erschreckend, zu sehen, dass er selbst im Angesicht des Todes keine Miene verzog. Er blickte ebenso kalt und ausdruckslos drein wie damals, als er den sterbenden Leib ihrer Mutter im Arm gehalten hatte. Und auch jetzt bohrte sich sein durchdringender Blick in sie, griff nach ihrem Verstand und lähmte sie. *Ich muss nur den Abzug drücken!* Eine winzige Bewegung – mehr war nicht nötig, um seiner finsteren Existenz ein für alle Mal ein Ende zu setzen. Nur ein kleines Zucken ihres Zeigefingers! Doch sie konnte sich nicht bewegen. In ihrem Rücken kamen die Gefolgsleute des Unendlichen näher. Sie mussten schon beinahe auf selber Höhe sein! Der Unendliche hatte recht: Lucian mochten die Waffen der Männer nichts anhaben, ihr hingegen schon.

»Schießen Sie!«, rief Lucian.

Der Blick des Unendlichen ließ sie innerlich gefrieren. Sie konzentrierte all ihre Kraft und Energie auf ihren Zeigefinger, doch er wollte sich nicht bewegen! Ein leises Klicken erklang, als einer der Männer in ihrem Rücken seine Waffe entsicherte. Noch einmal versuchte Alexandra verzweifelt ihren Finger am Abzug zu bewegen. Es wollte ihr ebenso wenig gelingen, wie sie es schaffte, Lucian zu warnen. Lucian brauchte keine Warnung. Im selben Augenblick, als hinter ihr das Geräusch erklang, stieß er sie hart zur Seite. Einen Herzschlag später zerriss ein Schuss mit tödlichem Donnern die Stille. Dank Lucians schneller Reaktion, verfehlte die Kugel sie. Von der überraschenden Wucht seines Stoßes aus dem Gleichgewicht gebracht, stürzte Alexandra. Der Bann des Unendlichen brach. Wieder Herrin über ihren Verstand und Körper, rollte sie sich zur Seite. Mit dem Kreuz in der einen und der Pistole in der anderen Hand wollte sie sofort wieder aufspringen.

Da legte sich Lucians Hand in ihren Nacken. »Unter den Altar!«, rief er und stieß sie in die Richtung. Seinem Instinkt vertrauend folgte sie der Aufforderung. Sie hatte den Schutz des steinernen Altarfußes kaum erreicht, als weitere Schüsse, gefolgt von unzähligen Echos erklangen. Lucian, der unmittelbar vor ihrem Versteck stand, stieß ein unterdrücktes Zischen aus und taumelte einen Schritt zur Seite, ehe er sich wieder fing. *Sie haben ihn getroffen!* Der Schrecken, den sie angesichts dieser Erkenntnis empfand, war so groß, dass sie Mühe hatte, sich ins Gedächtnis zu rufen, dass ihm die Kugeln zwar Schmerzen bereiteten, aber nur Silber ihm wirklich etwas anhaben konnte. Dennoch fragte sie sich, ob es möglich wäre, Lucian mit gezielten Schüssen lange genug abzulenken, bis einige der Männer an ihn herankamen. *Mein Silberdolch!* Die Waffe lag noch immer auf dem Altar, wo Wasili sie hingeworfen hatte. Was, wenn einer der Männer den Dolch in die Finger bekam und Lucian hinterrücks angriff? *Ich muss etwas tun! Irgendetwas!* Aber was? Ihre Waffe war geladen, doch konnte sie es wagen, ihre letzten beiden Silberkugeln an die Schergen des Unendlichen zu verschwenden, wenn ihr Meister ebenfalls im Raum war? Was hatte sie ihm dann noch entgegenzusetzen? Den Dolch? Der Unendliche würde sie niemals nahe genug an sich heranlassen, damit sie ihm die Klinge ins Herz stoßen konnte. Wenn sie etwas gegen das Monster ausrichten wollte, brauchte sie ihre Pistole und die Silberkugeln! Doch wie sollte sie Lucian helfen? Ihr Blick wanderte an Lucian vorbei zur Wand und blieb an Wasilis Leichnam hängen. An seinem Gürtel steckte eine Pistole. Wenn es ihr gelang, die Waffe zu erreichen … Vorsichtig wagte sie sich einige Zentimeter aus ihrem Versteck hervor. Ihr Blick wanderte in Richtung des Unendlichen. Er war fort! Hektisch suchten ihre Augen die Umgebung ab, soweit sie den Raum von ihrer Position aus zu erkennen vermochten, ohne ihn jedoch zu finden. Wieder peitschten Schüsse durch den Raum. Eine Kugel schlug neben ihr in den Altarfuß ein und sprengte kleine messerscharfe Splitter aus dem Stein, die ihr in die Wange schnitten. Alexandra fuhr zurück und duckte sich. Da erhaschte sie einen Blick auf einen der Männer. Die Pistole im Anschlag pirschte er sich von der Seite an Lucian heran, während seine Kameraden diesen von vorne ablenkten.

»Lucian! Rechts!«

Lucian reagierte sofort. Er wirbelte herum, packte den Silberdolch vom Altartisch und schleuderte ihn mit voller Wucht. Ein unterdrücktes Keuchen erklang, gefolgt von einem dumpfen Laut. Lucian hatte sein Ziel nicht verfehlt! Mit zwei rasend schnellen Schritten war er bei dem Toten, riss ihm die Pistole aus der Hand und wandte sich erneut den anderen Männern zu. Alexandra wollte ihm zurufen, er solle ihr Wasilis Waffe zuwerfen, als sich ein Schatten über sie senkte. Ehe auch nur der geringste Laut über ihre Lippen kam, beugte sich der Unendliche zu ihr herab. Blitzschnell schlug er ihr die Pistole aus der Hand, packte sie und zerrte sie unter dem Altar hervor. Wankend kam sie vor ihm zum Stehen. Da schoss seine Hand vor. Seine Finger schlossen sich um ihre Kehle, gruben sich schmerzhaft in die Blutergüsse, die Wasilis Griff dort hinterlassen hatte, und schnürten ihr einmal mehr die Luft ab. Er hob sie in die Höhe, sodass ihre Füße mehr und mehr den Kontakt zum Boden verloren. Ihre Stiefelspitzen scharrten Halt suchend über den Boden. Alexandra wollte mit dem Kreuz nach ihm zu schlagen.

»Fallen lassen!«

Sein Blick bohrte sich in ihren und zwang sie innezuhalten. Wehrlos hing sie in seinem Griff. Sie rang um Atem und versuchte die Kontrolle über ihren Willen zu behalten, doch ihre Entschlossenheit schmolz unter seinem Blick wie Schnee unter der Frühlingssonne.

»Fallen lassen!«, wiederholte er, jede Silbe betonend.

Alexandra spürte, wie sich ihre Finger lockerten. Sie kämpfte dagegen an, versuchte die Sehnen und Muskeln ihrer Hand in Starre zu halten, doch ihr Griff um das Kreuz löste sich mehr und mehr. Dann fiel es mit einem vernehmlichen Poltern zu Boden. Sie wand sich, um sich zu befreien. Lucian setzte zum Angriff an. Da zog der Unendliche Alexandra mit dem Rücken fest zu sich heran. Seine Arme legten sich um ihr Genick.

»Bleib, wo du bist, Lucian, sonst ist sie tot!«

Lucian wagte dennoch einen Schritt auf ihn zu.

»Das ist meine letzte Warnung, Bruder!« Um seine Drohung zu unterstreichen, drehte der Unendliche Alexandras Kopf so weit zur Seite, dass ihre Wirbel bedrohlich knackten. Ein scharfer Schmerz schoss durch ihren Nacken. Noch ein wenig mehr und er würde ihr das Genick brechen.

Lucian hielt abrupt inne und ließ die Pistole fallen. Ein tiefes Grollen stieg aus seiner Kehle auf. Zum ersten Mal, seit Alexandra ihm begegnet war, hatten seine Augen alle Farbe verloren. Die Bestie in ihm gewann die Oberhand. Knurrend stand er da, die messerscharfen Fangzähne bedrohlich im Lampenschein schimmernd, die Hände zu todbringenden Klauen verkrümmt. Sein Blick zuckte umher, doch er rührte sich nicht.

»Holt ihn euch!«, befahl der Unendliche seinen Männern mit durchdringender Stimme.

Der unerbittliche Griff in ihrem Genick machte Alexandra das Atmen schwer. Das Blut rauschte in ihren Ohren und überlagerte nahezu jeden Laut. Zu sehen, dass Lucian seinem Vampyr-Ich erlaubte die Kontrolle zu gewinnen, war erschreckend. Noch schlimmer jedoch war es, zu sehen, wie die verbliebenen neun Männer des Unendlichen langsam näher rückten – vorsichtig, ohne Lucian dabei auch nur für einen Moment aus den Augen zu lassen –, während er keinerlei Anstalten machte, etwas zu tun. *Er wird sich nicht wehren!* Er würde sich umbringen lassen. Ihretwegen! Ihr Blick griff nach ihm. »Nein!«, keuchte sie atemlos.

»Sei still«, zischte der Unendliche und zog sie fester an sich. Unter der Kraft seines Griffs spannte sich ihre Nackenmuskulatur bis zum Äußersten. Der Druck seiner Finger nahm ihr den Atem. Ihre Gliedmaßen wurden schwer und ihr Sichtfeld verengte sich immer mehr. Sie kämpfte dagegen an, versuchte vergebens den Atem durch ihre verengte Kehle in ihre Lungen zu zwingen. Während sich die Schwärze vor ihren Augen langsam ausbreitete, bemerkte sie, dass sich etwas in ihre Hüfte bohrte. Die Kugeln, die Lucian ihr im Keller gegeben hatte! *Das wird Sie schützen*, hatte er gesagt. *Sie werden wissen, wann und wie sie sie verwenden müssen.* Alexandra wusste noch immer nicht, was es mit den Kugeln auf sich hatte. Womöglich war dies der Augenblick, es herauszufinden. Ganz behutsam, damit der Unendliche es nicht bemerkte, tastete sie nach dem Beutel. Welchen Zweck diese Kugeln auch immer haben mochten, sie konnte nur hoffen, dass sie ihre Wirkung entfalten würden, bevor sie das Bewusstsein verlor. Während sie sich darauf konzentrierte, langsam die Schnüre zu lösen und den Beutel zu öffnen, nahm sie ihren Blick nicht von Lucian. Einer der Männer hatte seinen toten Kameraden hinter Lucian erreicht und zog den Silberdolch aus seiner Brust. Mit der Waffe in der Hand richtete er sich auf. Lucian machte noch immer keine Anstalten, sich zu bewegen. Er sah sich nicht einmal um. *Um Gottes willen!* Alexandra wollte ihn warnen, sie wollte ihn anbrüllen, er solle nicht ihretwegen sein Leben wegwerfen, doch es wollte ihr nicht gelingen, mehr als ein atemloses Krächzen über die Lippen bringen.

»Ich weiß nicht recht«, sagte Lucian plötzlich. Ein Schimmer des durchdringenden Blaus war in seine Augen zurückgekehrt. Seine Hände jedoch waren noch immer zu Klauen verkrümmt und auch seine Fangzähne waren bei jedem Wort deutlich zu erkennen. »Vielleicht ist es doch keine so gute Idee, hier einfach stehen zu bleiben. Wenn ich mich umbringen lasse, ist das auch Alexandras Tod. Das kann ich nicht zulassen.« Seine Worte waren kaum verklungen, da wirbelte er herum und tötete den Mann mit dem Silberdolch mit einem einzigen Hieb seiner Klauen.

Im selben Atemzug drehte Alexandra den Beutel an ihrem Gürtel herum. Die Kugeln rollten heraus und fielen zu Boden, wo sie in unzähligen winzigen Splittern zerbarsten. Nebel wallte auf, dunkel wie Tinte, und hüllte Alexandra sowie den Unendlichen ein. Fluchend fuhr er zurück und gab sie so ruckartig frei, dass sie stürzte. Um sie herum erhob sich eine flackernde Nebelsäule, wuchs immer weiter empor und tastete mit wabernden Fingern nach der Decke. Der Unendliche versuchte nach Alexandra zu greifen, doch sobald seine Hand mit dem Nebel in

Berührung kam, riss er sie mit einem Fauchen zurück. Alexandra rang keuchend um Atem. Ihre Hand tastete nach dem Schwarzen Kreuz, das neben ihr auf dem Boden lag. Während sie dagegen ankämpfte, endgültig die Besinnung zu verlieren, schlossen sich ihre Finger fest um das Kreuz.

*

Daeron zog Catherine in Deckung. Ein weiterer Schuss knallte. Glas splitterte und rieselte zu Boden. *Die Jäger!* Es hatte nicht viel gefehlt und der erste Schuss hätte Catherine anstelle der Ushana getroffen. Der bloße Gedanke war kaum zu ertragen. Wenn Catherine etwas zugestoßen wäre, dann nur wegen seiner Überheblichkeit! Er hatte die Ushana an der Nase herumgeführt, in dem er vorgab unter ihrem Bann zu stehen, obwohl er ihn längst abgestreift und in Wahrheit nur auf eine gute Gelegenheit gewartet hatte, die Vampyrin auszuschalten. Er hätte es viel früher beenden sollen! Als die Ushana jedoch von ihrem Spielchen zu berichten begann, hatte er gezögert. Catherine hatte ein Recht auf die Wahrheit! Sie sollte aus dem Mund der Ushana erfahren, dass sie nichts getan hatte, dessen sie sich zu schämen brauchte. Danach war es beinahe zu spät gewesen. *Um ein Haar hätte ich sie verloren!*

»Warte hier!«, raunte er Catherine zu, die unter dem Fenster vor der Wand kauerte. Als sie nickte, sprang er auf und huschte geduckt zur Tür. Mit einem Stoß warf er sie ins Schloss und verriegelte sie. Ehe er zu Catherine zurückkehrte, hob er ihre Pistole auf und steckte sie in seinen Gürtel. »Komm!«

Ohne den Männern draußen ein Ziel zu bieten, schlichen sie von der Eingangshalle zu einem angrenzenden Salon. Daeron warf nur einen kurzen Blick in den Gang, der am Salon vorbei weiterführte, ehe er Catherine in den Raum schob und die Tür hinter sich zudrückte. Ein heftiges Brennen an seinem Arm ließ ihn herumfahren. Sonnenlicht! Abgesehen von einem schmalen Streifen an den Außenwänden und hinter den Möbelstücken war der Raum von Tageslicht durchflutet. Catherine war bereits hinter einem Sofa in Deckung gegangen. Hastig folgte Daeron ihr. Sofort ließ das Brennen an seinem Arm nach. Die geröteten Stellen an seiner Haut verblassten.

Seine Augen wanderten suchend über Catherines Körper. »Bist du verletzt?«

Sie schüttelte den Kopf und ein dünnes Lächeln fand den Weg auf ihre Lippen. »Unsterblich – schon vergessen?« Ein lautes Krachen aus der Eingangshalle – untrügliches Zeichen dafür, dass sich die Jäger an der Tür zu schaffen machten –, ließ sie schlagartig wieder ernst werden. »Was machen wir jetzt?«

»Ich lenke sie ab und du verschwindest durchs Fenster.«

»Was?« Catherine sah erschrocken auf. »Es ist Tag, Daeron! Ich kann nicht –«

»Doch, du kannst!« Er packte eine Decke, die über ihm auf dem Sofa lag, und hielt sie ihr entgegen. »Wickle dich darin ein. Das sollte dich lange genug schützen, bis du die Stallungen erreichst. Versteck dich dort!«

Als sie nach der Decke griff, nahm er sie beim Arm, zog sie an sich und küsste sie innig. »Warte hier, bis du die Jäger oben hörst. Dann flieh!«

»Was ist mit dir?«

»Ich komme nach.«

Catherine sah ihn ernst an. »Lass dir bloß nicht einfallen, noch einmal zu sterben, Daeron ap Fealan!«

Die Furcht hinter ihren Worten war so greifbar, dass er nicht anders konnte. Er schlang die Arme um sie und küsste sie erneut. »Hab keine Angst. Wir schaffen das!« Dann gab er sie frei und sprang auf. »Verriegle die Tür hinter mir!« Die Sonnenstrahlen ignorierend, die sich erneut in seine Haut fraßen, riss er die Tür auf und eilte zurück in die Eingangshalle. Ein Donnern erfüllte die Luft. Das große Portal erbebte unter dem Ansturm der Jäger und drohte jeden Augenblick nachzugeben. Daeron hastete zur Treppe und sprang mit langen Sätzen hinauf, als unter ihm in der Halle die Tür aus den Angeln flog. Sonnenlicht strömte herein. Darin zeichneten sich drei lange menschliche Schatten ab, die rasch kürzer wurden, als die Jäger eintraten. Zwei Männer schlank und drahtig, der dritte breit und gedrungen, das Gesicht unter einem wild wuchernden Bart verborgen. Zweifelsohne gut aufeinander eingespielt nahmen die drei rasch die Eingangshalle in Augenschein. Daeron erreichte das Ende der Treppe und hetzte an einem gewaltigen Wäscheschrank vorbei, über die Galerie – da entdeckten sie ihn. Aus den Augenwinkeln sah er, wie sie auf ihn anlegten, riss eine Tür auf und rettete sich mit einem Sprung in den Raum dahinter, als hinter ihm Schüsse explodierten. Einer schlug wenige Zoll von ihm entfernt im Türstock ein.

»Ihm nach!«, brüllte einer der Männer. Polternde Schritte erschütterten die Holztreppe. Daeron warf die Tür hinter sich ins Schloss und verriegelte sie. Mit einem raschen Blick sah er sich um. Er befand sich in einem unbenutzten

Schlafzimmer. Das große Himmelbett lag ebenso unter hellen Tüchern verborgen wie die übrigen Möbelstücke. Er fand einen Schrank, eine Truhe und etwas, das nach einem Nachttisch aussah. Nur eines fand er nicht: eine Verbindungstür, durch die er den Raum wieder hätte verlassen können. Daeron stieß einen Fluch aus. Da vernahm er draußen erneut die Stimme des Jägers: »Gavril, du siehst dich unten um!«

*

Nachdem Catherine hinter Daeron abgeschlossen hatte, zog sie sich wieder in den Schutz des Sofas zurück. Ein fürchterliches Krachen erklang, dann erschollen die Stimmen der Jäger. Schüsse wurden laut, gefolgt von schnellen Schritten auf der Treppe. *Was, wenn sie Daeron erwischen? Nein!* Sie schüttelte den Kopf. Daeron war nicht dumm! Er würde ihnen nicht so leicht in die Falle gehen. Der Zeitpunkt zur Flucht war gekommen. Catherines Blick tastete sich aus den Schatten des Sofas hervor ins Sonnenlicht, das sich immer weiter im Raum ausbreitete und schon jetzt beängstigend nah war. Vorsichtig streckte sie eine Hand aus und hielt sie ins Licht. Es begann augenblicklich zu brennen. Ihre Haut warf Blasen und der Geruch von verbranntem Fleisch stieg ihr in die Nase. Hastig riss sie die Hand zurück und beobachtete, wie die kleinen Rauchfäden, die hell aus ihrem schwelenden Fleisch emporstiegen, langsam erstarben und das Fleisch zu heilen begann. Es brannte noch immer, und selbst als von den Wunden längst nichts mehr zu sehen war, glaubte sie noch das Echo des Schmerzes zu spüren. Wie sollte sie den weiten Weg zum Stall schaffen, wenn sie nicht einmal vermochte ihre Hand für wenige Augenblicke ins Licht zu halten? *Die Decke wird mich schützen!* War es nicht das, was Daeron gesagt hatte? Sie vertraute ihm. Trotzdem hatte sie Angst. Sie nahm die Decke und wickelte sie um ihre Hand, ehe sie den Arm erneut ins Licht reckte. Tatsächlich dauerte es länger, bis das Brennen diesmal einsetzte, dennoch kam es erschreckend schnell. Mit einem Ruck zog sie die Hand zurück. Geduckt verließ sie den Schutz des Sofas und hastete an eine der Seitenwände, wo sich noch immer ein zäher Streifen Schatten hielt. Von hier aus reckte sie den Kopf und spähte aus dem Fenster. Sie versuchte die Entfernung zum Stall abzuschätzen. Es war erschreckend weit. Viel weiter, als sie angenommen hatte. Was, wenn Daeron sich irrte? Was, wenn sie nicht schnell genug war, um den Schutz des Stalls zu erreichen, ehe sich das Sonnenlicht durch die Decke hindurch in ihr Fleisch fraß? Catherine beschloss das Risiko nicht einzugehen. Ihr Blick fiel auf die Verbindungstür zum Nebenraum; sie fasste einen Plan. Mit einem raschen Blick vergewisserte sie sich, dass die Tür zum Gang sorgfältig verschlossen war. Dann wickelte sie sich in die Decke und trat ans Fenster. Für das, was sie vorhatte, würde der Schutz reichen. Sie stieß das Fenster auf und zog ihre Schuhe aus. Einen warf sie aus dem Fenster, den anderen versteckte sie unter dem Sofa. Für die Jäger mochte es so aussehen, als hätte sie den Schuh bei ihrer Flucht durchs Fenster verloren. Zufrieden mit sich entzog sie sich dem Licht, schlich zur Verbindungstür und lauschte. Sie vernahm weder ein Geräusch noch spürte sie die Wärme eines Verfolgers oder einen Herzschlag von der anderen Seite. Leise drückte sie die Tür auf und schlüpfte in den Nebenraum. Schatten umfingen sie und sie stellte erfreut fest, dass die Fensterläden geschlossen waren. Obwohl sie sich in diesem Raum weitaus sicherer fühlte als nebenan, konnte sie auch hier nicht verweilen. Sie schlich an einer langen Tafel mit hochlehnigen Stühlen vorüber. Der Geruch von Holz und Bienenwachs erfüllte die Luft. Catherine ignorierte eine weitere Verbindungstür an der gegenüberliegenden Seite und trat an die Tür zum Gang. Sie legte die Hand auf die Klinke und drückte sie behutsam. Sehr vorsichtig zog sie die Tür auf. Noch bevor sie die Schritte vernahm, die sich von der Eingangshalle her näherten, spürte sie die Anwesenheit eines Menschen. Herzschlag. Wärme. Leben. Dann vernahm sie ein Geräusch. Jemand machte sich an der Tür zum Salon zu schaffen, in dem sie sich eben noch aufgehalten hatte. Catherine wartete, bis sie ein gedämpftes Rumpeln vernahm. Der Jäger hatte die Tür aufgebrochen! Jetzt wagte sie einen Blick auf den Gang hinaus und sah gerade noch, wie er nebenan im Salon verschwand. Ihre Augen wanderten weiter, durchstreiften die Eingangshalle und wieder den Gang. Niemand zu sehen! Die anderen mussten Daeron nach oben gefolgt sein. Sie trat auf den Gang und zog lautlos die Tür hinter sich zu. Nachdem die Jäger die Ushana vernichtet und Daeron sie in Deckung gezogen hatte, war ihr eine Tür unterhalb der Treppe aufgefallen. Hinter Holzpaneelen verborgen war sie nur schwer auszumachen. Zweifelsohne führte sie in einen Abstellraum oder einen Keller. Dort würde sie sich verstecken. In der Dunkelheit, fernab vom todbringenden Licht der Sonne!

*

Daeron stemmte sich gegen eine Kommode. Das schwere Möbel schrammte über die Holzbohlen und hinterließ tiefe Scharten im Parkett, als er es vor die Tür schob. Kaum stand es an seinem Platz, warfen sich die Jäger auch schon gegen das Holz und versuchten in den Raum zu dringen. Die Tür erzitterte unter ihrem Ansturm, aber sie hielt. Daeron wandte sich dem Fenster zu. Erleichtert stellte er fest, dass es zur Südseite hinausging, sodass die Sonne ihn zwar draußen erfassen würde, zu dieser Stunde aber zumindest noch nicht in den Raum vorzudringen vermochte. Er dachte daran, eines der Laken zu nehmen und sich darin einzuwickeln, doch verwarf er den Gedanken rasch wieder. Der Stoff würde ihn nur beim Klettern behindern. Abgesehen davon war das Gewebe so dünn, dass es ihm kaum Schutz vor der Sonne bieten würde. Mit einem entschlossenen Ruck schob er das Fenster hoch und kletterte hinaus. Seine Beine fanden auf einem schmalen Mauersims Tritt. Noch bevor er richtig Halt gefunden hatte, spürte er bereits, wie sich die Morgensonne mit grauenhafter Intensität in sein Fleisch brannte. Ursprünglich war es sein Plan gewesen, an der Wand entlang nach unten zu klettern und Catherine zum Stall zu folgen. Doch ihm wurde rasch klar, dass er es nicht schaffen würde. Schon jetzt fraß die Sonne immer heftiger an ihm. Er musste so schnell wie möglich ins Haus zurück! Zoll um Zoll schob er sich über den Sims nach links, die Finger in die Ritzen im rauen Mauerwerk gekrallt. Daeron lockerte seinen Griff auch nicht, als sein Körper längst in weißen Qualm gehüllt war. Die Sonne sengte sich erbarmungslos in sein Fleisch. Bereits nach kurzer Zeit züngelten erste Flammen aus seinen ungeschützten Händen empor. Dort, wo sein Körper vom Stoff seiner Gewänder geschützt war, dauerte es länger, bis die Sonne ihm etwas anhaben konnte. Doch schon nach wenigen Schritten vermochte er nicht mehr zu sagen, welcher Teil seines Körpers bereits von den Flammen verzehrt wurde und welcher nicht. Das Fleisch seiner Finger war mittlerweile schwarz und seine Hände hatten bald mehr Ähnlichkeit mit großen Kohlestücken als mit menschlichen Gliedmaßen. An einigen Stellen glaubte er bereits die Knochen zu sehen. Obwohl die Schmerzen kaum zu ertragen waren, gab er weder einen Laut von sich noch lockerte er seinen Griff. Schritt um Schritt schob er sich voran, vorbei an drei weiteren Fenstern, ehe er endlich vor einem innehielt. Von grauenvollen Schmerzen geplagt biss er sich auf die Lippen und zwang sich weiterhin, jedes Geräusch zu unterdrücken. Wie lange noch, bis die Hitze seinen Leib zu Staub zermahlen würde? Alles in ihm drängte danach, in die sicheren Schatten des Hauses zurückzukehren. Dennoch nahm er sich die Zeit, zunächst durch die Scheibe in den Raum zu spähen. Vor ihm lag ein weiteres Schlafzimmer. Hier waren die Möbel nicht abgedeckt, sodass sich ihm der Blick auf ein großes Bett, einen Schrank und eine Kommode offenbarte. Rasch streiften seine Augen über die Möbel, suchten nach Anzeichen von Gefahr. Der Raum war verlassen – frei von Jägern und unberührt vom Licht der Sonne. Es kostete Daeron alle Kraft, eine Hand vom Mauerwerk zu lösen. Die verbrannten Klumpen, die einst seine Hände gewesen waren, folgten kaum noch seinem Befehl. Er brauchte drei Versuche, ehe es ihm gelang, das Fenster zu packen und nach oben zu schieben. Mit einem leisen Schaben glitt es auf. Sobald der Spalt groß genug für ihn war, rettete er sich mit einem Satz in den

Raum und wälzte sich über den Boden. Abgehackte, heftige Bewegungen, bis auch die letzten Flammen erstarben. Als er sich schließlich aufsetzte, blickte er auf seine Hände. Noch immer schwarz und knorrig reckten sich seine verkrümmten Finger in die Länge, streckten sich immer weiter, bis sie ihre einstige Form zurückerlangten. Die tiefen Falten verschwanden, als sich verzehrtes Fleisch, Sehnen und Muskelgewebe unter der schwarzen Haut erneuerten. Nur wenige Sekunden später bildete sich eine rosige Schicht frischer Haut darüber. Es verging nicht einmal eine Minute, dann sahen seine Hände aus, als wäre nie etwas passiert. Versuchsweise bewegte Daeron die Finger, ballte die Hände zu Fäusten und streckte sie wieder. Es bereitete ihm keine Schwierigkeiten. Selbst der Schmerz war vergessen. Nachdem er sicher war, dass ihm sein Körper wieder gehorchte, erhob er sich. Ein feines Wölkchen Asche stieg aus seinen Gewändern auf, als er sich langsam der Tür näherte. Vorsichtig legte er ein Ohr an das Holz und lauschte. Die Jäger machten sich anscheinend noch immer an der Tür zu schaffen, die er von innen verbarrikadiert hatte. Er sammelte seine Energie und konzentrierte seine Gedanken. Als er merkte, wie sich die Stille auf ihn herabsenkte und seine Geräusche dämpfte, öffnete er die Tür und wagte einen Blick auf den Gang. Nur wenige Schritte zu seiner Linken lag die Treppe. Die Jäger befanden sich rechts von ihm. Er konnte sie nur hören und lediglich erahnen, was sie taten, denn der große Wäscheschrank, an dem er schon zuvor vorbeigekommen war, versperrte ihm den Blick. *Allerdings nimmt er auch den Jägern die Sicht auf mich.* Bedächtig schob sich Daeron ein Stück auf den Gang, dicht an den Schrank gepresst und sorgsam darauf bedacht, seinen Schutz nicht zu verlassen. Er tastete nach der Pistole an seinem Gürtel. Seine Finger schlossen sich um den Holzgriff. Dann zog er die Waffe. Die Stille, die er über sich gelegt hatte, erstickte das leise Klicken, als er den Abzug spannte. In der Eingangshalle bemerkte er eine Bewegung. Darauf gefasst, den dritten Jäger zu erblicken, richtete er die Pistole in die Richtung – und erstarrte, als er Catherine sah. Den Blick auf die Galerie gerichtet huschte sie durch die Halle. *Was hat sie vor?* Daeron versuchte ihr ein Zeichen zu geben. Sie musste sich verstecken, ehe die Jäger sie bemerkten! Doch Catherines Aufmerksamkeit war ausschließlich auf die Jäger konzentriert. Da begriff er, was sie vorhatte. Die Tür unter der Treppe! *Bei Gott, Catherine!*

»Da unten!« Der Ruf des Jägers durchbrach die angespannte Stille.

Daeron beugte sich aus seinem Versteck hervor und sah, wie einer der Männer – der gedrungene mit dem struppigen Bart – auf Catherine anlegte. Im selben Moment verschwand sie außer Sicht. Ein kaum hörbares Klappen war zu vernehmen, als die Tür hinter ihr zuschnappte.

»Gavril!«, brüllte der Bärtige über den Rand der Galerie nach unten. »Treppe!«

Daeron wusste, dass er die Männer ausschalten musste, ehe sie Catherine zu fassen bekamen. Vorsichtig beugte er sich hinter dem Schrank vor. Der Bärtige machte sich noch immer an der verrammelten Tür zu schaffen, während sein Kamerad sich langsam und mit erhobener Pistole in Daerons Richtung bewegte. Daeron zog den Kopf zurück und wartete. Er lauschte auf die gedämpften Schritte des Jägers und versuchte die Entfernung abzuschätzen. Sobald der

Mann nahe genug war, würde er ihn packen und als Schutzschild benutzen. Das war seine einzige Chance, zu Catherine zu gelangen, ohne vorher von Silberkugeln durchlöchert zu werden. Der Jäger war höchstens noch vier Schritte entfernt. Drei. Daeron hielt die Pistole jetzt nur noch in der Rechten. Mit der Linken würde er sich den Jäger greifen. Zwei Schritte. Er machte sich bereit. Dann war der Jäger da. Daeron sprang vor.

»Mihail!«, brüllte der Bärtige vom anderen Ende der Galerie.

Daerons Blick schoss hin und her. Der Bärtige nahm ihn ins Visier, doch sein Kamerad blockierte ihm das Schussfeld. *Das wagt er nicht!* Der Gedanke war kaum in seinem Kopf aufgeblitzt, da ertönte ein lauter Knall. Die Silberkugel streifte Daeron am rechten Arm, riss Haut und Fleisch auf und hinterließ eine schmerzhaft brennende Wunde, aus der helle Rauchfäden aufstiegen. Daeron zuckte zusammen. Ein kurzer Augenblick, der Mihail die Gelegenheit gab, seinem Angriff auszuweichen. Der Jäger duckte sich unter seinem Griff hinweg, fuhr herum und drosch ihm den Kolben seiner Pistole ins Gesicht. Daeron taumelte einen halben Schritt zurück, ehe er sich wieder fing. Sein Arm brannte höllisch. Daeron spürte mit grauenvoller Intensität, wie sich das Fleisch langsam zusammenzog und sich die Wunde zu schließen begann. Weit langsamer als eine normale Verletzung. Sein Blick zuckte kurz nach unten, wo sich der dritte Jäger der Tür unter der Treppe näherte. Dann war Mihail da und griff, den Silberdolch in der einen, die Pistole in der anderen Hand, erneut an.

*

Die Männer des Unendlichen ragten wie ein undurchdringlicher Wall vor Lucian auf, sodass es Alexandra nur noch von Zeit zu Zeit gelang, einen Blick auf ihn zu erhaschen. Langsam schoben sie sich näher und drängten ihn immer weiter an die Wand zurück. Lucian kämpfte mit aller Macht gegen sie an. Er schlug mit seinen Klauen nach ihnen und schickte einen nach dem anderen zu Boden. Wieder und wieder feuerten sie ihre Pistolen auf ihn ab. Lucian taumelte, einmal ging er sogar in die Knie, doch er war sofort wieder auf den Beinen und entledigte sich eines weiteren Gegners. Nach einer Weile standen ihm nur noch vier gegenüber. *Er wird es schaffen. Solange keiner dieser Männer eine Silberwaffe führt.* Doch was geschah, wenn sie erst besiegt waren? Dann blieb noch immer ihr Meister. Die Schusswunden mochten Lucian nicht umbringen, doch sie schwächten ihn merklich. Alexandra sah, wie er immer öfter ins Straucheln geriet. Er brauchte Zeit zu regenerieren, doch die Männer gönnten ihm keine Pause. Wie sollte er noch imstande sein, etwas gegen den Unendlichen auszurichten? *Das muss er nicht. Nicht, wenn ich es tue.* Ihre Augen richteten sich auf den Unendlichen. Der Blick des Ersten Vampyrs ruhte auf ihr. Lauernd, als warte er nur auf eine Gelegenheit, den Nebel zu durchdringen, der sie schützte. Er hatte ihren Silberdolch aufgehoben und wog ihn nachdenklich in seiner Hand. Er musste den Kreis nicht durchbrechen! Er brauchte nur den Dolch zu werfen, so wie Lucian es zuvor getan hatte! Warum tat er es nicht? Konnte er durch den bläulich schimmernden Nebel nicht vernünftig zielen? Sie musste ihn ausschalten, ehe er einen Weg fand, die Nebelsäule zu durchdringen! Ihr Blick wanderte nach oben. Was, wenn die Säule in sich zusammenfiel und der Nebel versickerte? Fransten die oberen Ränder bereits aus? Alexandra setzte sich auf. Ihre Kehle schmerzte und es fiel ihr noch immer schwer, zu atmen, dennoch durfte sie keine weitere Zeit mehr verschwenden. Die Finger um das Kreuz geklammert sah sie sich um. Keine zwei Fuß außerhalb des Nebelkreises lag ihre Pistole. Die Nähe des Kreuzes machte den Unendlichen verwundbar! Wenn es ihr gelang, die Waffe zu erreichen ... Sehr langsam schob sie ihre Hand in Richtung der Pistole. Aus dem Augenwinkel nahm sie eine Bewegung wahr. Einer der Männer hatte sich von seinen Kameraden entfernt. Sie bemerkte ihn im selben Moment, als er den Abzug drückte. Alexandra warf sich zur Seite. Das Geschoss verfehlte sie nur um Haaresbreite. Sie rollte sich herum und griff nach ihrer Waffe. Wieder eine Bewegung! Den Finger am Abzug fuhr sie herum und legte an. Da erkannte sie Lucian, der den Schützen von ihr fortriss. Erschrocken ließ sie die Pistole sinken. Für einen Moment konnte sie ihn nur entsetzt anstarren. Sein Gehrock war von unzähligen Einschüssen zerfetzt. Die Verletzungen bereiteten ihm sichtlich Schmerzen, doch Alexandras Silberkugeln konnten ihn töten! *Bei Gott, um ein Haar hätte ich auf ihn geschossen!*

Hastig sah sie sich nach weiteren Gegnern um und stellte erleichtert fest, dass der, der auf sie geschossen hatte, der letzte war. Dem ersten von Lucians Hieben war er entkommen, jetzt jedoch hatte Lucian ihn in die Ecke gedrängt. Er würde nicht mehr entkommen. Blieb nur noch der Unendliche. Die Pistole im Anschlag sah sie sich um. Erst jetzt bemerkte sie, dass sie sich nicht länger innerhalb der Nebelsäule befand. Sie musste den schützenden Kreis verlassen haben, als sie sich vor dem Schuss in Sicherheit gebracht hatte! Ihr Blick zuckte in Richtung des Unendlichen. Doch er war nicht mehr dort, wo sie ihn zuletzt gesehen hatte. Wo war er? Das Kreuz in der einen, die Pistole in der anderen Hand sah sie sich weiter um. Da wuchs er plötzlich über ihr auf. Er hielt noch immer ihren Silberdolch in der Hand. Ein Lichtstrahl brach sich in der Klinge, als er sie auf Alexandra herabfahren ließ. Sie warf sich zur Seite und feuerte ihre Pistole ab. Ihr Schuss verfehlte sein Ziel ebenso, wie es der Silberdolch tat. Doch der Unendliche reagierte schneller als sie. Noch ehe Alexandra ein zweites Mal schießen konnte, schlug er ihr die Pistole aus der Hand. Dann packte er sie und zerrte sie auf die Beine. Wieder blitzte die Klinge auf. Verwundert stellte Alexandra fest, dass es sich nicht um Lampenschein, sondern um einen ersten Sonnenstrahl handelte, der sich seinen Weg durch eines der Fenster bahnte. Ohne dass sie es bemerkt hatte, war es Tag geworden.

»Nein!« Mit einem wütenden Brüllen warf sich Lucian auf seinen Bruder und zerrte ihn von ihr fort. Alexandra taumelte zurück und stieß gegen den Altar. Der Unendliche fuhr herum und rammte Lucian die Silberklinge in die Schulter. Rauch kräuselte sich dort empor, wo das Silber in sein Fleisch drang. Lucian ging keuchend in die Knie. Der Unendliche riss den Dolch zurück. *Er ist ihm ausgeliefert!* Es war nicht schwer, zu erkennen, dass die Schusswunden Lucian zu schaffen machten. Zweifelsohne heilten sie bereits, doch die schiere Menge hatte ihn sichtlich geschwächt. Seine Bewegungen waren langsam und schwerfällig. Als der Unendliche erneut zum Angriff ansetzte, befürchtete Alexandra das Schlimmste. *Du wirst nicht meinetwegen sterben!* Ihr blieb nicht genügend Zeit – womöglich nicht einmal die Gelegenheit –, ihre Pistole aufzuheben, die neben dem Unendlichen auf dem Boden lag. Alexandra stieß sich von der Altarplatte ab. Sie würde diesem Monster in den Rücken springen und ihm das Kreuz in den Nacken pressen! Damit konnte sie Lucian vielleicht ein wenig Zeit verschaffen. Wenn es ihm in der Zwischenzeit gelänge, die Pistole aufzuheben ... Nur noch zwei Schritte trennten sie vom Unendlichen. Alexandra setzte zum Sprung an. Noch ein Schritt. Plötzlich wich der Unendliche zur Seite und fuhr noch in derselben Bewegung herum. Als Alexandra sah, wie er ausholte, versuchte sie einen Haken zu schlagen. Doch sie hatte zu viel Schwung. Sein wuchtiger Schlag traf sie am Brustkorb und riss sie von den Beinen. Sie schlitterte über den Boden und prallte mit dem Rücken gegen das marmorne Weihwasserbecken. Das Kreuz wurde ihr aus der Hand gerissen und rutschte unter den Altar. Keuchend vor Schmerz blieb sie liegen. Dunkelheit senkte sich über sie. Geräusche drangen nur noch dumpf zu ihr vor, verzerrt und vollkommen unkenntlich. Sprachen die Brüder? Brüllten sie sich an? Oder kämpften sie? Alexandra vermochte es nicht zu sagen. Ihr Bewusstsein zog sich mehr und mehr zurück, floh an einen Ort, an dem es keinen Schmerz und keine Angst gab. Sie hieß die Leere willkommen und genoss die friedliche Stille, die sie umfing. Eine Stille, die bald für immer währen würde, wenn es Lucian nicht gelang, den Unendlichen zu besiegen. *Lucian!* Die Sorge um ihn zerrte an ihr und zog sie unerbittlich in die Wirklichkeit zurück. Blinzelnd verdrängte sie die Benommenheit und richtete sich auf. Lucian kniete wankend auf dem Boden. Der Unendliche stand vor ihm. Er hatte Alexandras Pistole aufgehoben. Verzweifelt versuchte sie sich zu erinnern, ob sie beide Kugeln abgefeuert hatte, doch sie vermochte sich nur eines Schusses zu entsinnen. Zum ersten Mal in ihrem Leben verfluchte sie die doppelläufige Pistole! Hastig sah sie sich nach etwas um, was sie als Waffe benutzen konnte. Da trafen ihre Augen auf das Schwarze Kreuz unter dem Altar. Sie griff danach.

»Lucian!«

Von ihrem Ruf alarmiert sah er zu ihr. Bedauern lag in seinen Zügen, als wolle er um Verzeihung bitten, dass er nichts mehr ausrichten konnte. Sie gab dem Kreuz einen Stoß. Sich mehrmals um die eigene Achse drehend schlitterte es ihm entgegen. Der Unendliche richtete die Pistole auf seinen Bruder, legte den Finger auf den Abzug und drückte ab. Lucian warf sich zur Seite. Der Knall hallte ohrenbetäubend in Alexandras Ohren wider. Blut spritzte, als die Kugel Lucians Arm durchschlug. Mit der anderen Hand bekam er das Kreuz zu fassen. Er verzog das Gesicht, als sich das heilige Artefakt in sein Fleisch brannte. Dennoch packte er es, sprang auf und warf sich nach vorne, seinem Bruder entgegen. Mit einem zornigen Schrei rammte er ihm das spitze Ende ins Herz. Rauch stieg zischend empor. Der Unendliche hielt mitten in der Bewegung inne und blickte überrascht an sich herab. Seine Lippen formten lautlos Worte, deren Sinn Alexandra nicht zu erfassen vermochte. Das Entsetzen darüber, was mit ihm geschah, riss den Unglauben aus seinen Zügen.

»Nein!«, brüllte er.

Lucian zog das Kreuz zurück. »Du hast genug Leid verursacht«, presste er hervor und stieß noch einmal zu. Das Kreuz in der Brust taumelte der Unendliche zurück. Winzige Flammen schlugen aus seinem Fleisch empor, entzündeten sein Hemd und fraßen sich weiter über den Stoff voran. In blinder Raserei schlug er nach den Flammen und versuchte sie zu ersticken, doch es wollte ihm nicht gelingen. Ungeahnt schnell breitet sich das Feuer weiter aus, kroch über Arme und Beine voran, bis es seinen Leib wie eine glühend rote Aura umgab. Seine Züge zerflossen unter der Hitze, schmolzen wie heißes Wachs und hatten bald nichts mehr mit dem Mann gemein, der er einst gewesen war. Und noch immer brüllte er vor Zorn. Der Geruch von verbranntem Fleisch wallte durch den Raum. Schreiend taumelte er auf Lucian zu und streckte die Arme nach ihm aus. Eine Geste, die ebenso ein Angriff wie ein Ruf nach Hilfe sein konnte. Lucian stieß ihn von sich. Da verlor der Unendliche das Gleichgewicht und stürzte. Er wälzte sich über den Boden, doch die Flammen ließen sich nicht mehr ersticken. Seine Finger schlossen sich um das Kreuz in seiner Brust, aber auch sie verloren ihre Form, waren kaum noch mehr als fleischige Klumpen, die es nicht mehr vermochten, das Kreuz zu greifen. Haut, Muskeln und Fleisch zerrannen, tropften als flüssige rote Masse herab und versickerten langsam zwischen den Bodenplatten. Das Gebrüll des Unendlichen verstummte. Langsam erstarben die Flammen und offenbarten den Blick auf ein verkohltes Skelett.

Mit steinerner Miene blickte Lucian auf die sterblichen Überreste seines Bruders. Alexandra wäre gerne zu ihm gegangen, doch sie war nicht mehr imstande sich zu bewegen. Sie spürte jeden einzelnen Knochen im Leib und hatte Mühe, zu atmen. Einmal mehr kroch die Schwärze der Bewusstlosigkeit heran. Sie versuchte sie fortzublinzeln und beobachtete, wie Lucian sich herabbeugte und das

Kreuz aufhob, das – von den Flammen unversehrt – aus dem Brustkorb des Unendlichen ragte. Er schien den Rauch nicht einmal zu bemerken, der aus seiner Hand aufstieg. Seine Augen waren auf das Skelett seines Bruders gerichtet. Mit einem trockenen Knirschen lösten sich die Knochen, verloren ihren Zusammenhalt und fielen auseinander. Als striche der Atem der Zeit in rasender Geschwindigkeit über sie hinweg, begannen die Konturen auszufransen und zerfielen langsam zu Staub. Eine Brise fuhr durch die Fenster herein, nahm die Überreste des Unendlichen auf und trug sie davon.

Noch während Alexandras Augen nach Lucian suchten, verließen sie ihre Kräfte endgültig. Sie sank zu Boden und ließ sich von der Dunkelheit fortreißen.

19

Catherine zog sich tiefer in die Schatten zurück. Wo ein Mensch nur Schwärze hätte erkennen können, eröffneten ihr ihre außergewöhnlichen Sinne den Blick auf die unterschiedlichsten Abstufungen von Grau. Entgegen ihrer Hoffnung, unter der Treppe einen Zugang zu einem Keller zu finden, schälten sich vor ihr die Umrisse einer Abstellkammer aus der Finsternis. Ihre Augen wanderten über die Wände und folgten den Schatten bis in die mit Gerümpel vollgestopften Ecken. Von draußen wurden Rufe laut, zu dumpf, als dass sie die Worte hätte verstehen können. Schritte polterten über die Galerie, dann krachte ein Schuss. Catherine zuckte zusammen und erstarrte, als sie etwas anderes hörte, gedämpft und dennoch weitaus näher als die Geräusche, die von oben an ihr Ohr drangen. Jemand schlich sich an ihr Versteck heran! Hastig sah sie sich nach einer Waffe um – irgendetwas, womit sie sich verteidigen konnte. Ihre Augen suchten das Gerümpel ab, streiften über alte Möbelstücke und Holzbohlen, bis ihr Blick an einem Stapel Holzscheiten hängen blieb. Hinter ihr wurde die Tür aufgerissen. Catherine packte ein Scheit und fuhr herum. Zähes Licht quoll in den Raum und legte sich wie ein dünner Schleier über die Silhouette des Jägers. Das Erste, was sie deutlich zu erfassen vermochte, war die Pistole in seiner Hand, deren Lauf ins Innere der Kammer tastete. Sie sprang ihm entgegen und schlug ihm die Waffe mit solcher Wucht aus der Hand, dass sie weit über den Boden schlitterte. Überrascht wankte der Jäger einen Schritt zurück, fing sich aber sofort wieder und schnellte vor. Catherine versuchte auszuweichen, doch er bekam sie beim Arm zu fassen. Mit einem Ruck riss er sie herum. Seine Finger schlossen sich um ihr Handgelenk und entwanden ihr den Knüppel. Polternd fiel das Holzscheit zu Boden. Catherine trat nach ihm, doch er hielt sie auf Distanz, sodass ihre Tritte ihn nicht erreichten. Ihre Schläge verpufften wirkungslos an seinem Arm und seiner Schulter. Sie war ein Vampyr! Wie konnte sie so schwach sein! *Es gibt einen Weg, wie ich ihn bekämpfen kann!* Sie brauchte nur die Kreatur, die sie in sich trug, zu entfesseln. So wie Daeron es zuvor getan hatte. Die Klauen würden ihr den Jäger vom Hals halten. Catherine wusste, dass die Bestie ihre einzige Hoffnung war, dennoch wagte sie es nicht. Zu groß war ihre Furcht, die Kontrolle zu verlieren. Kampflos jedoch wollte sie nicht untergehen. Sie holte zu einem weiteren Schlag aus. Da zog der Jäger sie hinter sich her, aus der Kammer hinaus. Catherine stemmte sich gegen ihn, versuchte sich am Türstock festzuhalten und sich dem Griff zu entwinden, der gnadenlos an ihr zerrte. Ihre Finger rutschten ab. Sie wollte den Türrahmen fester packen, da riss der Jäger mit einem heftigen Ruck an ihrem Arm. Von seinem Schwung getragen stürzte sie in die Eingangshalle und fiel schlitternd auf die Knie. Sofort war er wieder über ihr, packte sie erneut und zog sie hoch.

Oben auf der Galerie brüllte Daeron ihren Namen. Catherine hob den Kopf, doch ehe sie einen Blick auf ihn erhaschen konnte, schob der Jäger sie vor sich her. Fort von der Pistole, die hinter ihm in der Halle lag. Als sie den Kopf wandte, begriff sie, was er vorhatte. Doch da war es bereits zu spät. Ein harter Stoß in den Rücken ließ sie vorwärtstaumeln. Sie stolperte durch das Eingangsportal ins Freie. Auf den Stufen verlor sie das Gleichgewicht und fiel auf den Hof, wo sie im gnadenlosen Schein der Morgensonne liegen blieb.

*

»Catherine!«

Als Daeron sah, wie sie auf den Hof hinausstürzte, warf er sich mit voller Wucht gegen Mihail. Der drahtige Jäger verlor unter seinem Angriff das Gleichgewicht und geriet ins Stolpern. Er taumelte zurück, bis zum Rande der Treppen. Einen Moment lang sah es so aus, als könne er sich wieder fangen. Dann jedoch rutschte sein Fuß von der obersten Stufe und er verlor den Halt. Noch im Fallen packte er Daeron am Rocksaum und riss ihn mit sich. Polternd stürzten die beiden die Treppen hinunter. Daeron vernahm ein trockenes Knacken, als eine seiner Rippen brach, doch er kümmerte sich nicht um den scharfen Schmerz. Die Rippe würde heilen, ebenso wie die Schusswunde an seinem Arm inzwischen verheilt war. Er sprang sofort wieder auf die Beine und sah sich um. Mihail lag benommen am Fuße der Treppe. Der andere Jäger – Gavril –, der Catherine hinausgestoßen hatte, bückte sich nach seiner Pistole. Daeron rannte los. Er konnte hören, wie Gavril hinter ihm die Waffe aufhob und den Hahn zurücklegte. Von dem leisen metallischen Klicken angetrieben schlug Daeron einen Haken, fort von der Tür, und stieß sich vom Boden ab. Mit einem gewaltigen Satz sprang er durch das Fenster. Das Glas splitterte. Scherben rieselten in einem scharfkantigen Regen auf ihn herab, schnitten in seine Arme und Beine. Daeron kümmerte sich nicht darum. Seine Augen waren auf Catherine gerichtet, die auf dem Platz vor dem Haus kauerte. Er musste sie aus der Sonne bringen, bevor es zu spät war! In seinem Rücken feuerte der Jäger seine Waffe ab. Die Kugel traf ihn im Oberschenkel. Als seine Beine den Boden berührten, knickte das angeschossene Bein unter ihm ein. Daeron ließ sich fallen, rollte sich ab und sprang wieder auf. Ein grauenhaftes Brennen stieg aus seiner Lunge empor und die Kugel in seinem Schenkel schmerzte höllisch, doch es fühlte sich anders an als das Silber zuvor. Aber die Wunde heilte nicht! Jetzt war nur Catherine wichtig! Er überwand die Stufen mit zwei großen Sätzen und ließ sich neben ihr in den Staub fallen. Mit einem Ruck riss er sich seinen Rock vom Leib und wollte Catherine darin einhüllen, um sie zu schützen, doch sie wehrte seine Hände ab. Ihr Blick war in den Himmel gerichtet, die Züge in fassungslosem Erstaunen erstarrt.

»Es brennt nicht«, hauchte sie.

Daeron sah sie mit großen Augen an. Besorgt wanderte sein Blick von ihr zurück zum Haus. Die drei Jäger traten auf die Stufen, die Waffen im Anschlag. Der Bärtige hob seine Pistole und legte auf ihn an. Da drückte Mihail ihm den Lauf nach unten.

»Bist du übergeschnappt?«, fuhr der Bärtige ihn an.

»Sieh doch, Vladimir! Da stimmt etwas nicht!«

»Was soll nicht stimmen?«

Mihail furchte erstaunt die Stirn. »Kein Rauch.«

Erst jetzt erfasste Daeron die Bedeutung hinter Catherines Worten. *Es brennt nicht.* Das Licht traf auf seine Haut, ohne ihr etwas anzuhaben. Dafür nahm der Schmerz in seinem Bein stetig zu, ebenso wie das Brennen in seiner Lunge. Ein heftiger Stich durchfuhr seine Brust, dann tat er den ersten, schmerzhaften Atemzug seit seinem Tod.

Neben ihm rang Catherine keuchend um Atem. Daeron streckte die Hand nach ihr aus und berührte ihre Wange. Ihre Haut fühlte sich warm an. Langsam glitten seine Finger ihr Gesicht hinab, zu ihrem Hals. Deutlich spürte er das Blut durch ihre Adern rauschen, getrieben von einem regelmäßigen Pulsschlag.

Sein Blick kehrte zu den Jägern zurück. Die drei Männer standen reglos im Schatten des Hauseingangs. Mihails Hand ruhte noch immer auf der Pistole des Bärtigen und hielt den Lauf nach unten gedrückt. Gavril stand mit erhobener Waffe da und starrte den beiden aus zusammengekniffenen Augen entgegen. Ohne die Pistole zu senken, zog er mit der freien Hand eine Kette unter seinem Hemd hervor, streifte sie sich über den Hals und warf sie Daeron entgegen. Daeron wollte danach greifen, dann erkannte er, dass es sich um ein silbernes Kreuz handelte. Er zog die Hand zurück. Das Schmuckstück fiel vor ihm in den Staub.

»Nehmen Sie es«, verlangte Gavril, »und pressen Sie es sich und Ihrer Gefährtin gegen die Wange, sodass wir es deutlich sehen können!«

Daeron zögerte. Der bloße Anblick des Kreuzes bereitete ihm Unbehagen. *Ich atme! Die Sonne hat uns nicht verbrannt!* Entschlossen griff er nach dem Kreuz und drückte es sich gegen die Wange. Das Metall fühlte sich kühl auf seiner Haut an, keine Spur von Brennen, kein Schmerz und auch kein Geruch von Rauch. Nachdem er sicher war, dass nichts geschah, hielt er Catherine das Kreuz an die Wange. Sie zuckte kurz zusammen, hielt jedoch sofort wieder still. Auch ihr Fleisch blieb unversehrt. Daeron wandte sich den Jägern zu. »Zufrieden?«

Die drei Männer wechselten einen raschen Blick. Schließlich nickte der Bärtige.

»Wo ist Alexandra?«, wollte Gavril wissen.

»In Rosslyn.«

Wieder verständigten sich die Männer mit Blicken. Plötzlich verstauten sie ihre Waffen am Gürtel und stürmten die Stufen nach unten. Daeron richtete sich auf, darauf gefasst, dass sie angriffen, doch sie liefen an Catherine und ihm vorbei, ohne sie mehr als eines kurzen Blickes zu würdigen. Sie rannten die Auffahrt hinunter und waren bald darauf verschwunden.

»Dein Bein ... hast du große Schmerzen?«

Er sah auf. Catherine kniete vor ihm und betrachtete besorgt das Blut, das sein Hosenbein immer mehr tränkte. Der Schmerz war nichts gegen die Freude, am Leben zu sein. Er schüttelte den Kopf. Da streckte Catherine eine Hand nach ihm aus. Zögernd tauchte sie ihre Finger in das Blut und hob die Hand an ihr Gesicht. Ihre Finger zitterten. Anspannung zeichnete ihre Züge, als sie vorsichtig daran roch. Dann entspannte sie sich schlagartig. »Nichts. Es passiert nichts! Ich kann es riechen, ohne ... Sag mir, dass das kein Traum ist!« Ihre Augen füllten sich mit Tränen. Sie streckte die Arme in die Sonne und betrachtete ungläubig ihre unversehrte Haut. »Ist das wirklich wahr? Ist es vorüber?«

Daeron zupfte sich eine Scherbe aus den Falten seines Hemdes, drückte die scharfe Kante gegen seinen Arm und zog den Splitter über die Haut. Ein blutiger Schnitt erblühte – und blieb. »Ich glaube, das ist es.« Er hatte Mühe, die Worte über die Lippen zu bringen. Sein Mund war trocken und seine Zunge klebte an seinem Gaumen. »Die Jägerin hat es geschafft!«

Unbändiger Jubel stieg in ihm auf, ein Gefühl, als müsse er jeden Augenblick vor Glück vergehen. Er zog Catherine in seine Arme und küsste sie lang und leidenschaftlich. Als er sie endlich freigab, waren sie beide außer Atem. Niemals hatten sich Atemlosigkeit und Schmerz derart gut und lebendig angefühlt wie in diesem Moment. »Komm mit mir nach Hause, Catherine. Zurück nach Gwydeon House.«

20

Es fühlte sich an, als hätte jemand die Welt in ein dickes Tuch gepackt. Zumindest verspürte Alexandra kaum Schmerzen. Ebenso wenig vermochte sie dem dumpfen Summen, das auf sie eindrang, einen Sinn abzuringen. Waren das Worte? Warum konnte sie sie dann nicht verstehen? Da war eine Berührung an ihrer Schulter. Sie wollte die Augen öffnen und sehen, was vor sich ging, doch ihre Lider waren so schwer, als hätte jemand Gewichte daraufgelegt. Kühle Finger strichen über ihre Stirn. Irgendwie gelang es ihr nun doch, die nötige Kraft aufzubringen, um die Augen zu öffnen. Sie blickte in vertraute Züge und ein Paar durchdringender blauer Augen, das sie besorgt musterte. Zum ersten Mal ließ Lucians Anblick sie nicht erschrecken. Dafür war sie einfach zu müde. Ganz allmählich nahm sie weitere Details wahr. Die Nebelsäule hatte sich aufgelöst. Sonnenlicht durchflutete die Kirche und badete sie in goldenem Schein, ohne dabei Alexandra und Lucian zu erreichen. Er hatte sie vom Altar fort zur Wand getragen. Dort, wo die Sonnenstrahlen sie nicht zu berühren vermochten, hatte er sich hingesetzt und sie in seine Arme gezogen.

Als sie ihn jetzt ansah, lächelte er. »Sie haben mir einen gehörigen Schrecken eingejagt«, sagte er leise. »Sind Sie verletzt?«

Wie oft hat er mich das heute schon gefragt? Zu müde für eine Antwort schüttelte sie nur den Kopf und schloss die Augen. Sie wollte ihn fragen, ob es ihm gut ging, doch sie war schon wieder im Begriff, erneut wegzudämmern. *Zu-*

mindest auf den ersten Blick scheint ihm nichts zu fehlen, beruhigte sie sich selbst. Plötzlich veränderte sich sein Griff. Alexandra spürte, wie er sie vorsichtig zu Boden gleiten ließ. Dann war da eine Berührung, erst an ihrem Gesicht, dann an ihrem Hals, ihren Armen und Beinen. Suchte er nach Verletzungen? Sie wollte ihn fragen, was er tat, doch ehe sie die Frage überhaupt im Geiste formulieren konnte, zog er sie erneut in seine Arme.

»Alexandra?«, flüsterte er. »Können Sie mich hören?«

Sie konnte. Aber sie brachte nicht die Energie auf, ihm zu antworten.

Er strich sanft über ihre Wange. »Ich dachte wirklich, er bringt dich um«, sagte er mit belegter Stimme. »Das hätte ich mir niemals verziehen.« Er sagte noch mehr, doch Alexandra war nicht länger imstande seinen Worten zu folgen. Die Müdigkeit zerrte wieder an ihr und zog sie mit sich. Langsam glitt sie tiefer in den Schlaf.

Als sie später die Augen öffnete, lag sie noch immer in Lucians Armen. Da sie sich ein wenig besser fühlte, setzte sie sich auf.

»Langsam!« Lucian stützte sie. »Ich will nicht, dass Sie mir gleich wieder zusammenklappen!«

Sie verspürte einen leisen Anflug von Bedauern darüber, dass er zum förmlichen »Sie« zurückgekehrt war, das jedoch rasch verflog, als eine Welle von Schwindel sie erfasste. Die Kirche drehte sich vor ihren Augen und sie musste einige Male blinzeln, ehe es vorüberging. Behutsam lehnte sie sich neben Lucian an die Wand. »Ist es wirklich wahr?«, fragte sie, um sich von ihrer Benommenheit abzulenken. »Ist der Unendliche tatsächlich vernichtet?«

»Ja, das ist er«, sagte er tonlos.

Zum ersten Mal fragte sie sich, wie er sich dabei fühlte. Der Unendliche mochte ein Monster gewesen sein, trotzdem war er Lucians Bruder gewesen. *Hör auf, dich seinetwegen zu grämen! Er ist noch immer ein Vampyr!* Sie rückte ein Stück von ihm ab in der Hoffnung, der Abstand würde dafür sorgen, dass sie nicht länger den Menschen in ihm sah. Aber es half nichts. Sie hatte gesehen, wie er zur Kreatur geworden war, und doch fand sie es nicht annähernd so abstoßend und erschreckend, wie es sein sollte. Er hatte die Kreatur entfesselt, um *sie* zu beschützen, nicht um jemandem zu schaden. Mit einem Mal erschien ihr die Stille zwischen ihnen drückend, doch sie wusste nicht, was sie sagen sollte. Wusste nicht, wie sie in Worte fassen konnte, was sie beschäftigte. Während sie noch mit sich rang, setzte Lucian sich plötzlich auf und lauschte.

»Was ist?«, wollte sie wissen.

»Da kommt jemand.« Er erhob sich und half Alexandra auf die Beine. »Ich glaube, es sind ihre Jäger-Freunde.«

Einen Augenblick später hörte sie es auch. Gavril, der ihren Namen rief. »Sie müssen weg!«

Lucians Blick fiel auf das Kreuz, das nicht weit entfernt auf dem Boden lag, und kehrte dann zu ihr zurück. »Sie wollen mich nicht vernichten?«

Ich sollte es tun. »Bei unserer ersten Begegnung sagten Sie, Sie hätten mich in Ihren Träumen gesehen. *Was* genau haben Sie gesehen?«

»Vielleicht, dass Sie meinem Bruder ein Ende bereiten würden.« Er zuckte die Schultern. »Vielleicht auch, dass Sie meine Seelengefährtin sind. Die Wahrheit erzähle ich Ihnen, wenn wir uns ein wenig besser kennen.« Dann breitete sich plötzlich ein erschreckend einnehmendes Lächeln über seine Züge. »Ich kann es kaum erwarten, Sie wiederzusehen.«

»Wünschen Sie sich das lieber nicht«, schnappte sie, von seinen Worten über Seelengefährten aus dem Gleichgewicht gebracht. »Wenn wir uns das nächste Mal gegenüberstehen, werde ich Sie womöglich töten. Ich will Ihr Wort, dass Sie nie wieder in meine Nähe kommen!« *Versprich es mir!*

»Ich verspreche nichts, was ich nicht halten kann.«

Erneut erklang Gavrils Stimme, diesmal viel näher. Noch immer rief er nach ihr. Lucian wandte sich ab, bereit die Kirche durch dieselbe Tür zu verlassen, durch die sein Bruder sie zuvor betreten hatte.

»Was haben Sie vor?«, rief Alexandra erschrocken.

»Ich gehe. Ist es nicht das, was Sie wollten?«

»Natürlich«, sagte sie hastig. »Aber sie können nicht dort hinaus! Die Sonne scheint! Sie würden –«

»Verbrennen?« Er schüttelte den Kopf. »Die Sonne brennt auf meiner Haut, und das schmerzt höllisch, doch sie bringt mich vermutlich nicht um – zumindest nicht, wenn ich mich ihr nur für kurze Zeit aussetze und schnell Abstand zwischen das Kreuz und mich bringe. Ich nehme an, das ist besser, als mich im Keller zu verstecken, wo mich ihre Kameraden jederzeit finden können.«

Sie wollte ihm sagen, dass er genau das tun möge – sich im Keller verstecken. Dann jedoch dachte sie an das Schwarze Kreuz. Lucian sollte den Jägern keinesfalls in der Nähe des Kreuzes begegnen. Schließlich nickte sie. »Gehen Sie!«

Einen Moment noch stand er unentschlossen da und sah sie an, dann wandte er sich ab und ging zur Tür. »Es gibt da noch etwas, was Sie wissen sollten«, sagte er und drehte sich noch einmal zu ihr um. »Es ist wahr, in einem gewissen Rahmen kann ich die Gefühle eines Menschen beeinflussen. Wie Andrej auch kann ich mir andere mit einem Blick gefügig machen. Allerdings habe ich das bei Ihnen niemals getan.« Mit einem Grinsen stieß er die Tür auf und verschwand im Sonnenlicht.

Alexandra stand wie gelähmt da und starrte ihm hinterher. *Niemals angewandt?* Was sollte das heißen? *Das würde ja bedeuten, dass ...* »Nein!« Sie schüttelte entschieden den Kopf. »Ganz sicher nicht!«

»Alexandra!«

Gavrils Ruf ließ sie herumfahren. Er war durch die Seitenpforte hereingekommen und bahnte sich jetzt seinen Weg zwischen zertrümmerten Bankreihen hindurch auf sie zu.

»Wo sind die anderen?« Ihr stand eigentlich nicht der Sinn nach einer Unterhaltung, doch sie wollte ihn so lange wie möglich aufhalten, damit er nicht auf den Gedanken kam, sich vor der Kirche umzusehen.

»Sie sind draußen.« Gavril erreichte sie und musterte sie besorgt. »Bist du verletzt?«

Alexandra schüttelte den Kopf. »Nicht der Rede wert. Was haben sie draußen zu suchen? Dort gibt es nichts mehr von Interesse.«

»Von wegen! Mihail hat einen Vampyr gesehen, der –«

»Einen Vampyr?« Alexandra stieß ein gezwungenes Lachen hervor. »Im Sonnenschein? Das ist doch lächerlich!«

»Ach ja?« Gavril runzelte die Stirn. »Wir haben während der letzten Jahre viele Dinge gesehen, die andere als unglaublich einstufen würden. Wie lächerlich findest du es, jemanden davonlaufen zu sehen, aus dessen Haut dicker weißer Qualm aufsteigt? Bezweifelst du wirklich, dass es sich dabei um einen Vampyr handelt?«

»Ich …« Qualm? *Bei Gott, hoffentlich hat er sich nicht geirrt! Was, wenn ihn das Sonnenlicht doch umbringt?* Irgendwo mussten auch Lucian Mondragons Fähigkeiten ihre Grenzen haben. »Aber der Unendliche existiert nicht mehr! Müssten mit ihm nicht alle anderen ebenfalls vernichtet sein?«

»Womöglich nicht vernichtet – wohl eher erlöst.«

»Erlöst?«

»Ich glaube, dass der Tod des Unendlichen den Fluch des Vampyrismus von seinen Kreaturen genommen hat«, mutmaßte er. »Diese beiden Vampyre, von denen du berichtet hast … Vladimir ließ uns Jagd auf sie machen.«

»Was?« Eine eisige Hand griff nach Alexandras Herz.

»Wir haben sie gestellt und … plötzlich ist etwas passiert!«, rief er aufgeregt. »Das Tageslicht machte ihnen nichts mehr aus und auch Silber oder ein Kreuz vermochten es nicht länger, ihnen etwas anzuhaben. Das muss der Augenblick gewesen sein, als du den Unendlichen getötet hast. Sie wurden wieder zu Menschen.«

»Habt ihr …? Sind sie …?«

»Sie leben natürlich!« Gavril wirkte beinahe entrüstet. »Wir töten keine Menschen!«

Für einen Moment schloss Alexandra erleichtert die Augen. Es hatte tatsächlich funktioniert. Der Tod des Unendlichen hatte den Fluch von Daeron und Catherine genommen, ganz wie sie es sich immer erhofft hatten. Das Ende des Ersten Vampyrs musste all seine Geschöpfe von seinem Fluch befreit haben. Jetzt existierte nur noch ein einziger Vampyr: Lucian Mondragon.

Draußen knallte ein Schuss. Alexandra erstarrte. Wie viel Abstand musste zwischen Lucian und dem Schwarzen Kreuz liegen, damit es ihm nicht mehr schaden konnte? Was war mit dem Schuss? Es wollte ihr kaum gelingen, sich auf Gavril zu konzentrieren, der sie mit Fragen zu überschütten begann. Ihre Antworten waren bestenfalls dürftig zu nennen. Tapfer hielt sie durch, bemüht, sich ihre Sorge nicht anmerken zu lassen. Zu ihrer Erleichterung schien Gavril ihr fahriges Verhalten auf ihre Erschöpfung zurückzuführen.

Als endlich Mihail und Vladimir die Kirche betraten, hatte sie Mühe, nicht sofort auf die beiden einzustürmen.

»Habt ihr ihn?«, fragte Gavril an ihrer Stelle.

Alexandra ballte die Hände zu Fäusten. Sie biss sich auf die Unterlippe und wartete auf die Antwort.

»Der Bastard war zu schnell!«, Vladimirs Blick fiel auf das Schwarze Kreuz, das noch immer auf dem Boden lag. »Aber früher oder später kriegen wir ihn!«

Nein, das werdet ihr nicht! Vielleicht würde sie eines Tages nach Lucian Mondragon suchen. Dann jedoch ohne die Jäger – und womöglich auch nicht, um ihn zu vernichten.

Glossar

Castle: Schloss

Clan: gälisch für Sippe oder Stammesverband

Close: zumeist eine Sackgasse

Dun: gälisch für Burg

Loch: gälisch für See oder lange Meeresbucht

Wynd: eine enge Gasse, gerade breit genug für ein Pferd